위선자들

Pop goes the weasel

Pop goes the weasel

위선자들

M. J. 알리지 장편소설 | **유혜인** 옮김

BOOK PLAZA

평단의 찬사

"다시 돌아온 우리의 히로인 헬렌 그레이스 형사! M. J. 알리지의 신작 《Pop Goes the Weasel》은 심장이 멎을 것처럼 아슬아슬한 스릴러다."

Richard Madeley와 Judy Finnigan, 《Richard & Judy Book Club》의 진행자

"박진감 넘치고 반전에 반전을 거듭하는 이 범죄 스릴러는 다시 한 번 베스트셀러 반열에 오를 것이 분명하다."

허핑턴 포스트 Huffington Post

"의심할 여지가 없다! 《이니 미니》 시리즈는 범죄 시리즈물 주인공 중에서도 단연 최고라 평가할 만한 헬렌 그레이스 형사를 데뷔시켰다. "

Lisa Gardner, 뉴욕 타임스 베스트셀러 1위 《크래시 & 번Crash & Burn》의 저자

"M. J. 알리지는 헬렌 그레이스 경위라는 실로 참신한 여주인공을 탄생시켰다. …(중략)… 그는 범죄의 어두운 진상을 뼛속까지 얼어붙게 만드는 한 폭의 태피스트리처럼 엮어 나가면서, 독자들이 그 끔찍한 세부사항을 그대로 경험하게끔 한다."

데일리 메일 Daily Mail

"날카롭고 영화적인 느낌을 주는 방식의 문체로 긴장감을 조성해 나가는 M. J. 알리지의 소설은 시종일관 독자들의 목줄을 죄어 온다."

크라임 타임 Crime Time

"섬뜩하고 흥미진진한 스릴러."

선데이 미러 Sunday Mirror

"거침없이 질주하는 롤러코스터를 탄 듯한 작품이다. 각 쳅터마다 새로운 전개와 새로운 사건, 그리고 새로운 단서가 등장한다. …(중략)… 범죄소설 팬들에게 강력히 추천하고 싶은 작품이며 별점을 매겨야 한다면 4.5점을 주겠다. 진정 뛰어난 추리소설이다."

라이프 스루 북스 A Life Through Books

"충격적인 사건이 벌어지고 …(중략)… 처음부터 인정사정없이 몰아치는 충격이 마지막까지 독자들의 시선을 사로잡아 놓아주지 않는다."

보이, 렛츠 톡 어바웃 북스 Boy, Let's Talk About Books

"손톱을 물어뜯게 될 정도로 긴장감 넘치고 이야기 진행이 빠르다. …(중략)… 한 번 읽기 시작하면 눈을 떼지 못할 작품."

더 선 The Sun

"헬렌 그레이스 형사처럼 멋진 주인공이 또 있을까. 실제 주변에 있을 법하면서도 흥미로운 등장인물들 때문에 이 책을 앉은 자리에서 다 읽게 된다."

Will Lavender, 뉴욕타임스 베스트셀러 《복종Obedience》의 저자

"한치 앞을 예측할 수 없고 독자에게 생각할 거리를 준다. 도무지 손에서 책을 내려놓을 수 없었다."

Tami Hoag, 뉴욕타임스 베스트셀러 《Deeper than the Dead》의 저자

"소름끼치도록 현실적이고 매력적이며 강렬하다. 앞으로 알리지의 팬이 대거 늘어날 것이다."

선데이 스포트 Sunday Sport

새벽 2시, 지금 당신의 남자는 어디에 있을까요?

Pop goes the weasel

족제비(weasel) 같은 위선자들을 골라 탕(pop), 탕(pop), 탕(pop)!

1

바다에서 피어오른 안개가 도시 위로 자욱하게 내려앉고 있었다. 안개는 침략군처럼 거침없이 진격해 고층빌딩들을 집어삼키고는 달빛을 가로막아 사우샘프턴에 기묘하고 음산한 분위기를 드리웠다.

임프레스 로드 공업단지는 고요한 무덤 같았다. 오늘 하루는 자동차 수리 공장이 문을 닫는다. 정비사나 슈퍼마켓 직원 대신 거리를 독차지한 것은 매춘부들이었다. 미니스커트와 브라 톱만 걸친 그녀들은 뼛속까지 매섭게 파고드는 추위를 피할 요량으로 담배를 깊숙이 빨아들이며 작은 온기나마 끌어 모았다. 이리저리 돌아다니며 열심히 호객 행위를 하는 모습도 날이 워낙 흐린 탓에 욕망을 자극하기보다는 비쩍 마른 유령처럼 보였다.

한 남자가 차를 천천히 몰며, 반쯤 헐벗은 차림으로 약에 취해 쭉 늘어선 여자들을 훑어보았다. 이따금씩 불쑥 튀어나와 이리로 오라고 손짓하는 여자도 있었다. 누구한테 갈지 재보던 남자는 이리저리 눈을 돌렸다. 그가 찾는 여자는 여기 없다. 오늘 밤만큼은 특별한 상대를 원한다.

잔뜩 부풀었던 기대감이 흔들렸다. 걱정과 불안도 커졌다. 며칠 동안 오늘만을 손꼽아 기다려왔다. 이제 거의 다 왔는데 전부 거짓이었다면 어떡해야 하나? 한낱 사창가에 떠도는 전설이었다면? 남자는 운전대를 주먹으로 세게 내리쳤다. 아니, 그녀는 **반드시** 있을 것이다.

여기도 없어. 없어. 없잖….

드디어 찾았다. 낙서로 뒤덮인 벽에 홀로 기대 서 있는 그 여자를. 순간 걷잡을 수 없는 희열이 밀려왔다. 여자에게는 어딘가 **특별한** 구석이 있었다. 손톱을 다듬거나 담배를 피우거나 수다를 떠는 다른 여자들과는 달랐다. 잠자코 기다릴 뿐이었다. 어떤 일이 벌어지기만을 기다리고 있었다.

남자는 도로를 벗어나 인적이 드문 철조망 근처에 차를 세웠다. 방심은 금물이었다. 혹시라도 흔적을 남겨서는 안 된다. 보는 눈이 있는지 거리를 살폈지만 안개의 장막에 가려 아무것도 보이지 않았다. 마치 이 세상에 그녀와 단둘이 남은 듯했다.

여자가 있는 쪽으로 걸어가던 남자는 의식적으로 발걸음을 늦추었다. 서두르지 말자. 이 순간을 음미해야 한다. 때로는 작업을 시작하기 전 기다리는 시간이 더 즐거운 법이다. 겪어봐서 잘 알고 있는 진리였다. 이 여자는 오랫동안 천천히 즐겨야 한다. 며칠이 지나도 오늘의 기억을 생생히 되새기고 싶을 테니까.

여자는 폐가가 모인 마을 안쪽에 서 있었다. 누구 하나 살겠다는 사람이 없어 버려진 이 동네는 온통 허름한 빈집뿐이었다. 집안은 마약을 하거나 하룻밤 노숙하는 공간이 되어버려, 더러운 주삿바늘과 더 지저분한 매트리스로 가득했다. 남자가 길을 건너 다가가자 그녀는 숱 많은 앞머리 사이로 남자를 올려다보았다. 그러더니 벽에서 몸을 떼고 말없이 고갯짓을 하며 제일 가까운 빈집으로 들어갔다. 이렇다 저렇다 하는 말도, 흥정도 없었다. 마치 운명에 맡기는 것 같았다. 다 아는 것만 같았다.

황급히 뒤따르며 여자의 엉덩이부터 다리, 발목까지 훑어보자

몸이 후끈 달아올랐다. 남자는 어둠 속으로 사라진 그녀를 따라 발걸음을 재촉했다. 더 이상은 참을 수 없었다.

집 안에 발을 내딛는 순간 마룻바닥이 시끄럽게 삐걱거렸다. 버려진 집의 모습은 그가 꿈에서 상상한 그대로였다. 지독히도 꿉꿉한 냄새가 풍겼다. 어느 하나 성한 것이 없었다. 한때 거실이었을 곳으로 서둘러 들어가니 더러운 끈 팬티와 콘돔이 아무렇게나 뒹굴고 있다. 하지만 여자는 보이지 않았다. '술래잡기'를 하자는 속셈인가?

주방으로 가보자. 여기에도 그녀는 없다. 남자는 씩씩거리며 다시 나와 2층으로 향했다. 계단을 하나하나 밟을 때마다 이쪽저쪽으로 먹잇감을 찾는 매의 눈은 멈추지 않았다.

그는 가장 가까운 침실로 들어갔다. 곰팡이로 얼룩진 침대, 깨진 유리창, 죽은 비둘기 한 마리. 여자는 흔적조차 없었다.

이쯤 되자 분노가 욕망을 압도했다. 감히 나를 가지고 장난을 쳐? 닳고 닳은 창녀 주제에. 뭔가를 구두로 밟고 보니 개똥이다. 잡기만 하면 이 모욕을 되갚아주고 말리라.

욕실 문을 열었지만 아무것도 없었다. 다음으로 두 번째 방에 성큼 들어갔다. 그 멍청한 얼굴을 짓이겨….

별안간 남자의 고개가 뒤로 젖혀졌다. 그는 어마어마한 고통을 느끼며 머리카락을 거세게 잡아당기는 힘에 이끌려 어, 어, 어, 하고 뒷걸음질 쳤다. 입과 코를 강제로 막은 헝겊 때문에 이제는 숨을 쉴 수 없었다. 톡 쏘는 강한 냄새가 코끝에 닿고 나서야 본능이 꿈틀대기 시작했다. 남자는 살기 위해 발버둥 쳤지만 이미 의식은 흐려지고 있었다. 그리고 얼마 지나지 않아 눈앞은 완전히 캄캄해졌다.

2

모두가 그녀의 일거수일투족에 주목하고 있다. 말 한 마디, 한 마디에 귀를 기울였다.

"20세에서 25세 사이 백인 여성의 사체야. 주인 없는 차 트렁크에 있던 걸 어제 오전 그린우드 단지에서 한 사회복지사가 발견했다고 한다."

헬렌 그레이스 수사반장은 가슴을 답답하게 조이는 긴장감을 감추고 또박또박 힘주어 말했다. 그녀는 현재 사우샘턴 중앙경찰서 7층에 있는 강력범죄수사팀에서 사건을 브리핑하고 있었다.

"보다시피 망치로 추정되는 도구에 의해 치아가 다 내려앉았고, 양 손은 절단되었어. 문신이 많아서 신원 파악은 어렵지 않을 것 같다. 일단 마약과 매춘 쪽에 수사력을 집중하자고. 일반적인 살인 사건보다는 범죄 조직과 연관이 있어 보이니까 말이야. 이번 사건을 담당할 브리지스 수사관이 구체적인 용의자 정보를 보고하지. 브리지스?"

"네, 반장님. 우선 이 전에 일어난 사건들을 짚고⋯."

토니 브리지스 수사관이 브리핑을 시작하자 헬렌은 슬며시 자리를 빠져 나왔다. 이제 시간이 꽤 흘렀지만 호기심 어린 시선으로 수군대는 사람들을 견디기는 힘들었다. 친언니 마리앤의 잔혹한 연쇄살인을 매듭짓고도 1년 가까이 지났지만 헬렌을 향한 관심은 꺼지기는커녕 더욱더 불타올랐다. 연쇄살인범을 잡았다는 것만으로도 대단한데 그 과정에서 친언니를 총으로 쏘아 죽였으니 오죽하겠는가. 그 일이 있고 나서 친구나 동료, 기자는 물론 생전 처음 보는 사람도 너 나 할 것 없이 위로와 응원을 보냈다. 그러나 대부분 겉치레일 뿐, 사실은 **자세한 이야기**를 듣고 싶어했다. 헬렌의 마음을 열어서 그 안을 들여다보기를 원했다. 언니를 쏜 심경이 어떤가? 헬렌도 언니처럼 아버지에게 학대를 당했을까? 죽은 사람들에게 죄책감을 느끼는가? **책임감**을 느끼는가?

헬렌은 성인이 된 후로 주위에 아무도 범접하지 못할 높은 벽을 치고 살았다. 헬렌 그레이스라는 이름마저도 가짜였다. 하지만 마리앤 덕분에 그 벽은 완전히 무너지고 말았다. 처음에는 도망치고 싶었다. 휴가를 쓰거나 전근을 가라고, 심지어는 퇴직을 하라 권유하는 이들도 있었다. 그러나 헬렌은 도망치고 싶은 마음을 억누르고 업무에 복귀해도 좋다는 허가가 떨어지자마자 사우샘프턴 중앙경찰서로 돌아왔다. 어디를 가든 사람들의 시선에서 벗어나지 못할 터였다. 그럴 바에야 오랫동안 내 집으로 여기고 행복하게 살았던 이곳에서 맞서는 편이 나았다.

그러나 이론과 현실은 하늘과 땅 차이이다. 마크, 찰리… 이곳에 서린 추억이 너무도 많았다. 헬렌이 겪은 시련을 들쑤시고 제멋대로 넘겨짚는 사람, 한술 더 떠 농담하려 드는 사람도 부지기수였다. 복직하고 벌써 몇 달이 지났지만 오늘 같은 날이면 달아나지 않고는 참을 수가 없었다.

"들어가세요, 반장님."

그 말에 헬렌은 퍼뜩 정신을 차렸다. 혼자 생각에 잠겨 있느라 옆을 지나가는 내근 경사를 미처 못 봤던 것이다.

"수고해, 해리. 자네 때문에라도 오늘은 행운의 여신이 세인츠

(사우샘프턴 축구팀의 애칭_옮긴이) 편이었으면 좋겠군."

명랑한 목소리와 달리 말투는 어색하기 짝이 없었다. 짐짓 쾌활한 척하는 연극이 힘에 부치는 듯했다. 헬렌은 도망치듯 경찰서를 빠져 나와 가와사키 오토바이에 시동을 걸고 웨스트키 로드 쪽으로 내달렸다. 그리고 도시를 뒤덮은 바다 안개 속으로 모습을 감췄다.

세인트 메리스 축구 경기장 방향으로 도로가 꽉 막혀 있어, 차들이 기어가다시피 했지만 헬렌의 가와사키는 속도를 늦추지 않고 그 옆을 시원스레 질주했다. 사우샘프턴 외곽에서 고속도로로 진입하며 습관처럼 백미러를 확인하니 딱히 뒤쫓아 오는 차는 보이지 않았다. 헬렌은 도로 위의 차가 줄어들자 속력을 더 높였다. 시속 130킬로미터로 올렸다가 잠시 후 시속 145킬로미터까지 올렸다. 빠른 속도로 오토바이를 몰고 있을 때만큼은 근심걱정이 찾아들 새가 없다.

윈체스터, 판버러를 지나고서야 올더숏이 어렴풋이 모습을 드러냈다. 헬렌은 다시 한 번 백미러를 재빨리 확인하고 시내로 들어갔다. 공용 주차장에 오토바이를 세운 그녀는 만취한 군인 무리를 피해 짙게 깔린 어둠 속으로 황급히 걸음을 옮겼다. 비록 아는 사람 하나 없는 곳이라 해도 혹시 모를 위험은 피하고 싶었다.

기차역을 지나자 금세 올더숏 교외의 중심지인 콜 애비뉴가 나왔다. 과연 잘하는 짓인가 싶었지만 어쩐지 이곳에 다시 와야 한다는 의무감이 들었다. 헬렌은 평소처럼 한쪽 길가를 덮은 덤불 틈에 웅크리고 앉았다. 여기서는 모습을 드러내지 않고 몰래 지켜볼 수 있었다.

마치 1분이 한 시간 같았다. 뱃속에서 꼬르륵거리며 요동치는 소리를 듣고서야 오늘 아침 이후로 식사를 하지 않았다는 사실을 인지했다. 정말이지 미련스러운 행동이었다. 가뜩이나 하루하루 말라가는 헬렌이었다. 그래서 뭘 어쩌겠다는 건가? 굶어 죽지 않고도 속죄할 길은 얼마든지 있다.

별안간 저쪽이 소란스러워졌다. "잘 가"라고 외치는 소리가 들리더니 14호 집 현관문이 쾅 닫혔다. 헬렌은 몸을 더 아래로 숙였다. 그녀의 시선이 닿은 곳에서는 젊은 남자가 휴대폰에 전화번호를 입력하며 빠르게 걷고 있었다. 남자는 3미터 정도밖에 떨어져 있지 않은 헬렌을 발견하지 못하고 모퉁이를 돌아 사라졌다. 헬렌은 속으로 열다섯까지 센 다음 덤불에서 나와 그의 뒤를 쫓기 시작했다.

그는 스물다섯이지만 아직 소년 같은 미남이었다. 숱 많은 검은 머리 아래로 보이는 얼굴에서는 귀티가 흘렀다. 캐주얼하게 청바지를 골반까지 내려 입은 모습은 무심한 듯 멋을 부리려는 여느 청년과 다르지 않았다. 편하게 입었어도 한껏 공을 들인 느낌이 역력해서 헬렌은 슬며시 웃음이 나왔다.

그가 '레일웨이 터번' 술집에 다가가자 한 무리의 시끌벅적한 청년들이 가게 바깥에 모여 있었다. '레일웨이 터번'은 맥주 한 잔이 2파운드, 작은 잔으로는 50펜스인데다 공짜 포켓볼까지 칠 수 있어서, 돈 없고 뒤가 캥기는 젊은이들의 집합소였다. 나이 지긋한 주인장은 사춘기만 넘겼으면 누구나 환영했기 때문에 가게는 미어터지다 못해 거리까지 손님으로 넘쳐났다. 헬렌은 이때다 싶어 미행을 들키지 않도록 인파 사이에 몸을 숨겼다. 헬렌이 뒤를 밟던 남자가 20파운드 지폐를 흔들어보이자 가게 밖에서 기다리던 친구들이 환호로 맞이했다. 헬렌도 그들을 따라 가게로 들어갔다. 바에서 술을 사려고 줄 서서 기다리는 그녀에게 청년들은 눈길도 주지 않았다. 서른을 넘긴 사람은 그들 세계에서 아예 없는 존재나 마찬가지이다.

남자와 친구들은 술을 몇 잔 마시더니 보는 눈이 많은 술집에서 변두리 놀이터로 자리를 옮겼다. 지저분한 공원에는 오가는 사람이 없어 신중하게 뒤따라야 했다. 헬렌은 여자 혼자 밤중에 돌아다니다 괜히 눈에 띨까 봐 한참 거리를 두었다. 이윽고 연인들이 사랑의 표식을 가득 새겨놓은 떡갈나무 고목이 보여 나무 그늘 아래 몸을 숨겼다. 이 위치에서는 남자 일행이 추운 날씨에도 태평하게 마리화나를 피우며 노닥거리는 모습을 들키지 않고 지켜볼 수 있었다.

일평생 감시 속에서 살았던 헬렌도 여기서는 투명인간이었다. 마리앤이 죽은 후로 헬렌의 인생은 온 세상에 낱낱이 까발려졌다. 그 덕에 사람들은 헬렌을 속속들이 다 안다고 생각했다.

하지만 그들도 모르는 게 하나 있었다. 오직 헬렌만이 간직한 단 하나의 비밀이었다. 그리고 지금 그 비밀은 헬렌이 지켜보는 줄도 모르고 고작 15미터 거리에 서 있다.

3

눈을 떴지만 앞이 보이지 않았다.

눈알을 이리저리 굴려 봐도 눈물만 뺨 위로 흘렀다. 면솜으로 귀를 막은 것처럼 아무 소리도 들리지 않았다. 갑자기 정신이 들며 코와 목에 찢어질 듯한 고통이 느껴졌다. 누가 목에 불을 붙였는지 목구멍이 타들어가는 느낌이었다. 재채기와 구역질이 간절했다. 뭔지 몰라도 그를 고문하는 물건을 뱉어버리고 싶었다. 그러나 입이 청테이프로 꽉 막혀 있어서 고통을 안으로 삼키는 방법밖에는 없었다.

말을 듣지 않던 눈에서 하염없이 흐르던 눈물이 멈추자 주위가 보이기 시작했다. 아직 폐가 안에 있었지만, 그는 기절할 때와 달리 침실의 더러운 침대에 쓰러져 있었다. 남자는 겁이 덜컥 나서 여기를 빠져 나가려고 미친 듯이 몸부림쳤다. 하지만 팔다리가 철제 침대 프레임에 단단히 묶여 있었다. 아무리 당기고 잡아 빼고 비틀어 봐도 나일론 끈은 꿈쩍도 하지 않았다.

그러고 보니 실오라기도 걸치지 않은 알몸이었다. 끔찍한 생각이 머리를 스쳤다. 이렇게 나를 내버려둘 작정일까? 얼어 죽을 때까지? 이미 살갗에는 추위와 공포 때문에 소름이 돋아나 있었다. 죽을 만큼 추웠다.

있는 힘껏 악을 써도 테이프로 막힌 입에서는 힘없이 웅웅거리는 소리만 나왔다. 말로 설득할 수만 있다면…. 돈을 더 준다고 하면 보내줄 것이다. 사람을 이런 곳에 이런 꼴로 버려둘 수는 없다.

두렵기도 했지만 나이를 먹어 뱃살이 늘어진 몸으로 더러운 이불 위에 뻗어 있으려니 치욕스러웠다.

그는 혹시라도 다른 사람의 소리가 들리지 않을까 귀를 쫑긋 세웠다. 하지만 아무 소리도 들리지 않았다. 놈들은 나를 버리고 간 거다. 언제까지 여기 둘 생각일까? 통장의 돈을 다 비울 때까지? 멀리 도망갈 때까지? 웬 약쟁이나 창녀를 상대로 제발 풀어 달라고 거래할 생각을 하자 벌써부터 몸서리 쳐졌다. 여기서 빠져 나가면 또 어떻게 해야 하나? 가족에게는 뭐라고 말을 하지? 경찰한테는? 후회가 뼈에 사무쳤다. 왜 바보 같은 짓을 해서….

그때 마룻바닥이 삐걱거렸다. 혼자가 **아니라는** 소리였다. 희망이 보이기 시작했다. 이제 그쪽에서 무엇을 원하는지 알 수 있다. 범인을 보려고 목을 길게 뺐지만 뒤에서 다가오고 있어 보이지 않았다. 남자는 문득 어떤 사실을 깨달았다. 그가 묶여 있는 침대가 방 한가운데로 밀려나와 있었다. 마치 침대가 연극무대의 정중앙에 놓인 것처럼. 여기에 침대를 두고 잘 사람은 없을 텐데, 대체 왜…?

머리 위로 그림자가 비쳤다. 반응할 새도 없이 무언가가 눈, 코, 입을 덮었다. 복면인가? 얼굴에 닿은 천은 부드러웠다. 목 부근에서 끈을 졸라매는 느낌이 들었다. 남자는 얼른 숨을 가쁘게 몰아 쉬었지만 그럴수록 씩씩거리는 코에 두꺼운 벨벳 천이 달라붙었다. 그는 숨 쉴 공간을 조금이라도 확보하려고 머리를 이쪽저쪽으로 마구 흔들었다. 금방 끈을 더 조일 것 같았던 상대의 움직임이 뜻밖에도 멈추었다.

이제 어쩌지? 그의 거친 숨소리만 들릴 뿐, 방은 다시 고요해졌다. 복면 안에는 점점 뜨거운 김이 차올랐다. 이 안에 산소가 들어올 수 있으려나? 그는 호흡을 일부러 천천히 했다. 지금 흥분하면 숨이 가빠질 것이고, 그렇게 되면….

남자가 갑자기 몸을 움찔하며 신경을 바짝 곤두세웠다. 차가운 물체가 허벅지에 와 닿은 것이다. 금속? 칼인가? 그것이 다리를 타고 올라오더니…. 그는 근육이 찢어질 정도로 거세게 저항하며 팔다리를 결박한 끈을 비틀어 당겼다. 이제 알 수 있었다. 싸우지 않으면 죽음뿐이다.

그는 온 힘을 다해 비명을 질렀다. 그러나 입에 붙은 테이프는 떨어지지 않았다. 팔다리를 묶은 끈도 뜯어질 생각을 하지 않았다. 그의 비명을 들을 사람도 없었다.

4

"일 때문에 왔어요? 아니면 쉬러?"

헬렌은 심장이 내려앉아 뒤를 확인했다. 혼자라고 생각하며 캄
캄한 아파트 계단을 오르던 참이었다. 갑자기 놀라는 바람에 짜
증도 짜증이지만 순간 겁이 덜컥 났는데… 목소리의 주인공은 자
기 집 문간에 기대 서 있는 제임스였다. 석 달 전 아래층으로 이
사 온 제임스는 사우스 핸츠 병원 수간호사로 근무시간이 일정
치 않아 지금껏 헬렌과 마주칠 일이 없었다.

"일이요." 물론 거짓말이었다. "그쪽은요?"

"새로 만난 여자와 재미를 좀 볼 줄 알았죠. 그런데 막 택시를
타고 가버렸지 뭡니까."

"안 됐군요."

제임스는 어깨를 으쓱하고는 한쪽 입꼬리를 올리며 웃었다. 30
대 후반인 그는 행색은 추레해도 미남이었고 여유만만한 분위기
가 매력적이라 후배 간호사들에게 인기가 좋았다.

"사람마다 보는 눈이 참 달라요." 제임스가 말을 이었다. "저는
그 여자가 저한테 마음이 있다고 생각했거든요. 여자들이 보내는
신호는 영 못 알아먹겠어요."

"그런가요?"라고 대답하면서도 헬렌은 그의 말을 한 마디도 믿
지 않았다.

"어쨌든, 우리 집으로 놀러 올래요? 집에 와인 한 병이…, 아니,
차가 있어요. 차나 마시면서…." 제임스가 황급히 고쳐 말했다.

그러지 않았더라면 솔깃할 제안이었다. 그러나 제임스가 말을 바꾸는 순간, 화가 치밀어 올랐다. 제임스도 다른 사람과 똑같았다. 헬렌이 술을 마시지 않는 것도, 커피보다 차를 좋아하는 것도, 사람을 죽였다는 것도 이미 다 알았다. 그녀의 삶이 얼마나 처참한지 기웃거리는 구경꾼 중 하나였다.

"좋죠." 헬렌은 다시 거짓말을 했다. "하지만 다음 교대 시간까지 검토할 서류가 많아서 안 되겠네요."

제임스는 웃으며 알았다고 했지만 헬렌이 왜 그러는지 짐작할 수 있었다. 강요하지 말아야 한다는 사실도 알았다. 그는 서둘러 계단을 오르는 헬렌의 뒷모습을 대놓고 호기심 어린 시선으로 쳐다보았다. 그러거나 말거나 헬렌의 집 현관문은 일말의 여지도 남기지 않고 굳게 닫혔다.

지금 시각은 새벽 다섯 시다. 헬렌은 소파에 편하게 누워 차를 한 모금 마신 뒤 노트북 전원을 켰다. 쌓였던 피로가 몰려들어 몸이 뻐근했지만 잠을 자기 전에 할 일이 있었다. 노트북의 보안은 빈틈이 없었다. 쉽게 뚫리지 않는 철벽처럼 되어 있어 그나마 남아 있는 헬렌의 사생활을 보호해주었다. 헬렌은 비밀번호를 입력하고 디지털 자물쇠를 푸는 복잡한 과정을 서두르지 않고 하나하나 즐겼다.

그녀는 로버트 스톤힐 파일을 열었다. 조금 전 미행했던 청년은 헬렌이라는 사람이 있는지조차 모르지만, 헬렌은 그에 대해 하나부터 열까지 다 알고 있었다. 그녀는 오늘 로버트를 지켜보며 새롭게 알게 된 특징과 성격을 상세히 입력해, 그가 어떤 사람인지 묘사하는 글을 완성해갔다. 로버트는 누가 봐도 머리가 좋았다. 입만 열면 욕부터 나왔지만 유머 감각과 말솜씨를 타고났고 미소는 백만 불짜리였다. 원하는 대로 남을 조종하는 재주도 있었다. 술을 사기 위해 줄을 서는 법이 없었다. 같이 다니는 친구 아무나 한테 대신 시키고 자기는 무리의 우두머리로 보이는 거구 데이비와 웃고 떠들어댔다.

희한하게도 로버트는 돈이 떨어지는 날이 없었다. 슈퍼마켓에서 상품을 진열하는 일만 해서는 그럴 수 없었다. 그 많은 돈이 어디서 나오는 걸까? 훔쳤을까? 아니면 더 큰 죄를 저질렀나? 부모가 오냐오냐만 하며 키워서인가? 모니카와 애덤 부부에게 로버트는 눈에 넣어도 안 아픈 외아들이었다. 헬렌이 볼 적에 로버트는 부모를 자기 마음대로 주무르고 있었다. 써도 써도 줄지 않는 유흥비는 부모에게서 얻어내는 것일까?

로버트는 몸이 좋고 얼굴도 잘생겨서 주위에 여자를 항상 달고 다녔지만 따로 여자친구는 없었다. 헬렌은 이 점에 가장 주목했다. 그는 이성애자인가, 동성애자인가? 남을 잘 믿는가, 의심이 많은가? 어떤 사람을 곁에 두는가? 아직은 아는 바가 없었지만 꼭 답을 찾아낼 작정이었다. 로버트의 모든 것을 손에 넣겠다는 헬렌의 계획은 느리지만 차근차근 진행되고 있었다.

헬렌은 하품을 했다. 곧 경찰서로 돌아가야 하지만 지금 작업을 마무리하면 몇 시간은 눈을 붙일 수 있다. 그녀는 능숙하게 암호화 프로그램을 실행해 파일을 잠근 후 마스터 비밀번호를 변경했다. 요즘은 컴퓨터를 사용할 때마다 마스터 비밀번호를 바꾸고 있었다. 도가 지나친 피해망상이라는 것을 알았지만 조금이라도

위험을 감수하기는 싫었다. 로버트는 과거에도, 현재에도, 미래에
도 오직 헬렌만의 비밀이다.

5

동이 트기 전에 빨리 움직여야 했다. 한두 시간 안에 태양이 떠올라 짙은 안개를 태우면 더 이상 숨어 있지 못한다. 손이 떨리고 관절이 쑤셨지만 그는 마음을 다잡고 작업을 계속했다.

쇠막대기는 엘름 스트리트에 있는 철물점에서 훔쳤다. 인도인 철물점 주인은 태블릿으로 크리켓 경기를 보느라 롱코트 속에 슬그머니 쇠막대기를 넣는 남자에게 관심이 없었다. 차갑고 단단한 금속을 잡는 손맛이 좋았다. 현재 그는 녹슨 창문 빗장에 쇠막대기를 걸고 앞뒤로 힘껏 움직이고 있었다. 첫 번째 빗장은 쉽게 떨어졌고 조금 더 힘을 가하자 두 번째 빗장도 벌어지며 사람이 들어갈 만한 공간이 생겼다. 현관문을 따고 들어가는 편이 더 쉬웠겠지만 이 동네에서는 가능하면 몸을 사리고 싶었다. 빚쟁이가 한둘이 아니라 눈에 띄었다가는 흠씬 두들겨 맞을 게 뻔했다. 그런 이유에서 남자는 야행성 동물처럼 어둠을 틈타 활동했다.

주변에 사람이 없는지 재차 확인한 후 쇠막대기로 창문을 내리쳤다. 창문이 시원스럽게 깨지며 사방으로 유리 파편이 튀었다. 그는 해진 수건으로 손을 감싸고 나머지 유리를 툭툭 쳐낸 다음 창틀을 넘어 집 안으로 들어갔다.

가볍게 착지한 남자는 선뜻 움직이지 않았다. 이런 집에서는 언제 어디서 뭐가 튀어나올지 몰랐기 때문이다. 인기척은 없었지만 그는 경계를 늦추지 않고 쇠막대기를 들어 올린 채 앞으로 조심스럽게 나아갔다. 별 볼 일 없는 주방을 지나 얼른 들어간 곳은 거실이었다.

거실은 쓸 만해 보였다. 낡은 매트리스와 쓰고 버린 콘돔 옆에는 예상대로 누군가 사용한 주사기가 있었다. 기쁘면서도 불안했다. 제발, 갈증을 달랠 찌꺼기만이라도 남아 있기를. 남자는 풀썩 무릎을 꿇고 앉아 주사기 피스톤을 뽑고 새끼손가락을 주사기에 쑥 집어넣었다. 그리고 고통을 덜어줄 갈색 물질을 찾아 손가락을 절박하게 움직였다. 처음에는 헛수고였다. 젠장할, 두 번째도 실패다. 세 번째 시도 만에 손가락 정도의 양이 나왔다. 죽도록 노력해서 겨우 이거라니. 그러면서도 남자는 약을 허겁지겁 잇몸에 문질렀다. 지금은 이 정도로 충분했다.

그는 더러운 매트리스에 드러누워 약기운이 돌기를 기다렸다. 몇 시간째 신경이 곤두서서 머리가 깨질 것 같았기에 조금 쉬고 싶었다. 아니, 쉬어야만 했다. 온몸의 긴장이 풀리기를 기대하면서 눈을 감고 천천히 심호흡을 했다.

하지만 이상했다. 어쩐지 편히 쉴 수가 없었다. 무언가….

뚝, 뚝. 바로 저거다. 어디선가 소리가 들렸다. 느리지만 규칙적인 경고음이 집요하게 고요함을 깨뜨리고 있었다.

뚝, 뚝. 어디서 나는 소리지? 그는 불안한 기색으로 이리저리 둘러보았다.

저쪽 구석에서 뭔가 떨어지고 있었다. 물이 새나? 그는 짜증을 털어버리고 몸을 일으켰다. 확인해서 손해 볼 것은 없겠지. 구리 파이프관이라도 건지면 제법 짭짤할 것이다.

소리가 나는 곳으로 냉큼 달려가던 그가 제자리에 얼어붙었다. 물이 새는 게 아니었다. 떨어지고 있는 액체는 물이 아니라 피였다. 천장에서 피가 뚝, 뚝, 뚝 떨어지고 있었다. 남자는 달아나려고 몸을 홱 틀었다. 내가 참견할 바 아니잖아? 하지만 주방 앞에서 걸음을 멈췄다. 너무 성급한 결정 아닐까? 어찌 됐건 그는 무기를 들고 있고 위층에서 사람이 움직이는 소리는 없었다. 가능성은 무궁무진했다. 누가 자살했을 수도 있고, 강도를 당했을 수도 있다. 어쩌면 살해당했을지도 모른다. 하지만 그처럼 이것저것 주워 파는 사람을 위한 선물이 있을지 누가 아는가. 그냥 지나칠 수는 없었다.

잠시 망설이던 도둑은 방향을 틀더니 굳어가는 피 웅덩이를 지나 복도로 향했다. 그리고 위급할 때를 대비해 쇠막대기를 높이 들고 일단 고개만 복도로 쑥 내밀었다.

그러나 복도에는 아무도 없었다. 그는 살금살금 복도를 지나 계단을 오르기 시작했다.

삐걱. 삐걱. 삐걱.

계단을 밟을 때마다 '나 여기 있소' 광고하는 소리가 들렸다. 그는 나지막이 욕설을 뱉었다. 위에 사람이 **있다면** 분명 이 소리를 들었을 것이다. 남자는 쇠막대기를 조금 더 꽉 쥐고 계단을 밟았다. 예방 차원에서 욕실과 뒤쪽 침실에 차례로 고개를 넣고 안을 살폈다. 공격자에게 뒤를 내주는 것은 풋내기나 하는 실수다.

숨어 있는 사람이 없자 그는 뒤를 돌아 앞쪽 침실을 보고 섰다. 무슨 일이 났는지 몰라도 그것은 저 안에 있었다. 도둑은 깊게 심호흡을 하고 캄캄한 방에 발을 디뎠다.

6

깊이, 더 깊숙이 잠수할수록 귀와 코 안으로 바닷물이 흘러들었다. 수면으로부터 한참 아래까지 내려오느라 숨이 턱까지 차올랐지만 포기할 수 없었다. 오묘한 불빛이 비추는 호수 바닥이 눈부시게 아름다워서 더욱 깊이 헤엄치고만 싶었다.

이제 그녀는 바닥에 빽빽이 달라붙은 수초를 손으로 헤치고 나아가고 있었다. 눈앞이 흐려 잘 보이지 않았고 가슴이 터질 것 같았다. 분명 여기 있다고 했는데 왜 보이지 않을까? 녹슨 유모차도, 낡은 쇼핑 카트도, 기름통도 있는데, 왜….

그러다 문득 깨달았다. 속았다. 그녀가 찾는 것은 여기 없었다. 수면으로 올라가려고 방향을 틀었지만 몸이 움직이지 않았다. 고개를 돌려 보니 왼쪽 발이 수초에 걸려 있었다. 죽을힘을 다해 발길질 해봐도 수초는 꿈쩍도 하지 않았다. 머리가 어지러워 더 이상 버티기 힘들었지만 일부러 몸에 힘을 풀고 호수 바닥으로 가라앉았다. 함부로 움직여서 수초에 더 엉키느니 침착하게 다리를 풀어야 했다. 일단 머리를 바닥 쪽으로 돌리고 문제의 수초로 파고들어가 세게 잡아당겼다. 그러다 동작을 멈췄다. 비명과 함께 마지막으로 남아 있던 숨마저 입 안에서 빠져 나갔다. 아래에서 그녀를 붙잡은 것은 수초가 아니었다. 사람의 손이었다.

찰리는 숨을 몰아쉬며 침대에서 벌떡 일어났다. 주위를 둘러봐도 그녀를 집어삼키던 수초가 왜 갑자기 아늑한 침대로 바뀌었는지 이해하기 어려웠다. 잠옷이 흠뻑 젖었으리라 확신하고 온몸을 더듬어 보았지만 이마에 맺힌 땀을 제외하면 보송보송했다. 호흡이 잦아들며 상황 파악이 되었다. 그냥 무서운 꿈이었다. 빌어먹을 악몽이었던 거다.

찰리는 간신히 흥분을 진정시키고 옆에 누워 있는 스티브를 보았다. 스티브는 다행히 한번 잠들면 누가 업어 가도 모르는 체질이라 가볍게 코까지 골고 있었다. 스티브가 깨지 않도록 조용히 침대에서 빠져 나온 그녀는 가운만 챙겨서 발끝을 들고 방을 나왔다.

복도를 지나 계단으로 향하던 찰리는 작은방 문을 서둘러 지나가 놓고 눈살을 찌푸렸다. 임신 소식을 듣자마자 그녀와 스티브는 작은방을 어떻게 꾸밀지 의논했었다. 더블베드 대신 아기 침대와 흔들의자를 놓고 흰색 벽에는 상큼한 노란색 벽지를 바를 생각이었다. 딱딱한 나무 바닥에는 두꺼운 양탄자를 깔자고 했다. 물론 그때 신나서 했던 이야기들은 다 부질없는 과거가 되었다.

마크 수사관과 갇혀 있는 동안 뱃속의 아기는 찰리를 떠났다. 병원에 도착했을 때부터 최악의 사태를 예상하고 있었지만 의사에게 아니라는 확인을 듣고 싶었다. 물론 실낱같던 희망은 이루어지지 않았다. 찰리가 소식을 전했을 때 스티브는 눈물을 보였다. 스티브의 우는 모습은 그때가 처음이었지만 마지막은 아니었다. 지난 몇 달간 더는 두려울 것이 없다고, 끔찍했던 그날을 다 잊을 수 있다고 생각하는 날도 있었다. 그러나 스티브와 함께 꿈꿨던 아기 방이 생각날까 봐 작은방에 들어가지 못할 때면 아직 아물지 않은 상처가 절실히 와 닿았다.

찰리는 아래층 주방으로 가 주전자에 물을 끓였다. 요즘 들어 부쩍 꿈을 자주 꿨다. 복직할 시기가 다가오면서 그동안 쌓인 불안이 악몽으로 나타나고 있었다. 하지만 스티브에게 더 짐을 지우고 싶지 않았기에 속으로 억누를 뿐이었다.

"잠이 안 와?"

스티브가 언제 주방에 들어 왔는지 그녀를 보고 있었다. 찰리는 고개를 저었다.

"긴장되지?"

"어떨 것 같아?" 찰리는 애써 아무렇지 않은 척 대답했다.

"이리 와 봐."

그러면서 스티브가 팔을 벌렸고 찰리는 그에게 다가가 안겼다.

"앞일은 생각하지 말자." 스티브가 말을 이었다. "당신이라면 멋지게 해낼 거야…. 하지만 언제라도 힘에 부치거나 못하겠다 싶으면 그때 다시 생각하면 돼. 그렇다고 해도 욕할 사람은 없어. 알지?"

찰리는 고개를 끄덕였다. 그녀를 응원하고, 용서해준 스티브가 진심으로 고마웠지만 어떻게든 찰리가 일을 그만두게 만들겠다는 태도는 불편했다. 스티브가 경찰을 왜 싫어하는지, 찰리가 복직하는 게 왜 못마땅한지, 이 세상의 악당들을 왜 증오하는지 이해할 수 있었다. 스티브의 조언대로 다 버리고 떠나고 싶은 날도 많았다. 하지만 그렇게 해서 무엇을 얻겠는가? 평생 패배했다는, 쫓겨났다는, 끝장났다는 생각에 괴로울 뿐이다. 마리앤이 죽고 한 달 만에 헬렌 그레이스가 경찰서로 돌아갔다는 소식은 찰리의 결정에 불을 지폈다.

그래서 찰리는 굳게 마음을 먹고 병가가 끝나면 복직하겠다고 선언했다. 그녀에게 모든 지원을 아끼지 않은 햄프셔 경찰청에 이제는 보답할 차례였다.

찰리는 스티브의 품을 빠져 나와 커피 두 잔을 탔다. 어차피 다시 자러 갈 시간은 아니었다. 끓는 물이 제멋대로 쏟아지며 머그잔 주변으로 튀었다. 찰리는 화가 나서 애꿎은 주전자를 째려보았지만 사실 범인은 그녀의 오른손이었다. 당황스러울 정도로 손이 떨리고 있었다. 찰리는 스티브가 못 봤기를 바라며 주전자를 얼른 내려놓았다.

"커피는 안 마실래. 샤워만 하고 나가봐야겠어."

그러고 돌아서려는 찰리를 스티브가 다시 한 번 넓은 품에 가두었다.

"**확실**한 거야, 찰리?" 스티브가 찰리를 꿰뚫을 듯한 눈빛으로 보며 질문했다.

잠시 침묵을 지키던 찰리가 입을 열었다.

"응, 확실해."

그 말만 남기고 찰리는 자리를 떴다. 하지만 샤워하러 위층으로 올라가는 계단에서 발을 헛디디고 나니 이런 생각이 들었다. 아무것도 두렵지 않고 다 괜찮다는 연기를 믿어줄 사람은 아무도 없다는 것을. 찰리 자신부터 그녀를 믿을 수 없었다.

7

"저는 반대예요."

"다 끝난 얘기야, 헬렌. 결정은 이미 났어."

"그렇다면 철회하세요. 분명히 말씀드리지만 저는 원하지 않습니다." 헬렌은 냉정하고 단호하게 말했다. 웬만하면 상관에게 대들지 않는 성격이었지만 이 문제만큼은 절대 양보할 수 없었다. "유능한 수사관은 많습니다. 그중에서 하나 뽑으세요. 저는 전력을 다할 수 있는 수사팀을 꾸릴 생각입니다. 찰리는 포츠머스나 본머스 같은 데로 보내면 되잖아요. 환경이 바뀌면 찰리에게도 좋을 겁니다."

"헬렌 입장에서 힘들다는 거 알아. 나도 이해해. 하지만 찰리도 자네 못지않게 여기서 일할 자격이 있는 사람이야. 같이 일해 봐. 찰리도 실력 있는 경찰이잖아."

헬렌은 찰리가 그렇게 뛰어나서 마리앤에게 납치당했냐는 말이 턱까지 차 올라왔지만 꾹 누르고 다음 수를 생각했다. 파면당한 휘태커의 뒤를 이어 총경이 된 세리 하우드는 벌써부터 존재감을 과시하고 있었다. 하우드는 휘태커와 다른 유형의 리더였다. 휘태커가 성질 급하고 독단적일망정 부하들과 스스럼없이 잘 어울렸던 반면, 하우드는 언변을 타고난 커뮤니케이션의 귀재였지만 유머 감각이라고는 찾아볼 수 없었다. 키가 크고 우아한 미녀인 하우드는 신망이 두터웠고 어느 경찰서에 부임하든 능력을 인정받았다. 다들 하우드를 좋아했지만 헬렌은 그녀와 친해지기 어려웠다. 공통점이 별로 없거니와(하우드는 결혼해 자녀 둘을 두었다) 같이 일해보지 않아서 이렇다 할 인연도 없었다. 사우샘프턴에서 오래 근무한 휘태커는 늘 헬렌을 제자처럼 아끼며 진급에도 도움을 주었다. 하우드에게서는 그런 배려를 기대할 수 없었다. 한 경찰서에서 오래 일하는 법이 없었고 애초에 아끼는 부하를 두지도 않았다. 하우드의 주특기는 안정적으로 조직을 관리하는 능력이었다. 바로 그 이유 때문에 하우드가 사우샘프턴으로 왔다는 사실을 헬렌은 **알고** 있었다. 명예가 땅바닥으로 떨어지고 쫓겨난 총경, 유력 용의자를 총으로 쏘아 죽인 수사반장, 굶어죽을 위기에서 동료를 구하려고 자살한 수사관까지…. 그야말로 엉망진창이었다. 역시나 언론은 신이 나서 연일 이 사건을 보도했다. '사우샘프턴 이브닝 뉴스'의 에밀리아 개라니타는 몇 주 동안이나 마리앤 사건을 물고 늘어졌고 전국을 커버하는 언론매체도 다르지 않았다. 그러니 헬렌이 휘태커 자리로 승진할 턱은 없었다. 경찰청장은 엄청난 선심을 써서 헬렌의 현재 직위를 유지한다는 태도로 나왔다. 그들의 입장을 다 알고 이해하면서도 막상 자신이 처한 상황을 생각하면 피가 거꾸로 솟았다. 이들은 헬렌의 행동이 불가피했다는 것을 알고 있었다. 연쇄살인을 막으려면 헬렌이 친언니를 죽여야 했다는 사실을 알면서도, 그녀를 무슨 말 안 듣는 십대 소녀처럼 대했다.

"찰리와 얘기라도 하게 해주세요." 헬렌이 다시 시도했다. "얘기해봐서 찰리와 같이 일하는 게 괜찮으면…."

"헬렌, 난 정말 자네와 잘 지내고 싶어." 하우드가 슬그머니 말을 자르고 끼어들었다. "아직은 부임한 지 얼마 안 되어 명령을 내리기 조금 어색한 사이니까 내가 부탁할게. 이번 결정에 대해 왈가왈부하지 말아줘. 찰리와 둘이 해결할 문제가 있다는 거 알아. 마크 풀러 수사관과 가까웠다는 것도 알고 있어. 하지만 큰 그림을 봐야지. 지금 사람들은 자네와 찰리가 마리앤을 물리친 **영웅**이라고 보고 있어. 당연한 일이고 나로서는 그 믿음을 절대 깨뜨리고 싶지 않아. 사건 직후에 둘 중 하나를 정직시키든 전근을 보내든 해임해버리든 할 수 있었지만 그건 그른 선택이었을 거야. 찰리가 돌아올 준비가 된 지금에 와서 유능한 수사팀을 갈라놓는 게 과연 옳은 짓일까? 사람들이 오해할 거야. 지금은 찰리를 반갑게 맞아주고 두 사람이 세운 공을 인정받고 각자 맡은 일을 잘 하면 돼. 그게 최선이야."

이 문제로 더 이상 싸워 봐야 입만 아플 뿐이었다. 하우드는 교묘하게 포장된 말로 헬렌이 자칫 **해고**당할 수 있었다는 현실을 상기시켜주었다. 마리앤을 총으로 쏜 일에 대해 경찰민원처리위원회(IPCC) 조사가 끝나고 이루어진 경찰청 자체 조사 도중, 헬렌을 해임하라는 주장이 대두됐다. 단독으로 마리앤을 쫓은 점, 동료 경찰의 수사에 일부러 혼선을 준 점, 용의자에게 정식으로 경고하지 않고 사격한 점까지…. 그들이 지적하는 헬렌의 잘못은 끝이 없었다. 마음만 먹으면 헬렌이 쌓아올린 경력을 얼마든지 무너뜨릴 수 있었다. 그렇게 하지 않은 결정에 헬렌은 놀라고 감사했지만 아직 유예 기간에 불과하다는 사실도 잘 알고 있었다. 그녀의 '혐의'는 여전히 파일에 남아 있었다. 앞으로는 싸움을 해도 신중해야 한다.

헬렌은 최대한 정중하게 수긍하고 하우드의 사무실을 나왔다.

자신이 찰리에게 심하다는 것을 헬렌도 모르지는 않았다. 찰리를 도와야 했지만 마음 같아서는 찰리를 다시 보고 싶지 않았다. 그녀를 보면 마크가 생각날 것 같았다. 마리앤이 보일 것 같았다. 지난 몇 달 동안 이를 악물고 버텼어도 그건 도저히 견딜 자신이 없다.

헬렌이 강력범죄수사팀으로 돌아오자 분위기가 심상치 않았다. 이른 아침답지 않게 수사관들로 사무실이 붐볐다. 그녀를 기다리고 있던 수사관들 틈에서 포춘 수사관이 황급히 다가와 상황 설명을 했다.

"임프레스 로드에 가보셔야겠어요, 반장님."

헬렌은 당장 코트부터 집어 들었다.

"무슨 일이지?"

"살인 사건입니다. 한 시간 전쯤 그 동네 마약중독자한테서 신고가 들어왔어요. 정복 경찰이 출동했지만 반장님께서 직접 가보시는 편이 좋을 것 같습니다."

온몸의 신경이 바짝 곤두서기 시작했다. 포춘 수사관의 목소리에는 마리앤 사건 이후로 듣지 못한 감정이 배어 있었다.

바로 공포였다.

8

헬렌은 오토바이를 두고 현장까지 토니 브리지스 수사관과 차로 이동했다. 토니는 아주 괜찮은 친구였다. 부지런하고 경찰로서 직업의식이 투철해 믿음직했다. 마크 대신 합류한 수사관은 어지간해서 다른 팀원들의 마음을 얻기 힘들었을 텐데 토니는 해내고야 말았다. 마크의 죽음으로 득을 봤다는 거북한 사실을 절대 외면하지 않고 솔직하게 인정했다. 게다가 겸손하고 남의 감정을 잘 헤아려서, 평판이 좋았고 현재까지 별 문제없이 수사팀에서 제 역할을 하고 있었다.

헬렌과 토니의 사이는 그보다 좀 복잡했다. 헬렌이 죽은 마크를 좋아하기도 했지만 마리앤에게 방아쇠를 당겼을 때 토니가 그 자리에 있었기 때문이다. 마리앤이 쓰러지고 헬렌이 헛되이 언니를 살리려 노력하는 모습까지 토니는 전부 곁에서 지켜보았다. 헬렌은 부하인 토니 앞에서 더없이 나약하고 적나라한 모습을 보였다. 그 기억이 남아 있는 한, 둘은 늘 서로를 불편해할 것이다. 하지만 토니는 경찰민원처리위원회 조사를 받는 동안 헬렌이 마리앤을 쏘지 않을 대안은 없었다고 주장했다. 헬렌이 강등이나 면직 처분을 받지 않도록 최선을 다했다. 헬렌도 그때 토니에게 고마움을 전했지만, 앞으로는 그에게 진 빚을 입에 올리지 않을 것이다. 과거로 묻고 넘어가지 않으면 지휘 체계가 흔들릴 수밖에 없다. 헬렌과 토니는 여느 수사반장과 수사관처럼 일하고 있었다. 하지만 전장에서 한번 맺은 인연은 영원히 남을 것이다.

두 사람이 탄 차는 사이렌을 번쩍이며 빠르게 병원을 지나 비좁은 골목으로 들어가더니 임프레스 로드 공업단지로 향했다. 목적지를 알아맞히기는 어렵지 않았다. 폴리스 라인을 친 폐가 입구에서 호기심 많은 구경꾼들이 기웃거리고 있었기 때문이다. 헬렌이 경찰 신분증을 내밀며 인파를 밀치고 들어갔고 토니도 뒤따랐다. 두 사람은 정복 경찰과 짧게 대화하며 장비를 갖춰 입고 집 안으로 들어갔다.

헬렌은 한 번에 두 칸씩 계단을 올랐다. 별별 사건을 다 접했어도 참혹한 범죄 현장은 결코 익숙해지지 않았다. 먼저 와 있던 경찰들이 차마 눈 뜨고 볼 수 없다는 표정을 짓고 있자 헬렌은 마음이 불안해졌다. 가급적 빠르게 처리해야겠다는 생각이 들었다.

헬렌은 앞쪽 침실에서 바삐 움직이는 과학수사대에게 잠시 쉬라고 했다. 방이 비좁아서 그러지 않고서는 그녀와 토니가 피해자를 볼 수 없었다. 이런 때는 마음의 준비를 단단히 해야 한다. 메스꺼움을 미리 가라앉히지 않으면 현장을 제대로 파악하지 못하고 첫인상을 포착할 기회를 놓치고 만다. 피해자는 사십대 후반에서 오십대 초반가량의 백인 남성이었다. 알몸이었고 옷가지나 소지품은 옆에 보이지 않았다. 등산용 나일론 끈으로 팔과 다리가 침대 프레임에 단단히 묶였으며 복면을 머리에 뒤집어쓰고 있었다. 엄밀히 말해 복면은 아니고 비싼 구두나 명품 가방을 살 때 딸려 오는 펠트천 주머니 같았다. 어쨌든 피해자가 이걸 머리에 쓴 이유는 있을 것이다. 피해자를 질식시키려는 용도였을까? 아니면 신원을 감추려고? 어느 쪽이든 복면이 사망 원인은 아니라는 데 한 치의 의심도 없었다.

왜냐하면 피해자의 상반신 정 가운데가 배꼽에서 목까지 칼로 찢겨 있었기 때문이다. 양 옆으로 젖혀 열린 가슴 사이로 장기가 보였다. 아니, 남아 있는 장기가 보였다. 장기 중 적어도 하나는 사라졌다는 사실을 깨달으며 헬렌은 마른침을 꿀꺽 삼켰다. 토니는 뒤에서 새하얗게 질린 얼굴로 한때 남자의 가슴이었을 피 웅덩이를 바라보고 있었다. 범인이 한 짓은 살인이 아니라 파괴였다. 헬렌은 갑자기 밀려드는 공포를 꾹 참아 눌렀다. 그리고 주머니에서 펜을 꺼낸 후 피해자 옆에 쭈그리고 앉아 복면 가장자리를 조심스럽게 들추고 얼굴을 확인했다.

천만다행으로 남자의 얼굴에는 상처 하나 없었다. 빛이 꺼진 채 복면 안쪽을 무력하게 바라보는 눈을 제외하면 묘하게 평온한 얼굴이었다. 헬렌은 그의 신원을 알 수 없어 펜을 다시 넣고 복면을 원래대로 덮었다. 그녀의 시선이 피해자의 몸통부터 얼룩진 이불, 바닥에 굳어진 피, 문으로 가는 길까지 차례차례 훑었다. 상처를 보아하니 아직 하루도 지나지 않았다. 그렇다면 여기 남은 살인범의 흔적도 그리 오래 되지 않았을 것이다. 그러나 아무것도 찾을 수 없었다. 적어도 눈에 보이는 증거는 없었다.

침대 주위를 둘러보다 죽은 비둘기를 밟은 헬렌은 방 저쪽 끝으로 걸어갔다. 하나 있는 창문은 판자로 막혔다. 꽤 오래 전에 막아놓은 듯 못이 녹슬어 있었다. 이 폐가는 사우샘프턴에서도 유독 사람이 다니지 않는 곳에 위치했다. 거기다 출입할 수 있는 창문도 없었다. 그야말로 완벽한 살인 장소였다. 피해자는 죽기 전에 고문을 당했을까? 헬렌은 그 점이 걱정스러웠다. 상처가 너무도 크고 특이해서 범인이 무슨 메시지를 전하려는 것만 같았다. 아니면 단순히 재미 삼아 그랬는지도 모른다. 대체 이유가 무엇일까? 무엇에 홀려 이런 짓을 한 걸까?

그 답을 찾는 일은 잠시 미뤄야 한다. 지금은 피해자의 이름을 찾아 그의 존엄성을 조금이라도 회복시켜줘야 했다. 헬렌은 과학수사대를 다시 불렀다. 사진을 찍고 조사를 시작할 때였다.

이 가여운 남자가 누구인지 밝혀낼 때였다.

9

매튜스 일가의 아침 풍경은 여느 때나 다름없었다. 아침식사를 싹 다 비우고 설거지까지 마친 후 복도에 책가방을 가지런히 놓았다. 쌍둥이는 교복을 입고 있었다. 쌍둥이 엄마 에일린의 잔소리도 다른 날과 똑같았다. 쌍둥이가 어찌나 꾸물거리며 옷을 입는지 기가 막힐 정도였다. 어렸을 때는 말쑥한 교복을 입는다는 것만으로 마냥 즐거웠고 누나들처럼 어른스러워 보이고 싶어서 재깍 교복을 입었다. 그러나 누나들이 독립하고 쌍둥이도 사춘기에 접어들고부터는 교복 입는 시간이 자꾸만 길어졌다. 피하지 못한다면 미룰 만큼 미룬다는 심산이었다. 아버지가 옆에 있다면 당장 입었겠지만 에일린밖에 없을 때는 엄마를 가지고 놀다시피 했다. 요즘에는 용돈을 끊겠다는 협박이 아니면 도통 그녀의 말을 듣지 않았다.

"5분 남았다, 애들아. 5분 후에는 **무조건** 나가야 돼."

시곗바늘은 무심히도 계속 움직였다. 곧 있으면 쌍둥이가 다니는 사립학교인 킹스우드 중학교에서 출석 체크를 할 시간이었다. 늦어서는 안 됐다. 킹스우드 중학교는 교칙이 아주 엄격해서 지각이 잦거나 말을 듣지 않으면 학부모에게 경고문을 보낸다. 에일린은 아직 받아본 적 없었지만 언제 그런 편지가 날아올까 늘 두려움에 떨었다. 그래서 아침 일과를 더 철저하게 지켰고 지금쯤이면 출발했어야 한다. 하지만 오늘은 정신이 하나도 없었다. 아들들을 재촉하는 잔소리도 진심으로 하는 말보다는 습관에 가까웠다.

간밤에 앨런이 들어오지 않았다. 에일린은 남편이 밤에 나갈 때마다 걱정이 태산이었다. 봉사 활동 때문이고 남편 성격상 불우 이웃을 돕지 않고는 못 배기니 어쩔 수 없었지만, 언제 누구와(아니면 무엇과) 마주칠지 모르는 일이다. 바깥세상에 질 나쁜 사람들이 돌아다닌다는 건 신문만 읽어도 알 수 있었다.

평소 앨런은 새벽 4시쯤 돌아왔다. 집에서 그때까지 깨어 있으면 화를 내서 에일린은 늘 자는 척했지만 사실은 앨런이 무사히 돌아올 때까지 뜬눈으로 지새웠다. 오늘은 더 이상 기다릴 수가 없어 6시쯤 앨런의 휴대폰에 전화를 거니 곧장 음성 메시지로 넘어갔다. 잠시 갈등하던 그녀는 메시지를 남기지 않았다. 어차피 금방 돌아올 텐데 괜히 호들갑을 떨었다고 야단만 맞을 것이다. 간신히 아침을 차렸지만 한 술도 뜨지 못해 그녀의 식사는 식탁 위에 그대로 놓여 있었다. 이 사람이 대체 어디 있는 거지?

학교 갈 준비를 마친 쌍둥이가 눈을 동그랗게 뜨고 에일린을 보고 있었다. 안절부절못하는 엄마를 보고 놀려야 할지, 걱정해야 할지 모르는 얼굴이었다. 소년에서 남자로 변해가는 열네 살답게 쌍둥이는 독립심과 반항심이 강했지만 부모님이 정한 일과와 규율을 어기지는 않았다. 기다리고 있는 아들들을 보면서도 에일린은 망설였다. 남편이 돌아올 때까지 가만히 기다려야 할 것만 같았다.

초인종이 울리자 에일린은 쏜살같이 복도로 달려 나갔다. 이 사람이 덜렁대다 열쇠를 잃어버린 모양이다. 소매치기를 당했을지도 모른다. 아무짝에 쓸모없는 부랑자를 돕다가 지갑을 잃어버리는 건 너무도 앨런다운 일이었다. 에일린은 마음을 진정시키고 아무 일 없었다는 듯 환한 미소로 문을 열었다.

하지만 아무도 없었다. 앨런이든 아니든 누가 있을 줄 알고 두리번거렸지만 거리는 고요했다. 꼬마들이 친 장난이었을까?

"이럴 시간에 공부나 하지 뭐하는 거야." 그렇게 소리치며 에일린은 집값이 싼 동네의 짓궂은 아이들에게 속으로 저주를 퍼부었다. 문을 쾅 닫으려던 그녀가 상자 하나를 발견했다. 현관 계단에 택배 상자가 놓여 있었다. '매튜스 가족' 앞. 흰색 운송장의 집 주소는 글씨가 삐뚤삐뚤해서 알아보기 힘들었고 철자도 다 틀렸다. 언뜻 보기에 선물 같았지만 오늘 생일인 가족은 없다. 에일린은 우체부 사이먼이나 택배회사 화물차가 길가에 서 있나 싶어 다시 한 번 문밖으로 고개를 내밀었다. 그러나 개미 한 마리 보이지 않았다.

쌍둥이가 득달같이 달려들어 상자를 열어보게 해달라고 졸랐지만 에일린은 단호했다. 그녀가 **직접** 열어봐서 문제가 없으면 아이들에게 보여줄 것이다. 시간이 촉박했다. 뭘 했다고 벌써 8시 40분이지? 하지만 쌍둥이가 궁금해서 난리니 속 시원히 학교를 보낼 수 있게 상자를 지금 여는 편이 나았다. 에일린은 꾸물거리지 말고 빨리 해치워버리기로 결심했다. 서두르면 딱 맞춰 학교에 도착할 수 있을 것이다.

그녀는 주방 서랍에서 가위를 꺼내 상자의 테이프를 따라 쭉 잘랐다. 그러자마자 코가 찌푸려졌다. 안에서 진한 냄새가 풍겼다. 딱 꼬집어 말할 수는 없었지만 왠지 불쾌한 냄새였다. 쇠붙이 냄새인가? 동물 냄새? 마음 같아서는 상자를 다시 봉하고 앨런이 돌아올 때까지 기다리고 싶었다. 하지만 옆에서 쌍둥이가 재촉하는 바람에 에일린은 이를 악물고 과감하게 상자를 열었다.

그리고 비명을 질렀다. 겁에 질린 아들들을 보고도 비명을 멈출 수 없었다. 그녀는 눈물이 그렁그렁해서 엄마에게 달려오는 쌍둥이를 마구 밀쳐냈다. 제발 무슨 일인지 알려달라는 아이들의 옷깃을 쥐고 거칠게 밖으로 끌고 나왔다. 그러는 내내 누구라도 좋으니 도와달라는 비명은 멈추지 않았다.

방 안에는 상자만 덩그러니 남았다. 뚜껑이 스르르 열리면서 아래쪽에 '악마'라는 검붉은 색 글씨가 드러났다. 상자의 끔찍한 내용물을 보여주기에 완벽한 쇼였다. 지저분한 신문에 싸여 상자 속에 얌전히 누워 있는 것은 인간의 심장이었다.

10

"다들 어디 갔어?"

사건 파일을 들고 강력범죄수사팀 사무실로 들어온 찰리가 주위를 둘러봤다. 이곳에 다시 오니 이루 말할 수 없이 어색한 느낌이 들었다. 하지만 사람이 없어서 허전한 사무실을 보자 기분이 더욱 묘했다.

"임프레스 로드에서 살인 사건이 터졌어요. 그레이스 반장님이 거의 다 데리고 출동했고요." 포춘 수사관이 혼자 사무실에 남았다는 불만을 가까스로 억누르며 대답했다. 머리가 좋고 성실하기로 소문난 포춘은 사우샘프턴 중앙경찰서에서 몇 안 되는 흑인 경찰이었다. 굵직굵직한 사건들을 척척 맡던 그에게 여기 처박혀서 찰리의 업무 복귀를 도와주라니 잔뜩 골이 났을 것이다. 굳이 티를 내지 않아도 눈에 훤했다. 30분 전 경찰서에 들어설 때부터 긴장하던 찰리는 환영해주는 사람이 하나도 없자 불쾌해졌다. 일부러 나를 엿 먹이는 건가? 아무도 반기지 않는다는 뜻으로 해석해도 되나?

"나는 무슨 사건을 조사하면 되지?" 찰리는 최대한 프로답게 마음을 가라앉히고 말했다.

"매춘부 하나가 자동차 트렁크에서 발견된 사건이에요. 사체 훼손이 심해서 처음에는 신원 확인을 못 하고 있다가 DNA 검사로 해결했고요. 데이터베이스에 DNA가 남아 있었거든요. 3쪽으로 넘기면 당시 사건 기록부가 나올 겁니다."

찰리는 파일을 획획 넘겨보았다. 사망자 알렉시아 루스코는 짙은 적갈색 머리카락, 수많은 피어싱과 문신, 두툼한 입술이 아주 매력적인 폴란드 여성이었다. 어디서 완벽한 고스족(창백한 피부에 새까만 머리와 옷으로 음산한 느낌을 주는 패션 스타일_옮긴이)을 찾는다면 단연 그녀라고 말할 수 있었다. 머그샷(경찰에서 범죄자의 얼굴을 식별하기 위해 찍는 사진_옮긴이)도 필요 이상으로 야해 보였다. 신화 속 동물 모양 문신 때문인지 왠지 원초적이고 야성적인 분위기를 풍겼다.

"마지막 주소지는 베드포드 플레이스 쪽에 있는 아파트예요." 포춘 수사관이 참고로 덧붙였다.

"그럼 가보자." 찰리가 대답했다. 포춘은 그냥 대충 정리해버리고 싶다는 기색이었지만 찰리는 못 본 체했다.

"네가 운전할래? 아니면 내가 할까?"

사우샘프턴의 성매매 여성은 대개 세인트 메리스나 포츠우드에서 학생, 마약중독자, 불법이민자들과 섞여 살았다. 그래서 알렉시아의 주소지가 주변에 고급 클럽과 술집이 있는 베드포드 플레이스라는 사실만으로 흥미로웠다. 1년 전만 해도 길거리 매춘 혐의로 체포됐던 여자가 이렇게 괜찮은 동네에 산다니. 수입이 꽤 좋지 않고서는 불가능했다.

그녀가 살던 아파트 안으로 들어가자 확신은 더 커졌다. 아파트 관리인은 경찰 신분증을 보고 마지못해 문을 열어주었고, 포춘 수사관이 관리인에게 질문을 하는 동안 찰리는 내부를 둘러보았다. 최근에 인테리어를 새로 한 집이었다. 벽을 최대한 없애서 공간을 넓게 사용하는 구조였고, 가구는 그리 비싸지 않아도 고급스러워 보였다. ㄱ자형 소파와 대형 텔레비전에다 유리 테이블, 에스프레소 기계, 빈티지한 주크박스까지 있었다. 까놓고 말해 찰리네 집보다 좋았다. 중산층처럼 집을 꾸미고 살 만큼 돈을 잘 벌었던 것일까? 아니면 뒤를 봐주는 사람이 있는 걸까? 애인? 포주? 혹시 누군가를 협박해서 돈을 뜯어냈나?

주방을 지나 침실로 곧장 들어갔다. 방 안은 굉장히 깨끗했다. 찰리는 라텍스 장갑을 끼고 수색을 시작했다. 옷장에는 옷이 한가득이었고 서랍장에는 속옷과 변태 성행위를 위한 수갑 같은 것이 들어 있었으며 침대는 말끔히 정리된 상태였다. 침대 옆 탁자에는 생소한 폴란드 작가의 책 한 권이 놓여 있었다. 그밖에는 눈을 씻고 봐도 아무것도 없었다. 정말로 이것이 전부일까?

욕실은 딱히 볼 게 없어서 작은방에 들어갔다. 서재 비슷한 공간이었지만 한쪽에는 빨래건조대도 있었다. 허름한 책상 위에 전화기와 값싼 노트북이 보였다. 찰리는 노트북 전원 버튼을 눌렀다. 전원이 들어왔는지 요란한 소리가 났지만 새까만 화면은 변하지 않았다. 키보드를 몇 개 눌러봐도 여전히 먹통이었다.

"주머니칼 있어?" 찰리가 포춘 수사관에게 물었다. 물어보나 마나 있겠지. 포춘은 꼭 필요하지 않을 때도 그런 물건을 항상 갖고 다녔다. 여자 동료 앞에서 고장 난 기계를 뚝딱 고치며 우쭐거리는 것을 가장 큰 행복으로 여겼다. 현대에 살고 있지만 속은 딱 옛날 남자였다.

찰리는 포춘의 주머니칼에서 스크루드라이버를 펼쳐 노트북 뒷면 패널을 열었다. 역시나 배터리는 제자리에 있지만 하드드라이브가 보이지 않았다.

그렇다면 누군가 선수를 쳤다는 뜻이다. 찰리는 이 집에 발을 들인 순간부터 다른 사람이 집을 치우고 갔다는 의심이 들었다. 이렇게까지 정리해놓고 사는 사람은 없다. 경찰이 들이닥쳐 철저하게 수색하리라 예상하고 알렉시아의 흔적을 현실에서도 가상 세계에서도 모조리 지운 것이다. 알렉시아는 대체 무슨 일을 했길래 이렇게 돈을 많이 벌었을까? 그리고 누군가 그걸 감추려는 이유는 무엇일까?

이제는 눈에 보이는 곳을 살펴봐야 소용이 없었다. 옷장과 테이블을 뒤집어 보고 침대 매트리스를 세우고 옷 주머니를 일일이 뒤질 차례였다. 사방을 샅샅이 수색하려니 헛수고 같아 막막했고, 마음이 이미 임프레스 로드에 가 있는 포춘은 한숨을 연발하며 찰리의 참을성을 시험했다. 하지만 장장 두 시간 반 수색을 한 끝에 두 사람은 고생한 보람을 얻었다.

주방의 아일랜드 식탁에 서랍형 쓰레기통이 있었다. 누군지 몰라도 쓰레기통을 꺼내 비운 사람은 서랍 바닥에 떨어진 작은 종이를 발견하지 못한 게 분명했다. 버릴 때부터 쓰레기통과 서랍 사이 공간에 잘못 들어가 지금껏 눈에 띄지 않았던 모양이다. 찰리는 종이를 꺼냈다.

놀랍게도 급여 명세서였다. 수령자는 배니스터 파크에 있는 헬스센터의 아그네스카 수리아브. 국민연금과 건강보험료가 공제되었고 세금원천징수용 직원 번호도 있으니 틀림없는 정식 명세서였고, 월급으로 상당한 액수가 찍혀 있었다. 하지만 이해가 되지 않았다. 아그네스카는 또 누구란 말인가? 알렉시아의 친구? 가명? 문제가 해결되기는커녕 의문만 더 늘어났지만 처음으로 빛이 보였다. 찰리는 실로 오랜만에 가슴이 벅차올랐다. 어쩌면 마리앤의 악몽을 잊고 다시 살아갈 희망이 있는지도 모른다.

11

"정보를 더 모으기 전까지 다들 입단속 철저히 하도록. 내 허락 없이 수사본부 밖으로 기밀을 누설하는 일 없었으면 한다. 알았나?"

헬렌의 말을 듣고 수사팀원들은 순순히 동의를 표했다. 급조한 수사본부는 브리지스, 샌더슨, 맥앤드루, 그라운즈 같은 수사관들은 물론이고 기술팀, 공보실 직원들까지 모여 발 디딜 틈 없었다. 수사가 활기를 띠기 시작하며 다들 은근히 들뜬 분위기였다.

"단독범인지 공범이 있는지 모르겠지만 우리는 아주 위험한 인물을 쫓고 있다. 검거하려면 빠르게 움직여야 할 거야. 우선 피해자의 신원부터 확인하지. 이건 샌더슨이 맡아서 과학수사대와 진행해. 정복 경찰 측에서 목격자와 피해자 차량을 조사 중이라고 하니까 그쪽하고도 공조하고. 거리에 CCTV는 없겠지만 근처 슈퍼마켓이나 공장에 물어보면 증언이 나올 수도 있어."

"알겠습니다." 샌더슨 수사관이 대답했다. 지루한 임무지만 때로는 그렇게 시시한 곳에서 사건의 실마리가 나오는 법이다. 몸은 힘들지언정 영광을 차지할 가능성은 얼마든지 있었다.

"맥앤드루는 매춘부들을 상대로 탐문 수사를 실시해. 어젯밤 그 부근에 열 명은 넘게 있었을 거야. 범행 장면을 목격했거나 소리라도 들었을 가능성이 있어. 경찰이라고 하면 입을 안 열겠지만 어차피 이런 사건이 터지면 자기들도 손해잖아. 우리를 도와야 영업에 지장이 없다는 점을 강조해. 사복 경찰이 더 접근하기 수월

할 거야. 관할 지구대 안내를 받되, 가능한 한 직접 일대일 탐문을 진행하도록 한다."

맥앤드루 수사관은 고개를 끄덕였다. 오늘 저녁 약속은 꼼짝없이 취소다. 이러니 아직 남자친구가 없을 수밖에.

헬렌은 잠시 말을 멈추고 뒤쪽 게시판에 천천히 살인 현장 사진을 하나씩 붙였다. 그러자 놀라서 숨을 헉 들이마시는 소리가 뒤에서 작게 들렸다. 수사본부 내에서도 사람의 배를 다 갈라놓은 모습을 본 경찰은 많지 않았다.

"첫 번째 의문은 이거야. 이유가 뭘까?" 헬렌이 다시 앞을 보며 질문을 던졌다. "피해자가 무슨 행동을 했기에 이런 일을 당한 거지?"

아무도 대답을 못하는 가운데 헬렌은 팀원들이 사진에 어떻게 반응하는지 눈여겨본 뒤 말을 이었다.

"이 동네 폐가는 매춘부나 약물중독자가 매일 같이 드나드는 곳이야. 그런데 이 남자는 왜 하필 거기에 있었을까? 여자를 사고 돈을 내지 않았나? 손님에게 바가지를 씌우려던 포주일까? 아니면 마약 공급책인데 거래하다 거스름돈을 덜 줬나? 정말로 화를 못 참을 일이 있었거나 공개적으로 메시지를 전달하겠다는 뜻이 아니고서야 이렇게 잔인하게 죽일 순 없어. 절대 우발적인 범죄가 **아니다**. 범인은 나일론 끈, 테이프 같은 도구를 철저하게 준비했고 범행 자체도 서두르지 않았어. 곧 과학수사대 감식 결과가 나오겠지만 사체와 바닥에 남은 혈액량을 보면 피해자는 과다 출혈로 사망한 게 아닐까 한다. 범인은 당황하지 않았고 도망치지도 않았어. 들킬까 겁내지 않고 침착하게 자기 할 일을 했지. 피해자의 배를 갈라서…." 헬렌은 잠시 머뭇하다가 말을 맺었다. "…심장을 도려낸 거야."

그 말을 들은 기술팀 직원의 얼굴이 파랗게 질렸다. 헬렌은 더 이상 뜸들이지 않았다.

"범인은 피해자를 기다렸다가 기습했을 거다. 그리고 벌을 내린 거지. 하지만 왜? 세력 다툼이 원인일까? 경쟁 조직에 경고를 보내려고? 혹시 피해자가 빚을 졌나? 금품을 노린 강도짓일까? 매춘부나 포주가 고객의 계좌비밀번호를 알아내려고 고객을 고문하다 죽인 사건은 전에도 있었어. 아니면 전혀 다른 이유가 있을까?"

사실 헬렌은 전혀 다른 이유일까 봐 두려워하고 있었다. 혹시 일종의 트로피처럼 심장을 수집하려 한다면? 그녀는 불안한 생각을 애써 지우고 브리핑을 다시 시작했다. 지레 말도 안 되는 상상을 할 필요는 없다. 더없이 단순한 이유로 벌어진 사건일지도 모른다.

"되도록 모든 가능성을 열어두고 수사해야 한다. 매춘, 마약, 조직 범죄, 원한 범죄 등등 뭐든지. 범인은 24시간 이내에 정체를 드러내기 쉬워. 이런 범행을 저지르고 나면 침착하게 행동할 수가 없어서 허점을 보이거나 흥분해서 날뛰기 마련이야. 그러니 다들 눈과 귀를 최대한 열어두기 바란다. 어떤 정보도 좋고, 어떤 단서도 좋아. 지금부터 이 사건이 무조건 일 순위다. 나머지는 다른 사람들한테 맡겨도 돼."

여기서 다른 사람이 찰리를 말한다는 것을 모르는 사람은 없었다. 헬렌은 아직 찰리를 못 봤지만 두 사람이 만날 시간은 점점 다가오고 있었다. 헬렌은 사무적이고 깍듯한 태도로 긴장을 감출 생각이었다. 하지만 그럴 수 있을까? 과거에는 감쪽같은 연극이 가능했지만 지금은 상황이 달라졌다. 그간 너무도 많은 일이 일어났고, 헬렌의 과거가 만천하에 드러났다. 더 이상 사람들은 헬렌의 가면에 속지 않을 것이다.

수사관들이 약속을 취소하러, 가족이나 연인의 마음을 달래러, 길어질 야간 근무를 대비해 간단히 요기를 하러 하나둘 수사본부를 떠났다. 혼자 남은 사무실에서 헬렌이 생각에 잠겨 있을 때, 토니 브리지스가 헐레벌떡 다시 들어왔다.

"피해자 신원을 확인한 것 같습니다."

헬렌은 정신이 번쩍 들었다.

"이름은?"

"앨런 매튜스. 네 자녀를 둔 기혼 남성이고 집은 배니스터 파크에 있습니다. 사업가인데 자선기금 모금 활동도 하고 지역 침례교회 집사랍니다."

토니는 마지막 말에 얼굴을 찡그리려 하지 않았지만 허사였다. 헬렌은 두 눈을 질끈 감았다. 이 소식을 전할 경찰에게도, 이 소식을 들을 가족에게도 지옥 같을 몇 시간이 눈에 선했다. 가정이 있는 남자가 악명 높기로 유명한 사창가에서 참혹한 죽음을 맞았다. 어떤 말로도 좋게 포장할 방법이 없었다. 하지만 이 바닥에서 잔뼈가 굵은 헬렌은 얼버무린다고 문제가 해결되지 않는다는 것을 알았다. 그래서 가방을 집어 들고 턱짓으로 토니에게 따라오라고 했다.

"빨리 해치워버리자고."

12

에일린 매튜스는 이성의 끈을 간신히 붙잡고 있었다. 에일린은 폭신한 소파에 긴장한 자세로 앉아 맞은편의 여자 수사관을 빤히 바라보았다. 수사반장이라던 그녀는 지난 몇 시간 사이 벌어진 끔찍한 일들을 설명하고 있었다. 그 옆에 토니라는 남자 수사관이 앉아 있고, 또 이름도 기억나지 않는 가족연락관(살인 및 실종 사건에서 경찰과 피해자 가족의 다리 역할을 하는 영국 경찰제도_옮긴이)이 함께 있었지만 에일린의 시선은 오로지 수사반장만을 향했다.

쌍둥이는 정신적 안정을 위해 친구 집에 가 있다. 당연한 결정이었지만 에일린은 벌써부터 후회하고 있었다. 아이들 심정이 지금 어떨까. 여기 앉아서 경찰의 질문에 답해야 하는 줄 알면서도 마음 같아서는 당장 아들들을 찾아가 품에 안고 절대 떠나보내고 싶지 않았다. 하지만 에일린은 그녀에게 닥친 현실로 인해 온몸이 얼어붙어 수사반장의 질문을 받고 있었다.

"남편분인가요?"

헬렌이 피해자의 얼굴을 가까이서 찍은 사진을 건넸다. 에일린은 사진을 쓱 보더니 바닥으로 시선을 떨궜다.

"맞아요."

풀죽은 목소리에 힘이 하나도 없었다. 충격으로 얼떨떨해 눈물조차 나오지 않았다. 마른하늘에 날벼락 같은 일이라 머리가 잘 돌아가지 않았다.

"혹시…?" 에일린이 겨우 말을 꺼냈다.

"그렇게 보고 있습니다. 정말 유감입니다."

에일린은 당연한 사실을 확인받은 사람처럼 태연하게 고개를 끄덕였지만 사실은 헬렌의 말을 한 귀로 흘려듣고 있었다. 전부 다 모른 척하고 아무 일도 없었다는 듯 행동하고 싶었다. 에일린은 거실 벽을 가득 메운 가족사진만 멍하니 바라보았다. 사진 속의 가족은 행복했다.

"곁에서 도와드릴 가족이나 친구분들 계시면 저희가 연락을 드릴까요?"

"어떻게 죽었나요?" 에일린이 헬렌의 질문을 무시하고 물었다.

"아직은 조사 중입니다. 다만 사고가 아니라는 건 확실해요. 자살도 아닙니다. 저희는 살인 사건을 수사하고 있어요, 에일린."

두 번째 충격이 머리를 강타했다.

"누가 그런 짓을 하죠?" 에일린은 처음으로 헬렌의 얼굴을 똑바로 마주했다. 혼란스러운 표정이었다.

"누가 그런 짓을 해요?" 에일린이 같은 말을 반복했다. "대체 누가…." 에일린이 주방 쪽을 가리키며 말을 흐렸다. 지금 주방에서는 과학수사대가 증거 사진을 찍은 후 심장을 용기에 보관하고 있었다.

"글쎄요." 헬렌이 대답했다. "하지만 반드시 찾아낼 겁니다. 혹시 어젯밤 남편분이 어디 계셨는지 아세요?"

"화요일 밤마다 가는 곳이 있어요. 사우스브룩 로드에서 무료 급식소 자원봉사를 했어요."

토니가 수첩에 메모를 휘갈겨 썼다.

"한 주도 거르지 않고 하셨나요?"

"네, 저도 그렇지만 앨런은 교회 일에 아주 열심이에요. 저희 교리에서는 불우 이웃을 돕는 게 특히 중요하기도 하고요."

에일린은 남편을 현재형으로 이야기하고 있다는 사실을 새삼 깨달았다. 문득 끔찍한 현실이 그녀를 덮쳤다. 앨런이 정말로 죽었다고? 에일린은 위층에서 나는 소리를 듣고 화들짝 놀랐다. 그러나 앨런이 서재를 돌아다니는 소리가 아니었다. 다른 수사관들이 앨런의 물건을 뒤지고 컴퓨터를 가져가고 이 집에서 앨런의 흔적을 없애는 소리였다.

"어제 남편분이 왜 비버스 밸리에 계셨는지 아세요? 정확히는 임프레스 로드요."

"아니요. 그이는 사우스브룩 로드에 있었을 거예요. 저녁 8시부터… 아마 배급용 수프가 다 떨어질 때까지요. 오는 사람은 많고 일손이 부족한 여건에서도 최선을 다해요. 왜 그런 질문을 하신 거죠?" 에일린은 답을 알고 싶지 않았지만 억지로 질문했다.

"앨런은 임프레스 로드 공업단지에 있는 폐가에서 발견됐어요."

"말도 안 돼요."

헬렌은 가만히 있었다.

"무료 급식소에서 사람을 죽이고 사우샘프턴 반대편까지 끌고 갈 리가 없을 텐데…" 에일린은 믿기지 않는다는 듯이 말했다.

"앨런의 차는 폐가에서 엎어지면 코 닿을 거리에 있었어요. 제대로 주차하고 리모컨 열쇠로 문을 잠갔습니다. 자발적으로 그곳에 갔을 만한 이유가 있을까요?"

에일린은 헬렌을 의심스럽게 쳐다봤다. 이 여자가 무슨 소리를 하는 거지?

"곤란한 질문을 드리는 것도 제 일이라서요, 에일린. 사건의 진상을 밝히려면 어쩔 수 없습니다. 임프레스 로드는 마약을 거래하거나 매춘부가 손님을 구하는 곳이에요. 앨런이 성매매나 마약을 했던 적이 있나요?"

너무 놀라서 잠시 말문이 막혔던 에일린이 버럭 화를 냈다.

"지금까지 내 말은 다 어디로 들은 거죠? 우린 신앙심 깊은 가족이에요. 앨런은 교회 집사라고요." 그녀는 어디 모자란 사람을 대하듯 또박또박 말했다. "남편은 남을 배려하는 선한 사람이었어요. 그게 평생의 신조였단 말이에요. 몸 파는 여자나 마약중독자를 만났다 해도 순수하게 그들을 돕기 위해서였을 거예요. 그런 이유로 창녀를 찾아갔을 리는 절대 없어요."

헬렌이 끼어들려 했지만 에일린의 말은 아직 끝나지 않았다.

"어젯밤 **끔찍한** 일이 벌어졌어요. 선량하고 존경 받아 마땅한 남자가 남에게 도움을 베푼 대가로 살해당했다고요. 그러니까 그따위…, 역겨운 얘기는 꺼내지도 말아요. 그럴 시간에 당장 우리 집을 나가서 이런 짓을 한 남자나 찾으시죠?"

이제야 눈물이 왈칵 쏟아졌다. 에일린은 소파에서 벌떡 일어나 황급히 거실을 나갔다. 이들 앞에서 눈물을 보일 수는 없다. 누구 좋으라고? 침실로 간 그녀는 남편과 30년 동안 같이 썼던 침대에 쓰러져 누워 가슴이 터지도록 펑펑 울었다.

13

남자는 삐걱거리는 다섯 번째 계단을 밟지 않도록 조심하며 위층으로 올라갔다.

복도와 샐리의 방을 지나 곧바로 아내의 방으로 향했다. 이상하게도 그는 부부 침실을 늘 아내의 방이라고 생각했다. 잠시 망설이다가 나무로 된 문을 밀었다. 문이 열리며 경첩에서는 시끄러운 쇳소리가 났다.

남자는 숨을 죽였다.

다행히 방 안은 고요했고 아내도 잠에서 깨지 않았다. 그래서 그는 소리를 내지 않고 방으로 들어갔다.

아내는 곤히 잠들어 있었다. 사랑하는 아내를 보는 순간 가슴이 뛰었지만 부끄러워서 고개를 들 수 없었다. 아내는 너무도 순수하고 평온한 얼굴로 누워 있었다. 행복해 보였다. 우리가 어쩌다 이렇게 된 걸까?

그는 얼른 방을 나와 계단으로 향했다. 그런 생각에 연연하면 결심만 흔들릴 뿐이다. 지금이 절호의 기회다. 그러니 망설이지 말자. 그는 조용히 현관문을 열고 불안한 눈으로 위층을 다시 쳐다보고는 어두운 밤거리로 나갔다.

14

간판은 몰랐으면 지나치기 십상인 위치에 숨어 있었다.

브룩마이어 헬스센터. 고객을 상대로 장사하는 기업이 자기 얼굴이나 다름없는 간판을 숨기다니 수상했다. 찰리가 벨을 누르자마자 안에서 응답이 왔다.

"경찰입니다." 찰리는 시끄러운 차 소리 때문에 들리지 않을까 봐 큰소리로 말했다. 필요 이상으로 긴 침묵이 흐른 끝에 문이 열렸다. 벌써부터 불청객 취급을 받는 기분이었다.

찰리는 맨 위층까지 걸어 올라갔다. 오목조목 예쁘장하게 생긴 여자가 가식적인 미소를 환하게 지으며 맞아주었다. 머리를 하나로 깔끔하게 묶은 여자는 빳빳한 흰색 유니폼 차림으로 어떻게 도와드리면 좋겠냐고 물었지만 실제로 도와줄 생각은 없어 보였다. 찰리는 대답 대신 주위를 둘러보았다. 고급 스파 같은 실내에서는 스파 특유의 향기가 났다. 다시 접수원에게 시선을 돌렸다. 명찰에 적힌 이름은 에디나였다. 그녀는 폴란드 말씨를 쓰고 있었다.

"매니저와 이야기하고 싶은데요." 찰리는 거절하지 못하게 신분증을 내밀며 말했다.

"지금 안 계세요. 저한테 대신 말씀하시죠."

또 가식적인 미소다. 짜증이 난 찰리는 안내 데스크 뒤에 있는 복도로 향했다. 복도를 따라 더 많은 방이 보였다.

"그쪽으로 가시면 안…"

여자의 만류에도 찰리는 앞으로 나아갔다. 내부는 상당히 쾌적했다. 양 옆으로 마사지실이 늘어선 복도의 끝에 이르자 공동 주방이 나왔다. 혼혈 꼬마 하나가 식탁에 앉아 장난감 기차를 가지고 놀고 있었다. 아이는 고개를 들더니 찰리를 보고 활짝 웃었다. 그 모습을 보자 찰리도 웃음이 나왔다.

"매니저님은 내일 오실 거예요. 그때 다시 오시면 안 될까요?"
에디나가 간신히 찰리를 따라잡고 부탁했다.

"그러죠, 뭐. 그 전에 여기 직원에 대해 질문 좀 할게요. 아그네스카 수리아브라는 직원 말이에요." 찰리는 무표정인 에디나에게 아그네스카의 급여 명세서 사본을 건넸다.

"아, 맞아요. 아그네스카는 저희 치료사인데 지금은 휴가 중이죠."

"아그네스카는 죽었어요. 이틀 전 살해당했습니다."

에디나가 드디어 가식이 아닌 반응을 보였다. 그것은 충격이었다. 방금 들은 말을 이해하려고 한참동안 가만히 있던 에디나가 간신히 말을 꺼냈다.

"어떻게 죽었죠?"

"목이 졸려 질식사한 후 시신을 훼손당했어요." 찰리는 그녀의 반응을 기다렸다가 말을 이었다. "언제 마지막으로 보셨죠?"

"사흘인가 나흘 전에요."

"사이가 가까웠나요?"

에디나는 그렇든 아니든 말하고 싶지 않다는 듯 어깨만 으쓱했다.

"아그네스카는 여기서 무슨 일을 했죠?"

"식단 관리를 담당했어요."

"찾는 손님이 많았나요?"

"네." 에디나는 그렇게 대답하면서도 곤혹스러운 표정을 지었다.

"비용은 얼마였죠?"

"가격표가 있어요. 제가 보여드릴…."

"모든 서비스를 제공했나요? 아니면 전문 분야가 따로 있었나요?"

"무슨 뜻인지 잘 모르겠네요."

"아그네스카를 조사했을 때 식품영양 관련 자격증은 별로 없던데요. 본명은 알렉시아 루스코이고 매춘부였어요. 보아하니 꽤 잘 나갔더군요. 또 폴란드 출신이죠. 당신처럼요."

에디나는 이야기가 흘러가는 방향이 못마땅한지 잠자코 있었다.

"처음으로 돌아갈까요?" 찰리가 질문을 다시 시작했다. "알렉시아는 여기서 무슨 일을 했죠?"

한참 입을 꾹 다물고 있던 에디나가 마침내 대답했다.

"아까 말했잖아요. 매니저님이 내일 오실 거라구요."

찰리가 웃음을 터뜨렸다.

"제법이네요, 에디나. 인정할게요."

그러더니 마사지실이 있는 복도를 힐끗 보았다.

"당장 저 안에 들어가면 어떻게 될까요? 3호실이 사용 중이군요. 지금 문을 강제로 열면 어떤 광경이 펼쳐질지 가서 확인할까요?"

"그러세요. 영장이 있다면요."

에디나는 더 이상 친절한 척 연기하지 않았다. 찰리는 작전을 다시 세웠다. 이 여자는 보통내기가 아니었다.

"저 아이는 누구 아들인가요?" 찰리가 주방을 가리키며 물었다.

"고객분 아드님이에요."

"이름이 뭐죠?"

에디나가 순간 멈칫하고는 말했다. "빌리예요."

"진짜 이름을 말해요, 에디나. 한번만 더 거짓말을 하면 체포할 겁니다."

"리치예요."

"불러봐요."

"굳이 그렇게…."

"불러보라니까요."

에디나는 주저하다가 말했다.

"리치!"

"네, 엄마." 주방에서 아이가 대답했다.

에디나는 고개를 푹 떨궜다.

"아이 아빠는 누구죠?" 찰리는 포문을 다시 열었다.

갑자기 에디나가 눈물을 글썽였다.

"아이나 그 사람은 끌어들이지 말아주세요. 아무런 관계가 없…."

"허가증 있어요?"

답이 없었다.

"우리나라에 불법체류 중인가요?"

긴 침묵이 이어졌다. 마침내 에디나가 고개를 끄덕였다.

그녀의 입에서는 "제발."이라는 애원밖에 나오지 않았다.

"당신이나 아들이 곤란해질 일은 없어요. 그러려고 온 게 아니에요. 하지만 알렉시아가 여기서 무슨 일을 했는지는 꼭 알아야겠어요. 어떤 일을 겪었는지도요. 그러니까 말해주지 않으면 나는 신고할 수밖에 없어요. 에디나 당신이 결정해요."

물론 선택의 여지는 없었다. 그래서 찰리는 에디나의 대답을 듣고도 놀라지 않았다.

"여기서는 안 돼요. 5분 후에 길모퉁이 카페에서 만나요."

에디나는 아들에게 부랴부랴 달려갔고, 찰리는 안도의 한숨을 내쉬었다. 싸움터로 돌아온 기분은 야릇했다. 갑자기 피로가 몰려와 견딜 수가 없었다. 복귀 첫 날이 이렇게 힘들 줄은 상상도 못했다. 하지만 아직 끝은 아니었다. 오늘 밤 찰리의 환영 파티가 열린다. 그곳에서 헬렌 그레이스와 대면해야 한다.

15

헬렌은 몇 년 만에 처음으로 술이 간절했다. 술독에 빠진 부모님이 어떤 꼴로 살았는지 똑똑히 보았기에 일평생 술을 멀리했지만, 가끔은 오늘처럼 진탕 취하고 싶은 날이 있었다. 오늘 밤 헬렌은 건드리면 폭발할 것 같은 기분이었다. 부루퉁한 가족연락관이 지적한 대로 헬렌은 에일린 매튜스에 대한 심문을 망치고 말았다. 헬렌에게 다른 방도는 없었다. 곤란한 질문을 피하는 건 불가능했다. 하지만 안 그래도 충격이 심할 여자에게 상처를 주고 나니 영 마음이 좋지 않았다. 결국 쓸 만한 얘기는 하나도 건지지 못하고 자리를 뜰 수밖에 없었다.

헬렌은 에일린의 집에서부터 오토바이를 몰아 '패럿 앤드 투 체어맨' 술집에 도착했고 토니가 그녀의 뒤를 따랐다. 대대로 사우샘프턴 중앙경찰서 경찰들은 송별회 같은 행사가 있으면 경찰서와 몇 블록 거리인 이 술집을 애용했다. 오늘 밤은 복귀를 축하하는 의미로 찰리에게 술을 잔뜩 먹일 것이다. 이것도 대대로 전해지는 한심한 전통이었다. 헬렌은 마음을 가다듬고 안으로 들어갔다. 곁에서 토니가 여유롭게 즐기는 척 다소 어색한 연기를 했지만… 찰리는 여기 없었다. 남은 일을 마무리하고 조만간 도착한단다.

팀원들은 잡담을 하면서도 다들 어떻게 행동할지 눈치만 보고 있었다. 언제 오나 술집 입구만 힐끗거리던 차에 찰리가 갑자기 등장했다. 그녀는 빠른 걸음으로 다가왔다. 어서 해치우고 싶어서

일까? 사람들이 비켜서며 저절로 생긴 길을 따라 찰리는 곧장 헬렌 앞에 섰다.

"잘 왔어, 찰리." 헬렌이 말했다. 그리 마음에서 우러나는 말은 아니었지만 이 정도로 충분했다.

"네, 반장님."

"첫날은 어땠어?"

"좋았어요. 괜찮았습니다."

"다행이군."

침묵이 흘렀다. 토니가 구세주처럼 헬렌을 도우러 나섰다. "누구 체포한 놈 없어?"

찰리는 웃으며 고개를 저었다.

"야, 너 감이 떨어졌다." 토니가 계속 말했다. "샌더슨, 5파운드 내놔."

팀원들이 웃으며 서서히 주위에 몰려들었다. 찰리의 어깨를 두드리고 너도 나도 술을 주며 정신 못 차리게 질문 공세를 펼쳤다. 헬렌도 거들었지만(스티브와 부모님 안부를 물었다) 진심은 아니었다. 그녀는 적당한 기회에 화장실을 간다고 자리를 빠져나왔다. 혼자 있고 싶었다.

헬렌은 한쪽 칸에 들어가 앉았다. 눈앞이 어지러워 머리를 양손으로 감싸 쥐었다. 머리가 지끈거리고 목이 칼칼했다. 찰리는 놀랍도록 편해 보였다. 끔찍한 감금에서 탈출해 나약하게 비틀거리던 여자라고는 상상도 할 수 없었다. 하지만 찰리를 보는 건 생각보다 더 힘들었다. 그간 찰리가 없었기 때문에 지난 일을 잊고 경찰서 생활에 적응할 수 있었다. 경사로 진급한 토니가 합류하고 나서는 마치 새로운 수사팀과 일하는 느낌이었다. 그러나 찰리의 등장으로 그날의 기억까지 돌아왔다. 헬렌이 무엇을 잃었는지 생생히 떠올랐다.

헬렌은 화장실 칸에서 나와 손을 꼼꼼히 씻었다. 그때 뒤에서 물 내리는 소리가 들리더니 문이 열렸다. 무심히 거울을 확인한 헬렌의 얼굴이 굳었다.

그녀에게 다가오는 사람은 '사우샘프턴 이브닝 뉴스' 범죄 전문 취재 부서의 부장기자인 에밀리아 개라니타였다.

"여기서 만나니 반갑네요." 에밀리아가 활짝 웃으며 말했다.

"누가 보면 여기서 사는 줄 알겠어요, 에밀리아."

유치한 발언이었지만 어쩔 수 없었다. 헬렌은 이 여자를 기자로서나, 인간으로서나 경멸했다. 그녀가 어떤 비극을 경험했다 해도 (에밀리아의 한쪽 얼굴은 오래 전 황산 테러를 당해 온통 일그러져 있었다) 배려하고 싶지 않았다. 누구에게나 괴로운 과거는 있다. 그렇다고 모든 사람이 지독한 인간쓰레기가 되지는 않는다.

에밀리아는 미소를 거두지 않았다. 그녀는 대결을 좋아했다. 헬렌이 뼈아픈 경험을 통해 깨달은 사실이었다.

"한번쯤 만나기를 기다리고 있었답니다, 수사반장님." 에밀리아는 마지막 말에 특히 힘을 주었다. 헬렌의 출세 가도가 막혔다는 현실을 상기시키려는 수작인가 싶었다. "임프레스 로드에 끔찍한 살인 사건이 터졌다면서요?"

헬렌은 어떻게 알았냐고 구태여 묻지 않았다. 에밀리아의 레이더망에 걸려서 정보를 술술 토하는 신참 순경은 한둘이 아닐 테니까. 에밀리아는 협박을 해서든, 끈질기게 굴어서든 원하는 정보를 얻어내고야 마는 사람이었다.

헬렌은 에밀리아를 물끄러미 보더니 그녀를 지나쳐 술집으로 가는 문을 열었다. 에밀리아가 얼른 그녀의 옆으로 따라붙었다.

"어떻게 보고 있어요? 꽤 잔인하다고 들었는데."

심장은 언급하지 않는다. 이 정보까지는 모르는 걸까? 아니면 일부러 시치미 떼고 헬렌을 약 올리는 것일까?

"범인으로 짐작 가는 사람 없어요?"

"확실한 건 없네요. 하지만 밝혀지면 에밀리아가 누구보다 먼저 알게 되겠죠."

에밀리아는 씩 웃었지만 반박할 틈을 파고들지는 못했다.

"에밀리아, 이렇게 반가울 데가. 와서 술 한 잔 사줄래요?" 세리 하우드가 바삐 다가오며 말했다. 어디서 튀어나온 거지?

"기자 박봉으로요?" 에밀리아가 싹싹하게 대꾸했다.

"그럼 내가 살게요." 하우드가 에밀리아를 바 쪽으로 이끌었다.

헬렌은 두 사람이 가는 모습을 지켜보았다. 하우드가 헬렌을 구한 것인지, 헬렌이 기자를 도발하지 못하게 막아준 것인지 아리송했다. 이유가 어떻든 끼어들어줘서 고마웠다. 헬렌은 팀원들을 돌아보았다. 벌써 술을 거나하게 마시고 화기애애하게 이야기꽃을 피우고 있었다. 다들 찰리가 돌아와서 기쁜 듯했다.

헬렌은 오로라 공주의 세례식에 들이닥친 마녀가 된 기분이었다. 찰리를 진심으로 환영하지 못하는 사람은 헬렌뿐이었다. 팀원들은 헬렌의 존재를 까맣게 잊고 있었다. 이건 더할 나위 없는 기회였다.

헬렌은 따로 갈 곳이 있었다.

헬렌은 오토바이에 올라 헬멧을 썼다. 헬멧을 쓰는 동안은 잠시나마 이름 없는 사람이 될 수 있다. 시동을 건 그녀는 가속 핸들을 돌려서 당기고 브레이크에서 발을 뗐다. 그리고 어두컴컴한 거리를 따라 힘차게 달려 나갔다. 에밀리아와 찰리에게서 벗어나니 속이 시원했다. 오늘은 이만하면 됐다. 더 이상은 견딜 수 없었다.

러시아워가 한참 지난 시간이라 텅 빈 거리를 막힘없이 질주했다. 이런 날의 사우샘프턴은 정말 내 집처럼 편안했다. 마치 그녀가 소유한 도시에서 다른 차들이 알아서 길을 비켜주는 것만 같았다. 그 어떤 방해나 간섭은 존재하지 않았다. 조금씩 기분이 나아졌다. 지금 달리고 있는 도로뿐만 아니라 지금 향하고 있는 장소도 그녀를 기쁘게 했다.

헬렌은 오토바이를 세우고 초인종을 세 번 눌렀다. 잠깐 기다리다가 따뜻한 환영 인사 같은 버저 소리를 듣고 건물 안으로 들어갔다.

제이크가 문을 활짝 열고 기다리고 있었다. 헬렌이 아는 한, 제이크가 다른 손님들을 그렇게 맞아주지는 않았다. 이런 일에는 위험이 따르기 때문에 항상 현관문에 철통 같은 보안 장치를 해두고 문구멍으로 고객의 신원을 확인한 후에만 문을 열었다. 그러나 제이크는 지금 오는 손님이 헬렌임을 알았다. 세 번 울리는 초인종은 둘 사이의 암호였다. 그리고 어차피 헬렌의 직업도 알고 있었다.

물론 늘 이랬던 것은 아니다. 첫 해에는 제이크가 수없이 말을 걸어도 헬렌은 대화에 응하지 않았다. 그러나 얼마 전 사건을 계기로 사정이 달라졌다. 제이크 같은 '지배자'(제이크는 지배당하기 원하는 사람들의 피학대 욕구를 채워주는 일을 한다_옮긴이)도 신문은 읽는다. 다행히 그는 프로답게 입을 다물고 있었다. 그 얘기를 꺼내고 싶은 마음을 헬렌도 모르지는 않았다. 그러나 제이크는 헬렌이 얼마나 힘들었고, 남의 시선을 얼마나 싫어하는지 알았다. 그래서 잠자코 있어주었다.

이곳에 오면 헬렌은 자유로웠다. 예전처럼 베일에 가려진 사람이 될 수 있었다. 남에게 인생을 휘둘리지 않던 시절로 돌아갈 수 있었다. 그때는 행복하다고까지 할 수는 없어도 마음만은 편안했었다. 지금 헬렌은 그 평온한 삶을 되찾고 싶다. 물론 제이크를 찾아가는 것은 모험이었다. 많은 경찰이 '평범하지 않은' 생활로 불명예스럽게 경찰복을 벗는다. 하지만 헬렌은 위험을 감수할 각오가 되어 있다.

헬렌은 오토바이 가죽 수트에 이어 정장과 블라우스까지 벗고 제이크의 옷장에 있는 고급 옷걸이에 걸었다. 신발을 벗어던지자 속옷만 남았다. 벌써 몸의 긴장이 풀리고 있었다. 제이크는 언제나처럼 매너 있게 등을 돌리고 있었지만 사실 보고 싶어한다는 것을 헬렌은 알았다. 나쁘지 않았다. 오히려 기분 좋았다. 헬렌도 내심 그가 봐주기를 원했다. 하지만 동시에 다 가질 수는 없는 법이다. 거리를 두거나 가까워지거나 둘 중 하나였다.

헬렌은 눈을 감고 채찍질을 기다렸다. 쌓였던 긴장이 마침내 해소되려는 이 순간, 난데없이 불길한 생각들이 밀려들었다. 가슴이 울렁거리고 당황스러웠다. 마리앤과 찰리가 생각났다. 그녀가 상처주고 배신한 사람들이 생각났다. 그녀가 망쳤던⋯. 지금도 망치고 있는 일들이 머릿속을 채웠다.

제이크가 헬렌의 등에 채찍을 세차게 내리쳤다. 다음 일격은 더욱 강했다. 그는 헬렌의 몸이 채찍에 반응하는 동안 동작을 멈췄다가 헬렌이 긴장을 풀자마자 다시 채찍질을 시작했다. 살이 찢어질 것처럼 쓰라린 고통이 잦아들자 온몸이 얼얼했다. 심장이 쿵쾅쿵쾅 뛰었다. 뇌에서 엔도르핀이 뿜어져 나오며 두통이 잦아들었다. 아까의 불길한 생각은 씻은 듯 사라졌다. 역시 그녀에게는 벌을 받는 것이 구원이다. 제이크가 네 번째로 채찍을 내리쳤을 때, 헬렌은 며칠 만에 처음으로 진정 편안함을 느꼈다. 그리고 행복했다.

16

결혼반지를 깜박하고 빼지 않았다. 운전대를 돌려 레드브리지 코즈웨이 방향으로 틀던 중에야 약지에 자리 잡은 금반지가 보였다. 이렇게 멍청한 실수를 하다니. 이래서 초짜라는 거다. 운전석에 앉은 남자가 고개를 들자 조수석에 앉은 여자는 그의 불안한 기색을 눈치채고 말했다.

"걱정 마, 오빠. 어차피 내 손님은 거의 다 유부남인걸. 뭐라고 할 사람 여기 없어."

여자는 그러면서 씩 웃더니 창밖으로 고개를 돌렸다.

이번에는 남자가 조금 더 오랫동안 그녀의 모습을 훔쳐보았다. 딱 기대하던 대로였다. 어리고, 몸매 좋고. 잘 빠진 다리에는 무릎 위까지 올라오는 에나멜 부츠를 신고 있었다. 짧은 치마에다 풍만한 가슴이 드러나는 헐렁한 윗도리, 팔꿈치 길이의 장갑…. 섹시해 보이려고 낀 걸까? 아니면 지독한 추위를 막으려고? 새하얀 얼굴에 사과처럼 광대뼈가 볼록했다. 그리고 칠흑 같은 긴 생머리가 시선을 사로잡았다.

그녀를 태운 곳은 사우샘프턴 커먼 녹지 남쪽에 있는 세메터리 로드였다. 그에게도 여자에게도 적당했다. 이렇게 늦은 시간에는 인적이 드문 곳이었기 때문이다. 서쪽으로 가서 강을 건넌 후에는 그녀의 안내에 따라 좁은 샛길로 빠졌다. 차는 부둣가 맞은편의 일링 대습지로 다가가고 있었다. 낮에는 야생 동물을 찾는 탐험가들의 천국이지만 밤이면 전혀 다른 방문객들이 찾아오는 외딴 땅이었다.

차를 세우자 잠시 침묵이 흘렀다. 여자가 가방에서 콘돔을 꺼내 대시보드에 올려놓았다.

"의자를 뒤로 젖혀야죠. 안 그럼 내가 아무것도 못해." 그녀가 애교 섞인 말투로 말했다.

그가 히죽 웃으며 레버를 당기자 좌석이 덜컹 뒤로 꺾였다. 다시 천천히 등받이를 기울여 움직일 공간을 만들었다. 여자의 장갑을 낀 손은 이미 그의 사타구니를 가볍게 스치며 남성을 깨웠다.

"장갑 끼고 해도 돼?" 그녀가 물었다. "이게 더 짜릿하잖아."

그는 욕망에 사로잡혀 아무 말도 못하는 채로 고개만 끄덕였다. 여자가 바지 지퍼를 내렸다.

"눈 감아, 오빠. 내가 기분 좋게 해줄게."

그는 명령을 따랐다. 여자가 주도권을 쥐고 있는 상황이 좋았다. 난생 처음 소원대로 책임감을 벗어던지고 다른 사람의 손길에 몸을 맡기고 있으니 하늘을 날 것 같았다. 언제 이럴 기회가 있었던가?

문득 눈앞에 제시카의 얼굴이 떠올랐다. 결혼한 지 2년, 사랑하는 아내이자 소중한 딸의 엄마는 남편의 외도를 꿈에도 모르고…. 그는 갑자기 현실을 일깨우려는 생각을 애써 떨쳐버렸다. 그럴 때가 아니다. 상상이 실제로 이루어진 지금은 오직 그만의 시간이다. 죄책감에서 벗어나지는 못하더라도 이 순간을 만끽할 것이다.

17

집에 돌아오자 거의 자정이었다. 집은 언제나처럼 캄캄하고 고요했다. 니콜라는 위층에서 간병인이 손전등을 들고 책 읽어주는 소리를 들으며 잠들어 있을 것이다. 평소에는 아내가 안전하게 보호받고 있다고 생각하면 기운이 났다. 하지만 오늘은 왠지 울적했다. 상실감이 가슴을 아프게 쿡쿡 찔렀다.

토니 브리지스는 열쇠를 탁자에 놓고 18개월째 아내를 돌보는 간병인 애나와 교대하기 위해 재빨리 위층으로 올라갔다. 그러고 보니 오늘 술을 너무 많이 마셨다. 집까지 택시를 타기로 하고 음주운전 걱정 없이 모처럼의 기회를 마음껏 누렸다. 찰리를 환영하는 분위기에 휩쓸려 맥주를 네 잔인가 다섯 잔 마시고 말았다. 계단을 오르던 중에 몸이 조금 비틀거렸다. 물론 토니라고 평범하게 살지 말란 법은 없었다. 하지만 술을 마셨다가 애나(또는 최악의 경우 장모님)에게 들키면 고개를 들 수 없었다. 말을 하면 술마신 티가 날까? 입에서 술 냄새가 나려나? 토니는 최대한 술기운을 숨기고 아내의 방으로 들어갔다.

"오늘은 어땠어요?"

"최고였어요." 애나가 미소 띤 얼굴로 말했다. 집에 와 보면 애나가 항상 웃고 있어서 얼마나 고마운지 모른다. "저녁 식사 후에 책 조금 읽어드렸어요."

애나가 소설 〈황폐한 집〉을 들어 보였다. 찰스 디킨스 소설의 팬인 니콜라에게(특히 〈데이비드 코퍼필드〉를 좋아했다) 토니와 애나는 디킨스의 모든 작품을 쭉 읽어주고 있었다. 니콜라가 달성하기에 적당한 목표였고 그녀는 용감한 주인공과 사악한 악당의 이야기에 푹 빠져 있었다.

"내용이 막 흥미진진해졌어요." 애나가 하던 말을 계속했다. "사모님이 원하셔서 보너스로 더 읽어드렸죠. 하지만 끝에 가서는 거의 졸고 계셨어요. 일부는 내일 다시 들려드려야 할 거예요. 한 자도 놓치면 안 되잖아요."

토니는 가슴이 찡했다. 니콜라를 살뜰하게 보살펴주는 애나에게 감동을 받았다. 입을 열면 목소리가 떨릴 것 같았다. 그는 애나의 어깨를 가볍게 토닥이며 간신히 고맙다는 말만 하고 애나를 퇴근시켰다.

그와 니콜라는 학생 때부터 사귀다가 어린 나이에 결혼했다. 행복하던 결혼 생활은 니콜라의 스물아홉 번째 생일을 이틀 앞두고 끝나버렸다. 니콜라가 중증 뇌졸중으로 쓰러진 것이다. 목숨은 건졌지만 심한 뇌손상으로 락트인 증후군(의식은 있으나 전신마비로 외부자극에 반응하지 못하는 상태_옮긴이)에 빠져 자유를 잃었다. 앞을 볼 수 있고 생각도 할 수 있었지만, 온몸이 마비되어 눈밖에 움직이지 못했다. 토니는 아내를 정성껏 보살폈고 눈으로 의사소통하는 법을 가르쳐주었다. 일하러 갈 때는 가족에게 부탁하거나 간병인을 고용해 아내를 절대 혼자 두지 않았다. 그런데도 때로는 참을성 없고 불만투성이에 이기적인 자신이 나쁜 남편 같았다. 니콜라에게 모든 것을 바쳤어도 죄책감이 사라지지는 않았다. 밖에서 즐겁게 놀고 들어온 날은 유독 그랬다. 피도 눈물도 없는 놈이 된 기분이었다.

토니는 아내의 머리를 쓸어 올리며 이마에 입을 맞추고 그의 방으로 갔다. 벌써 2년째에 접어들었는데도 아내가 쓰러진 후 각방을 쓴다는 사실만 생각하면 가슴 아팠다. 각방은 더 이상 사랑하지 않는 쇼윈도 부부나 하는 거지, 그와 니콜라는 아니다. 그들에게는 전혀 어울리지 않는 말이었다.

토니는 옷을 갈아입기도 귀찮아 그대로 침대에 누워 〈황폐한 집〉을 뒤적였다. 아직 연애하던 시절, 니콜라는 디킨스 소설을 그에게 소리 내어 읽어주었다. 처음에는 불편했다. 책을 잘 읽지 않던 토니는 독서를 허세라고 생각했지만 얼마 후부터는 마음이 바뀌었다. 니콜라가 나긋나긋한 런던 말씨로 낭독하는 소리를 눈을 감고 감상하곤 했다. 한 번이라도 좋으니 인생에서 가장 행복했던 그때 책 읽어주던 아내의 목소리를 녹음할 수만 있다면 죽어도 여한이 없었다.

하지만 불가능하겠지. 허황된 꿈을 꾼다고 상황이 달라지지는 않는다. 그래서 토니는 지금 책을 읽는 것으로 만족했다. 대단하지는 않았지만 지금으로서는 마음의 위안이 되었다.

18

저 멀리 사우샘프턴 선착장에서 불빛이 반짝였다. 24시간 내내 분주한 항구에서는 지금도 유럽, 카리브 해 등지에서 도착한 컨테이너를 거대한 크레인이 배에서 내리고 있을 것이다. 지게차가 선착장을 누비고 야간 근무를 하는 인부들은 큰소리로 욕설을 주고받으며 동지애를 나누리라.

반면 일링 대습지는 고요했다. 추운 밤의 매서운 북풍은 강에 높은 물결을 일으켰고 음산한 습지에 홀로 서 있는 자동차까지 뒤흔들었다. 활짝 열린 운전석 문 사이로 실내등이 스산한 풍경에 희미한 불빛을 드리우고 있었다.

그녀는 남자의 발목을 쥐고 잡아끌기 시작했다. 보기보다 무거워서 울퉁불퉁한 땅 위로 끌고 가려면 용을 써야 했다. 흙이 질척거려서인지 좀처럼 속도가 나지 않았고 몸이 질질 끌려간 흔적마저 남았다. 남자를 좁은 구덩이로 밀어 넣던 중에 그의 머리가 돌에 부딪혔다. 그가 약하게 몸을 꿈틀거렸지만 그게 다였다. 정신을 차리기에는 너무 늦었다.

여자는 다시 한 번 주위를 재빨리 둘러보았다. 아무도 없음을 확인한 후 가방을 땅에 내려놓고 지퍼를 열었다. 장갑 낀 손으로 청테이프를 꺼내 남자의 입에 붙이고 숨을 쉴 수 없도록 꽉꽉 눌렀다. 심장박동이 빨라지고 아드레날린이 솟구쳤다. 그녀는 우물쭈물하지 않았다. 남자의 머리카락을 움켜쥐고 축 늘어진 머리를 뒤로 젖혀 목덜미를 드러냈다. 그리고 가방에서 긴 칼을 꺼내 그의 목 깊숙이 찔러 넣었다. 그 순간 무의식중에 어떻게든 정신을 되찾으려는지 남자가 몸을 마구 뒤틀었지만 소용없었다. 피가 솟구쳐 오르더니 마치 두 사람이 한 몸인 것처럼 그녀의 가슴과 얼굴까지 튀었다. 따뜻한 피가 몸을 적셔도 문제없었다. 그쯤이야 나중에 씻으면 된다.

그녀는 칼로 남자의 배를 푹 찌르고 작업을 시작했다. 그리고 10분 만에 원하던 물건을 손에 넣었다. 피투성이 심장은 지퍼백으로 들어갔다. 그녀는 허리를 쭉 펴고 자신의 작품을 감상했다. 서툴고 시간도 오래 걸렸던 첫 번째와 달리 이번에는 순조롭고 깔끔했다.

점점 솜씨가 좋아지고 있었다.

19

"어땠어?"

기다리고 있던 스티브가 찰리에게 다가오며 물었다. 뒤에서 텔레비전 소리가 흐르고 있었다. 커피 테이블에 다 마신 맥주 네 캔이 놓인 것을 보니 스티브도 찰리만큼이나 술이 당겼던 모양이다.

"일이 어땠냐는 거야? 아니면 사람들이?"

"둘 다."

"꽤 괜찮았어. 내가 맡은 사건도 나름 잘 풀렸고 다들 반갑게 맞아주더라고. 헬렌은 예상한 대로였지만 그건 내가 어떻게 할 수 없는 문제니까…."

다행히도 스티브는 진심으로 기뻐했다. 그동안 찰리의 복직을 결사반대하던 스티브가 긍정적으로 응원하려고 노력하는 모습을 보자 기분 좋았다.

"잘했어. 멋지게 해낼 거라고 내가 말했잖아." 스티브가 찰리의 허리를 감싸 안고 축하의 키스를 했다.

"겨우 첫날인걸." 찰리는 대수롭지 않다는 듯 어깨를 으쓱했다. "아직 갈 길은 멀었어."

"한 번에 한 발짝씩 가면 되겠지?"

찰리가 고개를 끄덕이고는 아까보다 조금 더 깊게 입을 맞추었다.

"얼마나 마셨어?" 스티브가 은근한 눈빛을 보내며 말했다.

"적당히." 찰리가 웃으며 대답했다. "당신은?"

"아주 적당히." 그러면서 스티브는 갑자기 찰리를 옆으로 안아 올렸다. "머리 조심해. 저 난간이 말썽이야."

스티브에 품에 안겨 위층 침실로 올라가는 찰리의 얼굴에 미소가 번졌다. 사랑하는 마음은 변함없었지만 요즘 들어 예전처럼 열렬하게 사랑을 나누는 일은 없었다. 찰리는 불같은 열정이 되돌아온 것 같아 기뻤다. 그리고 안도했다.

어쩌면 모든 일이 잘 풀리려는지도 모르겠다.

20

"지금 보고 계신 건 야매 개흉술입니다."

짐 그리브스는 헬렌의 이해를 돕기 위해 마지막 단어를 특별히 강조해 말했다. 오전 7시, 부검소 안에는 그들뿐이었다. 부검대 위에는 앨런 매튜스가 알몸으로 누워 있었다. 앨런의 사인이 과다 출혈이라는 사실은 확실해졌고 이제는 사라진 심장을 알아볼 차례였다.

"교과서처럼 정교하지는 않아요. 하지만 당시 범인은 악조건 속에 있었을 겁니다. 아드레날린 수치가 높아졌고 들킬까 봐 두려웠겠죠. 작업을 시작할 때 피해자가 살아 있었고요. 그 점을 감안하면 일반적인 방법은 아니어도 나쁘지 않은 솜씨예요."

그리브스의 말에는 감탄이 섞여 있었다. 다른 사람이라면 뭐라고 한마디 했겠지만 헬렌은 못 들은 척했다. 하루 종일 부검실에 틀어박혀 있으면 이상해지기 마련이다. 오히려 짐은 법의학자치고 정신이 멀쩡한 편이었다. 그리고 머리가 아주 비상해서 헬렌은 그의 말을 늘 귀담아 들었다.

"최초 절개 부위는 흉골 바로 아래예요. 도구는 긴 칼이었을 겁니다. 20센티미터 정도 길이요. 그러고 나서 갈비뼈와 가슴뼈 사이를 갈랐어요. 다음에는 보통 늑골 견인기를 이용해 흉부를 벌립니다. 하지만 우리의 범인은 흥미로운 대용품을 사용했어요. 여기 구멍이 두 개 보이죠?"

헬렌은 목을 길게 빼고 뚫려 있는 공간을 들여다보았다. 한때

가슴이었을 오른쪽 살갗에 약 50센티미터 간격의 구멍이 두 개 있었다.

"고리 같은 걸 끼웠던 자국입니다. 아마도 정육점에서 쓰는 고리일까요? 고리 두 개를 절개 부위 한쪽에 박아 넣고 세게 잡아당기기만 하면 돼요. 오른쪽을 먼저 뜯어 열고 왼쪽에도 똑같이 했습니다. 일단 가슴을 열어서 심장이 보이면 주변 조직을 자르고 심장을 꺼내면 끝이에요. 번거롭지만 효과적이죠."

헬렌은 섬뜩한 정보들을 새겨들었다.

"그래서 결론이 뭐예요? 푸주칼과 정육 고리를 사용했다는 건가요?"

"가능성이 있단 말이죠." 그리브스가 어깨를 으쓱하며 대답했다.

"시간은 얼마나 걸렸을까요?"

"얼마나 경험이 많고 정성을 쏟느냐에 따라 다르지만 10분에서 15분 사이일 겁니다."

"다른 정보는 없나요?"

"피해자는 클로로포름으로 전신마취를 당했습니다. 코와 입에 남아 있더군요. 과학수사대가 분석 중이지만 저는 범인이 직접 제조했다고 봐요. 표백제, 아세톤, 인터넷만 있으면 개나 소나 만드는 게 클로로포름이에요."

"범인의 흔적은요?"

짐이 고개를 저었다.

"범인과는 성적 접촉이 거의 없었어요. 그런데 다른 여자들과는 지난 몇 년 동안 수도 없이 관계를 맺었습니다."

짐은 말을 잇지 않았다. 그는 쓸 만한 비밀을 털어놓을 때면 꼭 뜸을 들였다. 헬렌은 무슨 말인지 빨리 듣고 싶어서 신경을 곤두세웠다.

"성병에 걸렸던 흔적이 많더라구요. 우리 매튜스 씨는 확실히 임질 환자였어요. 그것도 최근에 걸린 것 같아요. 마이코플라스마 제니탈리움에 걸렸던 증거도 있고요. 이름은 괴상해도 실제 아주 흔한 병이죠. 사면발이를 앓았을 가능성도 있네요. 나도 이 사람 다니는 교회나 나갈 걸 그랬어요. 아주 화끈하게 노는 곳 같은데."

짐이 손을 씻으러 간 후, 헬렌은 새로 밝혀진 사실들을 곱씹었다. 갈피를 잡을 수 없던 살인 사건에 처음으로 작게나마 희망이 보였다.

사우샘프턴 중앙경찰서에 돌아와서도 앨런 매튜스를 분석하는 작업은 계속되었다. 팀원들은 수사본부에 모여 각자 발견한 정보를 취합했다.

"과학수사대는 사실상 아무것도 발견하지 못했습니다." 토니 브리지스가 우울하게 말했다. "자동차 감식 결과, 타 지역에서 이동됐거나 타인이 건드린 흔적은 없었어요. 매튜스 가족의 DNA만 있었습니다. 폐가의 경우는 살인 현장에 남은 DNA가 너무 많아서 차라리 **거기 없었던 사람**을 찾는 게 더 쉬워요. 정액, 타액, 혈액, 피부 세포를 아주 많이 채취했습니다. 매춘부와 손님, 마약중독자들이 허구한 날 드나들던 곳이었으니까요. 일치하는 DNA 샘플이 있는지 조사해 봐야겠지만 법적 증거가 될 만한 건 전혀 없습니다."

"왜 그렇게 사람이 많은 곳을 선택한 거죠? 들킬 걱정은 없었을까요?" 샌더슨 수사관이 불쑥 물었다.

"사람이 얼마나 자주 드나드는지 몰랐을 수도 있지." 토니가 대답했다. "하지만 범인의 준비성이나 신중한 성격을 고려하면 그럴 가능성이 낮아. 그 집은 여러모로 완벽한 장소였어. 육중한 뒷문은 안에서 잠겼고 창문에도 빗장이 걸려 있었지. 결국 쉽게 드나들 수 있는 경로는 현관문뿐이야. 자물쇠는 진작 망가졌지만 안쪽에 튼튼한 걸쇠가 있었어. 피해자를 기절시킨 후에 얼마든지 출입문을 잠글 수 있었을 거야."

"저는 그래도 위험해 보이는데요…." 샌더슨은 주장을 굽히지 않았다.

"맞아." 헬렌이 다음 주자로 나섰다. "그게 무슨 뜻일까? 범인은 사체가 빨리 발견되기를 바란 걸까? 피해자를 쉽게 유인하려고 그 집을 선택했을지도 모르지. 앨런 매튜스가 억지로 끌려들어간 흔적은 없어. 계획적인 공격이었던 거지. 그는 유혹을 당했어. 문란한 성생활을 증명하는 성병을 앓았다고 하니, 평소처럼 마음에 드는 매춘부나 아는 포주를 따라 들어갔다가 퍽! 하고 당한 거야. 어쩌면 그에게 익숙한 곳이라 선택했을지도…."

"컴퓨터를 자세히 살펴봤어요." 맥앤드루 수사관이 끼어들었다. "매튜스가 포르노나 성매매에 집착한다는 증거가 많았습니다. 인터넷 방문기록은 굳이 숨기려고 하지 않았더라고요. 그 덕분에 자주 방문하는 포르노 사이트를 찾았어요. 대부분 무료 사이트였지만 수위가 높은 유료 사이트도 있었습니다. 채팅방과 게시판

에서도 활발히 활동했어요. 아직 조사 중이지만 찌질이들이 성매
매 경험담을 공유하는 곳입니다. 가슴 사이즈를 1점부터 10점까
지 매기고 어떤 서비스를 받았는지…."

"매춘부를 평가한다고?" 헬렌이 믿지 못하겠다는 듯 물었다.

"말 그대로예요. 주제를 성매매로만 바꾼 여행 정보 사이트라니
까요. 매튜스는 콜걸 사이트도 자주 방문했습니다." 맥앤드루가
계속 보고했다. "실제로 콜걸을 만났다는 증거는 아직 없지만요.
만약 만났다고 하면 취향이 조금 더…, 저속하다는…."

"집중하자고." 헬렌이 말을 잘랐다. "앨런 매튜스를 평가하려고
모인 게 아니잖아. 그를 죽인 인간만 찾으면 돼. 우리가 어떻게 생
각하든 간에 그가 한 여자의 남편이고 아이들의 아버지라는 사
실에는 변함이 없어. 그러니까 우리는 범인을 잡아야 한다."

또 다른 살인을 하기 전에. 헬렌은 이 말을 마지막 순간에 간신
히 참았다.

"이런 취미 생활을 하는 돈이 어디서 나는지 조사해보자. 성적
취향이 색다를수록 돈은 더 많이 필요하지. 매튜스 가족은 소유
한 주택이 없고 부양할 자녀가 넷이나 되는데 돈 버는 사람은 앨
런밖에 없었어. 그런데도 성매매와 유료 포르노를 애용했단 말이
지. 대체 어떻게? 포주에게 돈을 빌렸을까? 그러다 이 사달이 난
걸까?"

이번만큼은 아무도 답을 하지 않았다. 모든 사람의 시선이 헬렌
의 뒤에 있는 수사본부 입구를 향했다. 이상하게 여긴 헬렌이 돌
아보자 순경 하나가 문가에서 초조하게 서성이고 있었다. 그의 얼
굴을 보자 무슨 일인지 어림짐작할 수 있었다. 그럼에도 순경이

입을 열었을 때, 헬렌은 등골이 오싹해졌다.

"변사체 한 구가 더 나왔습니다, 반장님."

21

무사히 집에 돌아왔다. 그녀는 라텍스 장갑을 낀 채 오늘의 소득을 살펴보았다. 현금은 200파운드 있었다. 돈은 곧바로 지갑에 넣고 신용카드를 집어 들었다. 싹둑, 싹둑, 싹둑. 깨끗하게 가위로 자르긴 했지만 혹시 몰라 카드를 오븐에 넣고 10분간 열을 가했다. 카드가 흐물흐물한 플라스틱으로 변하는 모습에서 눈을 떼기 힘들었다. 그야말로 한 사람의 인생이 녹아내리는 광경이었다.

다음은 운전면허증이다. 그녀는 차마 이름을 볼 수 없어 사진에만 집중했다. 자기 손에 목숨을 잃은 사람의 정체를 확인하기 두려운 것일까? 아니면 끝까지 긴장감을 잃지 않으려고 일부러 시간을 끄는 걸까?

이름을 슬쩍 보았다. 크리스토퍼 리드. 이름 아래에는 집주소가 있었다. 그녀는 주소를 바라보며 생각에 잠겼다. 그러더니 지갑의 나머지 내용물을 재빨리 훑어보았다. 명함, 포인트 카드, 드라이클리닝 영수증. 따분하기 그지없는 인생이었다.

지갑을 다 정리한 그녀가 자리에서 일어났다. 시간은 금이니 빨리 움직여야 한다. 새 장작을 넣어서 화력이 좋은 낡은 오븐을 열었다. 오븐 안에 들어간 지갑은 그녀의 눈앞에서 타들어갔다. 피투성이가 된 옷도 재빨리 벗어 오븐에 쑤셔 넣었다. 그러자 불길이 솟구쳤다. 그녀는 화상을 입을세라 한 걸음 물러났다.

아직 얼굴과 머리카락에 피가 얼룩덜룩 묻은 채로 옷을 다 벗고 방 한복판에 서 있으려니 얼간이가 된 기분이었다. 그녀는 얼른 욕실에서 샤워를 하고 다시 옷을 입었다. 욕조와 욕실 바닥은 나중에 꼼꼼히 닦으면 된다. 지금은 지체할 수 없었다.

냉장고를 열고 반쯤 남은 에너지 드링크를 한 입에 다 들이켰다. 먹다 남은 파이, 치킨 너겟, 밀러 라이트 맥주까지 게 눈 감추듯 먹어치웠다. 갑자기 죽을 만큼 배가 고파 현기증이 났다. 배가 얼추 찬 후에야 음식에서 손을 놓았다. 냉장고 맨 위 선반에는 그녀의 트로피가 있었다. 꼭 맞는 크기의 네모난 플라스틱 통에 들어있는 것은 인간의 심장이었다.

그녀는 통을 주방 식탁 위에 올려놓았다. 이어서 상자와 테이프, 가위를 가져와 작업을 시작했다.

이제 물건을 배달할 시간이다.

22

초인종 소리에 가슴이 쿵 내려앉았다. 제시카 리드는 18개월 된 딸에게 이유식을 먹이다 말고 벌떡 일어나 현관으로 달려갔다. 오늘 늦잠을 자고 일어났을 때 침대에 크리스가 보이지 않았다. 이상했다. 크리스도, 그의 차도 사라졌고 이유를 설명하는 메모도 없자 제시카는 심각하게 걱정이 들었다. 이이가 대체 어디 갔지?

별 일 아니기를 바라며 아직 경찰에 신고는 하지 않았다. 지금 현관문으로 달려가면서도, 문을 열면 멋쩍게 사과하는 남편이 있으리라 상상하고 있었다. 그러나 문 앞의 사람은 등기 우편을 가져온 우체부일 뿐이었다.

제시카는 편지를 탁자 위에 던지고 딸 샐리에게 돌아갔다. 샐리가 으깬 사과를 더 달라고 칭얼거렸다. 기계처럼 이유식을 아이에게 떠먹여주면서도 마음은 콩밭에 가 있었다. 최근 그 사건 이후로 부부 사이가 조금 멀어지긴 했지만 크리스는 냉정한 사람이 아니다. 아무 영문도 모르는 아내를 마냥 기다리게 두지 않을 것이다. 설마 떠났나? 우리를 버린 걸까? 제시카는 그런 생각을 떨쳐버렸다. 말도 안 된다. 남편의 물건은 고스란히 남아 있었다. 그리고 샐리를 끔찍이 아끼는 사람이 어떻게 딸을 버리고 가겠는가.

어젯밤 자러 갈 때만 해도 크리스는 집에 있었다. 크리스는 영화를 보다가 밤늦게 자는 버릇이 있었다. 액션 영화에 흥미가 없어 먼저 잠든 그녀를 깨우지 않고 슬그머니 침대에 눕는 기술도 터득했다. 간밤 잠자리에 들긴 했을까? 크리스의 잠옷은 제시카가 어제 오후 개어 놓은 그대로 베개 밑에 있었다. 그렇다면 아니라는 뜻이다.

밖에 나간 게 분명했다. 회사로 갔을까? 아니, 크리스는 일이 싫어서 벌써 몇 달째 회사에서도 빈둥거린다고 했다. 갑자기 일 욕심이 생겼을 리가 없다. 급한 일이 생겨서 어머니나 친구에게 갔을까? 아니, 이쪽도 설득력은 없다. 도움이 필요하다면 문제가 생기자마자 그녀를 대신 보냈을 것이다.

그렇다면 어디 있는 걸까? 과민반응일지도 모른다. 아무래도 요즘 냉전기이다 보니 말도 안 되게 극단적인 상상이 드는가 보다. 크리스는 무사하다. 아무렴 그렇고말고.

무섭고 불안했다. 최근에 부부 사이가 예전 같지 않았지만 제시카는 정말 남편과 화해하고 싶었다. 그를 간절히 원했다. 이 순간, 그녀는 남편을 진심으로 사랑한다는 사실을 깨달았다.

23

태양이 구름 뒤에서 떠오르지 않았다. 일링 대습지를 짙게 뒤덮은 구름 아래로 사람들이 분주히 움직이고 있었다. 평소 인적이 드문 이곳에서 열 명도 넘는 과학수사대가 현장조사복 차림으로 바닥을 기다시피 하며 증거를 찾아 풀 한포기까지 하나하나 살피고 있었다.

헬렌은 현장을 둘러보며 마리앤을 생각했다. 장소와 상황은 달랐지만 소름 끼치는 느낌은 똑같았다. 이건 잔혹하고 무자비한 살인이다. 구덩이 속에 죽어 있는 남자의 몸에는 고동치던 심장이 보이지 않았다. 어디선가 그의 아내는 남편을 걱정하며 무사히 돌아오기를 바라겠지…. 헬렌은 눈을 감고 전혀 다른 세상을 상상해보았다. 습지의 짭짤한 냄새를 맡자 잠시 행복했던 시절, 셰피 섬으로 가족여행을 갔던 때가 떠올랐다. 암담한 삶이었지만 아주 가끔은 즐거운 나날도 있었다. 생각에 잠겨 있던 헬렌이 눈을 번쩍 떴다. 할 일이 태산인데 감상에 빠져 있다니 형사 자격 상실이다.

새로운 피해자가 나왔다는 소식을 듣자마자 헬렌은 팀원 모두에게 하던 일을 멈추라고 지시했다. 그리고 범죄수사과, 과학수사대, 지구대까지 모든 병력을 여기 황량한 습지로 집합시켰다. 이렇게 대규모로 움직이면 언론이 냄새를 맡겠지만 어쩔 수 없었다. 그들은 보통이 아닌 인물을 상대하고 있었다. 그래서 헬렌은 모든 것을 쏟아 붓기로 결심했다.

아직 차량을 조사하는 중이었지만 땅바닥에서 첫 번째 증거가 나왔다. 질척한 땅 위로 피해자의 사체가 자동차에서 구덩이까지 끌려가며 자국을 남긴 것이다. 끌고 간 범인의 발자국도 보였다. 굽은 깊게 찍혀 있었다. 남성이 15센티미터 힐을 신고 살인을 해서 눈속임 하지 않았다면 이 흔적의 의미는 명백했다.

매춘부가 고객을 죽이고 있는 거다. 상습 성매수 전력이 있는 앨런 매튜스가 죽어서 훼손당했다. 24시간 후, 또 다른 남성이 야외 섹스와 매춘으로 악명 높은 곳에서 살해되었다. 모든 정황이 한 방향을 가리키고 있었지만 경고음은 진작부터 울리고 있었다. 매춘부는 잭 더 리퍼(1888년 런던에서 매춘부 다섯 명을 잔인하게 죽인 연쇄살인범_옮긴이) 이전이든, 이후든 항상 피해자 쪽이었다. 에일린 워노스(남성 일곱 명을 살해한 미국 최초의 여성 연쇄살인범으로 영화 〈몬스터〉의 실존 인물이다_옮긴이)가 대세를 거스르긴 했지만 거긴 미국이다. 여기 영국에서도 같은 일이 벌어질 수 있을까?

"신원을 확인했습니다, 반장님." 샌더슨 수사관이 혹시라도 중요한 증거를 밟을까 껑충껑충 뛰며 다가왔다. "차량 소유주는 크리스토퍼 리드예요. 울스턴에 살고 있고, 가족으로는 부인 제시카 리드와 딸 샐리 리드가 있습니다."

"딸은 몇 살이지?"

"아직 어려요." 샌더슨은 느닷없는 질문에 고개를 갸웃하며 대답했다. "18개월쯤 됐을 겁니다."

헬렌의 가슴이 철렁 내려앉았다. 이제 그녀가 할 일이 또 생겼다. 유가족에게 사망 소식을 전해야 한다. 피해자가 정말 크리스토퍼 리드라면 이곳에 강제로 끌려오지 않았을까? 헬렌은 헛된 희망을 버리지 않았다. 물론 그럴 리는 없었다. 하지만 젊은 아내와 딸이 있는 남자가 가족을 두고 차에서 매춘부와 몸싸움을 벌이다니? 여전히 헬렌에게는 허무맹랑한 이야기였다. 그가 이곳으로 유인된 이유가 따로 있지 않을까?

"피해자와 대조하게 크리스토퍼 리드의 사진을 구해봐. 동일 인물이라면 언론이 선수 치기 전에 우리가 가족에게 알려야 해."

샌더슨이 헬렌의 명령대로 움직였다. 헬렌은 샌더슨의 뒷모습 너머로 바람에 흔들리는 폴리스 라인을 쳐다보았다. 아직 정보가 새어나가지 않았는지 수사를 방해하는 기자들은 없었다. 의외였다. 다른 사람도 아니고 에밀리아 개러니타가 없을 줄이야. 에밀리아는 신참 순경들 절반을 손아귀에 쥐고 흥미진진한 살인 사건이 터질 때마다 설치고 다녔다. 하지만 이번은 달랐다. 헬렌은 슬그머니 미소를 지었다. 에밀리아의 감이 떨어지는 중인가 보다.

24

"마지막으로 여기 왔을 때 아주 혼쭐이 났었죠."

에밀리아 개라니타는 사우샘프턴 중앙경찰서의 심장부에 들어와 있다는 특권을 만끽하며 의자에 편히 기대앉았다. 총경의 사무실에 개인적으로 부름을 받는 건 날이면 날마다 오는 기회가 아니었다.

"제가 휘태커 총경님 마음에 쏙 드는 사람은 아니었죠. 그분은 요즘 어떻게 지내신대요?" 태연한 척 질문했지만 깨소금 맛이라는 본심은 숨길 수 없었다.

"겪어보면 알겠지만 나는 그분과 성격이 달라요." 세리 하우드가 대답했다. "사실 에밀리아를 여기 부른 것도 그래서예요."

"여자 대 여자로 대화하자?"

"나는 전체적으로 관계를 뜯어고치려고 해요. 그동안 우리 수사관 중 일부는 언론과 툭하면 서로 얼굴을 붉혔어요. 에밀리아도 따돌림 받는 기분이었을 거라 생각해요. 그건 양측 모두에게 손해죠. 그래서 직접 얼굴을 보고 말하고 싶었어요. 앞으로는 상황이 달라질 거예요. 상부상조를 하자는 말이에요."

에밀리아는 하우드가 진심일지 머리를 굴리며 잠자코 있었다. 신임 총경들은 부임 초기에 이렇게 말하다가도 결국은 지역 신문 기자들을 좌절시키기 일쑤였다.

"어떻게 달라진다는 거죠?"

"중요한 정보가 나올 때마다 우리가 전달하면 아멜리아는 취재력을 이용해 수사에 도움을 주는 거예요. 임프레스 로드 살인 사건부터 그렇게 합시다."

에밀리아가 눈썹을 치켜 올렸다. 그렇다면 허풍이 아니라는 말이다.

"조만간 피해자 이름을 알려줄게요. 그리고 이 사건과 관련이 있는 정보란 정보는 다 전달될 거예요. 지금 제보 전용 핫라인을 준비 중이니까 내일 자 신문에 꼭 기사로 써줘요. 누구라도 좋으니 목격자가 가능한 한 빨리 나서야 해요."

"이번 사건이 뭐 그렇게 특별하죠?"

하우드는 잠시 머뭇거리다 대답했다.

"살인 수법이 유독 잔혹해요. 범인은 아주 위험한 인물입니다. 정신 이상자일 가능성도 높고요. 아직 범인이 어떻게 생겼는지도 모르기 때문에 당신의 눈과 귀가 필요해요. 그러면 수사의 차원이 달라질 거예요, 에밀리아."

하우드는 에밀리아의 이름을 말하면서 미소를 지어 보였다. 나는 믿을 만한 사람이라고 온몸으로 주장하고 있었다.

"그레이스 반장과 논의는 된 건가요?" 에밀리아가 반대 의견을 냈다.

"우리는 한 편이에요. 그레이스 반장도 선장이 바뀌었다는 건 알고 있어요."

"더 이상 따돌리지 않겠다는 거죠? 거짓말도 안 하고요?"

"두말하면 잔소리죠." 하우드가 다시 한 번 활짝 웃으며 대답했다. "우리 둘은 손발이 잘 맞을 것 같네요, 에밀리아. 실망하는 일 없기를 바랄게요."

그렇게 회의는 끝났다. 방금 일어난 일에 감격한 에밀리아가 먼저 자리에서 일어났다. 하우드는 영리한 책임자였다. 그리고 그레이스를 어떻게 다룰지 아는 듯했다. 이건 천지개벽이나 다름없었다. 정말 천지개벽이 일어났는지도 모르겠다.

왠지 취재가 즐거워질 것 같았다.

25

"그래서 지금 뭘 찾고 있는 거죠?"

그렇게 말하면서 포춘 수사관이 늘어지게 하품을 하는 소리가 텅 빈 강력범죄수사팀 사무실에 메아리쳤다. 현재 포춘과 찰리는 단둘이 남아 산더미 같은 서류에 외딴 섬처럼 둘러싸여 있었다.

"브룩마이어 헬스센터는 분명히 성매매 업소야. 급이 높을 뿐이지." 찰리가 대답했다. "그런 식으로 은밀하게 잘 운영되는 곳은 처음 봤어. 하나같이 다 예쁘고 경험 많은 여자들을 쓰고 정기적으로 건강 검진도 해준대. 온라인 예약도 가능하고 유람선 여행 업체와 제휴를 맺고 있어. 유람선이 도착하는 동시에 셔틀버스를 보내서 고객을 태우는 거지. 말로는 통합 건강관리 서비스를 제공한다는데, 이 부분이 가관이야. 신용카드로 결제하면 카드 내역서에 사무용품점으로 찍히는 거지. 그러니 아내에게 절대 들키기 않고 회사에 비용 처리까지 할 수 있어. 자기 돈을 안 쓰고도 여자를 사는 거야."

"이걸 인터뷰 한 번으로 다 알아냈다고요?" 포춘은 자기도 모르게 감탄했다.

"질문만 제대로 하면 사람들은 의외로 쏠쏠하게 도움을 주거든."

찰리의 대답에는 선배 수사관으로서의 자부심이 묻어 있었다.

"내가 준 명단으로 알아낸 거 없어?"

찰리는 마지못해 브룩마이어의 내부 고발자가 된 에디나에게 직원 명단을 받아 왔다.

"거의 다 됐어요. 대부분 폴란드에서 곧장 배를 타고 들어왔어요. 지역 대학생도 몇 명 있지만 대부분은 우리 피해자처럼 거리에서 활동하는 걸 데려온 것 같아요."

"새로 치장하고 브룩마이어에서 다시 데뷔한다?"

"뭐 어때요? 더 안전하잖아요. 알렉시아 집을 보아하니 돈도 더 많이 주고요."

"에디나 말로는 알렉시아가 브룩마이어에 오기 전 캠벨파 밑에서 매춘을 했다던데. 다른 여자들은 어때?"

"맞아요, 캠벨 쪽에서 브룩마이어에 몇 명 빼앗겼네요. 앤더슨파도요."

찰리는 불길한 예감이 들었다. 매춘 전쟁은 늘 진흙탕 싸움이었고 포주가 아니라 여자들만 피해를 입었다.

"그럼 캠벨에서 본보기로 알렉시아를 죽였다는 건가?"

"말 되죠. 증명할 방법은 없지만요."

"다른 건?"

기다리던 순간이었다. 포춘 수사관은 적당한 때 내놓으려고 비장의 카드를 감춰두고 있었다.

"그게, 회사등록청과 국세청을 통해 브룩마이어 뒷조사를 했거든요. 유령 회사나 본사를 외국에 둔 지주 회사가 많아서 꽤 까다로웠지만 결국 산드라 매큐언이 소유한 '이벤트 회사'인 탑라인 매니지먼트를 찾았어요."

왜 미처 생각하지 못했을까. 산드라 매큐언. 일명 레이디 맥베스(셰익스피어의 〈맥베스〉에 나오는 맥베스의 아내로 권력욕이 강한 여자를 비유한다_옮긴이)인 그녀는 30년 넘게 사우샘프턴에서 매춘과 암거래 사업을 하고 있다. 소문에 따르면 자기 남편을 죽인 후 남편이 일군 범죄 왕국을 차지했다고 한다. 그녀는 추진력과 배짱을 겸비했다. 이미 세 번이나 칼에 찔리고도 살아남은 그녀였다. 게다가 영리하고 발상이 뛰어났다. 브룩마이어로 성매매 시장의 판도를 바꾼 그녀에게 경쟁자들이 살인으로 맞대응하는 것일까?

"잘했어, 로이드. 정말 훌륭해."

찰리는 처음으로 포춘 수사관의 성이 아닌 이름을 불렀다. 그녀가 노렸던 효과는 즉시 나타났다. 수줍은 표정으로 고맙다고 말하는 포춘을 보고 찰리는 미소 지었다. 생각보다 서로 좋은 파트너가 될 것 같았다.

"계속 조사해봐. 요즘 산드라가 어디에 몸을 숨기고 있는지, 알았지?"

포춘 수사관이 지시대로 움직였다. 찰리는 흡족했다. 다행히 컨디션도 회복했겠다, 이제는 안타깝게 죽은 알렉시아의 복수로 흉악범을 하나 더 철창에 가둬야 한다. 찰리는 그러기를 진심으로 바랐다. 이걸로 찰리는 공을 세울 것이다. 헬렌 그레이스에게 한 방 먹일 수 있는 기회다.

26

배달원은 어디를 가든 무시받는다. 사람들 눈에 배달원은 그저 오토바이 헬멧과 가죽 수트 차림으로 물건만 놓고 가는, 인격도 감정도 없는 로봇이다. 일상의 업무를 굴러가게 하는 톱니바퀴 중 하나일 뿐이다.

배달원이 인간보다 열등한 존재라도 되는지 예의라고는 찾아볼 수가 없다. 지금도 바로 그런 상황이었다. 그녀는 안내 데스크 앞에 서서 접수원 두 명의 수다가 끝나기를 참을성 있게 기다리고 있었다. 늘 이렇다. 남을 무시하고 거드름을 피우는 꼬락서니가 얼마나 한심한지 가소롭기 짝이 없다. 뭐, 이들도 대가를 치를 것이다.

그녀가 헛기침을 하고서야 둘 중 뚱뚱한 여자가 짜증스럽게 쏘아보더니 몸뚱이를 억지로 이끌며 왔다.

"누구요?" 온전한 문장으로 말하는 예의조차 보이지 않는다.

"스티븐 맥페일." 그녀는 최대한 평정심을 유지하고 말했다.

"어디?"

"제니스 솔루션."

"3층이요."

배달원은 잠시 망설였다. 소중한 물건을 들고 건물 안으로 들어가려니 불안한 마음이 들었기 때문이다. 하지만 이내 불안을 가라앉히고 엘리베이터로 향했다.

3층에서 만난 제니스 솔루션의 안내데스크 접수원도 무례하기는 마찬가지여서 대뜸 이렇게 말했다.

"사인해요?"

배달원은 굳이 그럴 필요 없다는 의미로 고개를 젓고 상자를 건넸다. 갈색 골판지 상자는 테이프로 밀봉되어 있었다. 접수원은 고맙다는 말도 없이 자기 책상에 상자를 올려놓은 후 수다를 계속 떨었다.

배달원은 들어올 때처럼 이름 없는 사람으로 건물을 나갔다. 접수원이 언제 잡담을 그만두고 자기 업무로 돌아가 사장에게 깜짝 선물을 전달할지 궁금했다. 너무 오래 지체하지 않기를 바랐다. 그런 물건은 시간이 지나면 냄새를 풍기기 시작할 테니 말이다.

27

"지금 내가 하려는 건 아주 위험한 부탁이야. 그러니까 거절해도 토니 결정을 존중할게."

토니는 헬렌이 여기서 따로 만나자고 한 순간부터 무슨 계획이 따로 있음을 직감했다. 경찰서 근처의 허름한 술집인 '올드 화이트 베어'는 경찰들이 비밀 얘기를 하고 싶을 때 찾는 곳이었다.

"전에도 위장 근무를 해봤으니 절차를 알 거야." 헬렌이 말을 이었다. "지금은 그때랑 상황이 다르지. 하지만 토니가 우리 팀에서 가장 유능한 남자 수사관이기 때문에…."

"정확히 어떤 임무입니까?" 토니가 헬렌의 칭찬에 멋쩍어하며 물었다.

"범인이 성매수 남성을 표적으로 삼는 것 같아." 헬렌이 설명을 계속했다. "'이브닝 뉴스'에 광고를 내서 고객의 제보를 기다려 볼 수도 있겠지만 그런 경험이 있는 남자들이 당당히 나설 리가 없지. 매춘부들은 맥앤드루 수사관에게는 입도 뻥끗 안 하고 있고…."

"그러니까 누군가 사선을 넘어야 한다는 말이군요."

"바로 그거야."

토니는 입을 꾹 다물었다. 얼굴은 무표정이었지만 사실 위장 근무를 다시 할 생각에 가슴이 뛰었다. 자로 딱딱 잰 삶도 이제는 지겨웠다. 최전선에서 다시 활약할 수 있다면 당장 그 기회를 잡고 싶었다.

"범행 동기와 수법을 파악하는 것만으로는 범인 검거에 한계가 있어. 범인은 용의주도하게 증거를 안 남기고 인적이 드문 장소를 이용하고 있어. 그렇기 때문에 누군가 고객으로 위장하고 현장에서 정보를 캐내야 돼. 생각할 시간이 필요할 거야. 하고 싶은 질문도 분명 많겠지만 나는 대답을 빨리 듣고 싶어. 이건…"

헬렌이 다음 말을 신중하게 골랐다.

"… 이 사건은 더 커질 가능성이 있어. 나는 그 전에 싹을 잘라 버릴 생각이야."

토니는 하룻밤 생각해보겠다고 했지만 마음속으로는 진작 승낙했다. 물론 위험하겠지만 토니가 아니어도 누군가는 해야 할 일이다. 그럴 경우 토니보다 경험 부족한 수사관이 맡게 될 것이다. 이제 경사로 진급한 토니가 나서는 게 옳았다. 죽은 마크 폴러라면 이런 일에 몸을 사리지 않았을 것이다. 심지어 자식도 있던 사람인데.

헬렌이 수사본부로 돌아간 후 혼자 남은 토니는 생각에 잠겼다. 그는 맥주 한 잔을 마시며 앞으로 할 일들을 머릿속으로 정리했다. 니콜라에게는 뭐라고 둘러댄다? 어떤 식으로 위험하지 않다고 안심시켜야 아내가 걱정을 덜 할까?

토니는 홀로 앉아 고민하며 맥주를 홀짝거렸다. 사형수에게 마지막으로 허락된 술이었다.

28

그녀는 소리를 내지 않고 살금살금 다가갔다. 일에 푹 빠져 있던 찰리는 새로 발견한 사실에 흥분해서 하우드의 발소리를 듣지 못했다.

"어떻게 되고 있어, 찰리?"

갑작스러운 말에 찰리는 화들짝 놀랐다. 그녀는 "깜짝이야."하며 고개를 돌렸다. 뭔가 모르게 불길한 기운을 풍기며 그녀 앞에 불쑥 나타난 사람은 세리 하우드 총경이었다.

"잘 적응하고 있지?" 하우드가 또 물었다.

"네, 총경님. 문제없습니다. 다들 반갑게 맞아줬어요. 적어도 여기 있는 사람들은요."

"그래, 한창 바쁠 때 왔지. 하지만 나는 찰리가 돌아와서 기뻐. 자네처럼 유능한 수사관이 없으면 우리만 손해지."

찰리는 아무 말 하지 않았다. 이런 과찬에 어떻게 반응해야 할까? 찰리는 하마터면 죽을 뻔한 후 1년 동안 병가를 냈다. 그 사실만으로도 절대 신임 총경에게 추천할 인재는 아니었다. 납치 사건 이후, 차라리 전근을 가라는 연락이 올까 봐 마음을 졸였지만 그런 일은 없었다. 오히려 경찰서에서는 복직하라고 등을 떠밀었고 이제는 잘 알지도 못하는 여자에게 칭찬을 받고 있다.

"자네 페이스대로 해." 하우드가 말을 이었다. "잘하는 일부터 시작하면 좋을 거야. 문제가 있으면 언제든 나한테 오고, 알았지? 내 사무실 문은 언제나 열려 있어."

"네, 총경님. 그리고 감사드립니다. 여러모로요."

하우드는 호탕하게 웃어 보였다. 찰리는 그것만으로 부족하다는 생각에 덧붙였다. "저를 잘 모르시니 그냥 다른 데로 보내버릴 수 있으셨을 텐데요. 이 말씀은 꼭 드리고 싶어요. 기회를 주셔서 정말 진심으로 감사합니다." 횡설수설하고 있었지만 멈출 수 없었다. "실망하시는 일 없을 거예요. 제게 두 번째 기회를 주신 결정, 후회하지 않으실 겁니다."

하우드는 쏟아져 나오는 말에 당황했다는 표정으로 찰리를 잠시 보더니 그녀의 어깨를 두드렸다.

"조금도 의심하지 않아."

그리고 돌아서려는 하우드를 찰리가 붙잡았다.

"한 가지 더 있어요. 알렉시아 루스코 사건에서 새로운 사실을 발견했습니다."

하우드가 구미가 당겨 돌아봤다.

"포춘 수사관이 알아냈는데요, 알렉시아가 일했던 고급 윤락업소가 산드라 매큐언 소유였습니다."

찰리는 하우드가 산드라 매큐언을 아는지 몰라 말을 멈췄다.

"나도 알아. 계속해보게."

"산드라가 브룩마이어 빌딩의 주인이라는 점이 놀라웠어요. 그런 재산이 있는 줄 몰랐거든요. 그래서 산드라가 사우샘프턴에 다른 부동산을 갖고 있는지 조금 더 캐봤습니다."

"그랬더니?"

찰리는 잠시 망설였다. 헬렌보다 하우드에게 먼저 말해도 되는 것일까? 그러나 지금 와서 입을 다물기에는 너무 늦었다. 하우드의 얼굴에는 기대감이 가득했다.

"임프레스 로드 공업단지에 부동산이 있었습니다."

하우드는 이제 찰리의 말에 완벽하게 집중하고 있었다. 찰리는 부동산등기소에서 내려 받은 지도 사본을 하우드에게 건넸다.

"특히 이쪽 라인의 폐가들을 갖고 있었어요. 앨런 매튜스가 발견된 집은 그중에서 네 번째입니다."

하우드는 곰곰이 생각하고 있었다. 찰리가 보고를 계속했다.

"알렉시아를 살해하고 사체를 훼손한 건 캠벨파로 추정됩니다. 알렉시아는 그 조직에서 매춘 활동을 하다 브룩마이어로 옮겼어요. 그녀가 발견된 다음 날, 죽어서 훼손당한 남성 사체가 산드라 매큐언 소유의 집에서 발견되었고요."

"산드라가 캠벨 쪽에 메시지를 전한다는 말이군. 눈에는 눈, 이에는 이라는 건가?"

"가능성이 있죠. 과거 비슷한 사례를 봤을 때 산드라 매큐언에게 전쟁을 선포한 자는 희생을 치르게 됩니다."

하우드가 이맛살을 찌푸렸다. 매춘 전쟁을 원하는 사람은 없다. 일어났다 하면 장기적인 유혈 사태로 치달아 신문 지면에 오르내리기만 할 뿐이다.

"잡아들여."라는 말을 남기고 하우드는 이미 문으로 걸어가고 있었다.

"그 전에 그레이스 반장에게…."

"잡아들이라고 했어, 브룩스 수사관."

29

그들은 도살장에 온 소처럼 겁에 질려 한데 모여 있었다. 차분하던 회사원들이 이렇게나 빨리 이성을 잃다니 놀라울 정도였다. 건물 로비로 대피한 제니스 솔루션 직원들은 무서워서 사무실에 들어가지 못했지만, 무슨 일인지 궁금해 퇴근할 수도 없었다. 헬렌은 그들을 지나 3층으로 걸음을 재촉했다.

제니스 솔루션의 사장 스티븐 맥페일은 침착해 보이려고 안간힘을 썼지만 아침에 일어난 사건 때문에 눈에 띄게 동요하고 있었다. 사장실에 숨은 그의 곁에는 오랜 비서 앤지가 함께였다. 상자는 앤지가 떨어뜨린 그대로 앤지의 책상 위에 있었다. 떨어진 충격으로 피투성이 심장은 그녀의 책상으로 쏟아져 나왔다. 정복 경찰 두 명은 책상에 덩그러니 놓인 심장을 엄중히 감시하고 있으면서도 그쪽으로 눈길조차 주지 못했다. 스르르 벌어진 상자 뚜껑에는 **쓰레기**라는 단어만 하나 있었다. 피로 물든 글씨가 말하고 싶은 의미는 분명했다.

"힘들겠지만 아직 기억이 생생할 동안 몇 가지 질문을 꼭 해야 돼요. 괜찮겠어요?"

헬렌의 말에 앤지는 코를 훌쩍이며 간신히 고개를 끄덕였다.

"어느 업체 배달원이었나요?"

"그것에 대해서 그 여자가 말 안 했어요. 옷에 로고도 없었어요."

"여자가 확실해요?"

"네. 몇 마디 하지 않았지만…, 여자 맞아요."

"얼굴을 보았나요?"

"아니요. 헬멧을 쓰고 있어서요. 솔직히 그렇게 눈여겨보지 않 았어요."

헬렌은 속으로 욕을 했다.

"키는요?"

"모르겠어요. 170cm 정도?"

"머리는 무슨 색이었죠?"

"잘 모르겠어요."

헬렌은 범인을 제대로 관찰하지 못한 앤지가 원망스러웠지만 억지웃음을 지으며 고개를 끄덕였다. 이 배달원은 주목받지 않고 건물에 드나들 수 있다는 사실을 미리 알았을까? 아니면 운이 좋 았을 뿐인가?

"몽타주 화가를 부를 테니 같이 얘기를 해봐요. 배달원의 옷, 헬멧 같은 특징을 전부 설명할수록 그림이 최대한 정확해질 거예 요. 괜찮죠?"

앤지는 의연하게 고개를 끄덕였다. 다음은 스티븐 맥페일 차례 였다.

"전 직원의 이름과 주소가 있는 명단이 필요해요. 오늘 출근한 직원은 물론이고 결근한 직원도요."

"물론이죠." 맥페일이 답했다. 키보드를 몇 번 두드리자 프린터 가 윙 하는 소리를 내며 작동하기 시작했다. "저희 회사 정직원은 스무 명입니다. 오늘 나오지 않은 직원은 몇 명 안 돼요. 헬렌 백스터는 휴가 중이고, 크리스 리드는…, 이 친구는 어디 있는지 모르겠군요."

헬렌은 무표정으로 일관하며 질문을 계속했다.

"사무실에 CCTV가 있나요?"

"아니요, 하지만 아래층 로비에는 있습니다. 필요한 게 있으면 관리 사무소에서 다 찾아드릴 거예요."

맥페일은 이 난리를 어서 수습하고 싶어서 적극적으로 협조했다. 헬렌은 그를 고통에서 빨리 해방해주고 싶었지만 불가능했다.

"특별히 사장님을 노렸다고 볼 수는 없지만 이런 일을 저지를 만한 사람이 있나요? 최근에 해고한 직원이라든가, 불만을 품은 거래처나 가족 중에서요."

"저희는 IT회사입니다." 맥페일은 이 말이면 다 설명된다는 듯 대답했다. "회사 성격상 적을 만들 일이 없어요. 직원들도 짧게는 몇 달, 길게는 몇 년씩 같이 일하고 있습니다. 그러니까 아니에요. 저는…, 이런 짓을 할 사람이 전혀 짚이지 않아서…" 그가 말을 흐렸다.

"크게 걱정하지는 마세요. 장난이겠죠. 앞으로 며칠간 우리 수사관들이 사무실에서 탐문 수사를 진행하겠지만 평소처럼 업무를 보시면 됩니다. 이런 장난 때문에 회사가 손실을 입어서는 안 되니까요."

맥페일은 고개를 끄덕였다. 그가 안심할 수 있는 말을 더 원하는 눈치라 헬렌은 서둘러 안내 데스크로 내려갔다. 관리사무소장인 찰스 홀랜드가 먼저 와서 헬렌을 기다리고 있었다. 그는 한시라도 빨리 다른 사람에게 이 찜찜한 책임을 넘기고 싶어 허둥지

등 오늘 아침분 CCTV 테이프를 찾아주었다. 과학수사대가 도착해 심장을 확보하려고 위층으로 올라가자 대피해 있던 제니스 직원들이 술렁였다. 완전히 새로운 국면에 접어들었다. 범인은 피해자의 심장을 집이 아니라 회사에 보냈다. 들킬 위험이 더 컸지만 성공만 했다 하면 파급 효과는 비교할 수 없었다. 대체 무슨 의미지? 범인은 무슨 게임을 하고 있는 걸까?

그리고 어디까지 가려는 속셈인가?

30

1초도 시간을 낭비할 수 없었다. 헬렌은 지름길만 골라서 도시 반대편으로 빠르게 차를 몰았다. 이렇게까지 조심할 필요는 없었다. 하지만 제니스 솔루션 직원 중 하나가 언론에 제보할 가능성이 농후한 상황에서, 혹시 모를 추적을 피해야 했다. 지금은 리드의 가족에게 행복을 빼앗고 고통을 안겨주러 가는 길이었다. 반드시 혼자여야만 했다.

제시카 리드는 헬렌이 신분증을 보이자마자 얼굴이 새하얗게 질려 당장 기절할 것 같았다. 헬렌의 요청으로 동행한 가족연락관 앨리슨 본이 노련하게 먼저 움직였다. 앨리슨은 겁에 질린 제시카를 다정하게 부축하고 집 안으로 이끌었다. 헬렌은 조용히 현관문을 닫고 두 사람을 따랐다.

거실 한가운데서 제시카의 18개월짜리 딸 샐리는 갑작스러운 손님들을 보고도 순하게 옹알거렸다. 기운이 넘치는 샐리가 놀아달라고 보채자 앨리슨이 나서서 샐리를 안아들고 아이가 노는 공간을 둘러보았다.

"죽었나요?"

제시카가 대뜸 질문했다. 몸이 부들부들 떨리고 눈물이 고이기 시작했다. 헬렌은 벽난로 선반 위의 가족사진들을 둘러보았다. 이번에 발견된 피해자는 분명 제시카의 남편이었다.

"오늘 아침 한 남성의 시신을 발견했습니다. 저희는 그게 크리스라고 보고 있어요."

제시카가 고개를 푹 떨궜다. 그리고 흐느껴 울기 시작했다. 어린 딸에게 엄마가 괴로워하는 모습을 보이기 싫어 눈물을 참아보려 했지만 그러기에는 충격이 너무 컸다.

"제시카, 앞으로 며칠은 무척 힘들 거예요. 혼란스럽고 두렵기도 할 겁니다. 하지만 저희 경찰이 매 순간마다 곁에 있어드릴 거예요. 저기 앨리슨이 집에서 샐리를 돌보며 도와드릴 테니 궁금한 점이 있으면 앨리슨에게 물어보세요. 따로 도움을 받고 싶은 가족이 있으면 당장 연락드릴게요. 며칠 다른 곳에 머무는 방법도 생각해 보셨으면 해요. 기자들이 집으로 안 찾아온다는 보장은 없으니까요."

제시카가 어리둥절해서 고개를 들었다.

"기자들이 왜요?"

"저희는 크리스가 살해당했다고 생각해요. 받아들이기 힘들겠지만…, 끔찍한 악몽 같겠지만 사실을 감출 수는 없습니다. 저희가 아는 정보를 다 말씀드려야 부인의 증언으로 범인을 잡을 수 있어요."

"대체 어쩌다가…? 어디서요?"

"발견 장소는 일링 대습지입니다. 오늘 새벽에 직접 차를 운전해서 갔어요."

"왜요? 그 사람이 왜요? 우리는 그런 데 절대 안 가요…. 가본 적도 없단 말이에요."

"동승자가 있었던 것 같아요. 여자요."

"그게 누구죠?" 제시카가 성난 목소리로 물었다.

"아직 누구인지 모릅니다. 하지만 매춘부일 가능성을 고려하고 있어요."

제시카는 망연자실해서 눈을 감았다. 그녀의 삶을 지탱하던 또 하나의 벽이 무너져 내리는 모습을 보며 헬렌은 강한 동질감을 느꼈다. 헬렌도 인생이 산산조각 나는 경험을 여러 번 겪었던지라 지금 제시카가 얼마나 괴로울지 헤아릴 수 있었다. 그렇다고 진실을 숨겨서는 안 됐다. 하나도 빠짐없이 그녀에게 알려줘야 했다.

"일링 대습지가 워낙 은밀한 장소다 보니 성매매 여성들이 이용할 때가 많아요. 크리스도 그래서 갔을 거고요. 이런 말해서 정말 미안해요, 제시카."

"미친 개자식."

제시카의 격한 욕설에 거실이 찬물을 끼얹은 듯 고요해졌다. 얌전히 놀던 샐리가 처음으로 이상한 낌새를 채고 고개를 들었다.

"병신 같은 놈. 비열하고, 이기적이고…, 좆같은 개새끼."

제시카는 더 이상 참지 않고 목 놓아 엉엉 울었다. 헬렌은 달래지 않고 울게 두었다. 한참 만에 흐느낌이 잦아들었다.

"크리스가 성매매를 한 적 있나요?"

"아뇨! 내가 그런 짓을 눈 감아 줄까 봐요? 나를 뭘로 보는 거예요? 속없는 호구인 줄 알아요?"

제시카가 눈을 부라렸다.

"그럴 리가요. 그런 걸 허락하지 않겠지만 어쩌다 한 번씩 가슴 깊은 곳에서 남편이 의심스러울 때가 있잖아요. 크리스 때문에 걱정한 적 없어요? 불안했던 적 없나요?"

제시카는 차마 헬렌의 눈을 마주치지 못하고 시선을 떨궜다.

정곡을 찔렀다. 그렇다면 자신 있게 밀고 나가야 한다.

"제시카, 어떤 얘기라도 좋으니…."

"그럴 줄 몰랐어요…."

제시카는 충격으로 숨 쉬기가 힘들어 말을 잇지 못했다. 이제야 상황을 완전히 실감한 것이다. 헬렌은 앨리슨에게 물을 한 컵 가져다달라고 손짓했다.

"그 사람이…, 남편이…, 약속했어요."

"뭘 약속했죠, 제시카?"

"샐리를 낳은 후로, 우리는…, 그걸…, 별로 안 했어요."

헬렌은 가만히 있었다. 어떤 정보가 나오고 있었다. 이럴 때는 제시카가 스스로 말하도록 가만히 있는 편이 최선이었다.

"그 사람도 저도 항상 피곤했어요." 그녀가 설명했다. "해야 할 일이 너무 많은 걸 어떡해요."

제시카는 숨을 크게 들이마시고 계속했다.

"몇 달 전에 제 컴퓨터가 망가져서 크리스 노트북을 썼어요."

또 심호흡.

"온라인 쇼핑을 하려고 인터넷 창을 켰는데…, 즐겨찾기한 사이트들이 있었어요. 그 얼빠진 놈이 숨길 생각도 안 했던 거예요."

"포르노 말인가요?" 헬렌이 물었다. 제시카는 고개를 끄덕였다.

"하나를 열었어요. 뭔지 알고 싶어서요. 그건 정말…, 역겨웠어요. 기껏해야 열일곱인 어린 여자애를 두고 남자 여럿이…, 줄까지 서서 기다렸다가…."

"남편에게 따져 물었어요?"

"당연하죠. 회사로 전화를 했어요. 쏜살같이 집에 오던걸요."

제시카의 말투가 조금씩 누그러졌다.

"속상하다고 했어요. 고개도 들지 못했어요. 내게 상처를 줘서 미안하다고 했어요. 그런…, 그런 영상을 본 남편이 미웠지만 다시는 안 그러겠다고 약속했어요. 거짓이 아니었어요. 진심이었단 말이에요."

그녀는 간절한 얼굴로 고개를 들었다. 헬렌에게 남편을 매도하지 말아 달라 무언의 애원을 하고 있었다.

"그랬을 거라 믿어요. 분명 좋은 남편, 좋은 아버지였겠죠…."

"맞아요. 그랬어요. 샐리를 사랑했고 나를 사랑…."

이 대목에서 제시카가 마침내 충격을 이기지 못하고 정신을 잃었다. 남편을 잃은 것도 모자라 그의 기억이 영원히 더럽혀졌다. 크리스는 무분별하게 행동한 대가를 톡톡히 치렀지만, 그로 인해 남겨진 사람들은 더 큰 고통을 받고 말았다. 그들 앞에는 암담한 미래밖에 보이지 않았다.

그렇게 생각하니 화가 치밀었다. 누구인지 몰라도 범인의 의도는 확실했다. 무고한 유가족을 죽을 만큼 괴롭힐 작정이었다. 견딜 수 없는 고통에 시달려 인생을 망치기를 바랐다. 하지만 헬렌은 그렇게 놔둘 수 없었다. 그 전에 범인을 잡아넣을 것이다.

헬렌은 제시카를 앨리슨에게 맡기고 크리스의 집을 나왔다. 부고를 전한 사람은 망자의 집에서 절대 환영받지 못한다. 게다가 그녀에게는 할 일이 있었다.

31

헬렌은 크리스의 집을 서둘러 떠났다. 앨리슨이라면 시간이 걸려도 제시카를 확실히 진정시킬 테니 걱정 없었다. 앨리슨은 유능한 가족연락관이었다. 참을성이 강하고 상냥한 데다 지혜로웠다. 적당한 때가 오면 크리스의 살인 사건에 관한 내용을 전부 제시카에게 알려줄 것이다. 제시카는 알 권리가 있었다. 앞으로 대중들이 남편을 두고 추측하고 소문을 퍼뜨릴 것이라는 현실을 이해해야 했다. 그러나 충격이 너무 큰 지금은 때가 아니었다. 앨리슨이 잘 알아서 판단할 것이다.

"또 연쇄살인범을 쫓고 있나요, 헬렌?"

헬렌은 휙 뒤를 돌아보았다. 하지만 누구의 목소리인지는 안 봐도 뻔했다.

"정말로 불행을 몰고 다니는군요?"

에밀리아 개라니타가 피아트 자동차 문을 닫고 다가왔다. 어떻게 여기까지 빨리 온 거지?

"내게 물러나라고 하기 전에 알아둘 말이 있어요. 오늘 당신 상관과 직접 만났답니다. 휘태커를 보다가 세리 하우드를 보니 참 상쾌하지 않나요? 우리에게 정보를 공개하고 거짓말하지 않겠다고 약속을 받았어요. 서로 돕고 살자, 뭐 그런 거죠. 당신도 한 편이라던데요. 그러니 우리 새롭게 시작해볼까요? 이번 살인범은 어떤 인물인가요? '이브닝 뉴스'가 어떻게 수사를 도와드리면 되죠?"

에밀리아는 기대에 차서 수첩과 펜을 꺼내들었다. 천진난만한 얼굴에 의욕이 넘쳤다. 정말이지, 헬렌은 그 얼굴에 주먹을 날리고 싶었다. 평범한 사람의 불행을 보고 이렇게 즐거워하는 사람은 처음이었다. 그녀는 악귀 같았다. 어쩌면 악귀보다도 못한 존재였다.

"하우드 총경님이 약속했다면 정보를 주시겠죠. 약속을 꼭 지키는 분이니까요."

"장난치지 말아요, 헬렌. 나는 자세한 내용을 원해요. 독점 기사를 원한다고요."

헬렌은 에밀리아를 유심히 관찰했다. 허풍은 아니었다. 무슨 수를 썼는지 몰라도 에밀리아는 하우드를 자기편으로 끌어들였다. 누가 먼저 손을 내밀었을까? 헬렌은 궁금했다. 궁금한 건 또 있었다. 에밀리아는 크리스의 집에 헬렌만큼이나 빨리 도착했다. 아멜리아는 더 이상 짓밟아야 할 상대가 아니었다. 헬렌은 그보다 현명한 방법을 써야 했다.

"오늘 밤 안에 피해자 이름과 사진을 보낼게요. 그러면 내일 신문에 실을 수 있겠죠. 임프레스 로드 살인 사건은 수법이 잔인하고 피해자 숨이 끊어지기 전 고문도 있었어요. 마약이나 매춘 조직에 주안점을 두고 수사 중이에요. 목격자가 있다면 익명으로 전화 제보를 달라고 요청할 계획이고요. 지금은 이 정도예요."

"이만하면 됐어요. 봐요, 나쁘지 않잖아요?"

헬렌과 에밀리아는 마주보고 웃었다. 헬렌은 에밀리아의 입에서 크리스토퍼 리드의 이름이 나오지 않아 놀랐다. 놀라면서 안심했다. 하지만 미적거리다가는 저 여자에게 질문만 더 받을 것이다. 헬렌은 가와사키에 올라 출발했다. 백미러로 보이는 에밀리아가 점점 작아졌다.

헬렌은 고속도로에 진입한 후에야 긴장을 풀었다. 오랜 세월 행복하게 지냈던 사우샘프턴이 그녀에게 등을 돌리고 피비린내 나는 도시로 변하고 있었다. 조만간 폭풍이 몰아치리라는 예감이 어렴풋이 들었다. 헬렌은 지금 어떤 상황인지 혼란스러웠다. 하우드는 무슨 꿍꿍이로 그녀의 뒤에서 에밀리아와 작당을 했을까? 어떤 거래가 오간 거지? 앞으로 악몽 같은 나날이 기다리고 있다면 누구에게 의지해야 할까? 과거에는 전쟁터에 나설 때 곁에 마크와 찰리가 있었다. 하지만 지금은 누가 남아 있는가?

헬렌은 자기도 모르는 새 올더숏 방향으로 가고 있었다. 이상했다. 헬렌의 존재도 모르는 청년 로버트 스톤힐은 너무도 강한 힘으로 헬렌을 끌어당기고 있었다. 머릿속에서 다시 생각하라고, 오토바이를 돌리라고 닦달하는 목소리가 들렸다. 하지만 헬렌은 그런 생각을 억누르고 속력을 더 높였다.

헬렌은 어둠에 몸을 숨기고 올더숏에 도착했다. 오늘은 로버트가 집에 없는 날이라 곧바로 그의 직장인 슈퍼마켓으로 향했다. 슈퍼마켓 근처에 오토바이를 세우고 맞은편 인터넷 카페에 앉아 그를 지켜보기 시작했다. 여기서는 저녁 손님이 몰리기 전에 로버트가 냉장고에 술을 채우는 모습이 훤히 보였다. 로버트가 성실한 직원은 아니었다. 늘 일하는 시늉만 하다가 사라져서 동료들과 떠들며 시간을 때웠다. 이름이 앨리스인가, 애나인가 아무튼 예쁘장한 열아홉 살짜리 갈색머리와 자주 만나는 것 같았다. 헬렌은 앞으로 둘 사이를 유심히 지켜보자고 마음먹었다.

시간이 하염없이 흘렀다. 8시, 9시, 10시. 피곤하고 배가 고파서 집중력도 흐트러졌다. 지금 시간을 낭비하는 걸까? 무엇을 바라고 이러는 거지? 남은 평생 몰래 지켜보고만 살 것인가? 실제로 존재하지 않는 연결고리를 은밀히 찾고 다니면서?

그때 로버트가 빠른 걸음으로 가게에서 나와 어디론가 향했다. 헬렌은 언제나처럼 속으로 열다섯까지 숫자를 센 후 은신처를 나왔다. 로버트와 걷는 속도를 맞추며 그냥 행인인 척 조용히 뒤따랐다. 로버트는 만날 사람이 있는지, 아니면 피하는 사람이 있는지 두어 번 주위를 두리번거렸지만 뒤를 돌아보지는 않았다. 그래서 헬렌은 들키지 않고 미행을 계속했다.

시내 중심지에 도착했다. 로버트가 예고도 없이 '레드 라이온'이라는 으슥한 술집으로 쏙 들어갔다. 전에도 와본 적 있는 곳이었다. 헬렌은 잠시 기다렸다가 통화 중인 것처럼 스마트폰을 귀에 대고 술집 안으로 들어갔지만 로버트가 보이지 않자 연극을 그만뒀다. 1층을 샅샅이 살피고 나서 1층과 2층 사이 공간으로 올라갔다. 여기에도 로버트는 없었다. 미행을 눈치채서 그녀를 따돌리려고 술집을 이용한 걸까? 헬렌은 지하 별실로 후다닥 내려갔다. 로버트는 헬렌이 마지막으로 살피러 간 곳에 있었다. 이 술집의 가장 안쪽에 있어 잘 보이지 않는 부스였다. 로버트는 침울한 표정으로 친구들에게 둘러싸여 있었다. 이유를 알고 싶었지만 그들의 대화가 들릴 만큼 가까이 다가갈 수는 없었다. 그래서 헬렌은 기다리기로 하고 술을 한 잔 사서 앉았다. 밤 11시를 훌쩍 넘겼는데도 로버트 일행은 움직일 기미를 보이지 않았다. 심야 영업 허가를 받은 술집이라 2시까지 문을 열겠지만, 오늘 밤 그들은 평소답지 않게 술을 자제했다. 다들 긴장한 모습이었다. 무슨 일로 겁을 먹은 것일지 헬렌은 궁금했다.

"바람 맞았어요?" 그때 퇴근 후 여태까지 술을 마시던 뚱뚱한 회사원이 헬렌의 생각을 방해했다.

"남편을 기다리는 중이에요." 헬렌은 거짓말을 했다.

"항상 이렇게 늦나 보죠? 나라면 당신 같은 아내를 두고 그러지 않았을 텐데."

"오늘 경기가 있어서요. 런던에서 빠져나오는 길이 늘 막히잖아요."

"경기라고요?"

"격투기 선수예요. 오늘 도크랜즈에서 큰 경기가 있었죠. 원하시면 기다렸다가 같이 얘기 나눠요. 팬과의 대화는 언제든 환영이니까요. 곧 도착할 거예요."

"말씀은 고맙지만…."

그렇게 말하면서도 남자는 이미 뒷걸음질 치고 있었다. 헬렌은 웃음을 꾹 참고 로버트에게 시선을 돌렸다. 그러자 그녀를 정면으로 보고 있는 로버트와 눈이 마주쳤다. 헬렌은 얼른 고개를 숙이고 휴대폰을 부산스럽게 만지작거렸다. 들켰을까? 혹시 몰라서 조금 기다렸다가 전화를 하는 척 자리를 떴다. 그리고 1층으로 올라와 로버트의 자리가 보이는 곳에 몸을 숨겼다.

20분 후 로버트와 친구들은 그녀를 알아보지 못하고 바로 옆을 지나 술집을 나갔다. 자정이 다가오고 있어 거리는 한산했다. 그들을 뒤쫓고 있자니 문득 이런 생각이 들었다. 그녀는 지금 늦은 시간에 혼자 어두운 밤거리를 걷고 있다. 얼마나 어리석고 위험한 짓이란 말인가. 웬만한 상황에서는 자기 방어를 할 수 있는 헬렌도 남자 여럿은 상대하기 힘들었다. 미행을 들켜 트집을 잡힌다면?

걸음을 늦추고 뒤로 처져서 아예 포기할까 생각하던 찰나에, 로버트 일행이 멈춰 섰다. 그들은 잠시 이쪽저쪽 둘러보더니 근처 골목길에서 바퀴 달린 쓰레기통을 끌고 왔다. 무리의 우두머리인 데이비가 쓰레기통을 밟고 올라갔다. 그러자 어깨 높이의 작은 창문까지 키가 닿았다. 다른 친구들이 망을 보는 사이 데이비는 배낭에서 쇠막대를 꺼내들고 창문을 열기 시작했다.

헬렌은 벽에 바싹 붙어 몸을 숨겼다. 스스로에게 화가 나서 견딜 수 없었다. 어쩌다 이 지경까지 온 걸까? 창문을 연 데이비가 창턱을 타고 집 안에 들어갔다. 다음은 로버트 차례였다. 로버트는 쓰레기통에 홀딱 올라가더니 체조 선수처럼 우아하고 능숙하게 창문을 넘었다. 밖에 남은 친구들은 지나가는 사람이 있는지 걱정스레 주위를 살폈다.

인기척에 그들이 고개를 들었지만 그냥 지나가는 여자였다. 여자는 이쪽을 보지 못한 듯했다. 헬렌은 발걸음을 빨리 했다. 전부 다 엉망진창이었다. 지금은 이 자리를 벗어나고 싶은 마음뿐이었다. 그녀는 발을 내딛을 때마다 자책했다. 죄 없는 사람의 집에 도둑이 들었다. 경찰로서 당연히 신고하고 막아야 했다.

하지만 헬렌은 막을 수 없었고, 그래서 죄책감을 느꼈다. 그녀는 허둥지둥 어둠 속으로 모습을 감췄다.

여기 오지 말았어야 했다.

32

이 집은 빈껍데기나 다름없었다. 관리가 소홀한 셋방은 다 그렇겠지만 기본적인 살림 말고 아무것도 없었다. 이케아 식탁에 홀로 앉아 있는 제이슨 로빈스의 마음도 이 집만큼이나 텅 비어 있었다. 이혼한 아내 사만다가 딸 에밀리를 데리고 2주 동안 디즈니랜드 여행을 떠났다. 새 남자친구 션까지 달고. 생각하고 싶지 않았다. 그래서 일에 집중하고, 축구경기를 보고, 동창 녀석들을 만났지만 소용없었다. 그 생각은 한시도 머리를 떠나려 하지 않았다. 셋이서 솜사탕을 먹고 꺅꺅거리며 롤러코스터를 타겠지. 하루 종일 정신없이 놀고 들어와서는 침대에서 끌어안고 뒹굴겠지. 이처럼 행복한 장면에 제이슨은 존재하지 않았다. 그는 결혼생활을 하면서 단 한 번도 주도권을 가져본 적이 없었다. 이혼한 지금도 아내에게 위축되는 신세였다. 에밀리를 잘 키우고 사만다가 원하는 것을 다 해주려고 죽도록 노력했다. 친구나 다른 사람은 나 몰라라 하고 살았을 정도였다. 그래서 사만다가 외도를 고백하고 이혼을 요구했을 때 제이슨은 기댈 사람이 없었다. 적어도 진심으로 위로하는 사람은 단 한 명도 없었다. 대부분 딱한 눈으로 보며 건성으로 이런저런 질문을 할 뿐이었다. 누구도 사만다를 탓하지 않았다. 제이슨은 외모도 후줄근하고 재미없는 남자였다. 하지만 사만다의 행복을 위해 피나게 노력했다. 그래서 얻은 게 무엇인가? 삭막한 집과 양육권 싸움밖에 없다.

제이슨은 남은 인스턴트 음식을 쓰레기통에 쏟아 붓고 방으로 들어갔다. 부동산에서는 이 방을 서재라고 소개했지만 그의 눈에는 영락없이 창고였다. 옴짝달싹도 못하게 비좁았기 때문이다. 하지만 집에서 유일하게 허전하지 않은 공간이라 좋았고, 여기 들어오면 그나마 마음이 편했다. 제이슨은 의자에 앉아 컴퓨터를 켰다.

BBC 뉴스 사이트로 들어가 스포츠 기사까지 보고 나서 페이스북을 확인했다. 슥 둘러보고는 창을 닫았다. 다른 사람의 행복한 사진은 보고 싶지 않았다. 이메일을 확인했다. 스팸 메일, 스팸 메일, 변호사 수임료 청구서. 제이슨은 따분해서 한숨을 쉬었다. 그냥 자러 가야 하나 보다. 잠도 오지 않는데 일찍 잠들 수 있을까? 하지만 마음에 없는 생각이었다. 처음부터 잘 생각 따위는 하지도 않았다. 제이슨은 인터넷 창을 켜고 즐겨찾기를 클릭했다. 온라인 포르노 사이트가 열 개 남짓 있었다. 한때는 피가 끓도록 자극적이었지만 요즈음에는 익숙해져 시시하기만 했다.

제이슨은 우울하고 권태로운 기분으로 책상에 앉아 있었다. 시계도 그를 조롱하듯 천천히 움직였다. 이럴 수가, 아직 11시였다. 내일 아침 회사에 출근하기까지 9시간도 더 남았다. 기나긴 밤을 멍하니 버텨야 한다.

제이슨은 잠시 고민을 하다가 검색 엔진에 '데이트 사이트'라고 쳤다. 곧 사우샘프턴 여자들을 만나고 싶냐는 플래시 광고가 화면 가장자리에 우수수 떴다. 어떻게 그가 사는 곳을 아는지 의아했다. 하지만 망설임도 잠시, 제이슨은 광고를 구경하기 시작했다. 하나같이 교묘하게 위장해서 성매매를 유도했다. 여자들은 구직을 하는 척하며 실제로는 손님을 끌고 있었다. 한번 해볼까? 제이슨은 이런 쪽으로 경험이 전혀 없었고, 솔직히 말하자면 두려웠다. 만약에 들키면 어떡하지?

그러나 광고를 볼수록 몸이 달아올랐다. 그에게는 돈이 있다. 뭐 어떤가? 병이 옮으면 고치면 된다. 어차피 전염시킬 사람도 없었다. 기분 전환 삼아 재미 좀 보겠다는데 뭐가 문제인가?

머릿속으로 상상의 나래를 펼치자 심장이 쿵쿵 뛰었다. 그는 데이트 사이트, 게시판, 동영상을 훑어보았다. 밖으로 나가면 더 넓은 세상을 탐험할 수 있다. 이런 때 아니면 언제 주도권을 잡아보겠는가? 기분 전환 삼아 돈으로 사람을 사서 마음대로 주무르는 거다. 나쁠 것 없잖아?

제이슨은 지갑을 챙겨 방을 나가며 불을 껐다. 밤의 세계가 그를 부르고 있었다. 이번에는 거부하지 않을 것이다.

33

그는 채찍을 단단히 쥐고 휘둘렀다. 찰싹 하는 소리가 귀에 울려 퍼지며 등에 자국을 남겼다. 그녀의 어깨가 뒤로 휘었다가 앞으로 축 처졌다. 하지만 소리는 내지 않았다. 그녀는 고통을 속으로만 삼켰다. 그리고 더 때려도 좋다는 듯 다시 어깨를 펴고 지배자에게 도전했다. 제이크는 뜻을 받들어 다시 채찍을 내리쳤다. 여전히 그녀는 소리를 내지 않았다.

두 사람이 다시 만난 지 벌써 몇 달이 지났다. 이번에는 예전과 확연히 달랐다. 제이크는 그녀에 대해 너무 많은 사실을 알고 있었다. 그리고 절대 캐묻지는 않았지만 비밀을 더 알려달라는 의미로 그가 어떻게 살아왔는지 고백했다. 제이크는 편하게 많은 이야기를 했다. 부모님이 생존해 계시지만 아들 취급을 못 받는다는 얘기는 지금껏 누구에게도 한 적 없었다. 하지만 헬렌은 보답하지 않았다. 제이크는 이곳이 헬렌에게 유일한 쉼터라는 사실을 이해했다. 그걸 깨뜨릴 생각은 없었지만 그녀와 가까워지고 싶었다. 더 이상 부정할 수 없었다. 그는 헬렌을 좋아하고 있었다. 직업의식이 있는 지배자라면 여기서 만남을 끝냈어야 한다. 하지만 끝내려고 해도 그럴 수 없었다.

사랑은 아니었다. 제이크도 그렇게 생각하지는 않았다. 하지만 다른 사람에게 이런 감정을 느껴본 것은 참으로 오랜만의 일이었다. 사랑받지 못하고 외톨이로 살다보면 감정을 안으로 꽁꽁 숨기기 마련이다. 제이크는 사춘기에 접어들면서부터 많은 사람을 사귀었다. 남녀노소 다양했지만 한 가지는 변함없었다. 그는 구속 없이 자유로운 관계를 원했다. 하지만 지금은 바람둥이 노릇도 지겨웠다. 서로 한 사람만 보고 사귀는 연인 관계는 남의 일이라고만 생각했는데 이제는 매력을 알 것 같았다. 사실 가당치도 않은 생각이었다. 그와 헬렌은 섹스는커녕 비슷한 것도 해본 적 없었다. 하지만 섹스는 중요하지 않았다. 그는 헬렌을 보호하고 싶었다. 구원해주고 싶었다. 그녀만 허락한다면 그렇게 하고 싶었다.

오늘 밤 헬렌은 거의 단어로만 의사표시를 했다. 제이크는 그녀를 처음 만난 때로 돌아간 것만 같아 우울했다. 무언가 기분 나쁜 일을 겪은 듯했다. 제이크가 말을 할까 말까 망설이던 차에, 헬렌이 불쑥 말을 꺼냈다.

"자기가 저주받았다고 생각해본 적 있어요?"

너무도 갑작스러운 질문이라 처음에는 아무 말도 못했다. 그러다 위로하는 말을 주절거리며 무슨 일인지 은근슬쩍 캐내려 했지만 소용없었다. 헬렌은 제이크가 아예 없는 사람인 것처럼 앞만 보다가 한참 만에 고개를 숙였다. 제이크가 그녀의 손을 잡고 있었다. 헬렌은 불쾌하지는 않다는 표정으로 그를 보더니 손을 뺐다.

헬렌은 옷장에서 옷을 꺼내 입고 문으로 향했다. 문 앞에 멈춰선 그녀가 작은 소리로 말했다.

"고마워요."

그러고는 나가버렸다. 제이크는 언짢으면서도 어리둥절했다. 그리고 걱정스러웠다. 헬렌에게 무슨 일이 일어나고 있는 것일까? 왜 저주받았다는 생각을 하고 있을까?

위선자들 123

헬렌은 너무도 많은 비밀을 속으로만 감추고 있었다. 제이크는 할 수만 있다면 그녀를 돕고 싶었다. 따로 마음을 터놓고 이야기하는 사람도 없어 보였다. 하지만 아무리 간절해도 강요는 금물이었다. 작업이 끝나고 나면, 둘 사이에서는 제이크가 약자였기 때문에 그녀를 이끌 수 없었다. 헬렌이 다가오기를 기다릴 뿐이다.

34

산드라 매큐언, 일명 레이디 맥베스는 어퍼 셜리 교외의 단독 주택에 살았다. 그녀를 보는 이웃의 시선은 따가웠다. 대개 회계사나 변호사인 이웃들과 수준이 다른 여자였기 때문이다. 산드라 매큐언은 마약과 여자를 팔아 연간 수천 파운드를 벌었다. 사업의 중심은 사우샘프턴이었고 그녀는 저택에 앉아 작전 명령을 내렸다. 산드라는 스코틀랜드 파이프 출신으로 겨우 열네 살에 양부모의 집에서 도망쳐 나왔다. 가출한 첫 해에 거리에서 몸을 팔며 아래쪽 지방으로 내려와 남부 해안 지방에 정착했다. 그때부터는 같은 스코틀랜드 출신 포주인 말콤 차일즈 밑에서 일했다. 훗날 차일즈의 연인을 거쳐 그의 아내가 되었고 암흑가에 떠도는 소문에 의하면 에스 앤 엠(Sadomasochism: 고통과 모욕을 주고받는 행위에서 쾌감을 느끼는 가학·피학성 변태 성욕_옮긴이) 행위를 하던 중에 그를 질식시켜 죽였다고 한다. 차일즈의 시신은 아직 발견되지 않았고 산드라는 자연스럽게 남편의 범죄 왕국을 물려받았다. 혹여 통치권을 빼앗으려 하는 자가 있으면 죽이거나 불구로 만들었다. 열 번 넘게 법정에 섰지만 무혐의로 풀려났고 그녀를 노린 세 번의 암살 시도는 미수에 그쳤다. 현재는 남부 해안가의 상류 사회까지 입성했다. 그녀가 태어난 파이프와 정반대의 세계였다.

가정부가 핏대를 세우며 막아섰지만(아직 아침 7시였다) 찰리는 체포 영장이 있었고 산드라가 도망칠지도 모르는 판에 오래 기다릴 여유가 없었다. 감시 카메라가 저택 구석구석을 촬영하고 있었으므로 산드라가 이미 눈치챘는지도 몰랐다. 찰리가 산드라의 호화로운 침실 문을 열었을 때, 다행히 그녀는 푹 잠들어 있었다.

문을 열자마자 산드라의 연인인 근육질 남자가 침대에서 벌떡 일어났다. 그는 찰리에게 덤벼들다가 경찰 신분증을 보고 동작을 멈췄다.

"진정해, 자기야. 괜찮아."

남자는 전직 권투선수로 항상 그녀의 곁을 지켰다. 그는 좀처럼 입을 열지 않는 성격이라 산드라는 기꺼이 연인이 할 말을 그녀 입으로 대신 전하곤 했다.

"안으로 들어와. 내가 처리하면 돼."

"산드라 매큐언, 여기 체포 영장…."

"서두르지 말아요, 브룩스 수사관. 브룩스 수사관 맞죠?"

"그래요." 찰리가 딱딱하게 대답했다.

"신문에서 사진을 봤죠. 요즘 어떻게 지내고 있어요? 괜찮아졌어야 할 텐데."

"내 인생은 온통 장밋빛이에요, 산드라. 그러니까 쓸데없는 소리 집어치우고 일어나지 그래요?"

찰리가 가운을 건넸다. 산드라는 그녀를 빤히 보았다.

"복귀한 지 얼마나 지났죠, 브룩스 수사관?"

"참을성이 바닥나고 있어요."

"얼마나 됐는지 말해주면 일어날게요."

찰리가 잠깐 생각하다가 대답했다.

"이틀이에요."

"이틀이라." 산드라가 찰리의 말을 따라 했다. 방 안에 어색한 침묵이 흘렀다. 킹사이즈 침대에서 푸짐한 몸을 일으킨 산드라는 찰리가 내민 가운을 거절했다. 나신을 굳이 감추려고 하지 않았다.

"이틀 만에 벌써 공을 세우려고 애가 달았군. 여자라고 미덥잖게 보는 사람들이 틀렸다고 증명하려는 건가?"

산드라의 말은 정곡을 찔렀지만 찰리는 인정하지 않았다. 눈을 똑바로 뜨고 산드라를 응시하기만 했다.

"그 점은 존경스럽네요, 찰리. 정말이에요. 하지만 내 시간을 빼앗으면서까지 그런 놀이를 하면 안 되지?" 친근한 연기는 끝났다. 산드라는 대놓고 적대감을 드러냈다. "그 예쁜 궁둥이 뒤로 다음 주 내내 우리 변호사들을 줄줄 달고 다니기 싫다면 이쯤 해서 세리 하우드에게 달려가는 게 좋지 않을까?"

산드라의 알몸이 찰리의 말쑥한 정장과 맞닿을 정도로 가까이 다가왔다. 그러나 찰리는 위축되지 않고 눈 하나 깜박하지 않았다.

"당신을 경찰서로 연행할 거예요, 산드라. 두 건의 살인 사건에 대해 당신 도움이 필요한 문제가 있어요. 어떡할래요? 숙녀처럼 걸어 나가겠어요? 아니면 수갑을 차고 끌려가시든가요?"

"그런 일을 당해놓고도 배우질 않는군? 경찰들이란 배울 줄을 몰라."

산드라는 군인처럼 상스럽게 욕설을 내뱉더니 옷을 보관하는 커다란 벽장으로 씩씩거리며 들어갔다. 산드라를 보면 범죄를 저질러서는 안된다는 말이 무색했다. 그녀는 찰리 앞에서 프라다,

스텔라 맥카트니, 다이앤 본 퍼스텐버그… 무수한 명품 디자이너 의상을 우스꽝스러운 몸짓으로 골랐다가 내던졌다. 마침내 아르마니 청바지와 스웨터로 정했다.

"준비 됐어요?" 찰리가 짜증을 가까스로 참으며 말했다.

"준비 완료." 산드라가 활짝 웃자 금니가 두 개 보였다. "게임을 시작해볼까."

35

"왜 저는 금시초문이죠?"

"목소리 낮춰, 헬렌."

"왜 저는 이 일에 대해 듣지 못했습니까, 총경님?"

헬렌은 너무 화가 나서 빈정거리는 말투를 숨길 수도 없었다. 하우드는 귀를 기울이고 있는 비서가 듣지 못하도록 사무실 문을 슬그머니 닫았다.

"자네에게 말 못한 이유가 있어." 하우드가 설명했다. "여기 없었잖아. 매큐언은 잠적하는 데 귀신이라 빨리 움직일 수밖에 없었어. 브룩스 수사관에게는 매큐언을 체포하라고 지시하면서 자네에게 따로 상황을 설명하겠다고 했어. 지금 그렇게 하고 있고."

일리가 있었지만 그렇다고 기분이 나아지지는 않았다. 얘기를 못 들었다고 이 정도로 화가 나는 게 정상인 걸까? 단순히 찰리였기 때문에 비위가 상한 것은 아닐까? 솔직히 말하자면 헬렌도 진심을 알 수 없었다.

"이해합니다, 총경님. 하지만 앨런 매튜스 살인 사건과 관련한 정보는 제가 가장 먼저 알아야죠."

"자네 말이 맞아, 헬렌, 내가 실수했어. 원망을 하고 싶으면 나를 탓해."

틀린 말이 아니라 원망을 할 수는 없었다. 그럼에도 헬렌은 마지막으로 한 번 더 주장했다. "매춘부인 알렉시아 루스코 사건은 몰라도, 성매수 남성인 앨런 매튜스 사건에 매큐언이 개입했다는 근거는 없습니다."

"우리는 가능성을 열어두어야 해, 헬렌. 자네 입으로도 매튜스 사건이 세력 다툼 때문일 수 있다고 말했잖아. 중간에서 애꿎은 피해를 입었을지도 모르지. 찰리가 아주 흥미로운 정보를 찾았어. 나는 그걸 철저하게 수사하기를 원해."

"이건 아닌 것 같아요. 이번 사건은 너무 계획적이고 개인적인 원한이 느껴져요. 이런 범인의 특징은…."

"지능과 야망이 높고 두뇌 회전이 빠른 인물이지. 양심의 가책 없이 마음 내키는 대로 살인을 하고 경찰을 잘 속이는 인물. 나는 그게 바로 산드라 매큐언이라고 생각해. 안 그런가?"

더 이상 싸워 봐야 입만 아팠다. 헬렌은 하우드에게 수긍하고 취조실로 걸음을 옮겼다. 찰리가 그녀를 기다렸고 맞은편에는 변호사를 대동한 레이디 맥베스가 앉아 있었다.

"만나서 반가워요, 수사반장님." 산드라 매큐언이 입이 찢어지도록 함박웃음을 지었다. "요즘 일은 잘 되세요?"

"저도 같은 질문을 하고 싶네요, 산드라."

"잘 되다마다요. 어쨌든, 얼굴이 좋아 보이네요. 설마 남자가 생기셨나?"

헬렌은 비아냥거리는 말을 무시하고 말했다. "브룩스 수사관이 알렉시아 루스코 살인 사건을 수사하고 있어요. 아그네스카 수리 아브라는 가명으로 당신이 운영하는 브룩마이어에서 일했죠."

산드라가 부정하지 않기에 헬렌은 취조를 계속했다.

"누군가 아그네스카를 죽이고 시신을 훼손해서 폐차 트렁크에 유기했어요. 어떤 메시지를 전하기 위해 그녀를 죽인 거예요. 혹시 당신이 해석해줄 수 있을까요?"

"도와주고 싶지만 저는 그 아이를 잘 알지 못해요. 몇 번 본 적도 없는걸요."

"당신네 직원으로 일했으니 직접 알아보고 대화를 해봤을…"

"저는 브룩마이어 주식회사에게 월세를 받고 건물을 임대해 준 것 뿐이에요. 그 회사를 누가 운영하는지는 내가 말할 이유가 없지만요."

변호사는 한마디도 하지 않았다. 그는 장식품에 불과했다. 산드라는 어떻게 상황을 자기 멋대로 흔들지 정확히 알고 있었다.

"당신이 거리에서 데려왔잖아요." 찰리가 계속 압박했다. "훈련시키고 세련되게 다시 꾸몄어요. 당연히 캠벨파는 분노했겠죠? 그래서 그녀를 납치했어요. 그리고 죽였죠. 원래 있어야 할 거리로 되돌려놓은 거예요."

"그렇게 말한다면야."

"당신 밑에서 일하던 여자를 당신 눈앞에서 낚아채 죽였어요. 다른 여자들은 어떻게 생각하고 있죠? 보나 마나 등골이 오싹할 텐데요."

산드라는 잠자코 있었다.

"당신은 무슨 조치를 취해야 했어요." 찰리가 계속 말했다. "그러는 김에 두 마리 토끼를 잡으면 좋지 않을까요? 임프레스 로드에 있는 부동산에 대해 말해 봐요."

드디어 반응이 나왔다. 미미했지만 산드라는 분명히 찰리의 말에 반응했다. 예상치 못한 공격이었던 것이다.

"그런 건 없…."

"이걸 보세요, 산드라." 찰리가 자료를 내밀었다. "서로 지분관계가 있는 모자회사 목록이에요. 요점만 말하자면 전부 당신 소유죠. 여기를 봐요." 그러면서 찰리는 한 회사 이름을 가리켰다. "당신은 약 2년 전 임프레스 로드에 있는 폐가 여섯 채를 사들였어요. 왜 그랬죠, 산드라?"

긴 침묵 끝에 산드라의 변호사가 아주 작게 고개를 까딱거렸다.

"재개발하려고요." 산드라가 대답했다.

"왜죠? 썩어 문드러진 폐가들이에요. 고급 주택가를 조성할 만한 동네도 아니고요."

"개발하고 싶은 게 아니야." 헬렌이 퍼뜩 모든 것을 이해하고 끼어들었다. "당신은 그 집을 허물고 싶은 거군요."

산드라가 눈을 살짝 깜박였다. 산드라에게 이 정도 반응은 헬렌의 말이 옳다고 인정하는 셈이었다.

"사창가가 있는 부동산은 누구도 원하지 않죠. 밤마다 매춘부들이 들끓을 테니까요. 하지만 그걸 사서 허물고 그대로 둔다면 여자들은 어떻게 할까요? 매일 밤 목숨을 걸고 손님의 차에 타는 위험을 감수할까요? 다른 곳에 일자리를 찾지 않겠어요? 어딘가 안전한 곳. 브룩마이어 같은 곳 말이죠. 조사를 해보면 최근 임프레스 로드에서 주인이 바뀐 건물은 더 많을 것 같은데. 내 말이 맞죠?" 헬렌이 말했다.

이제 산드라는 곤혹스러운 표정이었다.

찰리는 이 기회를 놓치지 않고 바짝 밀어붙였다. "하지만 거기서 멈추지 않았다면 어떨까요? 만약 당신이 강수를 두기로 했다면요? 캠벨파는 당신 여자들을 불안하게 하려고 살인을 했어요. 즉, 보복 삼아 그쪽 여자를 죽일 수 있겠죠. 하지만 당신은 머리를 더 굴려서 여자가 아니라 성매수 고객을 한두 명 죽이기로 한 거예요. 신문 기사가 하나만 나도 캠벨파 고객이 줄줄이 떠나갈 테니까요. 이건 인정해야겠네요, 산드라. 아주 영리한 작전이에요."

산드라는 다시 웃기만 했다. "앨런 매튜스를 따로 골랐나요? 아니면 무작위로 선택한 건가요?"

"제 의뢰인께서는 지금 말씀에 대해 전혀 알지 못하시고 그 어떤 폭력 행위와도 관련이 없으십니다."

"의뢰인께서 11월 28일 밤 9시에서 새벽 3시 사이에 어디 계셨는지는 알겠죠?" 찰리가 계속 압박하기로 하고 변호사의 말을 잘랐다.

산드라는 한참이나 찰리를 뚫어져라 보더니 입을 열었다. "나는 전시회에 있었어요."

"장소는요?" 찰리가 다그쳤다.

"시드니 스트리트 바로 옆에 있는 개조 창고였어요. 지역에서 활동하는 화가가 고객도 작품의 일부로 움직이는 설치예술 같은 걸 만들었다나. 물론 작품이라고도 할 수 없었죠. 사람들이 하도 앞으로 크게 될 화가라길래 구경이나 하자고 간 거예요. 재미있는 얘기 하나 할까요? 나는 잘 모르지만 그 화가는 컴퓨터 쪽에 빠삭해서 전시회를 인터넷으로 생중계했다고 하더라고요. 그런 건 위조할 수 없죠. 가서 한번 보세요. 그래도 나를 의심하고 싶다면 그날 만났던 다른 손님들에게 알리바이를 확인하면 되겠네요. 사우샘프턴 시의회장하고 BBC 사우스 예술부 기자가 왔었어요. 아, 이 사람을 잊을 뻔했네…. 경찰청장협의회장도 왔었죠. 이름이 뭐더라…, 앤더슨? 흉한 가발을 쓰고 다니는 뻐드렁니 있잖아요. 그 사람을 착각하기는 힘들죠."

산드라는 의자에 등을 기대며 찰리에서 헬렌으로 시선을 돌렸다.

"다 끝났으면 그만 일어날게요. 저녁 약속을 꼭 지키고 싶어서요."

"이게 무슨 짓이지, 브룩스 수사관?"

헬렌이 그녀를 찰리라고 부르던 시절은 까마득한 옛날 같았다.

"대체 무슨 생각으로 확실한 용의자인지 알아보지도 않고 연행한 거야?"

"아직도 확실한 용의자예요. 동기도 있고, 기회도…."

"확실한 알리바이도 있지. 저 안에서 우리는 한 쌍의 머저리였어. 그러니까 하우드 총경의 심부름은 집어치우고 네 일이나 똑바로 해. 알렉시아 루스코를 누가 죽였는지 찾아내란 말이야."

그 말을 남기고 헬렌은 돌아섰다. 알리바이를 확인해야겠지만 헬렌은 산드라가 진실을 말하고 있다고 확신했다. 꾸며냈다기에는 너무 완벽했다. 물론 사람을 시켜서 매튜스와 리드를 죽였을 수도 있다. 하지만 그녀의 명령을 따를 남자들이 수두룩한데 여자 혼자에게 그 일을 맡긴다고? 아니, 이건 도무지 설득력 없는 얘기였다.

아침부터 불쾌하더니만 하루 종일 기분 나쁜 일투성이였다. 동료 수사관들이 그녀를 돕는 게 아니라 방해하는 것만 같았다. 경찰 일을 시작하고 이런 기분은 처음이었다. 안 그래도 이해하기 힘든 사건으로 골치가 아픈데 찰리와 하우드는 계속 가당치 않은 행동으로 상황을 혼란스럽게 만들었다.

가장 큰 문제는 수사에 아무런 진전이 없다는 사실이었다. 두 명이 목숨을 잃었고 더 많은 피해자가 나올 것이다. 그럼에도 헬렌이 막을 방법은 전혀 없었다.

36

앤지는 자주 주변 사람들에게 재미있는 이야기를 들려주곤 했다. 제니스 솔루션에서 1주일 휴가를 받았을 때도 기회를 놓치지 않고 친구와 친척들을 집으로 초대해 소름끼치는 경험담을 몇 번이고 반복해 들려주었다. 기분에 따라 살을 마구 붙이기도 했다. 그러나 이제는 입이 아팠다. 그래서 지금 끈질기게 울리는 초인종 소리를 무시하고 있는 것이다. 앤지는 커튼을 치고 인스턴트커피를 한 잔 타서 제레미 카일 쇼(출생의 비밀을 비롯한 가족 불화가 주제인 영국의 토크쇼_옮긴이)를 틀었다.

초인종이 또 울렸다. 앤지는 텔레비전의 볼륨을 높였다. 집에 있다는 티가 나든 말든 무슨 상관이람? 모든 사람에게 문을 열어줄 이유는 없고, 그러고 싶지도 않았다. 초인종이 그치자 앤지는 씩 미소를 지었다.

그녀는 방송에 집중했다. 곧 DNA 검사 결과가 나올 것이다. 앞부분을 보지 못해 출연자들의 갈등이 무엇인지 알 수 없었지만 이 프로그램에서는 DNA 검사 결과가 나올 때마다 한바탕 난투극이 벌어졌다. 앤지는 그래서 이 자극적인 토크쇼를 좋아했다.

"안녕하세요?"

앤지가 자세를 똑바로 했다. 누군가 집에 침입했다.

"집에 있어요, 앤지?"

앤지는 소파에서 일어나 무기를 찾아 두리번거렸다. 무거운 유리 화병이 그나마 적당해 보였다. 앤지가 화병을 머리 위로 치켜든 순간, 거실 문이 열렸다.

"앤지?"

앤지는 동작을 멈췄다. 두려움은 사라졌지만 놀라웠다. 한쪽이 일그러진 얼굴을 보자 누구인지 대번에 알 수 있었다. 에밀리아 개라니타였다. 그녀는 사우샘프턴에서 나름 유명 인사였다.

"방해해서 정말 미안하지만 뒷문이 열려 있었어요. 당신과 꼭 이야기를 하고 싶어요, 앤지. 앤지라고 불러도 될까요?"

앤지는 너무 놀라서 주거침입이라고 화를 낼 정신도 없었다. 에밀리아는 그 틈에 앤지에게 다가가 위로의 의미로 팔을 쓰다듬어 주었다. "어떻게 지내고 있어요, 앤지? 충격이 컸다고 들었어요."

회사 여직원 하나가 떠들고 다닌 모양이다. 앤지는 기분이 상했지만 한편으로는 기뻤다. 지역 신문 기자가 집까지 찾아오는 것은 평생 경험하기 힘든 영광이었다. 에밀리아는 자연스럽게 앤지를 다시 소파에 앉히고 자기도 옆자리에 앉았다.

"잘 견디고 있어요." 앤지가 용감하게 대답했다.

"물론 그렇겠죠. 강한 여성답네요. 다들 앤지를 그렇게 평가하더라고요."

설마 진짜일까 싶었지만 칭찬을 들으니 기분이 나쁘지는 않았다.

"저희도 그 점을 기사에서 강조할 생각이에요."

앤지는 설레면서도 불안해 고갯짓만 했다.

"우리 '이브닝 뉴스'는 앤지의 기사를 양면으로 싣고 싶어요. 어떻게 살아 왔고, 제니스 솔루션에서 어떤 중요한 업무를 맡고 있으며, 끔찍한 사건이 터졌을 때 얼마나 용감하게 대처했는지에 대해서요. 당신에게 존경을 표하고 싶어요. 괜찮을까요?"

앤지가 고개를 끄덕였다.

"그럼 몇 가지 사항을 확실히 짚고 넘어가죠. 이력은 잠깐 미루고 우선 사건 당일에 집중할게요. 당신이 받은 상자는 상사인…"

"맥페일 사장님이요."

"그래요, 맥페일 사장. 그에게 오는 우편물은 다 열어보죠?"

"그럼요. 저는 그분의 개인 비서니까요. 이번 같은 택배 상자는 항상 받자마자 제가 열어요."

에밀리아는 수첩에 열심히 메모를 하며 말했다. "그리고 그 안에는…?"

"안에는…. 심장이 있었어요. 냄새가 고약했어요."

"심장이라고요?" 에밀리아가 목소리에서 흥분을 애써 감추고 말했다. 헛소문이라고 생각했는데 사실이었다.

"네. 심장이었어요. 사람 심장."

"맥페일 사장이 왜 그런 걸 받았는지 이유를 짐작할 수 있나요?"

"아뇨." 앤지는 단호했다. "사장님은 훌륭한 분이세요."

"그렇겠죠. 경찰과는 연락했어요?"

"그레이스 형사님과 이야기했어요."

"저도 잘 알아요. 아주 유능한 형사죠. 그레이스 반장이 특별히 어디에 관심을 보이던가요?"

앤지가 망설였다.

"대화의 내용을 털어놓기 불편하겠죠. 그 마음 이해해요." 에밀리아가 말을 계속했다. "내가 하고 싶은 말은 이것뿐이에요. 이 이

야기가 아무리 가치 있다고 해도 양면 기사로 실으려면 편집장을
설득해야 해요. 그러려면 모든 정보를 얻어야 하고요."

한참 만에 앤지가 입을 열었다.

"다른 것보다 제니스의 직원 명단을 원하는 것 같았어요. 특히
그날 출근하지 않은 직원이 누군지 알고 싶어했어요."

에밀리아가 메모를 잠깐 멈췄다가 다시 수첩에 무어라 휘갈겨
썼다. 군침 도는 정보였지만 흥분한 기색을 드러내고 싶지는 않았
다. 아귀가 탁탁 들어맞고 있었고, 에밀리아에게는 크나큰 선물이
었다.

또 하나의 특종이 그녀의 치마폭으로 떨어졌다.

37

니콜라의 엄마인 바이올렛 로빈슨은 사위를 의심하고 있었다. 사위가 니콜라를 사랑한다는 사실은 결코 의심하지 않았다. 하지만 과연 니콜라만 바라보고 있을까? 사위도 남자였다. 남자란 모름지기 세심하지 못하고 쉬운 길을 택하는 종족들이다. 물론 사지가 마비된 니콜라는 불편함 없이 지냈고 토니가 기본적인 생활을 챙겨주었다. 토니가 경찰서로 출근해도 간병인 애나가 있었다. 하지만 니콜라에게 기본으로는 부족했다. 그녀의 딸 니콜라는 꽃같이 아름답고 똑똑하고 명랑했다. 엄마처럼 외모가 곧 자존심이어서 꾸미지 않고는 집 밖을 나가지 않았고 머리카락이 한 올이라도 흐트러질까 조심했다. 지금도 바이올렛은 딸의 창백한 안색, 흐트러진 머리카락, 화장기 없는 맨얼굴이 견딜 수 없어 틈만 나면 바로잡아주었다. 토니는 이런 방면에 문외한이었다. 애나도…, 뭐, 초라하게 다니는 꼴을 보니 겉모습보다 내면이 중요하다고 생각하는 여자였다.

"집을 얼마나 비울 건가?" 바이올렛이 토니에게 물었다.

장모와 사위는 니콜라가 못 듣도록 방에서 멀리 떨어진 거실에서 있었다.

"집을 비우지는 않아요." 말을 신중하게 고르며 토니가 대답했다. "낮에는 집에 있을 거예요. 오히려 평소보다 자주요. 밤에만 잠깐 나가면 됩니다. 제가 야간 근무하는 동안 애나가 대부분의 시간은 맡아주겠다고 했지만 혹시 장모님께서…"

"이미 돕겠다고 말했잖아, 토니. 당연히 도와야지. 남보다는 가족이 곁에 있는 게 좋아."

토니가 웃으며 고개를 끄덕였지만 진심은 아니었다. 바이올렛은 알 수 있었다. 사위는 장모보다 애나를 더 편하게 여겼다. 그래서 애나가 일주일 내내 밤에도 일하겠다 했으면 바이올렛을 집에 들이느니 돈을 더 주고라도 애나를 불렀을 것이다.

"이…, 야간 근무라는 게 오래 걸리나?"

"빨리 끝나기를 바라야죠."

또 얼버무린다.

"내가 필요하다면 언제까지든 돕겠네만, 자네도 내 심정 잘 알겠지? 니콜라가 일어났을 때 낯선 사람 얼굴을 보이고 싶지 않아." 바이올렛의 목소리가 떨렸다. 속에 꾹꾹 눌러뒀던 상실감이 갑자기 그녀를 덮쳤다.

토니는 이해한다는 듯 고개를 끄덕였지만 아무 말도 하지 않았다.

바이올렛은 의심이 들었다. 니콜라를 포기했나? 그래, 그럴지도 모른다. 다른 여자가 생긴 걸까? 바이올렛은 갑자기 자신이 없어졌다. 그래서 가슴이 찢어졌다.

"위험한가? 자네가 하는 일 말이야."

토니는 평소보다 더 오래 입을 다물더니 걱정하지 말라면서 이것저것 쓸데없는 말을 많이 했다. 그렇다면 정말 위험하다는 뜻이다. 무심하다고 사위를 싫어해도 되는 걸까? 토니는 경찰로서 할 일이 있었다. 그건 바이올렛도 이해했다. 하지만 전면에 나서지 말고 조금 더 안전한 자리로 옮길 수는 없을까? 무슨 일이라도 생기면 어떡하지? 바이올렛의 남편도(참 무능한 놈팡이였다) 오래 전 그녀를 떠났다. 현재 메이드스톤에서 둘째 부인과 애 셋을 낳고 살면서 바이올렛 모녀는 나 몰라라 하고 있다. 만약 토니마저 잘못되면 니콜라와 바이올렛만 단둘이 남아 하염없이 기다리는 처지가 된다.

바이올렛은 자기도 모르게 토니에게 다가갔다. 그녀는 토니의 팔에 손을 얹고 다정하게 말했다. "그래, 조심하게, 토니. 부디 몸 조심해."

이번만큼은 토니도 그녀의 마음을 이해한 것 같았다. 지금은 두 사람 모두에게 힘든 시간이었다. 아내만 돌보던 토니가 더 넓은 세상으로 나가면 그동안 안정적이었던 생활이 흔들릴 것이다. 이 점에서 장모와 사위는 처음으로 생각이 일치했다.

"잘 해, 토니. 니콜라와 나는 괜찮을 거야."

"감사합니다, 장모님."

토니가 마저 준비를 하러 거실을 나간 후 바이올렛은 딸에게 갔다. 그녀는 핸드백에서 립스틱을 꺼내 딸의 입술에 발랐다. 잠 깐이나마 기분이 좋아졌지만 속은 여전히 메스꺼웠다. 엄청난 위력의 태풍이 곧 그녀의 세상을 뒤흔들고 말 것이라는 불길한 느낌이 들었다.

38

팀원들이 브리핑실에 하나둘 모이는 사이 헬렌은 생각을 정리했다. 오늘처럼 수사팀에 그녀의 편이 하나도 없다는 느낌은 처음이었다. 찰리는 매큐언을 살인범으로 잡아서 자기 능력을 증명하려 기를 썼고, 하우드는 뒤에서 찰리를 열심히 지원하는 듯했다. 헬렌은 범인이 연쇄살인범이라고 굳게 믿었지만 하우드는 아예 귀를 막았다. 하우드는 곧이곧대로 규정을 따르는 경찰이라 정치만 잘하지 이런 유형의 범인을 잘 몰랐다. 반대로 헬렌은 과거 경험이나 경찰 훈련을 통해 익히 알고 있었다. 그러니 헬렌이 지휘권을 쥐고 사건의 핵심에 수사력을 집중시켜야만 범인을 잡을 수 있었다.

"일단 이렇게 가정해보자." 헬렌이 브리핑을 시작했다. "범인은 매춘부이고 성매매 남성을 살해하고 있어. 이건 우발적인 범행이 아니야. 강간을 시도하거나 몸싸움을 했다는 흔적은 전혀 없다. 따라서 범인은 남자들을 일부러 외진 곳으로 유인해 죽인 거야. 속으로 음모를 꾸미고 계획적으로 접근했어. 공범이 있다는 증거가 안 나왔기 때문에, 결론부터 말하자면 우리는 아주 위험하고 정신이 온전치 않은 개인을 찾아야 한다. 예전에 폭행이나 강간을 당했고 정신병 병력이 있으며 극심한 남성 혐오를 가진 인물이야. 병원이나 상담 센터, 보호시설, 자선단체 쉼터를 일일이 돌아다니며 지난 12개월 동안 비슷한 사람이 왔었는지 조사해야 되겠지. 최근 강간이나 성폭력 미제 사건이 있는지 HOLMES$_2$(영국의 범죄 수사용 컴퓨터 시스템_옮긴이)도 확인해라. 어디선가 자극을 받았을 거야. 아무리 폭력 성향이 있어도 계기가 없다면 이런 식으로 분노를 폭발하기는 힘들어. 그 **여자**가 했을 만한 범죄도 알아봐야 하고. 살인을 결심하기 전에 준비 운동 삼아 폭행이나 칼부림 사건을 저질렀을 가능성이 높아. 이건 샌더슨 수사관이 맡아주겠어?"

"네, 반장님."

"그렇다면 우리는 누구를 찾아야 할까?" 헬렌이 말을 이었다. "분명히 살인 현장인 임프레스 로드와 일링 대습지 주변의 지리에 밝은 인물이야. 그 말은 최근 활발하게 활동한 매춘부일 가능성이 다분하다는 뜻이지. 범인은 '악마'라는 단어도 그렇고 매튜스네 집 주소 철자도 엉망으로 썼어. 정규 교육을 제대로 받지 않았고 글을 모른다는 증거일 수 있다. 하지만 절대 지능이 낮지는 않아. 어디에도 흔적을 남기지 않은 걸 봐. 과학수사대가 리드의 차에서 검은색 머리카락을 찾긴 했지만 합성섬유였다. 아마 가발이겠지. 머리만 좋은 게 아니라 대담하기까지 해. 사람들의 눈을 끌지 않고 제니스 솔루션을 출입했으니 말이야. 이런 식으로 잡힐 위험을 감수했다면 목적이 있을 거다. 하고 싶은 말이 있는 거야."

팀원들은 침묵을 지키며 헬렌의 말을 새겨들었다.

"그러니 현재 활동하고 있는, 또는 얼마 전까지 활동한 매춘부를 중심으로 수사한다. 고급 콜걸, 데이트 아르바이트를 하는 학생, 불법체류자, 사창가에서 돈 대신 약으로 화대를 받는 중독자까지 다 조사하되, 그 중에서도 급이 낮은 부류에 집중하도록. 매튜스와 리드 취향은 굉장히 지저분하고 야하고 값싼 여자인 거 같거든. 사우샘프턴 전체를 수색해야 할 텐데, 나는 대부분의 병력을 북부에 집중할 계획이다. 비버스 밸리, 포츠우드, 하이필드, 햄프턴 파크 말이지. 범인이 피해자와 만난 지역에는 CCTV가 없었지만 교통 카메라로 매튜스와 리드의 차를 추적할 수 있었어. 매튜스는 임프레스 로드에서, 리드는 커먼 근처에서 만난 것 같다. 아마 집에서 가깝고 잘 알고 '안전'하기 때문이겠지. 다른 가능성도 생각해야겠지만 나는 범인이 사우샘프턴 북부에서 살거나 거기서 일한다고 추측하고 있어. 이 수사는 맥앤드루 수사관이 지휘할 거다."

"팀을 소집했습니다, 반장님." 맥앤드루 수사관이 대답했다. "그리고 지역을 몇 개 지구로 나눴어요. 오늘 오후부터 수사에 착수할 예정입니다."

"다음 문제는 이거야. 왜 매튜스와 리드를 선택했지? 무작위로 골랐을까? 아니면 따로 선발했을까? 범인은 매튜스를 자주 보면서 사소한 실수며 습관을 미리 파악했을 수 있어. 하지만 리드는 훨씬 젊고 성매매 경험이 비교적 없는 인물이야. 리드를 정말로 노린 거라면 방법이 더 교묘했을 거야. 둘 다 유부남이라는 점은 중요한 연결고리지만, 둘은 활동하는 영역도 다르고 가족 구성도 달랐어. 매튜스는 십대 이상의 자녀가 넷이지만 리드는 어린 딸 하나뿐이야."

"인터넷으로 만났을지도 몰라요. 요즘은 오럴 섹스를 원하면 구글 검색만 하면 된다잖아요?" 샌더슨 수사관이 말을 보태자 팀원들이 작은 소리로 킬킬 웃었다.

"가능성이 있어. 그러면 리드와 매튜스의 인터넷 이용 기록을 확인해본다. 그라운즈 수사관이 정리해주겠어? 피해자들을 일부러 노렸는지, 그냥 운 나쁘게 우연히 만났는지 알아봐줘. 다들 알았나?"

헬렌은 자리에서 일어나 수사본부로 돌아갔다. 에너지가 넘치고 투지가 불타올랐다. 목표가 분명해졌기 때문이다. 그러나 수사본부에 발을 들이자 헬렌은 얼어붙은 듯 자리에 멈췄다. 갓 싹튼 희망이 순식간에 짓밟혔다. 누군가 텔레비전을 켜놓고 음소거를 했는지 구석에서 소리 없이 화면만 나오고 있었다. 헬렌은 다급하게 리모컨을 들고 볼륨을 높였다. BBC 사우스의 정오 뉴스 속보였고, 정규 앵커인 그레이엄 윌슨이 심층 인터뷰를 진행하고 있었다. 그리고 스튜디오에 나와 있는 오늘의 게스트는 에일린 매튜스였다.

헬렌은 화가 나고 가슴이 답답해 미칠 것 같은 심정으로 에일린의 집까지 달려갔다. 에일린은 남편을 잃은 슬픔으로 눈에 보이는 것이 없었다. 헬렌도 그 마음을 모르지 않았지만 에일린이 개입하면 경찰 수사를 전부 망칠 위험이 있다. 에일린은 앨런이 절대 성매매를 하지 않았고 경찰이 헛다리를 짚었다고 생각했다. 그래서 남편을 살해한 범인을 직접 찾아 나서기로 마음먹은 것이다. 그녀는 인터뷰 도중 몇 번이나 "제발 앨런에게 이런 짓을 한 남자를 제발 찾아주세요"라고 말했다. 남자, 남자, 남자란다. 5분짜리 텔레비전 뉴스로 이제 대중은 존재하지 않는 살인범을 쫓게 되었다.

헬렌이 집에 도착했을 때 에일린은 방송국에서 막 집으로 돌아온 참이었다. 그녀는 대중 앞에서 남편의 죽음을 이야기한 후로 눈에 띄게 기운이 없어 보였다. 하지만 헬렌은 분노가 너무 커서 에일린이 문을 닫게 놔두지 않았다. 두 여자 사이에서 금세 불이 붙었다.

"먼저 경찰과 상의했어야죠, 에일린. 그러다가는 정말로 수사를 그르쳐요."

"이렇게 말할 줄 알아서 상의하지 않은 거예요." 에일린이 뻔뻔하게 말했다.

헬렌은 간신히 성질을 죽였다. "지난 며칠 동안 많은 일이 있었다는 거 알아요. 못 견디게 힘들고 가슴이 아플 거예요. 어떻게든 문제를 해결하고 싶겠죠. 하지만 이 방법은 아니에요. 당신과 아이들을 위해서 범인의 처벌을 원한다면 우리에게 수사를 맡겨주세요."

"그래서 앨런의 이름을 먹칠하게요? 우리 가족을 시궁창에 처박는 꼴을 보고 있으라고요?"

"힘들겠지만 진실을 알아야 해요, 에일린. 당신 남편은 성매매를 했고 그래서 죽었어요. 앨런을 죽인 사람은 남자가 아니라 여자예요. 우리는 99퍼센트 확신합니다. 대중의 관심을 다른 곳으로 돌려버리면 그 여자가 다시 살인을 할 위험이 있어요. 사람들은 경계해야 해요. 그렇게 하려면 경찰이 올바른 정보를 제공해야 하고요. 이해하겠어요?"

"다시 살인을 한다고요?" 공격적이던 에일린의 말투가 조금 누그러졌다.

헬렌은 어디까지 말해야 할지 잠시 주저했다. "어젯밤 젊은 남성이 살해당했어요. 우리는 두 건의 범인이 동일인물이라고 믿어요."

에일린은 헬렌을 빤히 보기만 했다.

"이 피해자도 매춘부들이 활동하는 지역에서 발견…."

"아니야."

"미안하지만…."

"나는 이런…. 이 따위 모욕은 용납하지 않을 거예요. 앨런은 좋은 사람이었어요. 독실한 신자였단 말이에요. 가끔씩 건강에 문제는 있었지만…. 병에 걸린 적은 있지만 거의 다 수영장에서도 감염되는 병이었어요. 앨런은 수영을 자주 했고…."

"맙소사, 에일린. 앨런은 임질에 걸렸어요. 수영한다고 걸리는 병이 아니에요."

"**닥쳐요!** 내일이 장례식인데 여기까지 와서 그런 거짓말로…. **아니! 아니! 아니란 말이야!**"

에일린이 악을 쓰는 바람에 헬렌은 입을 다물었다. 에일린은 이제 울고 있었다. 헬렌은 마음이 복잡했다. 안쓰럽기도 하고 화도 나고 기가 막혔다. 무거운 침묵이 내려앉은 사이 헬렌은 거실을 둘러보았다. 가족사진 속 앨런을 보니 에일린이 왜 그렇게 그를 철석같이 믿는지 짐작이 갔다. 누가 봐도 훌륭한 가장의 모습이었다. 아들들과 축구를 하고 졸업식 날 딸 캐리의 옆에 자랑스럽게 서 있었다. 교회 성가대를 이끄는 사진, 오래 전 결혼식에서 그의 신부와 건배를 하는 사진도 있었다. 그러나 전부 가면이었다.

"에일린, 우리와 협조해야 해요. 전체적인 상황을 이해해줘요.

그렇지 않으면 무고한 사람들이 죽는다고요. 알겠어요?"

에일린은 고개를 들지 않았지만 흐느낌은 조금 잦아들었다.

"당신을 괴롭게 하고 싶지 않지만 현실을 직시해야 해요. 인터넷 방문기록을 보면 앨런은 포르노와 성매매에 관심이 많았어요. 당신이나 쌍둥이가 컴퓨터를 사용하지 않았다면 그런 사이트에 접속할 사람은 앨런밖에 없어요."

이 말은 제대로 통할 것이다. 에일린은 앨런이 컴퓨터에 손도 못 대게 하고 서재에도 들어오지 못하게 했다고 이미 진술했기 때문이다.

"그 사이트는 우연히 접속한 게 아니에요. 즐겨찾기에 있었고…. 우리는 앨런의 재정 상태도 조사했어요."

에일린은 듣기만 했다.

"앨런은 교회 건물관리용 계좌를 관리하고 있었어요. 2년 전에는 잔고가 수천 파운드였죠. 지금은 거의 바닥났어요. 지난 18개월간 200파운드씩 뭉텅이로 빠져나갔으니까요. 하지만 우리 수사관 하나가 교회 목사님에게 들었더니 교회 보수 공사는 하지 않았다더군요. 우리가 알기로 앨런은 돈을 그렇게 많지 벌지 못해요. 그렇다면 자기 취미 생활에 교회 자금을 이용했을 가능성이 높다는 거예요." 헬렌은 조금 더 부드러운 말투로 계속했다. "지금 많이 당황스러울 거예요. 하지만 에일린과 가족이 이…, 악몽을 헤쳐 나가려면 현실을 냉정하게 보는 수밖에 없어요. 믿지 않겠지만 저는 에일린의 심정을 잘 알아요. 생각하기도 싫은 일들을 겪었고 죽을 만큼 괴로웠어요. 하지만 문제를 인정하지 않고 현실을 회피해서는 안 돼요. 자녀들을 위해서라도 내 말을 이해해줘요. 앨런의 좋은 점도, 나쁜 점도 있는 그대로 보고 받아들여요. 교회에서도 따로 재정 조사를 시작할 테고, 경찰이 해야 할 질문도 많이 남아 있어요. 경찰과 싸워서는 이 상황을 극복하지 못해요. 우리는 서로 도와야 하는 사이라고요."

에일린이 마침내 고개를 들었다.

"나는 앨런을 죽인 범인을 잡고 싶어요." 헬렌이 설득을 이어갔다. "살인범을 붙잡고 당신이 궁금해하는 모든 것들을 밝혀내고 싶어요. 하지만 계속 싸우자고 하면 그럴 수가 없어요. 그러니 제발 협조해줘요." 진심에서 우러난 부탁이었다.

긴 침묵 끝에 에일린이 입을 열었다. "안 됐어요, 형사님."

"네?"

"믿음도 없이 사는 당신이 안쓰럽네요."

그러고는 돌아보지도 않고 서둘러 거실을 나갔다. 헬렌은 에일린의 뒷모습을 바라보았다. 이제는 화도 나지 않았다. 딱할 뿐이었다. 에일린은 앨런을 하늘처럼 믿고 있었다. 그녀의 정신적 지주이자 든든한 울타리가 사실은 허수아비에 지나지 않았다는 진실을 결코 인정하지 못하는 것이다.

39

레베카 맥앤드루 수사관은 사냥에 나선 지 몇 시간 만에 사기가 꺾이고 지칠 대로 지쳐 있었다. 그녀가 이끄는 수사팀은 고급 윤락업소부터 살펴보기 시작했다. 성매매 시장은 예전에 알던 것보다 훨씬 규모가 컸다. 경기 침체로 갈수록 많은 여성이 성매매로 빠졌고 폴란드와 불가리아에서도 매춘부들이 밀려들며 공급 과잉 상태가 되었다. 경쟁이 심해지며 가격은 낮아졌다. 말 그대로 서로의 목을 조르는 살인 경쟁이 벌어지고 있었다.

다음 수사 대상인 대학 캠퍼스도 상황이 우울하기는 매한가지였다. 그들이 만난 여학생 무리마다 학비를 마련하기 위해 성매매를 하는 친구가 적어도 한 명쯤은 있었다. 정부 보조금이 삭감되고 몇 년씩이나 등록금을 내기 빠듯해지면서 성을 파는 여대생은 일상의 단면이 되어가고 있었다. 소문을 듣자니 대학가의 이러한 새로운 풍경에는 알코올 중독이나 자해 같은 부작용도 따랐다.

샌더슨 팀은 클레이모어 보건소를 찾았다. 국민건강보험 직원들과 인심 좋은 자원봉사자들이 무료 진료를 해주는 곳이었다. 누구나 공짜로 치료를 받을 수 있었지만 빈민가에 있다 보니 잠시 한눈을 팔았다가는 소지품을 도둑맞을 정도로 줄이 길었다. 그래서 대개 취객이나 갈 곳 없는 사람들의 발길을 끌어당겼다. 성병에 걸려서, 두들겨 맞아 상처를 꿰매야 해서, 아기를 낳고 어찌할 바를 몰라서 보건소를 찾는 어린 매춘부들도 많았다. 그녀들의 인생이 너무 고단해서 보고 있으면 가슴이 아팠다.

레베카 맥앤드루는 직업 특성상 근무 시간이 길어서, 내가 이 일을 왜 선택했는지 후회스러운 날이 많았다. 야간 근무 때문에 벌써 2년 넘게 남자친구도 없었다. 하지만 클레이모어 보건소 직원들에 비하면 그녀의 희생은 아무것도 아니었다. 일이 고되고 인력이나 자원이 심각하게 부족한 상황에서도 가엾은 여성들을 위해 쉬지 않고 일했다. 매춘부들에게 손가락질하거나 화내지 않았다. 본인들은 아니라고 손사래 치겠지만 그야말로 현대판 성녀였다.

레베카는 탐문 수사를 진행하며 불현듯 한 가지 모순을 깨달았다. 사랑, 결혼, 가족처럼 타인과 의미 있는 관계를 맺기 힘들어지는 이 시대에 돈을 주고 사람을 만나기는 그 어느 때보다 쉬웠다. 영국은 희망이 없고 지독한 경기 침체에 빠진 혼돈의 세상이었다. 다만 한 가지는 확실했다.

지금 사우샘프턴은 섹스로 물들어 있었다.

40

어두컴컴한 거리만큼이나 찰리의 기분도 암울했다. 헬렌에게 면박을 당했을 때는 당장 경찰 배지를 던지고 집으로 도망치고 싶었다. 그러나 찰리는 가까스로 마음을 다잡았다. 흥분을 가라앉히고 보니 왜 그렇게 쉽게 상처를 받았는지 부끄러웠다. 이럴 줄 몰랐나? 처음부터 헬렌은 찰리의 복귀를 반기지 않았다. 그런 와중에 찰리는 헬렌이 바라는 대로 행동하고 말았다. 과욕이 앞서서 산드라 매큐언의 수사를 망쳐버렸다.

부끄러워서 고개를 들 수 없었다. 과거 유능했던 형사는 어디로 갔는가? 지금 찰리는 명예를 되찾겠다는 의욕만 불태우고 있다. 알렉시아의 살인범을 잡겠다는 첫 번째 시도는 실패했다. 찰리는 수사의 기본으로 돌아가 거리에서 정보를 찾아다녔다. 매큐언 대 캠벨파 전쟁의 핵심인 거리의 매춘부들과 이야기를 나눠보면 실마리가 나올지도 모른다. 갓 오후 4시를 넘긴 시각이라 어린 학생들이 하교 중이었지만, 거리는 벌써 어둑어둑했다. 겨울이라서 그런지 하늘에서 숨 막힐 듯한 어스름이 내려앉고 있었다. 찰리의 기분은 더 우울해졌다.

부둣가의 매춘부들은 찰리가 체포하러 온 줄 알고 경계했지만 오해가 풀리자 찰리가 내민 사진을 흔쾌히 들여다보았다. 다들 모르겠다고 고개를 갸우뚱했지만 여기서 오래 활동했다는 한 여자가 리버티 호텔을 손가락으로 가리켰다. 지저분하고 다 허물어져 가는 리버티 호텔은 하루보다는 시간 단위로 방을 빌려주는 곳이었다. 찰리는 전에 가봤던 기억이 떠올라 가슴이 철렁 내려앉았다. 그곳에는 외롭고 절망에 빠진 사람들만 모여 있었다.

찰리가 벨을 눌렀다. 한 번, 두 번, 세 번째에야 문이 빼꼼히 열렸다. 찰리는 그녀를 '환영'하는 폴란드 건달의 면전에 신분증을 들이밀었다. 그는 이를 사납게 드러내며 찰리를 들여보내주더니 위층으로 쿵쿵거리며 올라갔다. 그에게는 물어 봐야 소용없을 것이다. 입을 다물고 감시만 하는 일이 그의 임무였다. 그래서 찰리는 수많은 방에서 끊임없이 문을 열고 나오는 윤락 여성들에게 관심을 집중했다. 길쭉한 연립주택처럼 생긴 리버티 호텔은 5층까지 있었다. 이 안에서 매일 밤 사람들이 몇 회씩이나 성행위를 할지 생각하면 경악스러웠다. 바닥에는 다 쓴 콘돔이 아무렇게나 뒹굴었다.

찰리는 많아야 열일곱으로 보이는 소녀 데니스에게 말을 걸었다. 데니스와 남자친구는 마약중독자였고, 보아하니 데니스 혼자 돈을 벌어 두 사람 몫의 마약을 구하고 있었다. 왜 이런 여자들은 싼 값에 몸을 굴리는 것일까? 이곳은 성매매 시장에서도 최하위 층이었다. 돈을 많이 받는 여자들은 주로 도시 북부에서 활동했다. 남쪽 부둣가에서는 손님에게 아무리 괴롭고 불쾌한 짓을 당해도 겨우 몇 파운드밖에 받을 수 없었다.

매춘부를 하찮게 여기는 경찰이 많았지만 찰리는 늘 그들을 돕고 싶었다. 지금도 찰리는 데니스에게 기생충 남자친구를 떠나라고 설득하며 아는 쉼터의 주소를 알려주고 있다. 건물 안이 아수라장으로 변한 것도 바로 그때였다.

어디선가 비명이 울려 퍼졌다. 귀를 찢을 듯한 절박한 외침은 멈출 생각이 없었다. 아래층으로 허둥지둥 내려가는 발소리, 문이

쾅 닫히는 소리까지 더해져 혼란이 일었다. 찰리는 얼른 몸을 일으켜 위층으로 달려갔다. 그리고 모퉁이를 돌자마자 겁에 잔뜩 질린 매춘부와 머리를 부딪쳤다. 순간 숨이 턱 하고 막혔지만 아직 위쪽에서 비명이 계속되고 있었기에 멈출 수 없었다. 찰리는 놀란 표정으로 내려오는 사람들을 지나 힘겹게 숨을 고르며 계단을 올라갔다. 막 꼭대기층에 이르렀을 때, 놀랍게도 찰리의 셔츠에는 피가 묻어 있었다.

비명이 시작된 곳은 오른쪽 끝에 있는 방이었다. 찰리는 경찰봉을 꺼내서 펼치고 싸울 태세를 갖췄다. 그러나 방으로 들어가 보니 그렇게 준비할 이유가 없었다. 찰리는 싸워보기도 전에 패배했다. 방 한쪽 구석에서는 충격으로 얼어버린 십대 매춘부가 비명을 질러대고 있었고 바로 옆, 피로 흠뻑 젖은 침대에는 한 남자가 보였다. 가슴이 찢겨 공기 중에 드러난 그의 심장이 팔딱팔딱 뛰었다.

이제 알 것 같았다. 셔츠에 피가 묻은 이유는 현장에서 도망치던 범인과 부딪혔기 때문이었다. 찰리는 간담이 서늘해져 그녀를 뒤쫓으러 돌아섰다. 그러다 걸음을 멈추었다. 남자가 아직 살아 있었다.

결정하고 말고 할 시간은 없었다. 남자에게 달려간 찰리는 출혈을 막기 위해 코트를 벗어 그의 가슴을 동여맸다. 그리고 남자의 머리를 조심스럽게 안고서 눈을 감지 말라고, 무슨 말이라도 하라고 애원했다. 범인이 한참 앞서 있어 따라잡기는 틀렸다. 이미 도망쳤을 테니 그녀의 신원을 파악하려면 피해자가 죽기 전에 정보를 알아내는 수밖에 없었다.

"구급차를 불러요." 찰리는 비명을 지르는 여자에게 윽박지르고 다시 남자에게 고개를 돌렸다. 그가 기침을 하자 입에서 피가 왈칵 쏟아졌다. 작은 핏방울이 찰리의 얼굴로 튀었다.

"이보세요, 성함이 어떻게 되죠?"

남자는 꺽꺽댔지만 아무 말도 하지 못했다.

"구급차가 오고 있어요. 다 괜찮아질 거예요."

그의 눈이 스르르 감겼다.

"대체 누가 이런 건가요?"

남자가 입을 벌렸다. 찰리는 고개를 숙여 그의 입에 귀를 가까이 가져갔다.

"누구에게 당한 거죠? 이름을 알아요?"

남자는 숨을 헐떡였지만 필사적으로 무슨 말인가 하려 하고 있었다.

"이름이 뭐였어요? 제발 그 여자 이름을 알려줘요."

그러나 남자는 아무 말도 하지 못했다. 찰리의 귀에는 마지막 숨이 그의 몸을 떠나는 소리만이 닿았다. 범인은 달아났고 찰리만 또 다른 피해자를 품에 안은 채 남겨졌다.

41

헬렌은 리버티 호텔 밖에서 CCTV를 찾아 돌아다니며 다 허물어져 가는 건물 벽을 눈으로 샅샅이 훑었다. 이 정도면 운이 좋았다. 찰리가 범인과 정통으로 부딪혔던 것이다. 범인의 방에 잘못 들어간 폴란드 매춘부에게서 간신히 정보를 캐내 찰리의 증언과 더하자 수사를 시작한 후로 가장 그럴듯한 범인의 인상착의가 나왔다. 20대로 추정되는 백인 여성이고 평균 이상의 장신이었다. 다리는 탄탄하고 길게 뻗었다고 했다. 가죽 같은 소재의 검은색 옷을 입었고 얼굴은 창백했으며 검은색 긴 머리는 앞머리를 일자로 자른 스타일이었다. 하지만 얼굴을 제대로 본 사람이 없어서 더 구체적으로는 묘사할 수 없었다. 여자들에게 대실료를 받는 남자는 텔레비전을 보느라 건물에 드나든 사람의 얼굴을 대충만 보고 말았다. 다른 매춘부들 말에 따르면 그녀는 단골이 아니었다. 피해자와 위층으로 올라갈 때 곁을 지나친 여자도 몇 명 있었지만 계속 고개를 숙이고 눈을 마주치지 않았다고 했다. 더구나 그들에게는 신경 쓸 고객이 따로 있었다. 답답했다. 이렇게나 가까이 있었는데도 단서는 턱없이 적었다. 하지만 CCTV 카메라에 찍혔다면 상황이 역전될 터. 그래서 지금 헬렌은 사방의 벽을 훑고 다녔다. 범죄 다발 지역이라 주민들이 계속해서 보안 장치를 추가하는데도, 헬렌은 허름한 주류 판매점 입구 위에서 카메라 한 대밖에 발견하지 못했다. 그마저도 축 늘어져 벽을 보고 있었다. 분명 공공 기물 파손이었다. 동네 꼬마의 짓일까? 범인이 못 쓰게 만든 것일까? 어느 쪽이든 이 카메라는 쓸모가 없었다.

헬렌은 호텔 입구로 돌아가다가 종이로 된 일회용 수트를 입고 담요를 걸친 찰리를 발견했다. 찰리는 증거 분석을 위해 옷을 과학수사대에 넘기고 젊은 여순경의 보호를 받고 있었다.

"스티브에게 연락해줄까?"

찰리는 헬렌을 올려다보며 말했다. "로이드가…, 그러니까 포춘 수사관이 이미 했어요."

"잘 됐군. 집에 가, 찰리. 많이 놀랐을 텐데. 너는 할 만큼 다 했어. 나중에 얘기하자."

찰리는 고개만 끄덕였다. 아직 충격으로 말문이 막혀 있었다. 헬렌은 찰리의 어깨를 다정하게 두드려주고 가던 길을 갔다. 어서 범죄 현장의 모습을 보고 싶었다. 헬렌은 5층까지 계단을 오르다 말고 흐릿한 발자국 주변을 둘러싼 과학수사대에게 다가갔다. 나무 바닥 위로 피 묻은 구두 굽과 발끝 모양이 찍혀 있었다.

"범인 발자국인가?" 헬렌이 물었다.

"찰리의 것은 아니니…."

"사이즈를 알아낼 수 있겠어?"

과학수사대 수사관이 고개를 끄덕였고 헬렌은 다시 계단을 올랐다. 이렇게 사소한 증거가 상상 외로 중요할 수 있다. 이렇듯 잠시 헬렌의 가슴을 채웠던 희망은 범죄 현장에 발을 들여놓자마자 산산이 부서졌다. 방 안은 온통 피 칠갑을 하고 있었다. 피해자는 아직 침대 프레임에 팔과 다리가 묶여 누워 있었고, 그의 가슴은 마치 통조림 캔처럼 반으로 갈라졌다. 30분 전만 해도 터질 것처럼 고동치던 심장이 이제는 돌처럼 딱딱했다. 헬렌은 심장을 건드리지 않도록 조심하며 남자의 사체를 굽어보았다. 유심히 보니 심장 주변의 조직은 건드리지 않은 상태였다. 범인은 트로피를 얻기 전에 방해를 받은 것이다. 헬렌은 피해자의 얼굴로 고개를 돌렸다가(누구인지 알 수 없었다) 재빨리 시선을 거뒀다. 그의 얼굴은 고통으로 일그러져 있었다.

헬렌은 뒤로 물러나 과학수사대가 작업하는 모습을 지켜보았다. 앞으로 과학수사대는 피해자의 사체에서 채취한 증거는 물론, 바닥에 떨어진 중간 크기의 플라스틱 통을 분석할 것이다. 범인은 이 통에 심장을 넣는 것인가? 주방에서 쓰는 용기라니. 정말 어느 집에서나 볼 수 있는 물건이라 헬렌은 헛웃음이 나왔다. 사우샘프턴 내에서 이런 통을 파는 가게는 백 곳도 넘는다. 따라서 범인이 이 통에 흔적을 남겼기를 바라야 했다. 하지만 헬렌은 자신이 없었다. 아직까지 범인은 그런 빈틈을 보이지 않았다.

범죄 현장을 둘러보자 셀 수 없는 질문이 머릿속을 채웠다. 왜 갑자기 범행 수법을 바꾸었을까? 지금까지는 신중하게 행동했다. 왜 이번 피해자는 방해를 받을 수 있는 곳, 더 나아가 들킬 수 있는 곳으로 데려왔을까? 방심하고 있는 걸까? 이제는 고객을 외진 곳으로 유인하기 힘들어진 걸까? 위험하다는 소문이 새어나갔나? 그래서 남자들이 사람 많고 안전한 곳을 선호하는 것일까? 그녀는 대낮에 뻔히 사람이 있는 장소로 피해자를 데려왔다. 그가 특별한 인물일까? 이 시간에만 만날 수 있나? 상황이 이상하게 돌아가고 있었다.

한 가지는 확실했다. 범인은 이제 동요할 것이다. 범행 중에 방해를 받았고 빈손으로 달아났다. 게다가 눈앞에 신분증을 흔드는 경찰과 딱 마주쳤고 순전히 운으로 잡히지 않았다. 경찰이 자신의 인상착의를 확보하고 증거도 채취해 분석하고 있을까 봐 괴로울 것이다. 헬렌의 경험상 범인은 불안해지면 둘 중 하나로 반응한다. 완전히 종적을 감추거나 살육의 속도를 높인다. 그녀는 어느 길을 선택할 것인가?

시간만이 답이리라.

42

이제 작별 인사를 할 시간이다. 지금까지 미뤄왔지만 시간이 점점 늦어지고 있었다. 토니는 니콜라의 침실 문턱에서 주저하다가 안으로 들어갔다.

"자리 좀 비켜줄래요, 애나?"

소리 내어 책을 읽던 간병인 애나가 고개를 들었다. 그녀는 정말 토니가 맞는지 다시 보고서야 놀란 가슴을 쓸어내렸다.

"그럼요."

애나가 조용히 방을 나갔다. 토니는 가만히 서서 아내를 내려다보았다. 니콜라의 오른쪽 눈꺼풀이 깜박였다. 니콜라가 남편을 맞이하는 인사였다.

"이제 가봐야 돼, 여보. 애나가 밤까지 쭉 곁에 있을 거야. 나는 아침에 다시 올게, 알았지? 원한다면 디킨스 책을 조금 읽자. 애나 말로는 거의 다 읽었다며."

니콜라는 반응하지 않았다. 그의 말을 이해한 것일까? 아니면 화가 나서 의사소통을 거부하는 것일까? 다시 한 번 토니는 죄책감에 휩싸였다.

"책 읽고 싶으면 애나에게 오늘 밤늦게까지 읽어달라고 말해둘게. 잠은 내일 자도 되니까. 당신 옆에 간이침대를 놓을게. 꼭 껴안고 누워 있자. 옛날처럼 말이야."

토니의 목이 멨다. 그냥 가는 편이 좋다는 걸 알면서도 왜 질질 끌고 있지?

그는 고개를 숙여 아내의 이마에 입을 맞췄다. 잠시 후에는 다시 입술에 키스했다. 입술이 조금 부르텄는지 건조했다. 토니는 침대 옆 탁자에서 립밤을 꺼내 니콜라의 입술에 살살 발라주었다.

"사랑해."

그 말을 남기고 토니는 방을 나갔고, 30초 후에는 소리 없이 현관문을 닫으며 집을 나섰다.

토니는 모퉁이를 돌아 잠복용 차량을 세워둔 곳으로 갔다. 찌그러진 복스홀 세단은 주로 전국을 돌아다니는 외판원들이 쓰는 차종이었다. 그는 리모컨으로 문을 열었다. 허리를 굽혀 운전석 문을 열던 그가 창문에 비친 모습을 보고 동작을 멈췄다. 희끗희끗하게 흰머리를 칠한 남자가 구겨진 양복을 입고 회사원이나 쓸 법한 안경을 쓰고 있었다. 분명 그였지만 한편으로는 그가 아니었다. 창문에는 외롭고 지치고 희망이 없는 사내가 보였다. 그 모습이 결코 연기만은 아니었지만 토니는 그 문제를 깊이 생각하고 싶지 않았다. 그에게는 할 일이 있었다.

토니가 차에 올라타 시동을 걸고 출발했다. 이제 악마와 거래를 할 시간이다.

43

'심장을 **빼앗은 창녀**'

에밀리아 개라니타는 만면에 흐뭇한 미소를 띠고 헤드라인을 감상했다. 내가 했지만 아주 멋진 말장난이다. 편집장도 만족해서 그녀의 기사를 1면에 대서특필했다. 오늘 자 '이브닝 뉴스'가 역대 최고 판매량을 기록할까? 에밀리아는 진심으로 그러기를 바랐다. 운이 조금만 더 따른다면 이걸 계기로 지역 신문사를 탈출하게 될지도 모른다.

몇 시간 전에 신문이 배포되었다. 소문은 확실하게 퍼지고 있었다. 휴대폰이 끊임없이 울려댔고 그녀의 트위터는 폭발했다. 연쇄살인범 기사만 났다 하면 신문이 날개 돋친 듯 팔리기 때문에 에밀리아는 이 기회를 최대한 활용할 작정이었다. 작년에 쓴 마리앤 연쇄살인 기사로 에밀리아는 사우샘프턴에서 유명 인사가 되었지만 헬렌 그레이스가 취재를 방해한 탓에 이야기를 너무 늦게 터뜨렸다. 이번에는 같은 실수를 반복하지 않을 것이다.

에밀리아는 양심에 찔리기는 해도 내심 범인이 늦게 잡혔으면 싶었다. 이러면 안 되지만 그레이스가 죽을 고생을 하는 중이고, 범인이 흔적도 남기지 않고 제멋대로 살인을 한다고 생각하면 솔직히 즐거웠다. 게다가 피해자들을 진심으로 안쓰러워하는 사람이 있을까? 이들은 전형적인 남자였다. 능글맞게 거짓을 일삼고 본능대로만 행동한다. 신문사 게시판과 트위터를 보니 벌써 대중들도 이 남자들의 죽음이 인과응보라고 느끼는 듯했다. 수 세기

동안 매춘부들은 소리 소문도 없이 폭력적인 남자들 손에 죽임을 당했다. 한번쯤은 입장이 뒤집혀도 되지 않을까? "힘 내, 아가씨." 에밀리아가 웃음을 참으며 말했다.

이번 양면 기사의 유일한 오점은 크리스토퍼 리드의 미망인 제시카를 인터뷰하지 못했다는 것이다. 계속 전화를 걸고 집을 찾아가도 에밀리아의 작전을 잘 알고 있는 가족연락관이 중간에서 잘랐다. 에밀리아는 다시 찾아가서 문틈으로 재정적 지원을 약속하는 쪽지를 넣어두었다. 힘든 시기에 돈이 필요하다고 설명하고 제시카 입장을 대변하는 기사를 쓰겠다고 제안했다. 아직까지는 답이 없었고 앞으로도 크게 기대하지는 않았다. 그레이스는 범인이 활개 치는 동안에는 제시카를 꼭꼭 숨겨둘 것이다. 하지만 이보다 어려운 문제도 극복한 에밀리아였다. 새로운 아이디어만 찾으면 된다. 목적을 이룰 방법은 절대 하나가 아니니.

보도국이 썰렁해지고 있었다. 에밀리아가 남아 있을 이유는 없었다. 동료 기자들이 퇴근하자 그녀를 치켜세우는 말들도 더 이상 들리지 않았다. 에밀리아는 가방과 코트를 집어 들고 엘리베이터로 향했다. 선창가에 새로 생긴 술집을 전부터 가보고 싶었는데 지금이 딱 좋은 기회 같았다.

에밀리아가 막 신문사를 나왔을 때 휴대폰이 울렸다. 그녀가 키우고 있는 순경 중 하나였다. 이 녀석은 지난 몇 달 동안 쏠쏠한 정보들을 물어다주고 있었다. 숨 가쁜 보고를 듣던 에밀리아가 환히 웃었다. 살인 사건이 또 터졌고 에밀리아도 잘 아는 인물이 연관되어 있었다. 찰리 브룩스 수사관. 에밀리아는 곧장 신문사로 발길을 돌렸다.

이번 일은 갈수록 더 흥미진진했다.

44

"지금 자고 있어요. 다음에 오시죠."

스티브의 거짓말은 형편없었지만 헬렌은 굳이 반박하지 않았다. 분노로 가득한 스티브의 눈을 보고 헬렌은 그를 자극하지 않도록 조심했다.

"꼭 할 말이 있어서 그래요. 일어나면 내게 연락하라고 전해주겠어요?"

"도대체 포기를 모르는군요?" 스티브가 헛웃음을 치며 빈정거렸다.

"나는 할 일이 있어요, 스티브. 당신을 귀찮게 하거나 찰리를 괴롭히려는 게 아니에요. 아무리 친구라도 내 일을 방해하게 두지는 않을 겁니다."

"친구? 별 거지 같은 농담을 다 들어보네. 당신이 무슨 친구가 있어요."

"말싸움하러 온 게 아니라…."

"본인 말고는 아무도 신경 쓰지 않죠? 그저 원하는 걸 얻기만 하면…."

"그만 해!"

두 사람이 뒤를 돌아보자 찰리가 다가오고 있었다. 헬렌이 쭉 의심했던 대로 찰리는 침실이 아니라 거실에서 대화를 엿듣고 있었다. 스티브는 거짓말이 탄로 나서 무안한지 잠깐 화가 난 얼굴이었지만 이내 정신을 차리고 찰리에게 달려갔다. 그러나 찰리는 스티브가 아니라 헬렌만 보고 있었다.

"들어오세요."

"생각해 봐, 찰리. 기억나는 거 뭐 없어? 얼굴이라든가? 냄새는? 표정은?"

"아뇨, 말씀드렸잖아요."

"부딪혔을 때 무슨 말 안 했어? 어떤 말씨를 썼다거나?"

찰리는 내키지 않지만 눈을 감고 그때 기억을 다시 떠올렸다.

"아니에요. 그냥 끙 하고 앓는 소리를 냈어요."

"앓는 소리?"

"네, 저와 부딪히면서 숨이 막혀서…."

찰리는 말을 흐렸다. 헬렌의 짜증과 실망이 찰리에게도 느껴졌다. 방을 잘못 들어가 범행을 방해한 폴란드 매춘부는 영어가 서툴렀고 경찰을 믿지 않았다. 그녀가 범인의 기본적인 인상밖에 설명하지 못했기 때문에 헬렌은 불가능하다는 것을 알면서도 찰리에게 기억을 짜내라고 강요하고 있었다. 지금 같이 절박한 때는 흐릿한 기억으로도 수사에 돌파구를 찾을 수 있었다.

"알았어, 오늘은 이쯤 하지. 많이 지쳐 보인다." 헬렌이 일어나며 말했다. "잠을 푹 자고 내일이 되면 생각이 맑아질 거야."

그러면서 문 쪽으로 가고 있는 헬렌에게 찰리가 말했다.

"받으세요."

헬렌이 돌아보니 찰리가 신분증을 내밀고 있었다.

"반장님 말씀이 맞았어요."

"무슨 뜻이야?"

"저 못하겠어요. 할 수 있다고 생각했는데 아니었어요."

"찰리, 성급하게 판단하지 말고…."

"오늘 제 품에서 사람이 죽었어요." 찰리가 외쳤다. 목소리까지 떨리고 있었다. "바로 눈앞에서 죽었고 제 얼굴에서, 제 머리카락에서 피를 씻어야 했어요. 그 사람의 피를…."

찰리가 흐느껴 울기 시작했다. 그녀는 숨도 제대로 쉬지 못하고 꺽꺽거리며 울었다. 찰리는 차마 헬렌을 볼 수 없어 손으로 얼굴을 가렸다. 그녀의 신분증은 커피 테이블에 올려놓은 그대로였다.

이렇게 끝이다. 이제 헬렌이 신분증을 집어 들기만 하면 된다. 찰리는 퇴직금을 받고 경찰을 떠난다. 헬렌이 원하는 대로 이루어졌다.

하지만 지금 이 순간 헬렌은 깨달았다. 찰리의 신분증을 받지 않을 것이다. 내내 찰리를 쫓아버리고 싶었지만 막상 승리를 눈앞에 두자 이기적이고 비겁한 자신이 부끄러웠다. 무슨 권리로 찰리를 내쫓고, 후배가 괴로워하고 후회하도록 놔둔단 말인가? 사람들을 돕는 게 헬렌의 일이었다. 다른 사람을 구원해야지, 파멸시켜서는 안 된다.

"미안해, 찰리."

찰리가 잠깐 뚝 그쳤다가 아까보다는 소리를 죽여 흐느꼈다. 헬렌은 찰리의 옆자리에 앉았다.

"내가 못된 년처럼 굴었지. 미안해. 그건…, 그건 찰리가 아니라 내 잘못이야…. 아직 내 피와 살에 마리앤이 남아 있어. 도저히 떨쳐낼 수가 없어. 마크도 그래. 찰리도, 그날도 다 마찬가지야. 전부 밀어내면 기억이 지워질 것 같아서 도망치려고 발악했던 거야.

너도 내 앞에서 없어졌으면 싶었어. 잔인하고 비겁한 짓이었지. 정말 미안해, 찰리."

찰리는 눈물 맺힌 얼굴로 고개를 조금 들었다.

"네 심정을 알면서도 도와주지 않았어. 네가 힘들 때 나무라기만 했고. 나를 용서할 수 없겠지. 하지만 할 수 있다면 부디 용서해줘. 절대 찰리가 싫어서 그런 게 아니야."

헬렌은 잠시 말을 멈췄다가 다시 입을 열었다.

"그만두고 평범하게 가정을 꾸리고 싶다면 막지 않을게. 새 출발에 필요하다면 뭐든지 다 받게 해줄 거야. 하지만 마음이 바뀐다면 돌아와줘…. 우리는 찰리가 필요해."

눈물은 멈췄지만 찰리는 아직 헬렌의 얼굴을 마주할 수 없었다.

"우리는 연쇄살인범을 쫓고 있어, 찰리. 이 말을 입 밖으로 꺼내지 않은 이유는 사실이 아니기를 바랐기 때문이야. 설마 사건이 또 터질까 싶었어. 하지만 결국은 그렇게 됐고, 지금 나는…, 나는 그 여자를 막지 못해."

갑자기 목소리가 떨려서 헬렌은 마음을 진정시켰다. 그리고 차분하지만 단호하게 말을 이었다.

"막을 수가 없어."

헬렌은 곧바로 찰리의 집을 나왔다. 필요 이상으로 말을 많이 했지만 아직 후련하지 않았다. 헬렌은 좋은 리더, 좋은 경찰, 좋은 친구의 자격을 잃었다. 이제 와서 망가질 대로 망가진 상황을 회복할 수 있을까? 그녀는 이미 마크를 잃었다. 바보가 아니라면 찰리까지 잃어서는 안 됐다. 하지만 그녀가 너무 부족했던 탓일까. 이제는 범인을 홀로 마주할 운명인지도 모르겠다. 싸움에서 이길 자신은 없었다. 그럼에도 불구하고 헬렌은 싸울 것이다.

45

왜 감추지 않은 거지? 세상 사람들이 쏟아내는 헛소리를 차단하고 그녀를 안전하게 보호하는 게 가족연락관 앨리슨의 임무였다. 하지만 앨리슨은 18개월짜리 샐리와 놀아주느라 편지 투입구가 덜컹거리고 현관 매트 위로 신문이 떨어지는 소리를 듣지 못했다. 결국 떨어진 신문은 크리스토퍼 리드의 미망인 제시카의 손에 들어갔다.

'심장을 **빼앗은 창녀**'. 제시카는 불이라도 붙은 듯 신문을 내던지고 계단을 뛰어 올라갔다. 위층에 오르자 머리가 빙빙 돌았다. 헤드라인은 그녀의 코앞에 끔찍한 현실을 불쑥 들이밀고 있었다. 헛구역질이 나오고 숨이 막혔다. 욕실로 급히 달려가는 동안에도 구토가 치밀었다. 제시카는 욕실 문을 밀쳐 열고 욕조에 먹은 음식을 다 게워냈다. 속이 요동치고 뒤틀렸다. 간신히 구역질은 멈췄지만 온몸에 힘이 없었다. 그녀는 욕실 매트 위에 웅크리고 앉아 양 손으로 머리를 움켜쥐었다.

죽고만 싶었다. 이렇게 괴로울 수가 없었다. 이제는 그녀를 배신하고 바보 같은 짓을 한 크리스토퍼가 원망스럽지도 않았다. 도리어 남편이 그리웠고, 그가 돌아오기를 바라는 마음밖에 없었다. 여기까지는 괜찮았다. 머리를 떠나지 않고 그녀를 괴롭히는 생각은 따로 있었다. 남편은 잔인하게 살해당해 아직 장례도 치르지 못했다. 그리고 그의 심장이…, 가여운 심장이…, 어딘지도 모를 증거물 보관함에 있다는 사실은….

제시카는 다시 구역질을 했지만 더 이상 나올 것이 없었다. 그녀는 욕실 바닥에 몸을 눕혔다.

왜 세상은 이토록 잔혹한 것일까? 가족들이 분노하고 그녀의 마음을 이해 못할 줄은 알았다. 그리고 정말이지, 예상은 적중했다. 하지만 그녀와 일면식도 없는 다른 사람들은 왜? 경찰이 이메일이나 트위터를 보지 말라고 조언했지만 어떻게 그러고 산단 말인가? 지금은 후회하고 있었다. 경찰의 말을 들었어야 했다. 기사가 터지자마자 악플러들이 활동을 시작했다. 제시카에게 직접 메일을 보내고 인터넷 게시판에 글을 쓰고 온 세상을 혐오스러운 말로 뒤덮었다. 크리스토퍼가 죽어 마땅한 작자란다. 제시카는 불감증에 걸려 남편을 죽음으로 몰고 간 파렴치한 여자란다. 에이즈에 걸린 변태 크리스토퍼는 지옥에서 불탈 것이고, 그들의 딸은 매독에 걸려서 눈이 멀게 될 거라 했다.

경찰은 그녀를 지켜주겠다고 말했지만 가당치도 않은 소리다. 이 세상에 타인을 불쌍히 여기는 사람은 더 이상 없었다. 선량한 사람도 없다. 모두가 남의 속을 파헤쳐서 슬픔과 고통을 쪼아 먹고 사는 독수리 떼일 뿐이다.

지금껏 낙관주의자로 살았던 제시카는 그녀가 얼마나 순진했는지 깨달았다.

아래층에서 시끄러운 소리가 났다. 딸 샐리가 장난감 실로폰을 두드리고 있었다. 아기는 까르르 웃더니 다시 악기를 두드렸다. 딸은 행복과 순수함이 아직 존재하는 전혀 다른 차원의 세상에 살고 있는 것만 같았다. 제시카는 문을 닫고 귀를 막고 싶었지만 그러지 않았다. 지금 그녀가 살아가는 이유는 딸의 세상뿐이었다.

밤에 홀로 있을 때면 딱 죽고 싶었지만 그녀는 살아야 했다. 아무리 괴로워도 이를 악물고 샐리가 그 세상에서 마음 놓고 즐겁게 살 수 있도록 키워야 한다.

그녀의 인생은 끝났지만 샐리의 인생은 이제 시작이었다. 그렇기 때문에 지금은 일단 살아갈 것이다.

46

크리스토퍼 리드는 부검대에 누워 흐리멍덩한 눈으로 얼룩진 천장을 올려다보았다. 안 그런 피해자가 어디 있겠냐마는 헬렌은 크리스토퍼가 이렇게 죽을 사람이 아니라는 생각을 지울 수 없었다. 그는 앨런 매튜스와 달랐다. 매튜스는 여성을 지배하는 취미가 있는 추잡한 위선자였다. 하지만 크리스토퍼는 단순히 섹스가 그리운 남자였다. 왜 아내에게 말하지 않았을까? 돈을 주고 여자를 사기 전에 부부 관계를 회복하는 방법은 없었던 것일까? 아내를 정숙하고 순결한 존재로 보는 것일까? 헬렌이 아는 한, 여자도 기회만 주어진다면 남성 못지않게 창의적으로 성욕을 표출할 줄 알았다. 아내와 대화만 나눴더라면 크리스토퍼가 처참한 운명을 피할 수 있었을까?

"먼저 피해자와 같으면서도 다르네요." 짐 그리브스가 다가오며 말했다. "젖은 수건에 클로로포름을 묻혀 기절시켰어요. 아마 과학수사대가 자세한 정보를 줄 겁니다. 이번에는 몸을 결박한 증거가 없어요. 복면을 씌웠던 것 같지도 않고요."

"그렇다면 범인이 옆에 있어도 안심했다는 말이군요."

"그건 알아서 판단하세요." 그리브스가 어깨를 으쓱하며 말했다. "다만 전보다 '수술' 솜씨는 확실히 좋아졌어요. 그렇게 생각하면 범인은 더 능숙해졌고 피해자를 기절시킬 때나 칼을 쓸 때 힘이 훨씬 덜 들었다는 소리겠죠."

헬렌은 고개를 끄덕였다.

"사인은요?"

"그게, 기절은 차 안에서 했지만 구덩이에서 죽었어요. 다른 곳에서 죽었다기에는 피를 너무 많이 흘렸습니다. 목을 칼로 한 번 찔렸을 때 경동맥이 끊어져 사망했어요."

"딱 한 번이라고요?"

"맞아요. 이 남자에게는 별로 시간을 들이지 않았어요. 죽어가는 중에 작업을 시작했을 텐데도 비교적 깔끔하게 심장을 적출했습니다."

헬렌은 눈을 질끈 감았다. 잔혹한 광경이 머릿속에 박혀 도통 사라지려 하지를 않았다. 계속 설명하리라 생각했던 짐이 갑자기 아무 말도 하지 않았다. 헬렌은 다시 눈을 뜨자마자 그 이유를 알 수 있었다.

세리 하우드 총경이 부검실에 들어와 있었다.

그리브스는 핑계를 대고 자리를 빠져 나왔다. 까다로운 여자는 정말 그의 취향이 아니었다. 하우드가 당장에라도 폭발할 기세여서 헬렌은 호통을 들을 각오를 했다.

"신문 봤나?" 하우드는 헤드라인 '심장을 **빼앗은** 창녀'가 보이게 신문을 책상에 턱 던졌다.

"네." 헬렌이 짧게 대답했다. "여기 오는 길에 구해서 봤어요."

"웨스트서식스 경찰서에 지원을 요청했어. 우리 공보팀으로는 저 빌어먹을 헤드라인의 파급력을 감당할 수 없어. 언론이 난리야. 영국만이 아니라 프랑스, 네덜란드, 심지어 브라질 같은 데서도 전화가 오고 있단 말이야. 제니스 솔루션의 비서 앤지를 담당한 게 누구지? 어떻게 개라니타가 그녀를 만나게 둔 거야?"

"가족연락관이 찾아가서 이야기는 했지만 앤지는 피해자가 아니었어요. 경찰이 어린애 돌보듯이 할 이유가 없습니다. 지금 일이 얼마나 많은데…"

"개라니타에게 뭐라고 했어? 자네 말을 직접 인용하던데."

"특별한 말 안 했습니다. 기본적인 사실을 알려주고 협조하겠다고 약속했어요. 총경님 요청대로요."

"우리가 연쇄살인범을 쫓고 있다고 말했어? 그 표현을 쓴 거야?"

"아니에요."

"어쨌거나 개라니타는 그렇게 썼어. 다들 지금 그 얘기만 한다니까. 창녀가 고객을 죽였다. 잭 더 리퍼에 복수했다. 계속 지랄이라고, 계속."

"좋은 상황은 아닙니다. 하지만 진실이에요, 총경님."

하우드가 헬렌을 쏘아보았다.

"산드라 매큐언을 용의선상에서 제외했나?"

"네."

"그럼 우리가 뭘 내놓으면 되지?"

"누구한테요?"

"모르는 척하지 마, 헬렌. 언론 말이야. 기자 놈들에게 뭐라고 말해?"

"완벽하진 않아도 범인의 인상착의를 확보했으니 알릴 수 있겠죠. 잠재적인 성매매 고객에게는 가급적 사창가에 접근하지 말라고 경고해야 할 겁니다. 제가 나서서…"

"범인이 숨어버릴지도 모르는데?"

"사람 목숨부터 구해야죠. 달리 선택권이 없어요. 벌써 세 명이나 목숨을 잃었습니다."

"그래서 내놓을 정보가 없다는 거야?"

하우드는 이제 분노를 숨기지 않았다.

"지금 다방면으로 수사를 진행 중입니다. 그런 식으로 언론에 수사 내용을 공개하면 방해만 돼요. 그리고 대단히 죄송한 말씀을 드리자면요," 헬렌은 하우드에게 끼어들 틈을 주지 않았다. "언론이 이러쿵저러쿵하는 말에 수사가 휘둘리면 안 된다고 생각합니다."

"철 좀 들어, 헬렌." 하우드의 대답은 날카로웠다. "그리고 진심도 아니면서 '죄송한 말씀' 따위 말은 하지 마. 나는 자네가 당장이번 사건에서 손 떼게 할 수 있어."

"언론에서 좋게 말하겠어요?" 헬렌이 반박했다. "저는 공보관이아니라 경찰입니다, 총경님. 저는 단서를 쫓고 범인을 잡아요. 범인을 체포하는 사람이에요. 이런 일은 규정이나 언론 보도, 정치수완 같은 걸로 해결 못합니다. 머리를 쓰고 위험을 감수하고 죽을 만큼 노력해야 하는 일이에요."

"이 대화는 자네의 귀중한 시간을 낭비하는 거고?" 하우드가할 수 있으면 동의해보라는 투로 물었다.

"제 임무로 돌아가고 싶습니다." 헬렌은 이렇게 답할 뿐이었다.

얼마 후 헬렌은 사우샘프턴 중앙경찰서로 빠르게 오토바이를몰았다. 이번 전쟁에서 싸울 상대가 더 생겼다는 생각에 괴로웠지만 어쩔 수 없었다. 앞으로 어떻게 될지 헤아리기 어려웠다. 하지

만 한 가지는 분명했다. 하우드는 이제 그녀의 친구가 아니라 적
이었다.

47

고생 끝에 하나를 물었다. 토니는 몇 시간째 차를 운전하며, 여자를 찾는 외로운 회사원 연기에 서서히 녹아들고 있었다. 비버스 전체를 누볐지만 이상하게 거리가 고요했다. 주급일이 한참 남은 화요일 밤이긴 해도 이렇게까지 한산한 줄은 몰랐다.

임프레스 로드도 텅 비어 있었다. 아무래도 최근 경찰이 자주 다니다 보니 예전만큼 밤 장사가 활발하지 못한 듯했다. 그래서 토니는 북쪽의 포츠우드로 차를 돌렸다. 가능성 자체는 높았지만, 차창으로 얼굴을 들이미는 여자들은 그가 찾는 대상과 맞지 않았다. 혼혈 아니면 폴란드인이고 너무 작거나 너무 뚱뚱했다. 너무 나이가 많거나 트랜스젠더였다. 범인의 묘사가 자세하지 않아도 여기 여자들은 확실히 아니었다. 흥정을 그만두고 서둘러 차를 몰 때마다 토니에게 욕설 세례가 쏟아졌다.

토니는 답답한 마음에 남쪽 부둣가로 방향을 바꿨다. 수사에 진전이 없어서 화가 났지만 한편으로는 안도감이 들었다. 범인을 찾아 사건을 종결하고 싶으면서도 어쩐지 두렵고 불안해서 가슴이 쿵쾅거렸다. 평소 실력대로라면 범인을 가뿐히 제압할 수 있겠지만 어떻게 확신한단 말인가? 그녀는 계획적으로 움직였고 잔인하고 무자비한 성격이었다. 그쪽에서 우위를 차지한다면 어떡하지?

토니는 그런 생각을 겨우 떨쳐냈다. 현재 맡은 임무에 집중해야 한다. 그는 서쪽 부둣가 근방 골목길을 돌아다니며 사창가를 찾아 두리번거렸다. 이곳은 매춘부들에게 가장 장사가 잘 되는 곳이었다. 여자들은 유람선과 조선소에서 쏟아져 나오는 고객을 끊임없이 맞았다. 몇 명인가 토니의 눈에 들어왔지만 가까이 가지 않아도 그가 찾는 여자는 아니었다.

바로 그 순간 그녀를 찾았다. 토니는 텅 빈 거리를 서성이는 여자 옆에 차를 세웠다. 그녀는 초조하고 불안한 표정을 짓고 있었다. 액셀레이터를 밟고 이 여자에게서 벗어나고 싶은 충동이 잠깐 들었지만 토니는 이성을 차리고 기어를 중립에 놓았다.

"영업합니까?" 토니가 아무렇지 않은 목소리로 외쳤다.

여자는 차가 다가오는 소리를 못 들었는지 놀라서 몸을 움찔했다. 검은 레깅스는 길고 탄탄한 다리를 돋보이게 했다. 상반신을 감싼 밀리터리 코트는 그녀의 몸에 비해 지나치게 컸고 다른 의상과 어울리지도 않았다. 어디서 훔친 것일까? 하지만 얼굴은 아주 매력적이었다. 눈은 짙은 갈색에 콧대가 또렷하고 입술은 도톰했다. 여자는 놀란 마음을 진정시키고 토니를 빤히 바라보았다. 머릿속으로 계산을 하는 것 같더니 천천히, 조심스럽게 다가왔다.

"원하는 거 있어요?" 그녀가 물었다.

"같이 있어요."

"뭘 하게요?"

"그냥 평범한 거요."

"시간으로 계산할 거예요? 아님 밤 내내?"

"한 시간만 내주세요."

토니는 속으로 자학을 했다. 여자를 사면서 '주세요'라고 하는 남자가 세상에 어디 있나?

여자는 눈을 가늘게 떴다. 토니가 정말로 눈에 보이는 것처럼 풋내기인지 알아내려는 눈치였다.

"50파운드."

토니가 고개를 끄덕이자 여자는 타라는 말도 안 했는데 조수석 문을 열고 차에 올랐다. 토니는 기어를 1단에 놓고 출발했다.

"나는 사만다예요." 여자가 불쑥 말했다.

"피텁니다." 토니가 답했다.

"본명이에요, 피터?"

"아니요."

여자가 키득거리더니 물었다.

"결혼했죠?"

"네."

"그럴 줄 알았어."

그렇게 대화는 끝났다. 여자가 알려준 목적지를 향해 자동차는 어두운 밤거리로 나아갔다.

48

헬렌이 도착했을 때 수사본부는 북적이고 있었다. 아직 아침 6시 반이었지만 팀원들은 일찍 집합하라는 헬렌의 지시를 고맙게도 순순히 따라주었다. 다 같이 브리핑실로 들어가던 중에 헬렌은 찰리를 발견하고 놀랐다. 두 여자는 말없이 서로를 바라보며 가볍게 눈인사를 주고받았다. 찰리는 이곳에 남기로 결심했다. 그 대가는 무엇일까? 헬렌은 궁금했다.

"하나는 확실해." 헬렌이 브리핑을 시작했다. "목적은 폭로다. 범인은 피해자를 망신 주고 싶어해. 대중이 조롱하고 혐오감을 표현할 대상으로 만들고 싶은 거야. 심장을 뽑아서 앨런 매튜스처럼 집이나 크리스토퍼 리드처럼 직장으로 보내면 소동이 보장되지. 어제 자 '이브닝 뉴스' 헤드라인으로 범인은 원하는 바를 이뤘다고 볼 수 있어. 이제 피해자들의 사생활은 낱낱이 파헤쳐질 거야. 앨런 매튜스는 이미 집중적으로 조명을 받고 있다더군. 변태 섹스를 좋아하는 지역 침례교회 집사라고. 크리스토퍼 리드도 마찬가지야. 남부럽지 않은 가장의 숨겨진 비밀 등등. 그러니까 전부 폭로를 위해 벌인 짓이라는 거야. 이건 **개인**을 노린 범죄다."

"범인과 아는 사이일까요?" 포춘 수사관이 끼어들었다.

"가능성 있지. 피해자들이 실제로 그녀를 만났다는 증거는 없어. 하지만 그라운즈 수사관 팀이 흥미로운 사실을 발견했다는군. 그라운즈?"

"두 피해자 사이의 확실한 연관성을 발견했습니다." 그라운즈 수사관이 보고했다. "둘 다 창녀천국이라는 온라인 사이트 회원이었어요."

사이트 이름을 말하며 살짝 인상을 찌푸렸던 그라운즈가 힘 있게 브리핑을 이어갔다.

"기본적으로 지역 남성들이 성매매 경험을 공유하는 사이트입니다. 특정 여성을 어디 가면 찾을 수 있고, 이름은 무엇이고, 비용은 얼마인지 정보를 나눠요. 가슴 크기, 테크닉, 그리고…, 질이 얼마나 조이는지 등등을 평가합니다."

그라운즈 수사관은 첫 번째 대목을 무사히 넘겨서 안도한 표정이었다. 아이 셋의 아빠로서 이런 내용을 여성 후배들에게 전달하려니 마음이 그리 좋지 않았다.

"매튜스는 '대물'이라는 별명으로 운영비를 기부했습니다. 리드는 기부까진 안 했어도 '나쁜남자'라는 별명으로 게시판에서 활동을 했어요. 사이트가 생긴 지 오래돼서 아직 다 살펴보지 못했지만 최근 몇몇 회원이 '모든 것'을 허락한다는 여자가 있다면서 후기를 남겼습니다."

그라운즈는 우울한 표정을 한 팀원들을 둘러보았다. 훌륭한 단서였지만 인간이 어디까지 타락할 수 있는지 생각하면 서글펐다. 헬렌은 사기가 꺾인 분위기를 눈치채고 말했다.

"범죄 현장에서도 몇 가지 증거가 나왔다. 찰리의 옷에 묻은 혈액의 주인은…," 다들 찰리에게 고개를 돌렸다. "세 번째 피해자였어. 지갑에 든 신분증에 따르면 이름은 가레스 힐이야. 가족에게 연락하기 전에 이중 삼중으로 확인을 하고 있으니 곧 결과가 나올 거야. 혈액은 별 도움이 안 됐지만, 현장에서 범인의 DNA로

추정되는 샘플을 채취했고 어젯밤 과학수사대가 감식을 했다."

수사본부 안이 술렁였다.

"기존 데이터와 일치하지 않았지만 우리에게 첫 번째로 확실한 증거고 차후 유죄 판결에 결정적인 역할을 할 거야. 그리고 범인의 정보도 알려주고 있어. 이 DNA는 피해자 얼굴에 묻은 침에서 찾았어. 겹겹이 얇게 퍼진 모양이었으니 침을 일부러 뱉었다거나 배를 가르면서 우연히 침을 튀긴 게 아니야. 피해자에게 말을 했다는 뜻이지. 침의 양과 침이 튄 모양을 보면 고함을 쳤다는 쪽이 좀 더 그럴듯해 보인다. 죽이면서 피해자에게 욕을 했을까? 그럴지도 모르지. 첫 번째와 두 번째 피해자에게서는 침이 발견되지 않았다는 사실은 무얼 의미할까?"

"앞의 두 사건 때는 범인이 급하게 움직인 걸까요? 상황을 즐길 시간이 부족해서?" 찰리가 불쑥 말했다.

"맞아. 아니면 침을 닦았을 수도 있어. 그들의 얼굴에는 알코올 성분의 세척제가 남아 있었어. 일상에서 사용했는지, 범인이 증거를 없애려고 사용했는지 아직은 모르지만 말이야. 후자라면 범인이 피해자에게 깊은 원한이 있을 뿐만 아니라 아주 빈틈없는 성격이라고 봐야 할 거야."

수사본부가 투지로 불타오르고 있었다. 드디어 수사에 진전이 보이는 것이다. 헬렌은 사기가 충만해진 분위기를 놓치지 않았다.

"모든 방향으로 수사를 진행할 계획이지만 이렇게도 생각해보자고. 범인이 피해자들을 증오해서 그들의 잘못을 폭로할 목적이었다면 노력한 보람을 느끼고 싶지 않겠어? 그래서 나는 유가족을 감시할 인력을 추가로 요청했어. 범인이 나타날 수 있으니 장례식, 집, 직장을 다 감시했으면 해. 이 임무는 이미 포춘 수사관에게 부탁했다. 그리고 이 자리에 브리지스 수사관이 없다는 걸다들 눈치챘을 거야. 브리지스 수사관은 내 지휘 하에 위장근무를 하고 있다. 일단 이 정도만 알고 있도록. 각자 맡은 수사와 관련 있는 정보가 나오면 통보를 받을 거야. 하지만 지금은 브리지스 수사관이 없다고 생각하기 바란다. 그때까지 그 자리는 찰리브룩스 수사관이 임시로 맡아줘."

모든 사람의 시선이 찰리에게 꽂혔다. 아무리 임시라고 해도 진급은 진급이었다. 그들은 이 결정을 찬성할까, 반대할까? 찰리는계속 앞만 보고 있었다.

"마지막으로 한 가지. 범인을 조금 흔들어볼 계획이다. 하마터면 잡힐 뻔한 일로 동요하고 있을 테니 더 세게 압박해야지. 경찰이 DNA를 확보해서 조만간 신원 확인이 될 거라는 말을 언론에흘릴 거야. 그 여자가 미쳐서 날뛰게 만들고 싶어."

헬렌은 잠시 말을 멈췄다가 결론을 내렸다.

"이제 공격을 개시할 시간이다."

49

카페 '네로'는 손님들로 발 디딜 틈이 없었다. 헬렌이 이곳을 선택한 이유도 그 때문이었다. 이 카페는 도시 외곽 부촌인 셜리의 중심가에 위치했다. 사우샘프턴 매춘부들이 활동하는 으슥한 거리나 지저분한 윤락 업소에서 한참 떨어진 거리였다.

토니는 미리 약속한 대로 가게 뒤쪽의 칸막이 석에 먼저 와서 헬렌을 기다렸다.

"어떻게 돼가, 토니?"

토니는 얼굴이 핼쑥했지만 의외로 기분은 좋아 보였다.

"괜찮아요. 정말…, 괜찮습니다."

"좋아. 앞으로 여기서 주기적으로 보고를 받을 거야. 시간은 문자로 조정하더라도 장소는 무조건 이곳이다. 그리고 미리 말해둘게. 일이 잘 풀리지 않는다거나, 이 수사를 계속하다 목숨이 위태로워질 것 같으면 언제든 내게 연락하고 즉시 손을 떼도 좋아. 내게는 토니 안전이 최우선이니까."

"저도 절차를 압니다, 반장님. 그렇게 심각한 표정 하실 필요 없어요. 정말로 괜찮습니다. 어젯밤 잠깐 실수를 하긴 했지만 결국엔 잘 됐어요. 오히려 그 덕에 뭔가를 찾은 것 같아요."

"말해봐."

"처음에는 별로 운이 없었습니다. 아무 수확 없이 비버스, 포츠우드, 메리 오크를 돌아다녔죠. 안 되겠다 싶어 남쪽 부둣가로 가서 여자를 하나 태웠어요. 이름은 사만다. 20대 초반이지만 거리에서 오래 활동한 베테랑입니다."

이제 헬렌은 그의 말에 완전히 집중했다.

"자기가 안다는 호텔로 가서 자위하는 걸 보고 싶다고 했죠. 그걸 하게 둔 다음에 집으로 가는 차 안에서 이야기를 나눴습니다. 처음에는 말을 잘 안 했는데 매춘부가 고객을 죽인다는 소문은 분명히 들었답니다. 쓸 만한 정보는 없었지만요. 하지만 부둣가에 가끔 나타나는 여자가 소문을 퍼뜨리고 있다나 봐요. 자기가 범인을 봤다고요. 몇 가지 일로 체포 영장이 나와 있어 제 발로 나올 가능성은 없대요. 하지만 제가 접근할 수 있다면…"

헬렌의 심장이 점점 빠르게 뛰었다. 그녀는 흥분을 가라앉히고 말했다.

"좋아, 한번 추적해 봐. 하지만 조심해, 토니. 함정일 수도 있어. 이 상황을 다른 목적으로 이용해도 우리가 알 도리는 없잖아. 하지만…, 가능성은 보이는군."

헬렌이 참지 못하고 미소를 지어 보였고 토니도 따라서 웃었다.

"아무튼 집에 가서 잠을 좀 자. 얼마든지 그럴 자격이 있어."

"감사합니다, 반장님."

"그나저나 니콜라는 어때?"

"잘 있습니다. 앞날은 고민하지 않고 현재만 보기로 했어요."

헬렌은 고개를 끄덕였다. 아픈 아내를 지치지도 않고 정성껏 돌보는 토니가 존경스러웠다. 계획대로 흘러가던 인생이 무참히 무너지고 전혀 원하지 않았던 삶을 살아야 하는 심정이 얼마나 괴로울까. 토니는 좋은 사람이었다. 그래서 헬렌은 토니 부부가 행복하게 잘 살기를 빌었다.

카페를 나서는 발걸음이 경쾌했다. 물론 위험한 방법이었다. 하지만 헬렌은 드디어 범인에게 한발 가까워졌다는 예감을 받았다.

50

찰리는 잠복용 차량을 타고 빠르게 후문을 나섰다. 어차피 할 일이라면 한시라도 빠르게 처리하고 싶었다. 그녀와 동반하기로 배정받은 가족연락관 제니퍼 리스가 먼저 말을 꺼낸다 해도 곤란한 질문은 찰리 몫이었다. 보통은 헬렌이 피해자의 가족을 찾아가 인터뷰를 하지만, 오늘은 헬렌이 말도 없이 사라지는 바람에 찰리가 책임을 떠안은 것이다.

스웨들링에 있는 허름한 연립주택 앞에 차를 세웠다. 가레스 힐이 홀어머니를 모시고 살던 곳이다. 과거형으로 말하는 이유는 현재 가레스가 훼손된 시신으로 짐 그리브스의 부검대에 누워 있기 때문이었다. 가까운 친족이 신원을 확인하기 전까지는 세 번째 피해자로 인정할 수 없었지만 그는 틀림없이 가레스였다. 가벼운 절도, 주취 소란 전과가 있었고 한 번은 공공장소에서 성기 노출을 시도하다 잡혀 경찰 파일에 사진이 남아 있었다. 형식적인 절차가 끝나면 그 파일은 '사망' 표시를 달고 위층 수사본부에 분석용 자료로 전달될 것이다.

비대한 몸집의 70대 여성이 문을 열었다. 퉁퉁 부은 발목에는 검버섯이 피었고 배가 터질 것처럼 나왔다. 턱살이 축 늘어진 얼굴은 퉁퉁했다. 하지만 그와 어울리지 않게 조그마한 눈은 얼굴살에 파묻힌 틈으로 찰리를 사납게 노려보고 있었다.

"물건 팔러 온 거라면 당장 꺼져…"

찰리가 경찰 신분증을 내밀었다.

"가레스 일로 왔습니다. 들어가도 될까요?"

집에 들어서자 고양이 냄새가 코를 찔렀다. 온 집을 뒤덮은 고양이들은 위험을 감지한 듯 주인의 곁으로 몰려 관심을 달라고 큰소리로 울었다. 가레스의 모친은 가장 큰 녀석(하비라는 적갈색 수고양이)을 쓰다듬으며 찰리와 가족연락관 제니퍼에게서 아들의 소식을 전해 들었다.

"추잡한 놈."

제니퍼가 찰리를 돌아보았다. 뜻밖의 반응에 그녀는 말문이 막혔다.

"저희가 드린 말씀을 이해하셨나요, 힐 부인?" 찰리가 물었다.

"힐 양이라우. 나는 부인이었던 적이 없어."

찰리는 짠해서 고개를 끄덕였다.

"가레스가 살해당했고 저는…."

"자꾸 같은 말만 하는군. 그 애가 무슨 짓을 했소? 돈을 안 내고 도망치기라도 했나?"

말만 들어서는 어떤 감정인지 알 수 없었다. 화가 난 목소리였지만 슬퍼하는 기색도 있는 걸까? 오랜 세월 절망만 겪으며 단단해진 가면 때문에 생각을 읽기 힘들었다.

"아직 조사 중이지만 정당한 이유는 없다고 추정하고 있습니다."

"이유가 없을 리가. 시궁창에서 뒹굴다 보면…."

"어젯밤 가레스가 어디를 간다고 하던가요?" 찰리가 말을 잘랐다.

"영화를 보러 간다고 했수다. 어제 수급비를 받아서…, 내가 자러 간 후에 왔을 거라고 생각했어. 게으른 미련퉁이가 아직 침대에 있다고 생각해서…."

이제야 아들이 죽었다는 현실을 실감하는지 그녀의 목소리가 떨렸다. 한번 마음의 둑에 금이 가면 크게 무너질 것이다. 그래서 찰리는 대화를 조금만 더 끌다가 양해를 구하고 위층으로 올라 갔다. 이만하면 정보를 다 얻었고 아들을 잃은 비탄에 빠진 엄마에게서 벗어나고 싶었다. 그녀를 보자 역시 아이를 잃었던 찰리의 슬픔도 커졌던 탓이다. 약해 빠진 행동이었지만 어쩔 수가 없었다.

찰리는 가레스의 침실로 들어가며 힘겹게 마음을 추슬렀다. 그의 방은 정말 가관이었다. 빈 패스트푸드 포장지에다 쓰고 버린 티슈, 낡은 잡지, 아무렇게나 벗은 옷이 뒤엉켜 바닥을 점령했다. 어디를 봐도 더럽고 악취가 나서 사람이 생활했다기보다는 생존 했던 공간처럼 보였다. 방 안은 공기가 혼탁했다. 그리고 온기가 하나도 없었다.

가레스는 외모가 변변치 않았지만 설령 미남이었어도 자기 방에 여자를 데려올 수는 없었다. 난장판인 방도 방이지만 여자에게 집으로 가자고 설득했다 치자. 과연 어머니 앞에 다른 여자를 보일 배짱이 있을까? 찰리는 아니라고 생각했다. 가레스의 보호 관찰 기록을 보면 학습 능력 장애가 있고 자존감이 심하게 낮다고 했다. 이 집을 봐도 알 수 있었다. 이곳은 사람을 보호하는 집이 아니라 세상과 차단하는 집이었다.

쓰레기더미 사이에서 단 하나 가치 있는 물건은 컴퓨터였다. 싸구려 책상에 자랑스럽게 우뚝 놓여 있었고 알루미늄 케이스와 익숙한 로고에서는 반질반질 윤이 났다. 모든 것이 썩어가는 이 방에서도 성스러운 물건처럼 깨끗하게 관리한 듯했다. 찰리는 확신이 들었다. 이렇게 아끼는 컴퓨터는 틀림없이 가레스와 이 세상을 이어주는 창구였다. 이 안에는 그의 죽음을 밝히는 열쇠가 있을 것이다.

51

'더 불 앤드 라스트'의 스테이크 샌드위치는 사우샘프턴에서도 일품이었다. 중산층 회사원이나 젊은 엄마들의 단골 음식점이라 이곳을 찾는 경찰은 별로 없었다. 그래서 헬렌은 혼자 있고 싶을 때면 여기로 왔다. 오늘도 토니와 헤어지고 나니 갑자기 배가 고파서 견딜 수가 없었다. 며칠 동안 제대로 된 음식은 거의 먹지 못하고 커피와 담배로 연명하던 그녀였다. 이제 몸에서 연료를 공급해달라고 애원하고 있었다. 두꺼운 샌드위치를 한 입 깨물자마자 기분이 좋아졌다. 딱 원했던 단백질과 탄수화물이었다.

몇 분만이라도 사건을 머리에서 지워야 했다. 이렇게 중요한 수사에 깊이 빠져 있다 보면 완전히 집착으로 변하기 마련이다. 낮이고 밤이고 뇌리에서 떠나지를 않는다. 집착이 길어질수록 짙은 눈보라를 뚫고 가는 사람처럼 균형 감각이 사라지고 앞이 제대로 보이지 않는다. 여기 와서 사람들을 관찰하며 미남 웨이터와 시시덕거리는 부유한 여자들의 삶은 어떠할지 추측하고 있노라면 머리가 맑아졌다.

누군가 테이블에 지역 무료 신문을 버리고 갔다. 신문을 외면하던 헬렌은 호기심을 못 이기고 집어 들어서 앞의 몇 페이지만 빠르게 넘겨보았다. 살인 사건 기사가 온 지면을 채우며 경찰이 범인의 DNA를 확보했다는 사실을 대대적으로 광고했지만 헬렌의 관심은 딴 데 있었다. 그녀는 작은 광고, 경범죄 소식, 별자리 운세처럼 삼류 지역 신문에서나 볼 수 있는 시시한 기사들에 탐닉

했다.

휙, 휙, 휙, 신문을 넘기던 헬렌의 손이 그대로 멈췄다. 그녀는 잘못 봤나 싶어서 눈을 뗐다가 다시 보았다. 진짜였다. 어떤 집의 사진이 있었다. 이틀 전 로버트와 친구 데이비가 침입한 바로 그 집이었다.

그리고 사진 위에 달린 헤드라인은 참담했다. '강도의 피습으로 퇴직 교사 사경 헤매'

헬렌은 불안한 마음으로 눈 깜짝할 새 올더숏에 도착했다. 기사의 자세한 내용은 정말 끔찍했다. 79세의 퇴직 교사가 집에 침입한 도둑들을 쫓으려다가 무자비하게 두들겨 맞았다. 두개골에 금이 갔고 현재 혼수상태에 빠져 사우샘프턴 종합병원에 입원해 있었다. 목숨을 건질지 여부는 불투명했다.

헬렌은 위험을 감수하고 로버트의 집으로 갔다. 슈퍼마켓 동료가 다쳐서 왔다는 핑계를 준비했지만 집에는 아무도 없었다. 다음으로 '레드 라이언', '레일웨이 터번'을 비롯해 올더숏의 술집이라는 술집을 다 훑었지만 헛걸음이었다. 그녀는 로버트 무리의 단골 주류 판매점을 지나 오락실에 가서야 로버트를 발견했다. 그와 친구들은 슬롯머신 게임을 하고 있었다. 보나 마나 그날 훔친 돈을 쓰고 있을 것이다.

얼마 기다리자 일행은 게임에 흥미를 잃었는지 오락실 밖에서 과격한 주먹 인사를 나누고는 뿔뿔이 흩어졌다. 헬렌은 조심스럽게 로버트의 뒤를 밟으며 그에게 말을 걸 타이밍을 노렸다. 쇼핑객으로 붐비는 거리를 지나 로버트가 공원 쪽으로 빠졌을 때, 헬렌은 기회를 놓치지 않았다.

"로버트 스톤힐?"

로버트가 의심 가득한 얼굴로 뒤를 휙 돌아보았다.

"경찰이야." 그녀가 신분증을 내밀며 말했다. "얘기 좀 할까?"

그러나 로버트는 이미 등을 돌린 후였다.

"피터 토마스에 관한 얘기야. 너와 데이비가 죽도록 팬 남자 말이야."

그가 걸음을 멈췄다.

"도망칠 생각이라면 관둬. 너보다 발 빠른 놈들도 잡아봤으니까. 진짜야."

"널 체포하려고 온 건 아니야. 하지만 진실을 듣고 싶어."

그들은 공원 벤치에 자리를 잡고 앉았다.

"자초지종을 말해줘."

긴 침묵이 흘렀다. 로버트는 무슨 말을 할지 곰곰이 생각하다 입을 열었다.

"데이비 아이디어였어요. 늘 그 자식 아이디어죠."

그는 기가 죽은 목소리로 억울하다는 듯 말했다.

"그 할아버지는 데이비 선생님이었는데 돈이 아주 많다고 했어요."

"그리고 데이비는 간단히 돈을 훔칠 수 있다고 생각했고?"

로버트는 어깨만 으쓱해 보였다.

"데이비는 영감이 집에 없을 거라고 했어요. 매주 목요일 밤에 그린맨에 카드놀이를 하러 간다고요. 우리가 들어갔다 나오는 데

20분이면 충분하댔어요."

"하지만…."

"영감이 집에 온 거예요. 망할 부지깽이를 들고서요."

"그리고?"

로버트가 망설였다.

"우린 도망쳤어요. 창문으로 달아나려는데 영감이 우릴 쫓아온 거예요. 내 다리를 부러뜨리는 줄 알았어요."

로버트는 바지를 조금 내려 크게 검푸른 멍이 든 골반을 보여 주었다.

"그래서 데이비가 덤볐어요. 발로 차고, 주먹으로 때리고 뭐 그런 거요."

"너는 구경만 하고?" 헬렌은 믿을 수 없었다.

"저도 발로 차고 그러긴 했지만 데이비가…, 그 미친놈이 머리를 밟았다고요. 저는 죽어라 말렸어요. 안 그랬음 걔가 할아버지를 죽였을 거예요."

"이미 죽었을지도 몰라. 그분은 지금 혼수상태야, 로버트."

"알아요, 나도 신문쯤은 읽는다고요. 됐어요?"

반항기 가득한 목소리였지만 헬렌이 보기에 로버트는 분명 겁에 질렸고 속상해하고 있었다.

"경찰이 너를 찾아왔었니? 데이비는?"

"아뇨." 로버트가 혼란스러운 표정으로 그녀를 보았다. "나 잡아 갈 건가요?"

정말 어려운 질문이었다. 물론 그녀는 로버트와 데이비를 체포해야 했다.

"글쎄다, 로버트. 생각은 하고 있지만…. 일단 토머스 씨가 어떻게 될지 지켜보자꾸나. 그분이 완쾌할 수도 있으니까…."

설득력 없는 말이었다. 헬렌도 모르지는 않았다.

"네 경우는 정상 참작의 여지가 있어서…. 그래서 나는 네게 두 번째 기회를 주려고 해."

로버트는 어안이 벙벙한 표정이었다. 그 모습을 보자 헬렌은 어처구니없는 실수를 저지른 게 아닐지 걱정스러웠다.

"너는 괜찮은 녀석이야, 로버트. 머리도 좋으니까 좋은 길을 택하면 잘 살 수 있을 거야. 하지만 너는 지금 잘못된 길에서 잘못된 친구들과 어울리고 있어. 이대로 계속가면 앞으로 언젠가는 감옥행이야. 그러니까 이렇게 하자. 데이비 친구들을 그만 만나. 성실하게 일을 하고 더 좋은 사람으로 거듭날 기회를 찾는 거야. 남 부럽지 않게 살도록 노력해. 그렇게 한다면 나는 이번 사건을 덮어줄게. 하지만 네가 지금처럼 개판으로 살면 감옥에 처넣을 거야, 알았니?"

로버트가 고개를 끄덕였다. 마음이 놓였지만 당황스럽기도 했다.

"앞으로 지켜볼 거야. 너를 믿은 보람이 있게 해줘. 힘들다거나 문제에 휘말릴 것 같으면 연락하고."

헬렌은 경찰 명함 뒷면에 휴대폰 전화를 적었다.

"이건 엄청난 기회야. 망치지 마, 로버트."

로버트는 손에 든 명함에서 눈을 떼지 않았다. 다시 고개를 들어 헬렌을 보았을 때, 그는 고맙고 안심했다는 표정을 짓고 있었다.

"왜죠? 왜 저를 도와주시는 거죠?"

헬렌은 망설였지만 결국 이렇게 대답했다.

"누구나 보살펴줄 사람이 필요하니까."

헬렌은 빠른 걸음으로 공원을 빠져나왔다. 일을 끝내고 나니 이곳을 벗어나고만 싶었다. 여기로 오기까지 엄청난 위험을 감수해야 했다. 그동안 무슨 일이 있어도 로버트 앞에 나타나지 않겠다고 결심했었다. 오늘 그녀는 선을 넘고 말았다. 하지만 어떤 시련이 닥치더라도 후회는 없었다. 로버트를 구할 수만 있다면 그럴 가치가 있었다.

52

제시카 리드는 거리로 달려 나왔다. 눈물이 핑 돌았다. 터져 나오려는 울음을 참으려고 그녀는 침을 꿀꺽 삼켰다. 이 여자들 앞에서 무너지지 않을 것이다. 누구 좋으라고?

제시카는 샐리를 어린이집에 맡겨야 할지 고민했었다. 마음 같아서는 다시 어린이집에 나가지 말고 세상 사람들 눈을 피해 살고 싶었지만 샐리가 워낙 어린이집을 좋아했다. 그래서 용기를 내서 아이를 데려갔던 것이다. 샐리에게는 안정적인 환경이 필요했다. 그러려면 무엇보다도 예전의 하루 일과대로 생활해야 했다.

제시카는 어린이집에 들어서자마자 실수였음을 깨달았다. 샐리가 장난감 쪽으로 아장아장 걸어갔지만 아이는 사람들의 관심 밖이었다. 모든 시선은 제시카에게 꽂혀 있었다. 기운 내라는 듯 멋쩍게 미소를 지어 보이는 이도 있었지만 누구도 그녀에게 다가오지 않았다. 멍청하게 남편한테 뒤통수 맞은 여자를 어떻게 대할지 모르는 표정들이었다.

제시카가 돌아서자 기다렸다는 듯 수군수군 대화하는 소리가 들렸다. 무슨 말을 하는지는 상상만 할 수 있었다. 남의 부부생활에 눈을 밝히고 추측해대겠지. 여자도 알았대? 허락했을까? 죽은 남자가 병을 옮겼을까?

불공평했다. 그녀의 잘못은 **없었다**. 샐리의 잘못도 **아니었다**. 그러나 모녀는 크리스의 잘못을 방조한 죄로 낙인찍혔다. 어쩜 그렇게 바보 같았을까? 처음 포르노 문제로 부부싸움을 한 후에도 그녀는 크리스토퍼를 굳게 믿었다. 새사람이 되었다고 생각했다. 하지만 아니었다. 전부 거짓말, 거짓말, 거짓말이었다. 왜 이야기하지 않았을까? 왜 그렇게 자기 혼자만 생각했을까?

집으로 돌아왔지만 어떻게 여기까지 왔는지 알 수 없었다. 제시카는 곧바로 위층으로 달려 올라갔다. 서랍을 열어젖히고 크리스토퍼의 물건을 품에 안고 창문 밖 도로로 던졌다. 던지고, 던지고, 또 던졌다. 집에서 그의 흔적을 모조리 없앴다.

제시카는 주방 싱크대 아래에서 라이터 기름과 성냥을 꺼내들고 아직 활짝 열려 있는 현관문으로 성큼성큼 걸어 나갔다. 아무렇게나 쌓인 옷더미 위에 기름을 넉넉하게 붓고 성냥을 던졌다. 그리고 크리스토퍼의 옷들이, 그녀가 사준 옷들이 불타는 모습을 바라보았다.

찰칵, 찰칵, 찰칵. 길 건너 밴에서 감시하던 사복 경찰은 절망에 빠진 여자의 모습을 전부 사진기에 담은 후 상부에 보고했다.

포춘 수사관은 보고를 받고 전화를 끊었다. 곧 시작할 쇼를 한시도 놓치고 싶지 않았다. 그래서 따분한 일은 후배들에게 맡겨놓은 참이었다. 제시카 리드가 집 밖으로 물건을 내던지리라고는 상상도 못했지만 말이다. 하지만 알짜배기 임무는 이제 시작할 앨런 매튜스의 장례식이었다.

로이드 포춘 수사관은 기지개를 켜고 하품까지 시원하게 한 후 편하게 자리를 잡고 앉았다. 기다리며 지켜보는 것. 이것이 그의 임무였다. 드디어 길 건너에서 매튜스 가족이 집에서 나왔다. 친척, 교회 친구들이 유가족을 도우러 왔다. 얼마나 많이 왔던지 예약한 장례용 차량 네 대가 부족할 정도였다. 포춘은 조문객들의 얼굴을 훑어보며 매튜스 가족을 찾았다. 장녀가 할머니를 첫 번째 차로 안내하는 모습이 얼핏 보였다. 사흘이 지났지만 충격으로 넋이 나간 표정이었다.

포춘은 거리를 살폈다. 범인이 여기 있을까? 와서 지켜보고 있나? 축배를 들기 위해? 그는 찰칵, 찰칵, 찰칵 계속 사진을 찍으며 지나가는 사람, 주차된 차까지 전부 다 카메라에 담았다. 범인을 직접 볼지도 모른다는 생각에 들떠서 심장 박동이 빨라졌다.

첫 번째 차가 움직이기 시작했다. 이어서 두 번째 차도 떠났다. 포춘은 운전석의 잭에게 시동을 걸라고 고갯짓했다. 조용히 엔진이 돌아갔고 그들은 참을성 있게 기다렸다. 에일린과 쌍둥이가 마지막 차에 올랐으니 이제 출발할 차례였다. 그들은 길가에서 차를 빼고 장례 차량의 뒤를 따라 세인트 스티븐 침례교회로 향했다.

53

그는 주저하다가 키보드를 치기 시작했다. 말을 어떻게 꺼낸다?

- 안녕, 멜리사. 친구에게 들어서….

아니, 이건 아니다.

- 안녕, 멜리사. 폴이라고 해요 한번 만나고 싶어요.

좀 낫다. 토니 수사관은 의자에 등을 기댔다. 고작 이걸 쓰려고 그렇게 힘을 들이고 긴장했다고 생각하자 웃음이 나왔다. 이제 준비를 다 끝냈으니 이쯤 해서 컴퓨터를 끄려고 손을 뻗었다. 그 때 딩동 하고 답장이 도착했다.

- 안녕 폴. 우리 언제 만나요?

토니는 잠시 망설이다 메시지를 썼다.

- 오늘 밤?

- 몇 시?

이렇게 빨리 약속이 잡힐 줄 몰랐다. 하지만 싫어도 해야 하는 일이다.

- 10시?

- 드레이턴 스트리트와 페너 레인 사이 골목으로 데리러 와요. 차 종류는?

- 복스홀.

- 색은?

- 은색.

- 기본을 원해요? 아니면 특별 서비스?

- 기본.
- 시간은 얼마나?
- 몇 시간 정도?
- 두 시간에 150파운드예요.
- 좋아요.
- 현금.
- 물론이죠.
- 이따 봐요, 폴.
- 이따 봐요, 멜리사.
- ♡

그리고 대화는 끝났다. 토니는 자기도 모르게 히죽 웃고 있는 걸 깨닫고 표정이 굳었다. 다른 곳도 아니고 그의 집 주방에 있었다. 매춘부와 채팅이나 하면서. 하지만 카페에서 할 수 있는 일은 또 아니라….

토니는 컴퓨터를 껐다. 니콜라의 어머니가 곧 도착할 텐데 그녀에게 약점을 더 잡히고 싶지는 않았다. 지금은 가서 푹 쉬자.

기나긴 밤이 그를 기다리고 있었다.

54

헬렌이 수사본부로 돌아오니 찰리가 한창 브리핑을 하고 있었다. 팀원들은 새로운 정보를 듣기 위해 각자 맡은 임무를 잠시 내려놓았다.

"가레스 힐의 하드드라이브를 철저히 조사했습니다. 컴퓨터는 그가 세상으로 나가는 유일한 통로였던 것 같아요. 무척이나 **자주** 사용했습니다. 그리고 자주 가는 사이트에 창녀천국도 있었어요."

모두 찰리의 말에 집중했다.

"앨런 매튜스와 크리스토퍼 리드도 방문했던 성매매 여성 평가 사이트입니다. 각각 '나쁜남자'와 '대물'이라는 별명을 사용했죠. 가레스 힐의 별명은 '블레이드'였습니다. 이들은 다른 회원들과 사우샘프턴 성매매 여성을 대상으로 아주 노골적인 대화를 나누었습니다. 특히 거칠고 모욕적인 섹스를 허락한다는 여성에게 관심이 많아서 '치명남', '신나는인생', '해머', '보지왕', '죽여줘', '검은화살' 같은 회원에게 조언을 들었어요. 다른 여자도 몇 명 있었지만 '엔젤'이라는 매춘부가 가장 많이 언급됐습니다."

헬렌은 가슴이 뛰었다. 이 여자가 범일일까?

"흥미로운 점이 있었어요." 찰리가 계속 이야기했다. "엔젤은 광고를 하지 않고 웹사이트도 없습니다. 완전히 오프라인에서만 활동해요. 입소문과 후기로만 고객을 받기 때문에 기존 고객이 다른 남성들에게 엔젤을 만날 수 있는 장소를 귀띔해줍니다. 찾기 힘들고 비싸다 하지만 금액만 맞으면 무슨 짓이든 허락한다고 해요."

"그러니까 찾기 힘들고 철저히 비밀에 부친다 그거지?" 헬렌이
끼어들었다.

"맞아요."

"훌륭해, 찰리. 그럼 다른 회원들부터 찾아야겠군. 엔젤을 이용
했고 매튜스, 리드, 힐과 대화를 나누었을 인물에 초점을 맞추자.
우리를 엔젤에게 데려다줄 사람들이니 빨리 찾아야 해. 나는 일
단 유가족을 감시하러 갈 거지만 새로운 정보가 나오면 신속하게
전달해주기 바란다. 내가 없는 동안은 찰리 브룩스 경사가 총책임
자야."

헬렌이 자리를 뜬 후 찰리는 팀을 정비했다. 업무에 복귀하면서
많은 것을 희생해야 했지만 결국은 옳은 결정이었다. '찰리 브룩
스 경사'. 듣기 좋은 말이었다. 찰리는 이곳에 계속 남고 싶었다.

55

헬렌은 제자리에 우뚝 멈춰 섰다. 경찰서 주차장에서 가와사키 오토바이에 태연하게 몸을 기댄 에밀리아 개라니타를 보자 속에서 분노가 치밀어 올랐다.

"지금 출입금지 구역에서 공무집행을 방해하고 있어요, 에밀리아. 그러니 비켜줄래요?"

예의를 갖췄지만 말투에 따뜻함은 전혀 없었다. 에밀리아가 씩 웃었다. 늘 그랬듯 입이 찢어질 것 같은 미소였다. 그러더니 오토바이에서 슬그머니 몸을 뗐다.

"헬렌이 연락을 안 받아서 왔어요. 순경 친구들에게 물어보고 당신 상사와도 잠깐 툭 터놓고 대화를 해봤는데 일이 어떻게 흘러가는지 아는 사람이 하나도 없더군요. 또 내게 숨기려는 거예요?"

"무슨 말인지 모르겠네요. DNA 정보부터 시작해서 줄 만큼 줬잖아요."

"하지만 그게 전부가 아니잖아요, 헬렌? 하우드도 그렇게 느낀다던데요. 분명 수사팀이 따로 진행 중인 일이 있어요. 무슨 일인지 내게 알려줘요."

"무슨 일인지 알려달라고요?" 헬렌이 한껏 빈정거리는 투로 느릿느릿 말했다.

"우리의 작은 거래를 이미 잊은 건가요? 나는 이 사건과 관련해 독점 기사를 원해요. 이건 진심이에요."

"의심도 병이에요, 에밀리아. 새로운 사실이 나오는 대로 알려줄 게요. 됐죠?"

그러면서 오토바이에 오르려는 헬렌을 에밀리아가 붙잡았다. "아니, 안 괜찮아요."

헬렌의 눈에 에밀리아는 미친 여자 같았다. 정말 경찰을 폭행한 죄로 기소되고 싶은 것일까?

"누구든 내게 거짓말하는 건 못 참아요. 무시당하기도 싫어요. 특히 당신처럼 타락한 인간한테는 말이죠." 에밀리아의 독기 어린 말에 헬렌은 화가 나서 에밀리아를 밀어내려 했지만 왠지 두려웠다. 에밀리아의 말에는 전에 없던 확신이 있었다. "나는 알고 싶어요, 헬렌. 전부 다요. 그리고 당신은 다 말하게 될 거예요."

"그렇지 않으면요?"

"그렇지 않으면 내가 당신의 작은 비밀을 이 세상에 폭로하겠죠."

"이 세상은 이미 나에 대해 다 알아요. 옛날 기사를 재탕해서는 신문을 팔기 힘들 거예요."

"하지만 제이크 얘기는 모르지 않나요?"

헬렌이 얼어붙었다.

"모른다고 하지는 않네요. 오래 대화를 나누며 점잖게 설득했더니 다 털어놓던걸요. 돈을 받고 당신을 때려준다면서요. 남자에게 꼭 그렇게 주도권을 내놔야 직성이 풀리는 여자들은 뭐가 문제인 거예요?"

헬렌은 아무 말도 하지 않았다. 어떻게 다 알고 있는 거지? 제이크가 정말로 이야기했나?

"그러니까 이렇게 합시다, 헬렌. 내게 다 털어봐요. 독점적으로 수사 정보에 접근할 수 있는 권한을 줘요. 나는 이번 사건에서 처음부터 끝까지 전국의 모든 기자보다 앞서 나가고 싶어요. 만약 그렇게 못한다면…, 우리의 영웅 헬렌 그레이스가 실제로는 앙큼한 변태라는 걸 온 세상이 알게 될 거예요. 하우드가 어떻게 생각할까 모르겠네?"

에밀리아는 대답을 기다리지 않고 돌아섰다. 헬렌은 직감적으로 알 수 있었다. 허풍이 아니었다. 그녀는 처음으로 에밀리아에게 끌려 다니는 입장이 되었다. 에밀리아는 헬렌의 머리 위에 칼을 매달아놓았고 언제든 기쁜 마음으로 칼을 떨어뜨릴 것이다.

56

쏟아지는 빗줄기 속에 세인트 스티븐 침례교회의 회색 건물이 엄숙한 분위기를 풍기며 우뚝 서 있었다. 교회란 모름지기 모든 사람을 따뜻하게 맞아주는 피난처라고들 한다. 하지만 헬렌에게 교회는 차갑고 위압적인 곳이었다. 어쩐지 그녀가 여기 어울리지 않는다고 손가락질하는 것만 같았다.

에밀리아를 만난 후로 아직까지 혼란스러웠지만 간신히 마음을 가라앉히고 눈앞의 임무에 집중했다. 에밀리아와 나눈 대화를 한참이나 머릿속으로 곱씹다가 하마터면 장례식에 늦을 뻔했다. 들어가기 전 포춘 수사관과 이야기를 나눌 시간은 채 5분도 되지 않았다. 안에서 오르간 음악이 들렸다. 헬렌은 교회 안으로 조용히 들어가 뒤쪽 신도석에 앉았다. 여기라면 참석한 모든 사람이 잘 보일 것이다. 범인이 피해자의 장례식에 참석하는 일은 의외로 흔하다. 특히 연쇄살인범은 시신이 땅에 묻히고 목사가 기도를 하고 검은 옷의 조문객들이 서로 꼭 끌어안는 모습을 보며 권력자가 된 듯한 느낌을 즐긴다고 한다. 헬렌은 여기 참석한 여자들의 얼굴을 살펴보았다. 범인이 이 교회 어딘가에 앉아 있을까?

장례 예배가 이어졌지만 헬렌은 거의 알아듣지 못했다. 그녀는 성경의 수사법과 미사여구를 좋아해서 성경 낭독을 듣고 있으면 마음이 편안해졌지만, 내용을 이해하지 못하기는 그리스어 원전이나 마찬가지였다. 성경의 가르침은 마치 다른 세상 얘기 같았다. 모든 일에 이유가 있고 하나님이 우리 모두 안에 존재하는 신성하고 질서정연한 세계라니. 납득할 수 없었다. 헬렌이 시시때때로 접하는 인간의 광기와 폭력성은 종교의 안이하고 두루뭉술한 말과 전혀 어울리지 않았다.

하지만 교회와 하나님의 가르침이 우리에게 위로가 된다는 사실은 부정할 수 없었다. 헬렌이 보고 있는 모습도 그 증거였다. 예배당 앞쪽에서 가족, 친지를 비롯한 신도들은 에일린 매튜스를 둘러싸고 말 그대로 그녀를 붙들고 있었다. 그녀의 머리에 손을 얹는 행위는 성령을 받게 한다는 의미였지만 상처받는 약자를 지탱해준다는 아주 현실적인 의미도 있었다. 그리고 실제로 그런 효과가 나타났다. 기도문을 낭송하는 소리가 커지고 열기가 뜨거워지면서 에일린은 알아듣기 어려운 말을 중얼거리기 시작했다. 처음에는 조용하던 목소리가 점점 커졌다. 남부 해안가 사투리가 외국어처럼 변하더니 이 세상에 존재하지 않는 듯한 이상한 말이 입에서 터져 나왔다. 아랍어에 유대어가 섞인 것 같으면서도 얼핏 중세어 느낌이 났다. 성령을 받으면서 에일린은 목구멍 깊은 곳에서 나오는 목소리로 얼토당토않은 말들을 쏟아냈다. 방언 기도(종교적 황홀 상태에서 나오는 뜻 모를 기도_옮긴이)를 텔레비전이 아닌 실물로 보기는 처음이었다. 보고 있으니 기분이 이상했다. 헬렌의 눈에는 성령을 받았다기보다는 귀신에 빙의된 사람처럼 보였다.

마침내 광란이 가라앉고 남성 신도들이 에일린을 부축해 제자리로 안내했다. 헬렌은 그 틈에 자기 자리로 돌아가는 여성 신도들의 얼굴을 살펴보았다. 그러고 보니 이곳에 있는 여자들 중 헬렌만 미혼이었다. 다른 여자들은 모두 남편이 있었고 남편에게 꼼짝도 못하는 듯했다. 장례식이 끝나자 신도들은 자리에서 일어나

성별대로 나눠 섰다. 남자들은 큰소리로 대화를 하는 반면, 여자들은 가만히 듣기만 했다. 앨런 매튜스는 교회 집사일 뿐만 아니라 성경의 가부장제를 강조하는 교파인 기독교가정회의 일원이었다. 기독교가정회에서는 남편을 절대적인 지도자로 받들고 아내는 내조자로만 취급했다. 아내는 무조건 남편에게 복종해야 하며 의무를 다하지 않을 때는 남편에게 엉덩이를 맞아야 한다는 규율도 있었다. 분명 에일린 매튜스는 여성을 지배하기 좋아하는 남편의 손에 벌을 받았을 것이고 이곳에 온 다른 여성 신도들도 다르지 않을 것이다. 대부분 자의로 그렇게 산다 해도 헬렌은 좋게 볼수가 없었다. 지금 교회 안에는 자신감도, 용기도 없이 혼자서 아무것도 못하는 수동적인 여자들만 있었다. 이중 하나가 천의 얼굴을 가진 여배우라면 모를까, 잔인한 연쇄살인을 저지를 만한 상황 대처 능력과 결단력, 두둑한 배짱은 아무에게도 없었다. 그렇다면 범인은 다른 곳에 숨어서 지켜보고 있을까? 헬렌은 자리에서 슬며시 일어나 주변을 재빨리 둘러보았다. 누군가 숨어서 지켜볼 수 있는 곳은 전혀 없었다.

포춘 수사관의 사정도 다르지 않았다. 그는 교회를 드나드는 사람, 단순히 그 앞을 지나가는 사람까지 전부 부지런히 사진을 찍었다. 부하들도 정원사로 변장해 교회 뒤쪽을 감시했지만 강아지를 데리고 산책하는 남자 말고는 아무것도 없었다.

"사람들이 교회를 다 나갈 때까지 지켜보고 운전기사 사진도 꼭 찍어둬. 장례 행렬을 따라 매튜스네 집으로 가야 할 텐데, 한 명은 여기 남기는 게 좋겠다. 묘소를 낮이고 밤이고 감시해야 할 거야. 범인이 한밤중에 찾아올 가능성도 있으니 말이야." 헬렌이 말했다.

"네, 반장님."

"좋아. 지금까지 찍은 사진을 파일로 정리하고 계속 감시를 부탁할게, 로이드. 범인이 언제 모습을 드러낼지 모르잖아."

과연 그 말을 믿을 수 있을까? 헬렌은 오토바이로 돌아가며 다시 한 번 범인의 꼬리를 놓쳤구나 싶었다. 감시를 한다는 발상은 좋았지만 여태 아무 소득을 내놓지 못했다. 혹시 범인이 경찰의 계획을 알고 있는 걸까?

헬렌은 범인의 장단에 맞춰 어설프게 움직였다는 생각에 마음이 심란했다. 에밀리아 개라니타 문제도 그랬다. 제이크가 정말로 비밀을 누설했을까? 그럴 가능성은 낮았다. 아니, 불가능했다. 하지만 에밀리아가 어떻게 그들 사이를 알아낸 것일까?

오늘 밤 제이크를 만나기로 했지만 헬렌은 주머니에서 휴대폰을 꺼내 취소 문자를 보냈다. 아직은 그와 이야기할 기분이 아니었다. 마음 한구석에서 이런 궁금증이 생겼다. 그와 다시 만나는 날이 오기나 할까?

57

누구에게나 군대 생활을 지탱해주는 꿈이 있다. 포탄이 떨어지고 고함이 귀를 찌르는 황량한 먼지소굴에서 옴짝달싹하지 못할 때, 그 꿈이 있기 때문에 참고 견딘다. 바로 고향에서 더 나은 삶이 기다리고 있다는 꿈이었다. 아내는 가정생활에 충실하며 내가 돌아오기만을 손꼽아 기다린다. 나밖에 모르는 천사 같은 아내는 나를 두 팔 벌려 환영하고 맛있는 음식으로 배를 채워준 다음 침대로 이끌 것이다. 공포와 고독과 분노로 가득한 몇 달을 보냈으면 이 정도 보상은 당연하다. 그러나 꿈이 현실로 이루어지는 경우는 극히 드물었다.

사이먼 부커는 평범한 시민으로 돌아왔다. 그의 친구는 귀국일을 이틀 앞두고 폭탄을 맞아 죽었다. 사이먼은 비행기에서 내리자마자 상관에게 퇴직을 통보했다. 그가 사랑해 마지않았던 군대에서 이제는 벗어나고 싶었다. 환멸과 절망밖에 남아 있지 않았다.

사이먼은 파병 기간 동안 아내 엘리가 다른 남자를 만났다고 확신했다. 증거는 없었지만 감이 왔다. 어쨌든 그는 의심으로 속이 타들어갔다. 친구라는 작자들이 아내와 잠자리를 한 이야기를 나누며 그를 비웃고 있는 것만 같았다. 그래서 사이먼은 친구들을 피했고 엘리도 외면하고 있었다. 그곳에서 어떻게 지냈는지, 앤디의 몸이 50개로 조각나 흩어지는 광경을 보았을 때 어떤 느낌이었는지 엘리에게 말할 수 없었다. 그가 없는 동안 엘리가 무엇을 하며 살았는지도 듣고 싶지 않았다. 그래서 사이먼은 동커

스터에 있는 '화이트 하트' 술집으로 갔던 것이다. 싸구려 맥주에 취해서인지 머리가 어지럽고 손이 덜덜 떨렸다. 간신히 문을 열고 들어와 위층으로 터벅터벅 올라간 그는 문이 열린 침실을 지나 컴퓨터가 있는 작은 방으로 들어갔다.

언제나처럼 문을 잠갔다. 엘리에게 화가 났지만 이런 모습을 들키고 싶지는 않았다. 수치심 때문일까? 내심 아내에게 상처를 입히고 싶지 않아서일까? 알 수 없었지만 사이먼은 문을 잠갔다.

포르노 영상으로 시작하는 것도 좋겠지만 예전만큼 흥미가 돋지 않았다. 그 대신 요즈음 꽂힌 사이트는 창녀천국이었다. 그에게는 신세계였다. 전혀 상상도 못했던 섹스가 가능했고 영영 잃었다고 생각한 남자들의 전우애가 있었다. 서로 무엇을 원하는지 허심탄회하게 이야기했고 원하는 여자를 얻으려면 어떻게 해야 하는지 조언도 나누었다.

지금까지는 충동대로 행동하지 말자고 마음을 다잡았지만 '신나는인생'이 '엔젤'을 극찬한 후로는 더 이상 거부할 수 없었다. 최근 신문 기사나 다른 사이트에서 떠도는 이야기 때문에 성매매를 자제하는 남자들이 많았다. 창녀에게 고객이 살해를 당한다는 이야기였다. 사이먼도 바보는 아니었다. 살인자, 사기꾼, 도둑이 천지인 세상에서는 언제나 뒤통수를 조심해야 했다. 그래서 그는 사전에 대책을 세웠다. 엘리에게 군대 시절 친구를 만난다고 나왔지만 가방의 내용물은 다른 말을 하고 있었다. 사이먼은 가방에 콘돔 한 팩과 갈아입을 옷을 넣었다. 그리고 보이지 않는 곳에는 쇠파이프를 숨겨두었다.

58

"그에 대해 알려진 정보는?"

헬렌은 찰리와 같은 차를 타고 울스턴에 가고 있었다.

"본명은 제이슨 로빈스예요." 찰리가 메모를 뒤적이며 대답했다. "창녀천국에서는 '해머'라는 별명을 사용하고요. 사이트 운영비를 자주 내는 회원은 아니었어요. 그건 아마 '보지왕'일 거예요. 하지만 이삼일에 한 번은 글을 썼고 일단 접속하면 아주 열심히 활동했어요. 엔젤에게 어떤 서비스를 받았는지, 어떻게 그녀를 절정에 이르게 했는지 등등 자랑을 늘어놓았습니다. 다 뻔한 헛소리였죠."

"어떻게 찾은 거야?"

"대부분의 회원은 몸을 사렸어요. 가명을 사용하고 회사 컴퓨터나 인터넷 카페에서 글을 올렸죠. IP 주소가 있어도 추적하기 힘들었습니다. 제이슨은 그렇게 똑똑하지 않았어요. 유료 포르노 사이트를 비롯해 다른 사이트에서도 '해머'라는 이름을 사용했더라고요. 동영상을 신용카드로 결제해서…."

"거기서 집주소를 얻었군."

"맞아요."

때맞춰 크리차드 스트리트에 있는 그의 아파트 단지에 도착했다. 다소 허름하고 방치된 소형 아파트로, 임차인들이 살림살이가 나아질 때까지 형편 맞춰 사는 곳이었다. 헬렌과 찰리는 차에서 내려 거리를 둘러보았다. 밤 어스름이 깔리기 시작했고, 집으로 발길을 서두르는 회사원의 발소리를 제외하면 사방이 고요했다. 앞에 있는 집의 거실 창문에서 불빛이 비쳤다. '해머'는 집에 있었다.

세 사람은 이케아 식탁 위의 찻잔에 손도 대지 않고 어색하게 앉아 있었다. 현관문을 연 제이슨 로빈스는 두 명의 경찰을 보았을 때 최악의 상황을 떠올렸다. 그는 사만다와 에밀리가 무슨 사고라도 당했냐고 더듬거리며 물었다. 가족 일이 아니라는 말에 마음을 놓은 것도 잠시, 걱정은 서서히 불안으로 변했다.

"최근 사우샘프턴에서 일어난 연쇄살인 기사 보셨죠." 헬렌이 말을 꺼냈다. "성매매 남성 살인 사건이요."

제이슨은 고개만 끄덕일 뿐 아무 말도 하지 않았다.

"피해자 몇 명이 성매매 여성 평가 사이트 회원이었어요." 헬렌은 일부러 뜸을 들이기 위해 수첩을 참고하는 척했다. "창녀천국이라는 곳이요." 그 말을 하면서 헬렌은 제이슨이 어떻게 나올지 궁금해 고개를 들었다.

그는 아무 반응이 없었다. 고개를 끄덕이지도, 미소를 짓지도 않았다. 헬렌의 눈에는 그가 인정한 것이나 다름없었다. 제이슨은 작은 반응으로도 진실이 드러날까 두려워 꼼짝도 못하고 있었다. 헬렌은 그를 유심히 관찰했다. "그 사이트를 알고 있나요, 제이슨?"

"아뇨."

"한 번이라도 들어가 본 적 없어요?"

"그런 데 취미 없습니다."

헬렌은 고개를 끄덕이며 수첩에 가짜로 메모를 했다.

"온라인에서 '해머'라는 아이디를 사용했나요?" 찰리가 물었다.

"'해머'라고요?"

"그래요, '해머'. 다른 게시판이나 성인 사이트에서 그 별명을 사용한 적 있냐고요?"

제이슨은 이 문제를 심각하게 받아들이는 척 곰곰이 생각하는 연기를 했다.

"아뇨. 그런 적 없습니다."

"저희가 이렇게 여쭤보는 이유는 그 별명을 사용하는 사람의 신용카드가 이름은 제이슨 로빈스, 주소는 이 집으로 등록됐기 때문이에요."

"사기꾼이겠죠."

"카드 부정사용을 신고했나요?"

"아뇨, 모르고 있었어요. 지금 말씀해주셨으니 곧바로 신고하겠습니다. 해지해달라고요."

한동안 셋 중 누구도 말을 꺼내지 않았다. 잔뜩 긴장한 제이슨의 이마에 땀이 송골송골 맺혔다.

"부인과 헤어지셨나요?"

제이슨은 전혀 다른 질문이 나오자 긴장을 풀었다. "네, 맞아요. 그쪽이 상관할 바는 아니지만요."

"이혼은 안 하셨죠?"

"아직은 그래요. 하지만 할 겁니다."

"그럼 현재 따님 에밀리의 양육권을 놓고 협상 중이겠군요?"

"그렇게 말할 수도 있겠네요."

"다르게 말한다면 어떻게요?"

제이슨은 어깨만 으쓱하고는 차를 홀짝 마셨다.

"왜 말을 안 하려는지 알겠어요, 제이슨. 지금처럼 곤란한 입장에서 성인 사이트에 다닌다거나 성매매를 했다고 경찰이 이야기하고 다니면 큰일 나겠죠. 법정에서 불리할 거예요. 이해합니다. 하지만 내 말 똑똑히 들어요. 밖에서 사람들이 죽어가고 있어요. 당신이 용기 내서 행동하지 않으면 더 많은 사람이 죽을 겁니다. 경찰의 시간을 낭비하고 수사를 방해한 죄로 기소할 수도 있지만 내가 봤을 때 당신은 좋은 사람이에요, 제이슨. 그러니 제발 우리를 도와줘요."

"우리는 엔젤에 대한 정보가 필요해요." 찰리가 이어받았다. "어디서 만났는지, 어떻게 생겼는지, 그녀를 아는 다른 사람은 누구인지 아는 대로 알려주면 경찰의 보호를 받을 수 있어요. 신문에 이름을 공개하지 않고 되도록 생활에 지장을 드리지 않을게요. 괴롭히려고 온 게 아니에요. 범인만 잡으면 돼요. 그럴 수 있게 도와주세요."

긴 침묵이 흘렀다. 주방 시계 소리만 째깍째깍 울려 퍼지고 있었다. 제이슨이 차를 다 마셨다.

"말씀드렸다시피 저는 '해머'라는 사람을 몰라요. 실례가 되지 않는다면 이만 일어나보겠습니다. 신용카드 회사에 신고를 해야겠어요."

헬렌과 찰리는 아무 말 없이 제이슨의 집에서 나왔다. 둘 다 화가 머리끝까지 나서 감히 입을 열지 못했다. 차에 오르고 나서야 헬렌이 말했다.

"순 얍삽한 거짓말이야."

찰리가 고개를 끄덕이며 동감했다.

"계속 지켜봐, 찰리. 날마다 전화와 이메일로 질문을 하고 정보를 보내. 민망해서 저러는 걸 수도 있지만 무언가 알 수도 있어. 어느 쪽인지 알아낼 때까지 쥐어짜도록 해."

"최선을 다하겠습니다."

"다른 인간들도 찾아야 돼. '신나는인생', '치명남', '죽여줘', '검은화살'도 끝까지 추적해서 잡았으면 좋겠어. 엔젤을 찾으려면 어딜 가야 하는지 아는 사람이 분명 있을 거야."

"당연하죠. 제가 수사를 지휘해야 하나요?"

"그래. 조사를 시작하고 있어. 나랑은 경찰서에서 다시 만나서 진행하자. 우선은 시내에 내려줘."

찰리가 궁금해서 헬렌의 얼굴을 보았다.

"데이트 약속을 꼭 지키고 싶거든."

59

그들은 텅 빈 복도를 걷고 있었다. 그녀가 걸음을 뗄 때마다 굽 높은 에나멜 부츠가 마찰되는 소리가 났다. 토니 수사관은 그 뒤를 천천히 따르면서 여자의 모습을 훑어보았다. '멜리사'는 생각보다 훨씬 매력적이었다. 늘씬한 다리에는 윤이 나는 검은색 부츠를 신었고 엉덩이는 탄탄했다. 검은색 단발머리 아래의 얼굴은 입술이 도톰한 게 육감적이었다. 모든 매춘부가 누런 치아의 마약중독자는 아닐 테지만, 그래도 멜리사의 미모는 의외였다.

토니는 도시 북부의 호그랜즈 파크에서 멜리사를 차에 태웠다. 그나마 낮에는 스케이트보드를 타는 사람들이 왔다 갔다 해도, 밤에는 사실상 버림받은 곳이었다. 약속 장소로 다가가면서 무전을 쳤고 남쪽 부둣가로 가는 동안 백미러로 미행 차량을 확인했지만, 차 안에 그녀와 단둘이 남으니 갑자기 불안해졌다. 그들은 침묵 속에서 벨뷰 호텔로 향했다. 손님을 가리지 않는 초라한 여관이었다. 토니는 하룻밤 숙박료를 선불로 낸 다음 2층으로 올라갔다. 중년 남성이 헐벗은 폴란드 여자와 내려오고 있었다. 토니는 그의 시선을 느끼고 바닥으로 고개를 떨궜다. 그런 인간과 같은 부류로 엮이고 싶지는 않았다.

이내 12호실에 들어왔다. 멜리사는 방에 하나뿐인 의자로 가방과 코트를 내던지더니 침대에 앉았다.

"뭘 해줄까요, 폴?" 마치 가명이라는 사실을 아는 것처럼 이름에 유독 힘을 주었다. "시키는 대로 다 할게요."

장난기 가득한 미소가 섹시했다. 토니는 장난감처럼 마음대로 갖고 놀라는 여자 앞에서 놀랍게도 욕망이 불끈 솟았다. 그는 흥분하기 시작한 몸을 감추려고 의자에 앉았다.

"자위하는 걸 보고 싶어." 그가 최대한 침착하게 대답했다. "일단 그걸 하고 나서 다시 얘기하지?"

멜리사는 토니를 신기하다는 눈으로 보았다.

"돈 쓰는 건 자기니까, 뭐." 그녀가 어깨를 으쓱하며 말했다.

토니가 눈치를 채고 지갑에서 150파운드를 꺼냈다. 멜리사는 돈을 주머니에 넣고 침대에 누웠다.

"부츠를 신고 할까…"

"좋아."

"잘 됐네. 나도 그게 더 좋아."

멜리사가 자신의 몸을 어루만지기 시작했다. 군살 하나 없이 탄탄한 몸은 이런 일에 완벽하게 어울렸다. 멜리사의 손이 더 바빠질수록 토니는 창밖으로 눈을 돌리고 싶은 마음이 굴뚝같았다. 정말 바보 같은 생각이었다. 역할에 몰입해 그녀에게서 눈을 떼지 말아야 한다. 완전히 발기한 상태가 되었지만 이것은 일이었고 유용한 정보를 얻어내기 위한 계획이었다. 그걸 알면서도 찝찝하기 이를 데 없었다. 이렇게까지 흥분하다니 놀라우면서도 걱정이 됐다.

멜리사는 절정에 오르는 연기를 하면서 토니에게 그녀가 어떠어떠한 여자이니 침대로 들어와서 어떠어떠하게 대해달라고 재촉했다. 토니는 신체 접촉을 피하려면 결단을 내려야 했다. 그래서 침대에 들어가지 않고 그녀가 '오르가슴'에 도달할 수 있도록 음란한 말들을 쏟아냈다. 멜리사의 연기력은 훌륭했다. 모르는 사람이 들으면 그녀가 인생 최고로 황홀한 절정을 맛봤다고 생각했을 것이다. 끝난 후 멜리사는 옷매무새를 가다듬고 벽시계를 힐끗 보았다.

"아직 10분 남았네. 자기, 내가 빨아줄까?"

"괜찮아. 얘기 좀 할 수 있을까?"

"그래요. 무슨 얘기를 하고 싶은데?"

"언제 다시 만날 수 있을까?"

"물론. 이런 재미는 언제든 환영이야."

"이 일을 얼마나 했어?"

"나름대로 오래했지."

"할 만해?"

"물론이지." 멜리사가 대답했다. 거짓말로 토니가 듣고 싶은 말을 하고 있는 게 분명했다.

"힘든 일은 없고?"

"가끔은." 그녀는 대답하면서 토니와 눈을 맞추지 못했다.

"그럴 때 어떻게 해?"

"방법이 다 있지만 보통은 주변에 다른 여자애들이 있어."

"감시를 해준다는 거야?"

"맞아. 미안한데, 자기. 나 화장실 좀 써도 될까? 금방 다시 나가야 돼서."

멜리사가 화장실로 걸어갔다. 곧이어 변기 물 내려가는 소리가 들리더니 그녀가 화장실에서 나와 코트와 가방을 챙겼다.

"돈을 더 주면 시간 내줄 수 있어?"

토니의 질문에 그녀가 제자리에 멈췄다.

"또 해달라고?"

"아니, 그게 아니라. 그냥 대화를 하고 싶어. 나는…, 이 도시에 혼자 왔어. 주말까지 가족을 못 보고…. 그게, 그냥 이야기를 하고 싶어."

"좋아." 그녀가 침대에 앉았다.

토니는 지갑에서 50파운드를 꺼내 건넸다.

"어디서 왔어?"

"이곳저곳 살았지. 고향을 묻는 거라면 맨체스터에서 태어났어."

"가족은 아직 거기 있고?"

"굳이 연락하고 지낼 만한 인간은 없어."

"그렇군."

"자기는 어때, 폴? 이 근처에서 왔어?"

"나고 자랐지."

"좋네. 집이 있어서 좋겠다."

"이 동네 살아?"

"그냥 친구 집에 있어. 일이 계속 들어올 때까지는 여기서 계속 눌러 살까 해."

"그건 그렇고 돈벌이는 어때?"

"꽤 괜찮아. 난 다른 애들보다 개방적인 편이라."

"다른 여자들과 함께 일하기도 해?"

"가끔은."

"스리섬(Threesome: 세 명이 함께 하는 성행위_옮긴이)도 하나?"

"그럼."

"만나고 싶은 여자가 있어. 엔젤이라고 혹시 알아?"

멜리사가 몸을 움찔하더니 고개를 들었다.

"알려고 하지 않는 게 좋을 거야, 자기."

"왜?"

"그러지 마. 그냥 내 말 믿어. 그리고 걔가 할 수 있는 건 나도 할 수 있다구."

"하지만 스리섬이 하고 싶으면…."

"다른 애를 찾아줄게."

"하지만 나는 엔젤을 원한다니까."

또 한참이나 말이 없다.

"왜?"

"좋다는 얘기가 많아서."

"누가 그래?"

"다른 남자들이."

"퍽이나 그랬겠다."

"무슨 말이야?"

"자기 이번이 처음 아니야? 완전히 초짜던데."

"그래서?"

"난 자기가 다른 남자들한테 어떤 여자가 좋네 마네 지껄이는 성격 같지 않아서 말이야."

토니는 뜻밖에도 초짜 같다는 말에 모욕감을 느꼈지만 곧 마음을 다잡았다.

"좋아, 내가 초짜일지는 몰라도 뭘 원하는지는 알고 있어. 네가 다리만 놔주면 돈은 얼마든지 줄게."

"걔에 대해서 무슨 말을 들어서 이러는데?"

"그냥 맞는 걸 좋아한다고. 더럽혀지는 거…, 학대받는 거 말이야. 다른 여자는 허락하지 않는 걸 해준다고 들었어."

"그걸 누구한테 들었다고?"

"남자들."

"남자들?"

"있잖아, 다른 남…."

"누구?"

"나랑 이야기한 사람들…."

"이름을 대봐."

"기억이 안…."

"이름 대보라고."

"어…, 제레미라는 사람이 있었던 것 같아. 그리고…."

"어디서 만났어?"

"인터넷."

"인터넷 어디?"

"게시판에서."

"게시판 이름이 뭔데?"

"이름은 기억이 안 나지만…."

"그런데 엔젤을 만나고 싶다고?"

"맞아!"

"걔한테 질문을 하고 싶어서? 지금 나한테 그러는 것처럼?"

"아니, 아니야." 토니가 대답했다. 하지만 잠깐 망설이는 시간이 너무 길었다.

멜리사는 벌써 자리를 박차고 일어났다.

"짭새네. 그럴 줄 알았어."

"멜리사, 잠깐만."

"돈 고맙고 이야기도 즐거웠지만 이만 가볼게요."

토니는 가지 못하게 그녀의 팔을 붙잡았다.

"그냥 이야기만 하자."

"내 몸에 손가락 하나라도 댔다가는 소리 질러버릴 거야. 아저씨 짭새라고 이 근처 여자들이 다 알게 될 걸?"

"나는 엔젤만 찾으면 돼. 그 여자만 찾으면…."

"꺼지시지."

멜리사는 문도 닫지 않고 방을 나갔다. 토니는 그녀를 따라가고 싶었지만 그래 봤자 무슨 소용이 있겠는가? 그는 낙담해서 침대에 털썩 주저앉았다. 멜리사는 범인을 찾는 데 가장 유력한 단서였다. 기회를 통째로 날려버린 것이다. 이 임무를 맡으면서 치른 대가는 컸다. 절대 원하지 않았던 생각들이 그의 머릿속을 가득 채웠다. 그랬는데도 손에 남은 것은 하나도 없었다.

그의 패배를 조롱하듯 옆방 남녀의 자지러지는 교성이 점점 크게 들렸다. 토니는 코트를 집어 들고 서둘러 방을 나섰다. 여기서 나가고 싶었다. 섹스를 그만 생각하고 싶었다. 참담한 패배를 잊고 싶었다.

60

공터에 이동식 트레일러 하나가 덩그러니 놓여 있다. 근처 집시들이 태우는 모닥불에 둘러싸여 언뜻 아름다워 보이기도 했다. 반면 내부는 그리 아름답지 않았다. 퀴퀴한 냄새가 나고 흰곰팡이가 덕지덕지 핀 데다 바닥은 마약 찌꺼기투성이였다. 어쨌든 오늘밤은 이 정도로 충분했다. 바닥에 아무렇게나 펼쳐진 매트리스가 그를 기다리고 있었다.

"그럼 군인이에요?" 여자가 물었다.

"군인이었지. 아프가니스탄에 있었어."

"나는 군인이 좋더라. 아랍 사람 죽인 적 있어?"

"몇 명."

"멋지다. 한 번은 공짜로 해드려야겠네."

사이먼 부커는 그녀의 제안에 어깨를 으쓱하고 말았다. 동정은 원하지 않았다. 뭘 공짜로 받고 싶지도 않았다. 그래서 여기 온 것이 아니었다. 사이먼은 지갑에서 지폐를 몇 장 꺼내서 얼룩덜룩한 식탁에 올려놓았다. 그러다 결혼반지를 발견하고 빼기 시작했다.

"걱정하지 마, 오빠. 자기가 입 다물면 나도 말하지 않을 거니까. 오럴은 30, 끝까지는 50, 그 이상은 100이야. 그리고 꼭 콘돔을 써줘요. 외국 창녀들한테 옮은 병은 사절이니까?"

사이먼 부커는 알겠다고 한 후, 가방에서 콘돔을 꺼내려고 뒤돌아 허리를 굽혔다. 어디 있는지 보이지 않아 가방을 한참 뒤적이고 나서야 콘돔을 찾을 수 있었다. 그가 다시 몸을 일으켰을 때, 놀랍게도 엔젤은 문가에 서 있었다.

"당장 내 앞에서 꺼져!" 그녀가 큰소리로 외쳤다.

"왜? 나는 그냥…."

"쇠파이프 왜 가져 왔어?"

제기랄. 가방을 뒤지는 동안 들킨 모양이다.

"별 거 아냐. 그냥 호신용으로 들고 다니는 거야. 원한다면 밖에 둘게."

그가 쇠파이프에 손을 뻗었다.

"만지기만 해. 만지면 소리 질러버릴 거야. 밖에 친구들이 있어. 밖에서 나를 지키고 있다고. 집시들이 너 같은 놈들한테 어떻게 하는지 알아?"

"알았어. 진정해."

사이먼은 이제 짜증이 났다. 그는 욕설이 난무하는 싸움이 아니라 섹스를 원했다.

"그럼 직접 밖에다 둬. 괜히 문제를 일으키고 싶진 않아." 그가 말했다.

여자는 겁에 질려 있었지만 조심스럽게 가방에 다가갔다. 그러는 내내 사이먼에게서 시선을 떼지 않았다. 그녀가 가방을 바깥으로 던지자 가방이 땅에 떨어지는 둔탁한 소리가 났다. 그녀는 안도의 한숨을 내쉬고 마음을 진정시켰다.

"됐다, 다시 시작할까?" 여자가 말하며 가식적인 미소를 활짝 지어 보였다.

"좋아."

"그럼 와서 키스해줘요. 조금 더 친해지면 여기 커다란 자지를 입에 넣어줄게."

이제 좀 낫군. 사이먼은 여자가 있는 쪽으로 다가갔다. 그는 잠깐 머뭇거리다 그녀의 허리에 팔을 올렸다. 그녀는 사이먼의 목을 끌어안고 입술을 가까이 끌어당겼다.

"이제 시작해볼까?"

사이먼 부커가 눈을 감는 순간, 엔젤이 무릎으로 그의 사타구니를 세게 찍어 올렸다. 사이먼이 넋이 나가 움직이지 못하는 사이 그녀의 무릎은 그를 때리고, 때리고, 또 때렸다. 그는 바닥에 쓰러져 숨도 쉬지 못하고 헐떡였다. 구역질이 나왔다. 이럴 수가, 너무 아팠다.

고개를 들자 그를 내려다보는 엔젤이 보였다. 미소는 씻은 듯 사라졌고 손에는 그의 가방에 있던 쇠파이프가 들려 있었다. 엔젤은 경고도 없이 사이먼의 머리에 쇠파이프를 날렸다. 확인 사살을 위해 한 번, 두 번, 세 번 더 후려쳤다. 그러다 동작을 멈추고 트레일러 문을 닫았다. 그녀는 안에서 문을 걸어 잠근 후에야 참았던 숨을 몰아쉬었다. 제물을 내려다보자 흥분이 치솟았다.

이제 재미를 볼 차례였다.

61

에밀리아 개라니타의 사무실로 거침없이 전진하는 헬렌을 따라 보도국 사람들의 고개가 돌아갔다. 에밀리아는 마리앤의 기사를 터뜨려 대중의 주목을 받은 덕분에 다음 특종을 계획할 개인 사무실을 하사받았다. 환기도 안 되고 비좁은 공간이었지만 다른 기자들에게는 부러움의 대상이었다. 그래서 에밀리아는 이 사무실이 더욱 좋았다. 게다가 이 위치에서는 보도국을 지켜볼 수 있었다. 지금 그녀에게 화가 나서 다가오는 헬렌 그레이스도 아주 잘 보였다.

헬렌 그레이스가 직접 '이브닝 뉴스' 보도국에 발을 들여놓은 건 오늘이 처음이었다. 뭔지 몰라도 보통 문제는 아닐 것이다. 두 사람의 전쟁에서 헬렌이 첫 번째 반격을 하려는 것일까? 아니면 공개적인 조건부 항복을 하려나? 에밀리아는 후자이기를 간절히 바랐다. 그렇다면 자비를 베푸는 노력 정도는 해야겠지.

"헬렌, 정말 반가워요." 에밀리아가 사무실에 들어서는 헬렌을 보고 인사했다.

"나도 반갑네요, 에밀리아." 헬렌이 사무실 문을 닫으며 대답했다.

"커피 드릴까요?"

"아니, 됐어요."

"좋아요." 에밀리아는 보란 듯이 노트북을 펼쳤다. "우리가 할 일이 많죠. 오늘 자 신문은 너무 늦었고, 지금 정보를 다 알려주면 내일 자 양면 기사로 다 죽여 놓을게요. 말장난 미안해요."

헬렌은 알 수 없는 표정으로 에밀리아를 빤히 바라봤다. 그러더니 몸을 앞으로 기울여 노트북을 닫았다.

"그럴 필요 없어요."

"네?"

"당신에게 정보를 주려고 온 게 아니라서요. 경고를 하러 왔어요."

"뭐라구요?"

"어떻게 나에 대해 다 안다고 생각하는지 모르겠지만 솔직히 말해서 나는 관심 없어요. 관심이 있다면 품격 있는 신문사의 기자가 근무 중인 경찰을 협박했다는 사실뿐이죠."

에밀리아는 눈을 동그랗게 뜨고 헬렌을 쳐다봤다. 작은 사무실의 공기가 갑자기 싸늘해졌다.

"간단하게 할 말만 하고 가죠. 나에 대해 기사를 쓰든 말든 마음대로 해요. 하지만 **다시** 나를 매수하려 하거나 공갈협박을 하려거든 감옥에서 보게 될 줄 알아요. 이해했어요?"

에밀리아가 헬렌을 노려보다 말고 대답했다.

"그렇게 선택했다면 어쩔 수 없죠. 하지만 나중에 내가 경고 안 했다고 울지는 말아요."

"굳이 해야겠으면 해요." 헬렌이 딱 잘라 말했다. "하지만 어떤 대가를 치를지 각오는 하고 있어요." 뒤돌아 나가려던 헬렌이 문 앞에서 걸음을 멈춰 서서 말했다. "이번 일에서 우리는 죽어도 같이 죽고, 살아도 같이 사는 거예요, 에밀리아. 그러니까 그 정도로 나를 싫어하는지 스스로에게 물어봐요. 당신 자유가 얼마나 중요한지도 생각해보고요."

　에밀리아는 헬렌의 뒷모습을 지켜보았다. 화가 나서 피가 거꾸로 솟았다. 저걸 부숴버릴까? 아니면 후퇴를 해야 할까? 어느 쪽이든 에밀리아는 일생일대의 결정을 내려야 했다.

62

토니는 자동차 문을 세게 닫고 운전석에 쓰러지듯 주저앉았다. 일을 망쳐도 이렇게 망칠 수 있을까? 헬렌에게는 뭐라 말한단 말인가?

다시 수사의 최전선에 설 수 있는 중요한 기회였다. 아직 그럴 능력이 있다고 증명해야 했다. 그런데 완벽하게 말아먹고 말았다. 다시 멜리사에게 연락을 할 수도 있었다. 하지만 그런다고 달라질까? 지금은 헬렌에게 되도록 빨리 고백하고 새로운 계획을 세우는 방법밖에 없었다. 엔젤을 본 여자가 또 있을지도 모른다. 유령이 아니고서야 눈에 띄지 않고 이런 환락가를 드나들 수는 없다. 이제 할 일은….

갑자기 조수석 문이 열려서 토니는 심장이 철렁했다. 생각에 빠져 있느라 누가 다가오는 소리를 듣지 못했다. 침입자와 맞서 싸우려 몸을 틀었는데…. 조수석으로 올라타는 사람은 다름 아닌 멜리사였다. 그녀는 토니를 보지 않고 이렇게만 말했다.

"출발해요."

침묵 속에서 운전을 한 지 10분 만에 멜리사는 문 닫은 레스토랑 근처 골목을 가리켰다. 방해할 사람도 없고 조용한 곳이었다. 토니가 돌아보자 놀랍게도 멜리사는 몸을 떨고 있었다.

"아저씨가 알고 싶은 얘기를 하려면 돈이 필요해요. 아주 많이요."

"걱정하지 마." 토니가 대답했다. 여기 오는 길에 돈이 아니면 멜리사가 차에 탈 이유는 없다고 결론을 내린 참이었다.

"우선 오천 파운드를 선불로 줘요. 나머지도 나중에 받을 거예요."

"좋아."

"그리고 지낼 곳이 필요해요. 걔가 나를 못 찾는 곳으로요."

"24시간 내내 안전가옥에서 보호받을 거야." 토니가 망설임 없이 대답했다.

"24시간 내내… 약속해요?"

"약속."

"도장 찍어요." 토니는 멜리사의 요구를 따랐다.

그녀는 긴 한숨을 내쉬었다. 오늘 저녁 일로 녹초가 된 듯했다. 그때 멜리사가 토니를 돌아보지 않은 채 속삭였다.

"아저씨가 찾고 있는 여자는 라이라라고 해요. 라이라 캠벨이 엔젤의 이름이예요."

63

춥다. 뼛속까지 시린, 매서운 추위였다.

사이먼 부커는 슬며시 눈을 떴다가 눈부신 전구 불빛을 이기지 못하고 다시 감았다. 정신이 몽롱했고 너무 혼란스러웠다. 대체 그에게 무슨 일이….

저기서 여자가 지켜보고 있었다. 엔젤. 손에 쇠파이프를 들고. 조금 전 어떤 일이 일어났던 것인지 서서히 기억이 돌아오며 눈앞을 어지럽게 스쳐 지나갔다.

힘이 하나도 없었다. 얼굴은 피로 끈적였고 입은 바싹 말라 있었다. 사이먼은 일어나보려 안간힘을 썼지만 아무리 애를 써도 몸은 꿈쩍도 하지 않았다. 주위를 돌아보자 양팔이 두꺼운 초록색 철사로 묶여 뒤쪽 벽에 고정되어 있었다. 지금 그는 알몸으로 매트리스에 누워 있었고 옷은 어디에도 보이지 않았다. 여자에게 소리를 질러봤지만 테이프가 입을 단단히 막은 상태였다.

"한심한 놈." 여자가 침묵을 깨고 욕설을 내뱉자 사이먼 부커는 몸을 움찔했다. "이 병신 쓰레기 새끼야."

조금씩 앞으로 다가오는 여자의 손에는 여전히 쇠파이프가 들려 있었다. 그녀는 이 손에서 저 손으로 쇠파이프를 던졌다 받았다 반복했다.

"나를 속일 수 있다고 생각했어?"

사이먼은 아니라고 고개를 마구 저었다.

"그런 거야?"

그는 고개를 더 세차게 흔들었다.

"나를 속이고, 그러고 나서 공격하려고?"

여자는 쇠파이프로 그의 무릎을 힘껏 때렸다. 사이먼은 고통으로 비명을 질렀지만 테이프에 막혀 소리가 나오지 않았고 숨조차 쉴 수 없었다. 쇠파이프가 반대쪽 무릎을 내리치자 충격으로 무릎 뼈가 으스러졌다. 사이먼은 다시 한 번 울부짖으며 다리, 허벅지, 가슴으로 쏟아지는 몽둥이세례를 피하려고 온몸을 뒤틀었다. 하지만 쇠파이프는 퍽, 퍽, 퍽 계속해서 그를 내리쳤다. 갑자기 매질을 멈춘 여자가 이해할 수 없는 말을 외쳤다. 그러더니 그의 벌어진 다리 사이 사타구니로 몽둥이를 날렸다.

사이먼은 목이 터져라 비명을 질렀다. 눈에서 눈물이 줄줄 흘렀다.

"네가 무슨 짓을 한 줄 알아?" 그렇게 소리치던 여자가 웃음을 터뜨렸다. "너 이제 정말 죽었어. 네 불감증 마누라한테 토막 내서 보낼 거라고, 어?"

사이먼의 얼굴 위로 눈물이 하염없이 흘렀지만 그녀는 아랑곳하지 않았다. 오히려 그의 얼굴을 때리려고 쇠파이프를 머리 위로 치켜들었다. 하지만 이러다가는 이성을 완전히 잃을 것 같았는지 매질을 멈추었다. 그녀는 거칠게 숨을 쉬면서 쇠파이프를 자기 가방에 넣었다.

그러나 휴식 시간은 짧았다. 엔젤이 가방에서 긴 칼을 꺼내고 있었다. 그녀는 장갑 낀 손으로 칼날을 매만지며 몸을 돌렸다. 그러고는 거침없이 다가와 그의 목에 칼을 겨눴다. 사이먼은 제발 그렇게 하라고, 당장 이 고통을 멈춰달라고 빌었다. 조금만 힘을 주면 경동맥이 끊어지고 모든 것이 다 끝난다.

그러나 엔젤은 생각이 달랐다. 그녀는 칼을 치켜든 채로 그의 몸에 올라타 엉덩이를 앞뒤로 흔들었다. 입가에 미소가 번졌다.

"한 시간치 돈을 냈으니 조금 놀아줘야겠지?"

그렇게 도살은 시작되었다.

64

　토니 브리지스 수사관의 연락을 받은 때는 헬렌이 사우샘프턴 중앙경찰서에 돌아온 직후였다. 헬렌과 찰리는 사이트 회원들에 관해 새로 나온 단서를 검토하고 있었다. '검은화살'의 활동량은 줄어들었지만 '보지왕'이 지나칠 정도로 열정적이라 아직 조사할 자료는 많았다. 그러나 토니의 연락을 받은 헬렌은 고민하지도 않고 조사에서 손을 놓았다. 30분 후, 그녀는 취조실에 토니와 나란히 있었다. 맞은편에 앉은 멜리사가 찻잔을 감싸 쥐었다.

　"라이라 캠벨에 대해 다 말해줘."

　"돈 먼저 줘요."

　헬렌은 테이블 건너로 두툼한 봉투를 밀었다. 멜리사는 지폐 매수를 빠르게 세고는 현금을 가방에 쑤셔 넣었다.

　"런던 출신일 거예요. 정확히 어디인지는 모르겠지만 런던 사람 말투예요. 형사님처럼요."

　사우샘프턴에서 아무리 오래 살았어도 헬렌은 런던 남부 억양을 완전히 버리지 못했다.

　"그쪽 거리에서 몸을 팔다가 남자친구와 포츠머스로 내려왔어요. 거기서 잘 안 풀려서 사우샘프턴으로 옮겼댔어요."

　"그게 언제야?"

　"1년 전쯤이에요. 그러다 나랑 같은 조직에서 일하게 됐어요."

　멜리사는 코를 훌쩍이고 차를 한 모금 마셨다. 지금까지 그녀는 단 한 번도 고개를 들지 않았다. 바닥에 대고 웅얼거리면 라이라에게 배신을 들키지 않는다고 생각하는 것만 같았다.

"어느 조직이지?" 토니가 물었다.

"안톤 가디너."

토니는 헬렌을 돌아보았다. 두 사람 모두 잘 아는 이름이었다. 안톤 가디너는 난폭한 마약중개상으로, 도시 남부에 매춘부를 공급하는 포주로도 활동했다. 가끔 그의 밑에서 일하는 매춘부나 경쟁자에게 상상도 못할 폭력을 휘둘러서 경찰의 관심을 끌었지만 대개 혼자 일했고 베일에 싸여 살았다. 돈이 많다는 소문도 있었지만 은행을 이용하지 않아 확인하기 어려웠다. 다만 종잡을 수 없는 성격이고 정신적으로 문제가 있는 사디스트라는 사실은 분명했다. 그는 주로 복지시설이나 쉼터에서 여자들을 데리고 왔다. 그래서 헬렌은 그를 특별히 더 혐오했다.

"왜 안톤을 선택한 거지?"

"마약을 줄 수 있는 사람이 필요했기 때문이에요."

"둘 사이는 어땠어?" 토니가 헬렌의 말을 이어받았다. 멜리사는 미소만 짓고 고개를 저었다. 안톤과 '사이'를 논할 수 있는 사람은 존재하지 않았다.

"지금 라이라는 어디 있지?" 헬렌이 물었다.

"몰라요. 한 달 넘게 코빼기도 못 봤어요."

"왜?"

"떠났어요. 안톤과 말다툼을 하고 나서…."

"무슨 일로?"

"그 작자가 변태 사디스트였기 때문이죠."

멜리사가 처음으로 고개를 들었다. 그녀의 눈은 분노로 이글이

글 타고 있었다.

"계속해봐." 헬렌이 말했다.

"새로 온 애들한테 그 인간이 무슨 짓을 하는지 알아요?"

헬렌은 고개를 저었다. 물어봐야 했지만 사실은 알고 싶지 않았다.

"옷을 벗으라고 한 다음, 허리를 굽혀서 발목을 잡게 시켜요. 하루 종일 그렇게 있어야 한다고요. 그렇게 혼자 놔두고 몇 시간 나갔다 와요. 다리에 쥐가 나고 허리가 끊어질 때까지 내버려뒀다가 더 이상 못 참을 것 같을 때 강간을 하죠. 한 시간 후에 또 하고, 몇 번이나 계속해요. 그렇게 사람을 망가뜨리는 거예요."

멜리사의 목소리가 떨렸다. 분명 그녀가 직접 경험한 이야기였다.

"규율을 어기거나 돈을 못 버는 애한테도 같은 짓을 해요. 아끼는 사람이나 물건 따위는 없어요. 돈만 밝히는 인간이에요."

"라이라가 떠나고 나서 안톤은 어떻게 했지?"

"몰라요. 못 봤어요."

"그 후로 본 적 없다고?" 헬렌은 정신이 번쩍 들었다.

"네."

"분명히 말해야 돼, 멜리사. 안톤이 라이라와 싸우는 모습을 봤니? 그 후에 안톤을 본 적 있어?"

"아니요. 그자는 못 봤고 다 그 여자한테 들은 얘기예요."

"그를 찾아 다녔니?"

"처음에는 아니었어요. 누가 그런 인간을 찾으러 다니겠어요. 하지만 며칠 후에는 주변에 조금 물어봤어요. 약이 필요했거든요.

하지만 갈 만한 곳 어디에도 없었어요."

"라이라는 어디 숨어 있을까?"

"포츠우드 근처일 거예요. 계속 그 부근에 살았으니까요. 어디서 사는지 말한 적은 없지만요."

"일할 때 라이라라는 이름을 썼니?"

"아니, 우리끼리 있을 때만 그렇게 불렀어요. 일을 할 때는 늘 엔젤이었어요. 하늘이 보낸 천사라고 손님들에게 말하고 다녔죠. 다들 좋아 죽던데요."

헬렌은 그쯤 해서 인터뷰를 끝냈다. 시간이 늦었고 멜리사는 기진맥진한 상태였다. 이야기야 나중에 더 들으면 되고, 지금은 몽타주를 만들어 공개 수배부터 해야 했다. 헬렌은 몽타주 화가를 붙여 토니와 멜리사를 안전가옥으로 보냈다. 그녀는 오늘밤 자지 않을 테니 집으로 돌아갈 이유가 없었다.

잔인한 연쇄살인을 끝낼 돌파구를 찾은 것일까? 지금껏 경찰은 범인의 분노가 폭발한 원인을 찾고 있었다. 안톤이 본의 아니게 기폭제 역할을 한 것일까? 그가 라이라를 분노로 들끓게 만든 것일까? 그렇다면 안톤은 어디선가 버러지처럼 죽어 있을 가능성이 높았다. 그렇다고 그를 애도하고 싶지는 않았다. 하지만 퍼즐조각을 맞추려면 그를 찾아야 했다.

헬렌은 휴대폰 벨소리에 깜짝 놀랐다. 또 제이크다. 제이크는 왜 보러 오지 않냐고, 아무 일 없냐고 여러 통의 문자를 남겼다. 진심으로 걱정이 되어서 물어보는 것일까? 아니면 양심이 찔려서 그러는 것일까? 헬렌은 뜻밖에도 알고 싶지 않았다. 평소라면 모든 문제에 정면으로 부딪혀 답을 찾던 그녀지만 지금은 달랐다. 이번만큼은 답을 모르고 싶었다. 진실을 알면 더 힘들어질까 봐 무서웠다. 헬렌은 제이크를 머리에서 지우고 에밀리아를 생각했다. 지금 에밀리아는 무슨 꿍꿍이일까? 헬렌을 눈감아주기로 했을까? 아니면 새로운 작전을 계획 중인가? 에밀리아가 기사를 터뜨리면 헬렌은 이번 사건에서 손을 떼야 할 것이다. 간절히 기다렸던 돌파구를 찾은 지금은 그렇게 놔둘 수 없었다. 하지만 에밀리아에게 항복하지는 않았다. 에밀리아 같은 악마와 거래를 하고 나서 경력에 씻을 수 없는 오점을 남긴 경찰을 많이 보았다. 부패에 빠지는 경우도 많았다. 지금 상황에서 헬렌은 할 만큼 했다. 그저 참고 견디면서 마지막에 누가 웃을지 보는 수밖에 없었다.

헬렌은 커피를 들고 수사본부로 돌아갔다. 두려워할 시간도, 후회에 빠져 있을 시간도 없었다. 그녀는 일을 해야 했다. 지금 어딘가에는 피에 목말라 복수의 칼을 가는 천사가 있었다.

65

찰리가 퇴근해서 집에 오니 집안은 조용했다. 스티브는 저녁을 먹고 잠든 후였다. 오늘처럼 스티브가 요리를 한 날은 주방이 얼룩 하나 없이 깨끗했다. 찰리는 남은 음식을 조금 먹은 후 샤워를 하기 위해 위층으로 올라갔다. 뜨거운 물이 몸을 때리자 잠깐 개운해졌지만 진이 다 빠져서 어서 눕고만 싶었다.

방에 들어갔을 때 스티브는 침대에서 움직이지 않았다. 그래서 찰리는 되도록 소리를 내지 않고 침대로 슬그머니 들어갔다. 그나마 각방을 쓰지는 않았지만 두 사람 사이의 대화는 거의 끊기다시피 했다. 수사에 복귀해달라는 헬렌의 부탁을 받아들이기로 결심한 순간부터 스티브는 공공연히 화를 내고 실망한 기색을 보였다. 찰리는 슬퍼서 견딜 수가 없었다. 이제야 직장에서 자리를 잡으려니 가정이 무너지고 있었다. 단 한 번이라도 문제가 다 해결될 수는 없는 걸까? 행복해지려면 어떻게 해야 한단 말인가?

찰리는 잠을 이루지 못하고 천장만 보았다. 그러다 습관처럼 몸을 뒤척이는 스티브를 돌아보았다. 놀랍게도, 그리고 불안하게도 스티브는 그녀를 똑바로 보고 있었다.

"미안해, 자기야. 깨우고 싶지 않았는데." 찰리가 작은 소리로 말했다.

"안 자고 있었어."

"아." 불빛이 흐려서 스티브의 표정을 읽을 수 없었다. 화가 난 것 같진 않지만 그렇다고 다정히 대하는 눈치도 아니었다.

"가만히 누워서 생각하고 있었어."

"그렇구나. 무슨 생각?"

"우리에 대해서."

찰리는 대화가 어디로 흐를지 몰라 입을 꾹 다물었다.

"나는 우리가 행복했으면 좋겠어, 찰리."

찰리는 눈물이 핑 돌았다. 행복의 눈물이자 안도의 눈물이었다.

"나도 그래."

"전부 다 잊고 예전의 우리로 돌아갔으면 좋겠어. 우리가 언제나 꿈꿨던 대로 살고 싶어."

"나도야." 찰리가 간신히 대답을 토해냈다. 두 사람은 이제 서로를 꽉 부둥켜안고 있었다.

"그리고 아이를 갖고 싶어."

찰리의 흐느낌이 잦아들었지만 대답은 나오지 않았다.

"우리 항상 아이를 원했잖아. 끔찍했던 과거에 끌려 다니지 말자. 우리에게는 남은 인생이 있잖아. 당신과 아이를 낳고 싶어, 찰리. 우리가 다시 시작했으면 좋겠어."

찰리는 스티브의 가슴에 얼굴을 묻었다. 사실은 그녀도 아기를 간절히 원했다. 행복하고 평범한 가정을 꾸리고 싶었다. 그러나 경찰 생활을 계속하고 싶다면 그런 삶은 불가능했다. 스티브는 방금 그녀에게 도전장을 던진 것이나 다름없었다.

그렇게 잔인하게 표현할 리는 없겠지만, 스티브는 지금 찰리에게 둘 중 하나를 선택하라는 말을 하고 있었다.

66

눈. 그 눈에 모든 것이 담겨 있었다. 검은색 긴 머리와 갸름한 얼굴 위로 그녀의 눈은 뚫어질 듯 강렬한 눈빛으로 뭇사람의 호기심을 불러일으켰다. 도톰한 입술, 날카로운 콧대, 살짝 뾰족한 턱도 시선을 끌었지만, 커다랗고 아름다운 눈과 강렬한 눈빛을 마주하고 있으면 헤어 나올 수 없었다.

"이 그림이 얼마나 정확하지?" 꼼꼼히 몽타주를 뜯어보던 세리 하우드가 고개를 들고 물었다.

"실물과 가깝다고 보시면 됩니다." 헬렌이 답했다. "가장 유능한 몽타주 화가와 멜리사가 밤을 새서 만들었어요. 백퍼센트 확실하다는 판단이 서고 나서야 멜리사를 돌려보냈습니다."

"라이라 캠벨에 대한 정보는 어때?"

"많지 않지만 계속 알아보고 있어요. 정복 경찰들이 안톤 가디너를 찾고 있고, 오늘 아침 그의 활동 구역을 샅샅이 뒤질 계획입니다. 그 조직에서 일했던 여자들도 만나서 더 많은 정보를 알아내보려 해요."

"자네가 짐작 가는 바는 없나?"

"어떻게 보면 뻔한 얘기예요. 어쩌다 매춘에 빠지고, 또 잘못된 선택을 해서 안톤을 포주로 만나죠. 그때부터 그에게 학대를 받게 돼요. 게다가 매춘부 생활을 오래 했으니 정신적으로 문제가 생겼을 겁니다. 알코올 중독, 마약 중독, 스트레스, 성폭행, 성병에 시달리다 어느 날 안톤이 선을 넘은 거예요. 라이라를 자극할 행동을 하죠. 결국 안톤에게 덤벼들었고, 아마 그를 죽였을 거예요. 어찌 됐든 수년 동안 괴롭힘 당했던 복수를 했고 이때부터 이성의 끈을 놓아버린 거죠. 과학수사대 말로는 피해자에게 말을 하거나 고함을 친다고 합니다. 어쩌면 그들에게 모욕을 주면서 복수를….'

"둑이 터졌고 이제 멈출 수 없다?" 하우드가 말을 잘랐다.

"비슷해요."

"자네는 꼭…, 범인이 안쓰럽다는 투로 말하는군?"

"맞아요. 그런 고생을 하지 않았다면 이런 짓도 안 했겠죠. 하지만 제가 진심으로 안쓰럽다고 생각하는 사람은 에일린 매튜스, 제시카 리드 같은 여자들이에요. 라이라는 피도 눈물도 없는 살인자이고 우리가 잡지 않는 이상 살인을 멈추지 않을 겁니다."

"내 생각도 그래. 그러기 위해서라도 오늘 기자 회견은 내가 맡고, 그 시간에 자네는 밖에서 수사팀을 이끄는 게 좋겠어. 시간이 금이잖아. 우리 서에서 가장 뛰어난 수사관들이 수사 중이라고 언론과 대중에게 알리고 싶기도 하고."

잠시 의미심장하게 침묵을 지키던 헬렌이 대답했다. "기자 회견은 수사반장이 진행하는 게 관례예요. 가급적이면 제가 하겠습니다. 제가 기자들을 다 알고…."

"기자 몇 명쯤은 내가 감당할 수 있어. 이런 일에는 자네보다 내가 경험이 많고, 수사를 순조롭게 진행하고 싶다면 더더욱 내가 해야지. 필요하다면 찰리 브룩스 수사관에게 동석하라고 해서 구체적인 답변을 부탁하지. 자네는 현장에서 할 일이 더 많을 거야."

헬렌은 고개를 끄덕였다. 하지만 다시 한 번 그녀의 입지가 흔들리는 기분이 들었다.

"총경님 알아서 하세요."

"좋아. 새로운 정보가 나오면 즉시 보고하게."

"네."

헬렌은 돌아서 나왔다. 그녀는 화가 머리끝까지 난 채 수사본부로 가는 복도를 걸었다. 드디어 수사에 진전을 보이고 있는 상황에서 하우드는 헬렌을 중심 밖으로 밀어내고 있었다. 다른 사람의 공을 가로채 승승장구하는 간부는 전에도 본 적 있었다. 그야말로 헬렌이 혐오하는 인간들이었다. 하지만 지금은 불평할 때가 아니었다. 그녀에게는 잡아야 할 범인이 있었다. 그렇지만 아무리 잠재우려고 해도 헬렌의 분노는 걷잡을 수 없이 타오르고 있었다.

얼마 전만 해도 하우드와 잘 지내고 싶었다. 전임자인 휘태커보다 좋은 상관이기를 바랐다. 하지만 지금은 솔직히 말해 하우드를 더 경멸했다.

그건 하우드도 잘 알고 있었다.

67

"옆에 있어줘서 고마워요, 토니. 혼자였으면 미쳐버렸을 거야."

아침 10시가 다 되어가는 시각이었지만 토니 수사관과 멜리사는 한숨도 자지 못했다. 그들은 몽타주를 완성한 후 잠복용 차량을 타고 사우샘프턴 도심에 있는 안전가옥에 도착했다. 토니와 멜리사가 집 안에 몸을 숨긴 동안, 사복 경찰들은 우연히라도 방문객이 접근하지 못하도록 집 밖에 차를 세우고 대기했다. 멜리사는 토니에게 가지 말라고 졸랐고 토니도 흔쾌히 뜻을 받아주었다. 드디어 사건 해결의 실마리를 찾은 시기에 괜히 일을 망치고 싶지 않았다.

두 사람 모두 지쳐서 쓰러질 지경이었지만 온 신경이 예민해져서 편히 쉴 수조차 없었다. 토니는 오늘 하루의 스트레스를 날릴 겸 '비상용' 위스키 병을 꺼내 멜리사와 몇 잔 나눠 마셨다. 서서히 알코올의 진정 효과가 몸에 퍼지면서 불안과 흥분이 조금이나마 가라앉았다.

멜리사는 분위기가 조용해지면 원치 않은 생각만 자꾸 떠올라서 괴로웠다. 그래서 두 사람은 쉬지 않고 이야기를 했다. 멜리사는 이번 사건과 엔젤에 대해 물었고 토니는 가능한 선에서 성심껏 답했다. 토니도 멜리사에게 질문을 했다. 알코올 중독자 엄마를 둔 그녀는 남동생만 두고 맨체스터를 떠났다고 말했다. 살면서 가끔은 동생이 어떤 모습으로 자랐을지 궁금했고 동생을 버렸다는 죄책감에 시달렸다. 남쪽으로 흘러 흘러 내려오며 갖가지 고생을 했지만 그럼에도 불구하고 여태 끈질기게 버티고 살아왔다. 술과 약에 빠졌어도, 남에게 몸을 팔았어도 어떻게든 죽지 않고 살아 있었다.

온통 캄캄한 밤에는 무사히 숨어서 보호받고 있다는 느낌이 들었다. 그러나 태양이 떠오르고 새로운 하루가 밝자 멜리사는 다시 불안해졌다. 곧 무슨 일이 닥칠 것처럼 집안을 서성이고 커튼 틈으로 밖을 내다봤다.

"뒤쪽도 누가 지키고 서야 하지 않아요?" 그녀가 물었다.

"걱정 마, 멜리사. 여기는 안전해."

"내가 한 짓을 안톤이 알아내면 어떡해요. 아니면 라이라가…."

"피고석에 앉아 징역형을 받을 때나 알게 될 거야. 네가 여기 있는지 아무도 모르고, 해코지하러 올 수도 없어."

멜리사는 완전히 믿지는 못하겠다는 듯 어깨를 으쓱했다.

"너는 앞으로 할 일만 생각하면 돼. 다 끝난 후에 말이야."

"무슨 뜻이죠?"

"그러니까…, 거리로 돌아가지 않아도 된다고. 네가 손을 털 수 있게 도와줄 프로그램들이 있어. 중독 치료, 상담, 교육…."

"토니, 지금 나를 구해주려는 거예요?" 멜리사는 그를 놀리듯 말했다.

토니는 얼굴을 붉혔다.

"아니…, 뭐, 그렇다고 할 수 있어. 그동안 많이 고생했다는 거 알지만, 이번이 네가 찾던 기회일지도 몰라. 너는 용기를 내서 좋은 일을 했어. 이 기회를 절대 놓치지 마."

"꼭 우리 아빠처럼 말하네요."

"아버지 말씀이 옳아. 너는 지금보다 나은 인생을 살 자격이 있어."

"정말 아무것도 모르는군요, 토니?" 대답과 달리 말투는 차갑지 않았다. "나쁜 길로 빠졌던 적 있어요?"

토니는 고개를 저었다.

"그럴 줄 알았어." 멜리사가 말을 이었다. "그랬다면 나 같은 애한테 굳이 신경 쓰지 않았을 거예요."

"그랬다 해도 똑같았을 거야."

"아저씨는 돌연변이예요." 멜리사가 씁쓸하게 웃으며 말했다. "우리 같은 여자들이 어떻게 사는지 알아요? 우리가 어쩌다 이런 신세가 됐는지?"

"모르지만 대강 짐작은…."

"사람들에게 속고 배신당하고 가진 걸 다 빼앗겼어요. 두들겨 맞고 침을 맞고 강간당하죠. 어떤 인간은 목에 칼을 겨누고 죽기 직전까지 목을 조르기도 해요. 헤로인, 코카인, 각성제, 진정제, 술까지 안 해본 게 없어요. 일주일 내내 옷을 안 갈아입고 자면서 토를 하고도 다음 날 일어나서 같은 생활을 반복하는 게 우리 같은 사람들이에요." 토니가 아무 대답을 하지 못하자 그녀는 한마디 덧붙였다. "그러니까 마음은 고맙지만 너무 늦었어요."

토니는 멜리사를 보았다. 그녀의 말은 분명 진심이었지만 너무 안타까웠다. 멜리사는 아직 어리고 아름다운 여자였다. 머리도 좋고 마음씨도 따뜻했다. 평생 비참한 인생을 살게 놔둬도 정말 괜찮은 것일까?

"늦었다고 생각할 때가 빠른 거야. 이 기회를 잡아. 내가 도와줄 수…."

"정신 차려요, 토니. 내가 한 말 귓등으로 들었어요?" 그녀가 차갑게 쏘아붙였다. "나는 이미 망가진 몸이에요. 절대 돌아갈 수 없어요. 안톤이 그렇게 만들었거든."

"안톤은 사라졌어."

"이 안에서는 아니에요." 멜리사는 자신의 옆머리를 세게 두드렸다. "그자가 나한테 무슨 짓을 했는지 알아요? 우리에게 어떻게 했는지?"

토니는 고개를 저었다. 한편으로는 알고 싶었지만, 한편으로는 알고 싶지 않았다.

"보통은 라이터나 담배로 팔, 뒷목, 발바닥처럼 죽을 만큼 아프지만 고객 눈에 띄지 않는 곳을 불로 지져요. 그건 가벼운 잘못을 했을 때 얘기죠. 만약에 정말 큰 잘못을 저질렀다면 잠깐 어디로 데려가요."

토니는 아무 말 없이 멜리사를 유심히 바라보았다. 더 이상 그에게 과거를 털어놓는 분위기가 아니었다. 그보다는 어두운 기억 속을 헤매고 있는 것만 같았다.

"업톤 스트리트에 있는 낡은 극장으로 끌고 가요. 자기 친구가 주인이라나. 거긴 넓지만 더럽고 쥐떼가 득시글거리죠. 가는 내내 용서해달라고, 제발 보내달라고 애원하지만 그럴수록 그자는 더 화를 내요. 일단 그곳에 도착하면…."

멜리사는 주저하다가 이야기가 계속했다.

"…거기엔 자전거 체인이 있어요. 무식하게 크고 끝에 자물쇠가 달린 거요. 그걸로 때리기 시작하는 거예요. 일어나서 도망치고 싶어도 그러지 못하게 때리고 또 때려요. 때리면서는 고함을 치고 악을 쓰죠. 자기가 힘들어서 더는 못할 때까지 이 세상에 존재하는 욕이란 욕은 다 퍼부어요. 그렇게 쓰러져 있으면…, 쓰레기 구덩이에서 먼지와 피 범벅으로 누워서 제발 죽었으면 좋겠다고 기도할 때…, 몸에 오줌을 갈겨요."

그녀의 목소리는 떨리고 있었다.

"그러고 나면 나가서 밤새도록 내버려둬요. 얼어 죽었다는 여자들도 있지만 죽지 못하면…, 다음 날 털고 일어나서 씻고 다시 일하러 가는 거예요. 다시는 그 사람을 화나게 하지 않기를 기도하면서요."

토니는 그녀를 바라보았다. 멜리사는 온몸을 벌벌 떨고 있었다.

"우리는 그런 사람들이에요, 토니. 그런 짓을 당했고 그게 우리 인생이에요. 그게 내 인생이란 말이에요. 그렇게밖에 살 수 없다고요. 알겠어요?"

토니는 고개를 끄덕였다. 하지만 그녀에게 아니라고, 구원을 받을 수 있다고 말하고 싶었다.

"그렇게 살다가 죽지 않기만을 바라는 거예요. 다른 소원은 없어요. 그냥 잠깐이라도 안전할 수 있으면 돼요."

"너는 지금 안전해. 나만 믿어."

"아저씨가 내 영웅이네." 그녀가 눈물 맺힌 얼굴로 웃어 보였다.

토니가 멜리사를 품에 안았다. 그녀에게 계속 질문을 해야 했다. 하지만 타락과 폭력으로 얼룩진 어두운 과거를 더는 캐묻고 싶지 않았다. 거기서 끌고 나와 멜리사를 행복한 곳으로 데려다주고 싶었다. 그녀를 구하고 싶었다.

그렇게 하기 위해서 어떠한 위험도 무릅쓸 생각이었다.

68

"현재 수사선상에서 라이라 캠벨이 가장 유력한 용의자입니다. 상당히 위험한 인물이니 시민 여러분께서는 용의자를 발견해도 접근을 피해주시기 바랍니다. 용의자를 목격했거나 용의자의 소재에 관한 정보가 있다면 즉각 경찰에 신고를 부탁드립니다."

세리 하우드 총경은 기자실에 취재진을 불러 모아 기자회견을 하고 있었다. 찰리는 경찰 생활을 하면서 이렇게 붐비는 기자실은 처음 보았다. 20여 개국에서 기자들이 찾아왔고 일부는 자리가 없어 복도 밖에 서 있어야 했다. 취재진은 하우드가 상황을 설명하는 동안 부지런히 수첩에 메모를 하면서도 하우드 뒤쪽의 화면을 가득 채운 몽타주에서 시선을 떼지 못했다. 확대된 얼굴과 눈을 보자 그녀의 묘한 매력에 빨려 들어가 정신이 혼미해졌다. 이 여자는 누구일까? 어떤 마력이 있길래 이렇게까지 사람들을 홀리는 것일까?

찰리는 수사 진행 상황에 대한 질문들을 받았다. 예상대로 에밀리아 개라니타는 왜 그레이스 반장이 기자 회견에 참석하지 않았냐고 물었고(말싸움 상대가 오지 않아 무척 실망한 표정이었다) 찰리는 상관이 맡은 수많은 일들을 강조하면서 여기 없는 이유를 맞받아쳤다. 그 시점에서 하우드가 끼어들어 다른 질문을 받았고, 20분 후 기자 회견은 마무리되었다.

모든 취재진이 기자실을 나가자 하우드는 찰리를 돌아보았다.

"어땠어?"

"좋았어요. 몇 시간 안에 기사가 나갈 테고…. 뭐, 영원히 숨어 살 수는 없겠죠. 보통 몽타주가 공개되면 48시간 내에 용의자 제보가 들어옵니다. 운 나쁘게 얼굴이 비슷한 사람도 몇 명 나오지만요."

하우드가 웃음을 터뜨렸다.

"좋아. 잊지 말고 토니 브리지스 수사관에게 전화를 해야겠군. 다 토니 덕분에 여기까지 왔으니까 말이야."

찰리는 토니에게 위장 수사를 지시한 사람은 헬렌이라고 말하고 싶었지만 속으로 꾹 참고 고개만 끄덕였다.

"지금까지 수사를 어떻게 평가하지, 찰리? 한동안 여기 없었으니 새로운 시각에서 볼 수 있을…."

"주어진 상황에서 최선을 다했다고 생각합니다."

"다른 부분에서도 성과가 나왔나? 감시 작전으로 건진 정보가 있어?"

"아뇨, 아직은 없어요. 하지만…."

"계속 진행해야 할까? 비용이 너무 많이 들고, 이제는 구체적인 단서가 생겼으니까…."

"그건 그레이스 반장님이 결정할 문제 같아요. 물론 총경님도요."

비겁한 대답이었지만 찰리는 헬렌의 뒤에서 수사 운영 방식을 논하는 상황이 무척이나 불편했다. 하우드는 찰리가 대단히 중요한 말을 했다는 듯 고개를 끄덕이더니 책상 끝에 걸터앉았다.

"헬렌과 사이는 어때?"

"이젠 괜찮습니다. 서로 솔직하게 이야기했고 다…. 괜찮아요."

"잘 됐네. 자네에게만 말하자면 사실 걱정했거든. 헬렌은 자네가 사우샘프턴 중앙경찰서로 복귀하는 문제를 두고 의견이 아주 확고했어. 나는 헬렌이 부당하다고 생각했지. 헬렌 생각이 틀렸다는 걸 자네가 증명해줘서 기쁘군. 과거의 수사팀이 다시 힘을 합치는 모습을 보니 아주 흐뭇해."

어떻게 대답할지 몰라서 찰리는 고개만 끄덕였다.

"토니가 바쁜 동안 경사로 임시 승격했다고 들었어. 기분이 어때?"

"당연히 감사하죠."

"정식 승진에 관심이 있나?"

이 질문은 찰리의 허를 찔렀다. 불현듯 스티브와 나눴던 대화가 떠올랐다. 사실 그 문제는 아침 내내 찰리를 괴롭히고 있었다.

"저는 한 번에 한 계단씩 올라갈 생각입니다. 동거중인 남자친구도 있고 언젠가…."

"가정을 꾸리게?"

찰리가 고개를 끄덕였다.

"꼭 둘 중에 선택할 필요는 없어, 찰리. 둘 다 하면 되지. 나를 봐. 다른 사람들에게 양해만 구하면 되고…. 자네처럼 유능한 여성 수사관이 마음만 먹으면 못 할 게 뭐겠어."

"감사합니다, 총경님."

"필요하면 언제든 내게 상담하러 와. 나는 자네가 마음에 들어, 찰리. 그래서 올바른 결정을 내렸으면 좋겠고. 내가 봤을 때 자네는 크게 될 인물이야."

그리고 하우드는 자리를 떴다. 경찰청장과 점심 약속에 늦고 싶

지 않았다. 찰리는 몹시 불안한 마음으로 하우드의 뒷모습을 지
켜보았다. 무슨 계획인 걸까? 그 계획에서 찰리는 어떤 역할일까?
그리고 헬렌을 어떻게 하려는 것인가?

69

수사팀은 사우샘프턴 전역에 뿔뿔이 흩어져 라이라를 찾아 나섰다. 동서남북을 누비며 온갖 수단을 다 동원했다. 순찰대와 자치방범대에서 차출된 추가 병력도 수사관들의 지휘 하에 몽타주를 들고 사창가, 미혼모 상담 센터, 진료소, 사회복지시설, 응급실을 돌아다니며 제보를 호소했다. 라이라가 정말 사우샘프턴에 숨어 있다면 지금쯤 그녀를 찾았어야 했다.

헬렌은 도시의 북부에서 추적팀을 이끌었다. 범인은 평소 지리를 잘 알고 안전하다고 느끼는 곳에서 범행을 저질렀을 것이다. 헬렌은 무전기 볼륨을 최대로 높이고 언제라도 무전기에서 새로운 소식이 터져 나오기를 기다렸다. 누가 라이라를 발견하든 상관없었다. 누가 그녀를 체포해도 괜찮았다. 헬렌은 이 사건이 끝나기만을 바랐다.

하지만 라이라는 쉽게 잡히지 않았다. 라이라를 봤다는 사람, 다른 가명으로 만난 적 있다는 제보는 들어왔어도, 그녀와 이야기를 했다고 확실히 주장하는 사람은 아직까지 한 명도 없었다. 대체 어떤 여자이기에 다른 사람과 접촉을 피하고 꼭꼭 숨어서 살 수 있단 말인가? 몇 시간 동안 백방으로 노력했고 무수한 사람에게 탐문 수사를 했지만 구체적인 제보는 아무것도 나오지 않았다. 라이라는 마치 유령처럼 찾을 수 없는 존재였다.

그러다 막 점심시간이 지났을 때, 헬렌은 애타게 찾던 소식을 들었다. 만나는 윤락 여성마다 라이라를 모른다고 하고 시간만 무의미하게 흐르다보니, 헬렌은 멜리사가 돈과 관심을 얻으려고 이야기를 전부 꾸며낸 것은 아닐까 하는 의심을 하던 차였다. 그때 라이라를 안다는 사람이 나타난 것이다.

헬렌은 스파이어 스트리트의 다세대 주택에 들어가 바닥에 널브러진 쓰레기를 밟지 않으려고 조심스럽게 발을 디뎠다. 눈앞에 펼쳐진 광경은 암담했다. 내년 철거와 재개발을 앞두고 쓰러지기 일보직전인 건물에는 매춘부와 마약중독자가 빽빽하게 모여 살았다. 불법거주자 대부분은 아이가 있었다. 그 아이들은 지금 헬렌의 다리를 빙빙 돌며 뛰어다녔다. 형사가 왔다고 겁에 질린 척 꺅꺅 소리를 질러 대며 위험하고 지저분한 구석으로 도망쳤다. 헬렌은 그럴 수만 있다면 아이들을 제대로 된 시설로 데려가고 싶었다. 그녀는 시간이 남으면 사회복지국에 연락해야겠다고 다짐했다. 21세기 아이들이 이런 굴 속에서 사는 것은 옳지 않았다.

한 무리의 여자들이 전기난로 주변에 둘러 앉아 아이에게 젖을 먹이고 수다를 떨며 간밤에 쌓인 피로를 해소하고 있었다. 헬렌이 다가가자 처음에는 경계하더니 나중에는 뚱한 반응을 보였다. 헬렌은 이들이 무언가를 숨기고 있다는 느낌을 받고 집요하게 추궁했다. 아무리 갈 데까지 간 인생들이어도 가족이나 아끼는 사람은 있을 것이다. 그런 감정을 잘만 이용하면 먹힐지도 모른다. 그래서 헬렌은 모욕을 당한 아버지, 남편, 아들을 땅에 묻으며 유가족이 얼마나 슬퍼하고 있는지 설명했다. 이렇듯 가슴 아픈 얘기를 듣고도 여자들은 묵묵부답이었다. 안톤이 두려워서인지, 경찰이 두려워서인지 알 수 없었다.

그때였다. 가장 말수가 적던 여자 하나가 마침내 이야기를 꺼냈다. 머리를 빡빡 밀어서 볼품이 없고 가냘프게 우는 아이를 품에 안은 마약중독자였다. 그녀는 잠깐 동안 라이라와 알고 지냈다고 했다. 라이라가 사라지기 전에 안톤 밑에서 함께 일한 사이였다.

"라이라는 어디 살았죠?" 헬렌이 캐물었다.

"몰라요."

"왜요?"

"말 한 적 없어요." 여자는 딱 잘라 말했다

"그러면 어디서 본 거예요?"

"같은 동네에서 일했어요. 임프레스 로드, 포츠우드, 세인트 메리스 같은 데요. 하지만 걔가 제일 많이 가던 데는 업톤 스트리트에 있는 옛날 극장이었어요. 평소엔 거기 가면 만날 수 있어요."

헬렌은 그녀에게 조금 더 질문을 했지만 필요한 정보는 이미 다 얻었다. 여자가 언급한 장소들은 전부 헬렌의 추측대로 도시 북부에 있었다. 그러나 헬렌은 무엇보다도 옛날 극장이라는 말에 가슴이 뛰었다. 토니가 전해준 멜리사의 이야기에서도 안톤은 그 극장을 제 집처럼 드나든다고 했다. 우연의 일치라기에는 너무 완벽하게 들어맞았다. 거기서 안톤과 라이라가 난투극을 벌인 걸까? 안톤은 그곳에서 살해를 당했나? 아무도 없이 버려진 장소에 라이라가 다시 모습을 드러낼 것인가?

헬렌은 범죄수사과 사복 경찰에게 연락해 어서 낡은 극장을 지키고 서 있으라고 지시했다. 그래야 과학수사대가 들어가 작업을 할 수 있었다. 동시에 감시조에게는 다시 잠복근무를 시작하라고 명령했다. 어떤 결과가 나올지 벌써부터 초조했다. 헬렌은 이 극장이 사건 해결에 결정적인 역할을 할 것 같았다. 마음 깊은 곳

에서 그런 예감이 들었다. 드디어 라이라에게 가까워졌다. 그들이
쫓던 유령이 이제 눈앞에 나타나려 하고 있었다.

70

소리 없이 그녀를 그림자처럼 따라오는 차가 있었다. 찰리 수사관은 골똘히 생각을 하느라 처음에는 눈치채지 못했다. 하지만 의심의 여지없이 그녀는 지금 미행을 당하는 중이었다. 문제의 차는 속도를 높이지 않고 찰리와 일정 거리를 유지했다. 찰리의 목적지를 알고 싶은 걸까? 아니면 적당한 기회를 봐서 덮치려는 것인가?

별안간 그 차가 속도를 높였다. 커다란 엔진 소리를 내며 찰리를 지나치더니 인도에 차머리를 대고 갑자기 멈춰 섰다. 다음으로는 문이 활짝 열렸다. 찰리는 재빨리 경찰봉을 손에 쥐었다.

"나 보고 싶었죠?"

산드라 매큐언. 일명 레이디 맥베스였다. 찰리는 그녀를 보면 과거의 실수가 떠올라 얼굴을 마주하고 싶지 않았다.

"긍정의 뜻으로 받아들이죠. 감정을 말로 표현하기 힘들 때도 있으니까요. 오, 어설픈 등장은 너그럽게 용서해줘요." 매큐언이 인도 위로 미끄러진 차를 턱으로 가리키며 말했다. "우리 애인이 가끔은 지나치게 흥분을 하거든."

"당장 인도에서 차 빼고 가던 길을 가시죠."

"아무렴." 매큐언이 그녀의 연인에게 차를 빼라고 고갯짓했다. "하지만 나는 찰리와 같이 가고 싶어요."

"미행은 취미 없어요, 산드라. 다음에 다시 만나요."

"우리 경장님, 아주 재미있으시네. 이제 경사님이라고 해야 하나?"

찰리는 그녀에게 휘둘리고 싶지 않아 잠자코 있었다.

"아무튼 나는 찰리가 알렉시아 루스코를 죽인 인간쓰레기를 만나고 싶어하는 줄 알았지."

그렇게 말하면서 매큐언은 비어 있는 뒷좌석 문을 열고 들어가라 손짓했다.

"내가 드라이브를 좀 시켜드릴까 하는데, 시간 내줄래요?"

찰리가 차에 올랐고, 머지않아 그들이 탄 차는 사우샘프턴을 빠르게 벗어났다. 찰리는 별로 위험하다고 생각하지는 않았다. 산드라 매큐언은 똑똑한 여자였다. 경찰을 노리는 범죄는 저지르지 않거니와 증인이 여럿인 거리에서 경찰을 납치할 리도 없었다. 하지만 대체 무슨 속셈인지 궁금하기는 했다. 도중에 산드라에게 질문을 했지만 대답 대신 싸늘한 침묵만이 흘렀다. 보아하니 오늘은 산드라의 방식에 따라야 할 것 같았다.

차는 덜컹거리며 사우샘프턴 강이 보이는 황량한 공터에서 멈췄다. 외국 부동산기업이 구입했지만 개발 과정에서 문제가 생겨 2년 동안 이렇게 방치된 곳이었다. 이후 쓰레기 불법 투기 장소로 변했고 지금도 건축 폐기물이며 불에 탄 자동차와 화학물질 통이 여기저기 놓여 있었다.

산드라가 문을 열고 찰리에게 나오라고 손짓했다. 찰리는 짜증이 났지만 일단 순순히 따랐다.

"어디 있다는 거죠?"

"이쪽이에요."

산드라는 50미터도 안 되는 거리에서 타버린 복스홀 차량을 가리켰다.

"시작해볼까요?"

찰리는 자동차가 있는 쪽으로 뛰어갔다. 무엇을 발견하게 될지 뻔한 이상, 어서 해치워버리고 싶었다. 역시나 자동차 트렁크에는 잔인하게 훼손된 젊은 남자의 사체가 있었다. 분명 캠벨파 조직원 중 하나겠지.

"끔찍하죠?" 산드라의 목소리에는 일말의 동정심도 없었다. "우리 애들 몇 명이 발견해서 연락이 왔더군요. 경찰에 신고부터 하자고 생각했죠."

"그러시겠죠."

남자는 알렉시아가 발견될 때 자세와 똑같았다. 얼굴뼈는 함몰되었고 알렉시아처럼 손과 발이 잘려나갔다. 명백한 보복 살인이었다. 캠벨파에 정면으로 대응할 것이라고 경고하고 있었다. 눈에는 눈, 이에는 이라는 뜻이었다.

"아마 과학수사대가 코트 안주머니에서 망치를 발견할 거예요. 거리에 떠도는 소문을 듣자니 그 망치로 알렉시아를 죽였다더라고. 그것도 과학수사대가 증명해줄 거예요. 이렇게 된 남자는 안됐지만 정의가 살아 있기는 한가 봐요?"

찰리는 코웃음을 치며 고개를 절레절레 저었다. 분명 매큐언은 부하들이 이 남자를 고문하고 죽였을 때 같이 있었을 것이다. 악마처럼 이렇게 하라, 저렇게 하라 신나게 명령했을 것이다.

"이쯤 해서 사건이 종결된 것 같죠?"

산드라는 입맛이 쓴 표정의 찰리와 얼굴이 문드러진 시체만 남겨두고 웃으며 차로 돌아갔다.

71

헬렌이 전화를 받은 것은 사우샘프턴 중앙경찰서로 돌아가는 길이었다. 그녀는 휴대폰 진동을 느끼고 버스 전용차선 쪽으로 오토바이를 대고 전화를 받았다. 찰리가 새로운 소식을 전하려고 걸었나 보다 생각했다. 잠깐은 라이라를 확실히 목격했다는 소식이라고도 생각했다. 그러나 전화를 건 사람은 바로 로버트였다.

하우드의 부름을 받고 사우샘프턴 중앙경찰서로 가는 중이었지만, 헬렌은 주저 없이 외곽순환도로로 빠져 북쪽에 있는 올더숏으로 내달렸다. 하우드는 나중에 보면 된다. 한 시간도 되지 않아, 헬렌은 웰링턴 애비뉴 경찰서의 로비를 걷고 있었다. 햄프셔 경찰청에서 주최하는 회의에 여러 번 참석하며 이쪽 수사관들을 꽤 많이 만났다. 그 중 하나인 아만다 홉킨스 수사반장이 헬렌을 맞아주었다.

"1번 접견실에서 안 나오고 있어요. 변호사를 연결해주겠다고 했고 엄마에게 연락하라고도 했는데…. 헬렌 말고는 아무와도 이야기하지 않겠다네요."

친절한 말투 속에는 정보를 내놓으라는 무언의 압력이 있었다.

"가족끼리 아는 사이예요."

"스톤힐 가족하고요?"

"네." 헬렌이 거짓말했다. "지금 어떻게 하고 있어요?"

"충격을 좀 받았어요. 몇 군데 가벼운 부상을 입었지만 크게 다치지는 않은 것 같아요. 다른 두 명은 유치장에 넣어놨고요. 그 아이들하고는 이미 얘기를 했는데, 다 서로를 탓하기만 해서….”

“내가 한 번 알아볼게요. 고마워요, 아만다.”

로버트는 플라스틱 의자에 힘없이 앉아 있었다. 긁힌 상처투성이인 얼굴도 그렇고 소형 폭탄을 맞은 것처럼 꼴이 말이 아니었다. 오른쪽 팔에는 팔걸이 붕대를 감고 있었다. 로버트는 헬렌이 들어서자 허리를 펴고 앉았다.

“이거 마시렴.” 헬렌이 테이블에 콜라 한 캔을 올려놓으며 말했다. “내가 따줘?”

로버트가 고갯짓으로 그렇다고 말해서 헬렌은 캔을 따서 건넸다. 그는 성한 팔로 콜라 캔을 들고 음료를 한 입에 다 털어 넣었다. 그러는 내내 손이 떨렸다.

“그래, 어떻게 된 일인지 말해줄래?”

로버트가 고개를 끄덕였지만 아무 말도 나오지 않았다.

“내가 도와줄게.” 헬렌이 말을 이었다. “하지만 그러려면….”

“걔들이 달려들었어요.”

“누가?”

“데이비. 그리고 마크요.”

“왜?”

“제가 더 이상 같이 안 다니겠다고 했기 때문이에요.”

“이제 그런 일에 흥미 없다고 했구나.”

“내가 겁쟁이래요. 자기들을 신고할 거라고 생각했어요.”

“그랬어?”

“아뇨. 그냥 탈퇴하고 싶었어요.”

"그래서 어떻게 됐어?"

"나를 빼고 다니라고 했어요. 혼자 있고 싶다고요. 걔네들이 화를 냈어요. 그러고 갔다가 다시 와서 나를 협박하는 거예요. 나를 죽여 버리겠다고 했어요."

"너는 어떻게 했어?"

"맞서 싸웠죠. 일방적으로 혼자 당하고는 못 참아요."

"뭘로 싸웠는데?"

로버트는 한참 만에 대답했다.

"칼."

"뭐라고?"

"칼이요. 항상 들고 다니…."

"맙소사, 로버트. 너 그러다 죽어."

"오늘밤은 그래서 살았잖아요?" 그가 반성하기는커녕 말대꾸했다.

"그럴지도 모르지."

로버트가 다시 입을 다물었다.

"그러니까 정리해보자. 걔들이 너를 먼저 공격했어."

"맞아요."

"너는 맞서 싸웠고?"

그가 또 고개를 끄덕였다.

"걔들 다치게 했니?"

"데이비가 팔을 조금 다쳤지만 심각하지는 않아요."

"좋아. 그 점을 강조하면 되겠다. 하지만 흉기를 소지했다고 자백을 해야 해. 그건 어떻게 할 도리가 없어. 내가 너를 보증하면 여기서 내보내줄 수는 있을 거야."

로버트가 놀라서 고개를 들었다.

"하지만 그 전에 다시는 칼을 들고 다니지 않겠다고 약속해. 칼을 갖고 있다가 또 들키면 그때는 도와주고 싶어도 못 도와줘."

"당연하죠."

"합의한 거다?"

로버트가 고개를 끄덕였다.

"그래, 내가 여기 경찰하고 얘기 좀 할게. 데이비는 조금 더 고생하게 둘까?" 헬렌이 씩 웃으면서 말했다. 놀랍게도 로버트가 그녀를 마주보고 웃었다. 로버트의 웃는 모습은 처음 보았다.

헬렌이 접견실을 막 나가려는 순간, 로버트가 불쑥 말했다.

"왜 이렇게 해주시는 거예요?"

헬렌은 걸음을 멈추고 어떻게 대답해야 할지 고민했다.

"너를 도와주고 싶어서 그래."

"왜요?"

"네가 지금보다 더 잘 살아야 하니까."

"왜죠? 아줌마는 경찰이잖아요. 나는 도둑이에요. 나 같은 놈은 감옥에 처넣어야죠."

헬렌은 망설였다. 아직 문손잡이에 손을 올려놓고 있었다. 손잡이를 돌리고 이대로 나가야 할까? 아무 말도 하지 않고?

"혹시 내 엄마예요?"

그 질문은 커다란 망치처럼 헬렌의 머리를 때렸다. 생각지도 않게 가슴 찢어지는 질문을 받은 그녀는 말을 잇지 못했다.

"내 친엄마냐구요?"

헬렌은 심호흡을 했다.

"아니, 아니야. 하지만 네 엄마와 아는 사이란다."

로버트는 그녀를 뚫어지게 보고 있었다.

"엄마를 아는 사람은 처음 봤어요."

헬렌은 로버트에게 등을 돌리고 있어서 다행이라고 생각했다. 갑자기 눈에 눈물이 고였다. 지금까지 살면서 자신을 낳아준 엄마에 대해 얼마나 궁금해했던 것일까?

"우리 엄마랑 무슨 사이예요? 친구였어요? 아니면…?"

헬렌은 입이 떨어지지 않았다. 한참 만에 그녀가 대답했다.

"동생이야."

로버트는 헬렌의 고백에 충격을 받았는지 잠시 아무 말도 하지 않았다.

"아줌마가…, 아줌마가 내 이모예요?"

"그래, 맞아."

로버트가 이 상황을 받아들이려고 애쓰는 동안 또 긴 침묵이 흘렀다.

"왜 더 일찍 보러 오지 않았어요?"

그의 질문이 비수처럼 꽂혔다.

"그럴 수 없었어. 와도 환영받지 못했을 거야. 네 부모님은 네가 잘 살 수 있게 정말 많이 노력하셨어. 내가 갑자기 나타나서 과거를 들추는 건 원치 않으셨을 거야."

"우리 엄마가 어떤 사람인지 아무것도 몰라요. 내가 아기일 때 돌아가셨다는 말은 들었지만…"

로버트가 말을 흐리며 어깨만 으쓱했다. 그는 마리앤에 대해 전혀 모르고 있었다. 그나마 알고 있는 사실은 거짓이었다. 어쩌면 그렇게 두는 편이 나을지도 모르겠다.

"음, 우리가 다시 만나면 엄마가 어떤 분이었는지 자세히 말해 줄게. 나도 그러고 싶다. 늘 행복하지는 않았지만 너는 네 엄마 인생에서 가장 빛나는 존재였어."

갑자기 로버트가 울음을 터뜨렸다. 지난 세월 궁금해도 묻지 못하고 가슴 한 구석이 뻥 뚫린 채 살아왔다. 그동안의 감정이 한꺼번에 밀려들고 있었다. 헬렌도 눈물을 꾹 참았다. 다행히 로버트가 고개를 숙이고 있어 헬렌의 곤경을 알아차리지 못했다.

"고마워요." 그가 눈물을 흘리며 말했다.

30분 후 헬렌은 로버트를 택시에 태워 집으로 보냈다. 택시가 사라지고 나서야 그녀는 오토바이에 올랐다. 앞으로 해결해야 할 문제가 많았고, 어둠의 세력이 아직 주위를 맴돌고 있었지만 헬렌은 마음이 가벼웠다. 마침내 속죄를 시작한 것이다.

마리앤이 죽은 후, 헬렌은 언니가 어떻게 살았는지 닥치는 대로 조사했다. 대부분의 사람이라면 그날의 기억을 묻어버렸겠지만 헬렌은 달랐다. 마리앤의 머리, 가슴, 영혼 안으로 파고들고 싶었다. 마리앤이 감옥에 들어가고 헬렌 앞에 다시 나타날 때까지 정확히 어떤 일을 겪었는지 알고 싶었다. 마리앤은 피해자들의 죽음이 다 헬렌 탓이라고 비난했다. 헬렌은 그 말에 조금이라도 진실이 있는지 알아내고 싶었다.

그런 이유로 언니에 관한 모든 서류를 조사하던 헬렌은 마리앤의 보호관찰 파일 3페이지에서 엄청난 폭탄을 밟고 말았다. 헬렌의 세상이 거꾸로 뒤집혔다. 결국 언니는 죽어서도 헬렌에게 상처를 입힐 수 있다는 뜻이었다. 마리앤이 체포되던 때 헬렌은 겨우 열세 살이었고 부모님이 살해당한 직후 복지시설에 들어갔다. 언니의 재판에 참석하지 않았고(헬렌의 증언은 재판 전에 녹음됐다) 판결 내용만 들었을 뿐, 더 이상은 알지 못했다. 언니의 부푼 배를 보지 못했고 햄프셔 사회복지국도 비밀을 지켰다. 그래서 헬렌은 마리앤의 체포 기록에 있는 건강 검진서를 보고서야 언니가 체포 당시 임신 중이었다는 사실을 알게 되었다. 임신 5개월이었다. DNA 검사 결과, 아이 아버지는 마리앤의 아버지이자 그녀가 무참하게 살해한 남자였다.

마리앤은 출산 직후 아기를 빼앗겼다. 마리앤의 악행에도 불구하고 헬렌은 그 모습을 상상하자 눈물이 났다. 언니는 병원 침대에 수갑으로 묶여서 열여덟 시간의 진통 끝에 아이를 낳고 강제로 빼앗겼다. 빼앗기지 않으려고 버텼을까? 저항할 힘이 남아 있었을까? 아마 그랬을 것이다. 헬렌은 본능적으로 알 수 있었다. 임신 과정은 잔혹했지만 마리앤은 분명 아이를 아꼈을 것이다. 열렬히 사랑을 보내고 아이에게 순수함을 배웠을 것이다. 하지만 그럴 기회는 영영 없었다. 마리앤은 동정 받지 못할 살인자였다. 그녀에게 자비란 없었다. 판결과 징벌만이 있었을 뿐이다.

아기는 복지회에서 위탁가정으로 넘어가며 서류상에서 홀연히 사라졌다. 하지만 헬렌은 산더미 같은 서류와 번잡한 절차를 극복하고 아기의 행방을 찾아냈다. 아이는 올더숏에 사는 유대인 불임 부부에게 입양되어 로버트 스톤힐이라는 이름으로 잘 살고 있었다. 반항기 있고 시건방지고 짜증이 많은 성격에 학교를 제대로 다니지도 않았지만 어쨌든 로버트는 잘 살고 있었다. 직장이 있었고 안정적인 가정, 사랑하는 부모님이 있었다. 비록 태어날 때는 사랑받지 못했지만 따뜻한 보살핌과 사랑을 아낌없이 받으며 자라왔다.

로버트는 엄마의 운명을 물려받지 않았다. 그 때문에라도 헬렌은 로버트의 일에 관여하지 말아야 했다. 하지만 이놈의 호기심이 문제였다. 그녀는 마리앤의 장례식에 홀로 참석했다. 그녀를 죽인 사람이 유일한 조문객이었던 셈이다. 하지만 헬렌은 혼자가 아니었다. 무너진 가정의 잔해에서 로버트도 함께 탈출했던 것이다. 그래서 헬렌은 마리앤을 위해, 그리고 헬렌 자신을 위해 로버트를 지켜보기로 했다. 어떤 식으로든 도울 수 있다면 도움을 주고 싶었다.

헬렌은 오토바이의 시동을 걸고 엔진 회전 속도를 높인 후, 굉음을 내며 거리를 따라 달려 나갔다. 순간의 감정에 빠진 탓에 이번만큼은 방심하고 백미러를 확인하지 않았다. 만약 그랬다면 사우샘프턴부터 여기까지 따라왔다가, 이제 다시 그녀의 뒤를 쫓고 있는 자동차를 발견했으리라.

72

아빠가 돌아온 후 알피 부커는 행복했다. 아빠가 군대에 있을 때는 연립주택에서 살았다. 하지만 아빠가 집으로 돌아오고 나서 알피 가족은 학교 운동장 옆에 있는 관리인의 집으로 이사했다. 아빠는 잔디를 깎고 나뭇잎을 쓸었다. 축구장에 페인트로 금을 칠했다. 멋진 일이었다. 알피는 아빠가 일하는 동안 옆에서 구경하는 게 좋았다.

아빠는 집에 있으면 늘 엄마랑 싸웠지만 일을 할 때는 기분이 좋아 보였다. 그래서 알피는 아빠가 일할 때가 제일 좋았다. 아빠도 말은 안 했지만 알피가 옆에 있어서 좋은 것 같았다. 학교 운동장에 어울리지 않는 한 쌍이었지만 알피는 아빠와 보내는 시간을 세상 무엇과도 바꿀 수 없었다.

어젯밤 아빠가 집에 들어오지 않았다. 엄마는 아빠가 왔다고 했지만 알피는 사실이 아니라는 걸 알았다. 아빠가 일할 때 신는 장화는 어제 오후 아빠가 놔둔 대로 있었고, 운동장 어디에도 아빠가 보이지 않았다. 알피는 잔디밭 구석구석을 둘러보며 언제 웡웡거리며 잔디 깎는 기계 소리가 들릴까 귀를 기울였다. 무슨 일인지 모르겠지만 기분이 좋지 않았다.

알피는 모퉁이를 돌다가 키가 큰 사람이 체육관으로 걸어가는 모습을 보았다. 오늘은 운동회가 열리는 날이었다. 그래서 체육 선생님 중 하나라고 생각했지만 자세히 보니 모르는 사람이었다. 몸집이 크지 않으니 아빠는 아니었다. 그렇다면 누구일까? 무슨 중요한 일이 있는지 고개도 돌리지 않고 체육관으로 걸어가고 있었다. 알피는 호기심을 못 참고 그 사람에게 다가갔다.

가까이 다가갔을 때, 알피는 걸음을 늦추었다. 어떤 아줌마였다. 그녀는 체육관 입구에 상자를 놓고 있었다. 상자 안에 뭐가 있을까? 트로피? 상품?

알피는 달려가면서 그 사람을 불렀다. 뒤를 돌아본 여자의 모습에 알피는 제자리에 멈춰 섰다. 여자는 웃지도 않고 고약한 표정을 짓고 있었다. 그리고 아무 말도 하지 않고 다시 돌아서서 가버렸다.

알피는 어리둥절해서 여자의 뒷모습을 보았다. 그러다 상자로 시선을 돌렸다. 그가 모르는 말이 적혀 있었다. 알피는 글자를 읽어보려 했다. 오물. 하지만 무슨 뜻인지 이해할 수 없었다. 왜 빨간색 잉크로 썼을까?

알피는 어떻게 해야 할지 몰라 주위를 두리번거렸다. 상자를 열지 말라고 할 사람은 없었다.

알피는 주변을 다시 한 번 확인하고 앞으로 걸어갔다. 그리고 상자를 열었다.

73

몇 시간이 지났지만 토니 수사관은 아직도 얼떨떨했다. 걱정, 흥분, 불안이 뒤섞여 잠시도 쉬지 않고 심장이 뛰었다.

상황을 정리해보려 해도 머리가 계속 빙글빙글 도는 바람에 도무지 생각을 할 수가 없었다. 이런 감정은 몇 년 만에 처음이었다. 하지만 마음 한구석에서 작은 목소리가 그에게 부끄러운 줄 알라고 욕을 했다. 그런 말을 들어도 쌌다. 하지만 이상하게 신경 쓰이지 않았다. 전혀 개의치 않아도 된다. 이 생각은 어떤 토니가 하는 것일까? 토니는 어떤 게 진정한 자신인지 알 수 없었다.

토니는 늘 교과서대로 행동하는 모범 경찰이었다. 그에게 답답하다고 하는 사람들도 있었다. 조금 더 너그러운 사람들은 프로답고 훌륭하다고 말했다. 헬렌도 분명 그를 높이 평가했다. 그 생각에 이르자 갑자기 머리가 지끈거렸다. 지금 그를 보면 헬렌은 어떻게 생각할까? 이런 일이 드물지는 않았다. 하지만 그렇게 생각한다고 기분이 나아지지는 않았다.

옆에서 잠들어 있는 멜리사가 몸을 뒤척였다. 토니는 그녀의 나신을 눈에 담았다. 곳곳에 문신과 흉터가 있었지만 탄력 있고 매혹적인 몸이었다. 몇 번째인가 침실 커튼 쪽을 힐끗 보았지만 굳게 닫힌 커튼은 여전히 제자리였다. 바깥 거리에서는 동료 경찰이 잠복 수사용 차량에 앉아 있었다. 눈치를 챘을까? 침실 불이 켜졌다가 꺼지는 것을 봤을까? 봤더라도 멜리사가 마침내 자러 간다고 생각했을 것이다. 하지만 집 주변을 탐색하다가 토니가 아래층에 없다는 걸 들키면 어쩌지?

그때 토니는 위험 따위는 생각하지 않았다. 멜리사를 품에 끌어안고 그녀의 따스한 몸을 느낄 뿐이었다. 그러다 멜리사가 고개를 들고 토니를 끌어당겼다. 두 사람의 입술이 마주쳤고 키스는 계속 이어졌다. 멜리사가 매춘부이자 핵심 증인이라는 사실은 중요하지 않았다. 욕망에 지배당한 토니는 망설이지 않았다. 잠시후, 두 사람은 침대로 쓰러졌다(어쩌다 그렇게 무모하게 행동했는지 생각하면 기가 막혔다). 그리고 단 한 순간도 멈추지 않았다.

다시 소년이 된 기분이었다. 어리석고 무모한 생각이 머릿속을 가득 채웠다. 웃고, 소리치고, 울고 싶었다. 하지만 아까부터 마음속의 목소리는 쉴 새 없이 그에게 소리를 치고 있었다. 귀청이 떠나갈 것처럼 질문을 쏟아 부었다. 이대로 가면 어떻게 될까? 그리고 어디서 끝나게 될까?

74

그녀는 초인종을 세게 누르고 손을 떼지 않았다. 이미 두 번이나 전화를 하고 집 주변을 돌았다. 분명 안에 사람이 있는데도 문을 걸어 잠그고 열어주지 않는다. 닫힌 커튼 너머로 텔레비전 소리가 들렸다.

마침내 발소리가 들렸고 이어서 욕이 쏟아졌다. 에밀리아 개라니타는 미소를 지으며 초인종을 계속 눌렀다. 문이 활짝 열리고 나서야 에밀리아는 손가락을 떼고 집안에 평화를 되찾아주었다.

"잡상인은 사절입니다." 이미 문을 닫으면서 남자가 말했다.

"내가 먼지떨이 따위나 팔고 다니는 사람처럼 보여요?" 에밀리아가 대꾸했다.

남자는 그녀의 단호하고 뻔뻔한 대답에 당황해서 문을 닫다 말았다.

"당신 누군지 알아요." 그녀를 보던 남자가 말했다. "이름이 뭐더라…."

"에밀리아 개라니타예요."

"맞아요. 무슨 일이죠?"

그는 텔레비전 앞으로 빨리 돌아가고 싶은 눈치였다. 에밀리아는 씩 웃더니 본론을 꺼냈다.

"파일 내놔요."

"뭐요?"

"보호감찰부에서 일하시죠, 필딩 씨?"

"그렇다면 어쩔 거요. 기자에게 어떤 정보도 줄 수 없다는 걸 아실 텐데. 전부 극비 사항이오."

그는 자신이 더 우월한 위치에서 일한다는 듯이 '기자'라는 말에 진심 어린 혐오를 담았다. 에밀리아는 이런 순간들이 너무 즐거웠다.

"기자가 당신 목숨을 구한다 해도 그럴까요?"

"뭐라고요?"

"그러니까 공무원으로서 목숨 말이죠."

이제 필딩은 말이 없었다. 무슨 말이 나오려는지 감을 잡은 것일까?

"순찰대에 경찰 친구가 몇 명 있죠. 재미있는 얘기를 들었어요. 커먼에서 어떤 중년 남성이 포드 차량 뒷좌석에서 음란 행위를 하다가 걸렸다더군요." 에밀리아는 주차장에 있는 필딩의 포드 차량으로 시선을 돌렸다. "듣자하니 여자를 술집에서 만났는데…. 여자가 겨우 열다섯이었다지. 세상에나! 이 남자가 애걸복걸했다나 봐요. 결국 경찰들이 100파운드씩 주머니에 챙기고 보내줬다네요. 하지만 아직 번호판 사진과 그 지저분한 인간의 생김새를 보관하고 있고요. 그 사람들 경찰수첩이 여기 있답니다."

에밀리아는 가방을 뒤지는 척했다. 그러자 필딩은 집 밖으로 나와 현관문을 닫았다.

"이건 협박이오." 그는 화를 내며 말했다.

"맞아요, 협박. 아닌가?" 에밀리아가 웃으며 대답했다. "자, 내가 원하는 걸 줄 건가요? 아니면 기사를 쓰기 시작할까요?"

물으나 마나 한 질문이었다. 에밀리아는 필딩의 표정만으로도 원하는 바를 이뤘다는 사실을 알 수 있었다.

75

"안녕, 알피. 내 이름은 헬렌이야. 나는 경찰이란다."

그림을 그리던 소년이 고개를 들었다.

"옆에 앉아도 괜찮겠니?"

소년이 고개를 끄덕였다. 헬렌은 그의 옆에 쭈그리고 앉았다.

"무슨 그림을 그리고 있어?"

"공룡 해적이요."

"멋지다. 이거 티라노사우루스니?"

알피는 고개를 끄덕이더니 무덤덤하게 말했다.

"제일 크잖아요."

"그러게. 정말 무서워 보인다."

알피는 대수롭지 않다는 듯 어깨를 으쓱했다. 헬렌은 슬며시 웃음이 나왔다. 이 여섯 살짜리 귀여운 꼬마는 오늘의 이상한 경험을 아주 잘 견디고 있었다. 슬프다기보다는 혼란스러워 보였다. 슬픔은 알피가 아니라 그의 엄마가 겪고 있는 감정이었다. 아직 최악의 소식은 듣지 못했지만(시신을 찾기 전까지는 말이다) 이미 만신창이 상태였다. 가족연락관이 최선을 다하고 있었지만 알피의 엄마는 큰소리로 괴로워하고 있었고, 그 소리를 듣고 알피도 불안해하기 시작했다. 아이의 관심을 다른 데로 돌려야 했다.

"아줌마가 신기한 거 보여줄까?"

알피가 고개를 들었다. 헬렌은 경찰 신분증을 테이블에 올려놓았다.

"내 경찰 배지야. 경찰이 뭐하는 사람인지 아니?"

"도둑을 잡아요."

"맞아." 헬렌은 웃음을 지그시 참았다. "그리고 이건 무슨 물건이게?"

이번에는 경찰 무전기를 테이블에 올려놓았다.

"멋지다." 아이는 즉시 무전기를 만졌다.

"여기 버튼 눌러보렴." 헬렌의 말대로 알피가 버튼을 누르자 지지직거리는 잡음이 터져 나왔다. 아이는 만족한 표정이었다. 헬렌은 무전기를 가지고 노는 알피에게 질문을 꺼냈다.

"아줌마가 몇 가지만 물어도 될까?"

아이는 고개를 숙인 채로 끄덕끄덕했다.

"일단 알피 너는 잘못을 저지르지 않았어. 상자를 들고 온 여자 있잖아. 네가 본 여자 말이야. 그 여자가 다른 사람 물건을 훔친 것 같아. 그러니까 아줌마는 경찰이라 그게 누구인지 찾아야 해. 네게 말을 걸었니?"

알피는 고개를 저었다.

"아무 말도 안 했어?"

또 도리도리 젓는다.

"얼굴은 보였니?"

이번에는 끄덕였다. 헬렌은 망설이다가 가방에서 몽타주 사본을 꺼냈다.

"네가 본 사람이 이렇게 생겼든?"

그녀는 아이에게 몽타주를 보여주었다.

알피는 고개를 들고 그림을 쳐다보더니 어깨를 으쓱하고 다시 무전기에 관심을 돌렸다. 헬렌은 움직이는 알피의 손을 다정하게 잡아서 멈췄다. 아이는 헬렌을 올려다보았다.

"정말 중요한 일이야, 알피. 부탁인데 그림을 한 번 더 봐줄래?"

알피는 게임을 하다가 자기 차례가 또 돌아온 것처럼 흔쾌히 헬렌의 부탁을 들어주었다. 이번에는 몽타주를 더 유심히 들여다보았다. 한참 만에 알피가 고개를 반쯤 끄덕였다.

"아마도요."

"아마도?"

"모자를 쓰고 있어서 얼굴이 잘 안 보였어요."

"야구모자 같은 거?"

알피가 고개를 끄덕였다. 헬렌은 맥이 빠졌다. 키는 얼마나 크고 체격은 어땠냐고 더 많은 질문을 할 수도 있었다. 하지만 그런다 해서 확실한 신원을 파악하기는 어려울 것이다. 어쨌거나 아이는 이제 겨우 여섯 살이었다.

"그 아줌마가 뭘 했어요?"

"응?"

"뭘 가져갔어요?"

헬렌은 알피의 엄마를 힐끗 돌아보았다. 그리고 목소리를 낮춰 말했다.

"아주 특별한 거."

아이의 얼굴은 호기심으로 가득 차 있었다. 그 얼굴에 대고 차마 아빠를 다시는 못 본다는 말은 할 수 없었다.

76

헬렌은 찰리 수사관과 정신없이 대화를 나누느라 하우드 총경이 오는 소리를 듣지 못했다. 며칠 동안 '보지왕'의 정체를 찾아내려고 노력하던 찰리는 날이 갈수록 좌절하고 있었다. '보지왕'은 창녀천국의 우수 기부자이니 찾기 쉬워야 했다. 그러나 그는 집이나 사무실 컴퓨터를 절대 사용하지 않았고 암호화된 IP 주소를 통해 교묘한 가짜 주소를 만드는 능력이 있었다. 이러다가는 영영 잡지 못할 것만 같았다. 헬렌과 찰리가 다음 작전을 의논하고 있을 때였다.

"나랑 얘기 좀 할까, 헬렌?"

웃으며 말했지만 하우드의 목소리에 온기는 없었다. 전 수사관들이 보는 앞에서 공개적으로 호출했다면 어떤 메시지를 전달하려는 심산이었다. 헬렌은 그 메시지가 무엇인지 영문을 알지 못했다.

"온종일 자네에게 연락을 했어." 그녀의 사무실에 들어가자 하우드가 말을 이었다. "상황이 빠르게 돌아간다는 건 알지만 연락두절은 용납 못해. 알겠나?"

"네, 총경님."

"수사를 원활히 진행하려면 모든 사슬이 끊어지지 않고 연결되어 있어야 해, 알지?"

헬렌은 고개를 끄덕였지만 속으로는 하우드에게 꺼지라고 말하고 싶었다.

"그래서, 어떻게 되어 가고 있지?" 하우드가 용건을 말했다.

헬렌은 라이라 캠벨을 찾고 있고, 네 번째 살인 사건과 옛날 극장을 수사 중이라며 새롭게 나온 정보들을 보고했다.

"아직 시신을 찾지는 못했지만 피해자는 사이먼 부커가 유력합니다. 전직 낙하산 부대원이자 아프가니스탄 파병 군인이었어요."

"전쟁 영웅이라. 미치겠군."

하우드는 피해자의 죽음이 아니라 다가올 신문 헤드라인 때문에 속이 상한 듯했다. 헬렌은 브리핑을 끝내고 이만 나가보겠다고 돌아섰지만 하우드가 그녀를 붙잡았다.

"오늘 경찰청장님과 점심 식사를 했어."

헬렌은 가만히 있었다. 또 다른 전투가 시작되는 것인가?

"걱정이 아주 많으시더군. 이번 수사는 이미 심각할 정도로 예산 초과야. 막대한 비용을 쏟아 붓고도 감시 작전은 아무 성과를 내지 못했어. 게다가 정복 경찰을 추가 투입하고 초과 근무수당을 지불하고 과학수사대 지원팀, 경찰견까지 동원했지. 목적이 뭐야? 구체적으로 드러난 사실이 있나?"

"쉽지 않은 수사입니다, 총경님. 범인은 영리하고 수완이 좋은…"

"그렇게 돈을 썼는데 남은 건 우리를 조롱하는 신문 기사뿐이야. 청장님도 그래서 이번 수사에 관한 내부 검토를 내게 요청하신 거고."

그렇다면 새로운 **전투**가 맞았다. 경찰청장이 요청한 것일까, 하우드가 유도한 것일까? 헬렌은 화가 나서 피가 끓었지만 일단 말을 아꼈다.

"자네가 이 방면에 경험이 많고 수사팀도 대체로 자네에게 충성한다는 거 알아. 하지만 자네 방식은 규율이 없고 비용이 많이…."

"죄송한 말씀이지만 네 명이 죽었고…."

"셋이지."

"그런 형식적인 말 집어치워요. 부커가 죽었다는 건 어린애도 다 알아요."

"형식적일 수도 있지. 하지만 자네는 그래서 문제야. 성급하게 판단부터 한다고. 자네는 이번 사건이 처음 터졌을 때부터 헬렌 그레이스가 또 연쇄살인범을 추적하는 판을 짜려고 했어. 그런 쪽으로밖에 생각하지 못하지? 그건 프로답지 못하고 위험한 오판이야. 엄연히 존재하는 예산, 규정, 목표를 함부로 무시해서야 쓰나."

"그래서 뭘 목표로 하시죠, 세리? 경무관? 지방경찰서장? 경찰청장?"

"입 조심해, 경위."

"당신 같은 사람 잘 알아요. 늘 자기 손에 흙을 묻히지 않고 남의 영광을 가로채려고 하죠."

하우드는 의자 등받이에 기대고 앉았다. 화가 머리끝까지 찼지만 겉으로 드러내지 않으려 노력하고 있었다.

"신중하게 행동하게, 그레이스 반장. 이건 공식적인 경고야. 지금 자네는 이번 수사에서 끌려 내려오기 일보직전이야. 범인을 잡아 넣던가, 옆으로 물러 나. 알겠어?"

헬렌은 곧 총경실을 나왔다. 한 가지는 더없이 명확했다. 하우드가 있는 한 그녀는 바람 앞의 등불 신세였다.

77

날이 어두워지고 있었지만 방해는커녕 사진에 분위기를 더했다. 약한 불빛, 흐릿한 이미지는 에밀리아가 포착하고 싶은 바로 그 느낌이었다. 원칙대로라면 신문사의 사진 기자에게 같이 가달라고 요청해야 했지만 에밀리아도 DSLR 카메라쯤은 사용할 줄 알았다. 그리고 완성품을 손에 넣기까지는 누구에게도 이 기사를 보일 수 없었다.

에이드리언 필딩은 에밀리아가 손만 까딱하면 그의 경력이 무너진다는 현실을 깨달은 후로 에밀리아가 원하는 정보를 순순히 제공했다. 로버트 스톤힐의 파일은 최근 그가 저지른 한심한 경범죄들로 비춰볼 때 에밀리아에게는 그리 인상적이지 않았다. 그러나 로버트가 입양아라는 발견을 하고부터는 더없이 흥미진진해졌다. 이 기록부에는 그의 생물학적 어머니가 어떤 사람인지 자세히 나와 있지 않았지만 그가 교도소 병원에서 태어났다는 사실만으로 명백했다. 이 대목을 읽자마자 에밀리아는 단박에 로버트의 정체를 알았다. 역시 헬렌 그레이스가 관심을 기울이는 사람은 단 한 사람밖에 없을 테다. 그러나 에밀리아는 훌륭한 기자답게 로버트의 나이와 마리앤의 체포시기를 대조했다. 그 후에 곧장 마리앤의 체포 기록을 확인했고 그렇게 퍼즐이 완성되었다.

에밀리아는 덜덜 떨리는 손으로 카메라를 들었다. 로버트는 다리를 건들거리며 우유를 사기 위해 줄 서서 기다리고 있었다. 찰칵, 찰칵, 찰칵. 초점이 맞지 않아 사진이 선명하지는 않았지만 오히려 아슬아슬하고 위험한 느낌을 주었다. 에밀리아는 로버트가 계산을 할 때까지 조금 더 기다렸다. 이제 그는 가게를 나오고 있었다. 에밀리아는 다시 카메라를 들었다. 마치 연출된 쇼처럼 로버트는 가게 밖에 멈춰 서서 빗방울이 떨어지는 하늘을 올려다보았다. 나트륨 가로등의 노란 불빛에 얼굴이 물들어 으스스하고 기괴하게 보였다. 찰칵, 찰칵, 찰칵. 로버트가 후드를 뒤집어쓰고 거의 정면으로 에밀리아를 돌아보았다. 그 쪽에서는 어둠에 숨은 그녀가 보이지 않겠지만, 여기서는 그가 훤히 보였다. 찰칵, 찰칵, 찰칵. 폭력 속에서 태어난 젊은이가 후드를 쓰고 어두운 거리에서 포착되었다. 후드는 전국의 폭력배와 범죄자들의 교복이나 다름없었다. 완벽했다.

원하는 사진을 얻었으니 행동에 나설 차례였다. 당연히 '이브닝 뉴스' 편집장에게 전화를 해야겠지만 에밀리아는 그럴 생각이 전혀 없었다. 바로 이런 날을 위해 '데일리 메일' 지에 인맥을 뚫어놓았다. 필요한 것은 다 얻었다. 서두른다면 내일 자 1면에 특종을 터뜨릴 수 있을 것이다.

이 기사는 에밀리아를 더 큰 세상으로 내보내는 티켓이었다. 값은 정해두었다. 완성품도 있었다. 헤드라인도 이미 뽑아놓았다.

'괴물의 아들.'

헬렌은 하우드와 나눴던 대화를 곱씹으며 업톤 스트리트에 있는 옛날 극장에 도착했다. 그녀는 어두운 그늘에 바짝 붙어 화재 비상구로 몰래 들어갔다. 조만간 매매로 나온다는 말이 있었지만 누가 이런 건물을 사겠는가. 헬렌은 상상조차 할 수 없었다. 안으로 들어가자마자 역한 냄새가 코를 찔렀다. 몇 해에 걸쳐 나무와 벌레가 썩어가는 냄새였다. 헬렌은 구역질이 나와서 얼른 마스크를 썼다. 간신히 정신을 차린 그녀는 흔들거리는 난간을 붙잡고 아래층으로 내려갔다.

크라운 시네마는 1970년대에 가족 단위로 나들이하기 좋은 극장이었다. 발코니석에다 스크린의 두꺼운 벨벳커튼까지 갖춘 대형 영화관이었다. 적어도 전성기에는 그랬다. 1980년대 불경기에 주인이 파산한 후로 이곳을 부활시키려는 시도가 몇 번 있었지만, 도시 외곽의 멀티플렉스 극장과 해안가의 예술 영화관에 밀려 계획은 수포로 돌아갔다. 가장 큰 상영관에서는 과거의 영광을 비웃기라도 하듯 좌석이 찢어지고 건물 잔해가 마구 나뒹굴었다.

스크린 옆쪽 구석에 과학수사대가 모여 있었다. 이리저리 움직이며 웅성거리는 것으로 보아 무언가 발견한 모양이었다. 헬렌은 서둘러 달려갔다. 하우드의 사무실에서 나오자마자 이곳으로 와달라는 전화를 받았다. 오늘 유일하게 들은 좋은 소식이었다. 쫓겨나기 전에 현장을 두 눈으로 직접 보고 싶었다.

헬렌이 다가가자 과학수사대가 길을 터주었다. 저기 그가 있었다. 대부분의 몸은 무너진 건물에 파묻혔지만 경찰 측에서 잔해 일부를 치운 덕분에 머리 꼭대기와 쭉 뻗은 팔 하나가 보였다. 밖으로 나온 팔과 손가락은 마치 욕을 하듯이 위를 가리키고 있었다. 먼지로 뒤덮이기는 했어도 짙은 색 피부를 보니 피해자는 혼혈이었다. 그러나 헬렌의 관심은 다른 곳에 있었다. 더 중요한 사실을 확인할 수 있었다. 사체에는 손가락이 네 개밖에 없었다. 상처로 판단해보면 이미 잘린 지 수년은 되어 보였다.

경찰은 안톤 가디너가 혼혈인지 아닌지, 어떤 유년 시절을 보냈는지 거의 알지 못했다. 그러나 한 가지는 확실했다. 그는 10여 년 전 조직에서 약지를 잘리는 벌을 받았다. 그렇다면 그가 라이라 연쇄살인의 동기일까? 이 모든 것의 원흉일까? 헬렌은 엉망이 된 그의 사체를 보며 몸을 떨었다. 온몸에 전율이 일었다. 안톤의 일그러진 손이 마침내 제대로 된 방향을 가리키는 것일까?

79

춥고 어두운 밤이었다. 그녀는 참을성을 잃어가고 있었다. 숨쉴 공간을 찾기가 날이 갈수록 어려웠다. 경찰이 온 도시를 뒤덮고 있어 극도로 조심해야 했다. 지금도 저녁 조깅을 나온 사람처럼 트레이닝복 바지와 후드 점퍼를 입고 거리를 걷고 있었다. 그녀는 서쪽 부둣가 아래에서 은밀한 공터를 발견하고 겉옷을 벗어 미니스커트와 스타킹을 드러냈다. 상의는 몸에 딱 달라붙어 풍만한 몸매를 강조했다. 거기다 허리선이 깡총하게 올라온 털 재킷은 금상첨화였다. 저녁 내내 짜증과 스트레스로 괴로웠지만 위장복을 벗어던지자 기분이 한결 나아졌다. 이제 가만히 서서 발정 난 수캐들을 기다리기만 하면 된다.

20분 후, 한 사람이 시야에 들어왔다. 그는 몸을 가누지 못하고 외국어로 노래를 흥얼거렸다. 선원이다. 폴란드인인 것 같았다. 엔젤의 심장이 빠르게 뛰기 시작했다. 선원은 추잡하고 비위생적이고 상스러운 족속들이었지만 상륙 허가를 받은 기간 동안 돈을 펑펑 썼고 오랫동안 섹스에 굶주려서인지 사정을 빨리 했다.

남자는 그녀를 보고 걸음을 멈췄다. 주위에 아무도 없는지 둘러보던 그가 어슬렁거리며 다가왔다. 그는 놀라울 정도로 미남이었다. 많아야 스물다섯쯤, 갸름한 얼굴과 여자 같은 입술이 인상적이었다. 술에 취했어도 매력이 없지는 않았다. 엔젤은 이런 남자도 돈을 주고 여자를 산다는 사실에 놀랐다.

"얼마?" 억양이 강한 말투였다.

"뭘 원하는데요?"

"전부 다." 선원이 대답했다.

"100파운드."

그가 고개를 끄덕였다.

"가지."

그렇게 남자는 운명을 결정했다.

엔젤은 미로 같은 화물 컨테이너 사이로 앞장서서 관리소 앞 작은 마당으로 그를 이끌었다. 보통 화물을 확인하고 일지를 기록하는 곳이지만 상당수 수입품이 암시장으로 가기 위해 감쪽같이 사라지는 곳이기도 했다. 오늘 밤은 텅 비어 있을 것이다. 일주일 내내 화물선이 도착하지 않았기 때문이다.

엔젤은 남자를 죽음의 땅으로 안내하며 애써 웃음을 참았다. 흥분으로 아드레날린이 솟구쳐 온몸이 떨렸다. 이 버릇을 고치는 날이 올까? 이렇게나 즐거운데 버릇을 고치다니? 말도 안 된다. 이때가 가장 기분 좋았다. 폭풍 전의 고요. 그녀는 속임수로 가득한 이 순간을 사랑했다.

어두컴컴한 마당에는 단둘뿐이었다. 엔젤이 심호흡을 하고 돌아섰다.

"이제 시작해볼까, 오빠?"

남자의 오른쪽 주먹이 그녀의 턱을 강타했다. 엔젤은 우당탕 소리를 내며 뒤에 있는 컨테이너에 부딪혔다. 놀라서 방어를 하려고 팔로 얼굴을 가렸지만 공격은 계속해서 날아들었다. 간신히 그를 밀쳤지만 다음 주먹에 머리가 떨어져 나갈 정도로 맞고 땅바닥으로 쓰러지고 말았다.

　이게 어떻게 된 일이지? 허둥지둥 일어나려 했지만 남자가 그녀의 몸에 올라탄 후였다. 엔젤은 본능적으로 팔을 마구 휘저었다. 손버릇 나쁜 고객을 처리한 경험은 있지만 그때는 항상 곁에 철퇴가 있었다. 오늘처럼 맨주먹으로 싸워본 적은 한 번도 없었다.

　남자는 그녀를 꼼짝 못하게 붙잡고 강한 힘으로 목을 감싸 쥐었다. 목을 조르는 힘이 더, 더, 더 강해졌다. 그의 왼쪽 눈에 손가락을 쑤셔 넣으려 했지만 그럴 새도 없이 남자가 고개를 뒤로 뺐다. 잔뜩 불거진 목덜미 혈관을 부러진 손톱으로 할퀴었다. 피가 나기 시작하면 손아귀의 힘을 풀지 않을까? 이건 아니었다. 그녀는 이렇게 비참한 곳에서 죽을 운명이 아니다.

　엔젤은 젖 먹던 힘까지 짜서 맞서 싸웠다. 살기 위해 싸웠다. 하지만 그러기에는 너무 약했고 너무 늦었다. 몇 초 만에 그녀의 정신은 까마득해졌다.

80

토니는 자고 있는 니콜라를 보고 가슴을 쓸어내렸다. 늦은 밤이었지만 니콜라는 종종 불면증으로 잠을 이루지 못했다. 니콜라가 자지 않고 호수 같은 푸른색 눈으로 그를 바라보았더라면, 토니는 모든 사실을 털어놓았을 것이다. 가슴을 채운 혼란과 흥분, 수치심 때문에 고백을 참지 못했을 것이다. 하지만 토니는 장모인 바이올렛과 의례적으로 몇 마디 주고받았을 뿐이다(대화 내내 바닥만 보며 피곤하다고 말했다). 바이올렛이 집으로 돌아가자 이제 아내와 단둘이 남았다.

토니는 지금까지 바람을 피운 적이 없었고 아직도 니콜라를 사랑했다. 다른 여자를 안았다는 양심의 가책으로 낯을 들 수 없는 지금도 아내를 향한 사랑은 더 커지기만 했다. 그녀를 아프게 하고 싶지 않았다. 상처주고 싶지 않았다. 그들은 서로 모든 것을 이야기하는 부부였다. 하지만 이제는 무슨 말을 한단 말인가?

솔직히 말해 토니는 아직도 떨리는 마음이 가라앉지 않았다. 멜리사와 두 번 더 사랑을 나누고서야 안전가옥을 나왔다. 문 앞을 지키던 순경은 두꺼운 파일을 옆구리에 끼고 나오는 토니를 보고 그동안 멜리사의 증언을 성실하게 청취했다고 믿는 듯했다. 부끄러워서 견딜 수가 없었다. 그는 니콜라만이 아니라 동료 경찰들도 배신했다. 지금껏 모범 경찰로 살았던 그가 어쩌다 타락의 길로 떨어져버린 것일까?

물론 토니는 그 이유를 알았다. 모를 수가 없었다. 토니는 오랫동안 니콜라와의 결혼생활이 정상이라고 스스로를 타일렀다. 다 괜찮다고 말했다. 친구들이 물어보면 평생 한 여자의 남편으로 살 것이고, 이게 운명이라면 기꺼이 받아들이겠다고 말했다. 그러나 사실이 아니었다. 한 번도 그런 적 없었다. 더 나은 여자를 원해서가 아니었다. 니콜라가 그에게 과분한 여자였기 때문이다.

니콜라는 그에게 항상 진심을 열어보였다. 토니가 희망 없이 이리저리 떠돌아다니던 집안 출신인 반면, 니콜라는 교양 넘치고 성취욕 강한 부잣집 딸이었다. 니콜라는 뭐든지 허투루 하는 법이 없었다. 일을 할 때는 의욕이 넘쳤고, 놀 때는 열정을 불태웠다. 토니는 그런 니콜라가 그리웠다. 정말 미칠 만큼 보고 싶었다. 연인으로서는 적극적이고 어디로 튈지 모르는 여자였다. 침대에서는 상상력이 풍부하고 장난기가 넘쳤고, 정신적 동반자로서는 언제나 토니에게 너그러웠다. 그러나 지금의 니콜라는 그 무엇도 할 수 없었다. 토니는 아내가 친구로 변했다고 생각하는 자신이 싫었다. 하지만 아무리 가슴 아파도 그것은 진실이었다. 니콜라가 절대 짐은 아니었다. 하지만 언젠가는 아내라고 생각하지 않는 날이 올지도 모른다.

토니에게는 그것이 진정한 배신이었다. 하지만 멜리사는 뭔가? 멜리사와의 관계는 새롭고 위험했다. 미친 소리지만 토니는 벌써 그녀를 좋아하게 되었다. 이제 막 만났으니 절대 사랑은 아니었다. 하지만 그와 비슷한 감정이었다. 너무도 오랫동안 사랑을 갈구했던 그의 마음에 사랑이 넘쳐나고 있었다.

여기서 멈추고 싶지는 않았다.

81

헬렌은 움직일 수 없었다. 숨을 쉴 수도 없었다.

사우샘프턴 중앙경찰서 공보실에서 온 전화로 휴대폰에 불이 날 때부터 사태가 심상치 않았다. 처음에는 '데일리 메일' 지에서 계속 헬렌을 찾고 있다고 했다. 그리고 나서는 햄프셔 경찰청에서 연락이 왔고, 급기야 '메일'의 편집장까지 전화를 했다고 한다. 온통 난리였다. 공보실에서는 사우샘프턴 살인 사건의 수사 상황이 궁금해 전화했으리라 추측했지만, 사실 그들이 헬렌에게 전화를 건 목적은 로버트 스톤힐이라는 사람이었다.

로버트의 이름이 나오자마자 헬렌은 전화를 끊고 경찰서로 황급히 돌아갔다. 경찰서에 도착한 그녀는 내일 신문의 1면을 보여 달라고 요구했다. 대부분 알제리 인질극 기사였지만 '데일리 메일'만은 아니었다. '괴물의 아들'이라는 헤드라인이 1면을 화려하게 장식했고 아래에는 흐릿하고 음침한 로버트의 사진이 보였다. 망원 렌즈로 멀리서 찍은 사진이었다. 그 아래에서는 머그샷 속 마리앤이 음흉한 시선을 내보냈다. 마리앤이 어떤 범죄를 저질렀는지 다시 상세히 짚어주는 기사도 있었다.

헬렌은 신문을 떨어뜨렸다. 기자실에서 달려 나온 그녀는 아래층으로 후다닥 내려가 오토바이에 올랐다. 도시 외곽으로 질주하면서도 한 가지 질문만이 머릿속을 쉴 새 없이 맴돌았다. 대체 어떻게? 어떻게 찾아낸 거지? 분명 에밀리아 작품일 텐데, 헬렌은 누구에게도 로버트 이야기를 한 적이 없었다. 설마 그 아이가….

아니, 그건 말이 되지 않는다. 언제부터 에밀리아에게 모든 것을 다 아는 능력이 생겼지? 무슨 수로 헬렌의 삶에서 가장 비밀스러운 공간까지 뚫고 들어온 것일까?

헬렌은 로버트를 찾아 안심시키고 싶은 마음밖에 없었다. 그를 보호하고 싶었다. 그러나 콜 애비뉴에 도착하자 이미 기자들이 진을 치고 있었다. 텔레비전 방송국 취재진이 막 도착했고 점점 많은 기자가 로버트의 집 앞에 모여 초인종을 누르고 인터뷰를 요청했다. 헬렌은 그들 사이를 헤치고 달려가서 로버트를 찾고 싶었다. 하지만 가까스로 이성을 찾고 제자리에서 움직이지 않았다. 그녀가 나타나면 상황이 더 악화될 뿐이다. 헬렌이 아니어도 스톤힐 가족이 해결해야 할 문제는 많았다.

어떻게 해야 로버트를 도울 수 있을까? 아무 잘못 없는 청년이 그녀로 인해 돌풍에 휘말렸다. 이걸 어떻게 멈출 수 있을까? 다 헬렌 잘못이었다. 왜 마음이 약해져서 로버트에게 연락을 했을까. 그는 행복했다. 아무것도 몰랐다. 그런데 이렇게 되고 말았다.

로버트를 구하려다가 그의 인생을 망치고 말았다.

82

땅바닥에 뻗은 여자는 죽은 것처럼 축 늘어져 있다. 그가 움직이는 대로 여자의 팔은 땅 위에서 마구 뒤흔들렸다. 남자는 그의 인형을 원 없이 갖고 놀았다. 귀찮게 콘돔을 사용하지도 않았다. 몇 시간 후면 **슬라자크** 선을 타고 앙골라로 떠날 것이다. 이 여자가 발견될 쯤에는 이미 멀리 가고 없겠지. 그는 상륙 허가 기간을 항상 알차게 즐겼고 이번도 예외는 아니었다.

여자를 목 졸라 기절시키고 나자 기운을 차리는 데에는 한참이 걸렸다. 늘 그랬다. 아드레날린이 치솟아 심장이 터질 것처럼 마구 뛰었고 눈앞에서는 별이 왔다 갔다 했다. 싸움에서 이겼는데도 숨 쉬기가 힘들고 온몸에 힘이 빠졌다. 얼굴에 난 상처는 심하게 따끔거렸고 신경이 바짝 곤두섰다. 물 떨어지는 소리가 날 때마다 누가 다가오는 발소리처럼 들렸다. 바람이 불 때마다 여자의 비명소리 같았다. 그러나 여기 다른 사람은 없었다. 그와 그의 사냥감뿐이었다.

이 여자도 다른 여자들과 똑같았다. 하나같이 다 음탕하고 더러운 싸구려 계집이다. 지금까지 몇 명이나 죽였더라? 일곱? 여덟? 끝까지 **제대로** 맞서서 저항한 여자는 몇 명이었지? 하나도 없었다. 이 여자는 좀 끈질겼지만 다른 여자들처럼 알고 있었다. 자기가 타락했다는 걸 알았다. 타락한 인생을 살았기 때문에 구원받을 기회 따위 없다는 걸 알았다. 그래서 여자들은 그가 고통을 덜어주었을 때 행복해했다. 곧장 지옥에 떨어진다는 사실을 알까? 신경이나 쓸까?

남자는 몸을 부르르 떨며 사정했다. 눈을 감고 이 순간을 즐겼다. 몇 주 동안 잔뜩 쌓였던 스트레스가 벌써 눈 녹듯 사라지고 있었다. 이제 온몸의 긴장이 풀리면서 마음도 편안해질 것이다. 자주 경험하지 못해서 더 소중한 기회였다.

그는 여자의 핏기 없는 얼굴을 한 번 더 보려고 눈을 떴다. 그러나 눈을 뜨자마자 충격으로 얼어붙었다.

여자가 눈을 뜬 것이다. 그를 똑바로 바라보고 있었다.

옆에는 그녀의 가방이 있었다. 그리고 여자는 오른손에 아주 커다란 칼을 들고 있었다.

"Gówno(씨팔)!"

뼈가 부서지는 소름끼치는 소리와 함께 칼이 남자의 얼굴을 꿰뚫었다. 정신이 아득해졌다. 그리고 곧 보이치에흐 아다미크는 숨을 거두었다.

83

그녀는 언제고 순식간에 상대를 제압할 수 있다.

문에 열쇠를 꽂으려 할 때 누군가 뒤에서 빠르게 접근하는 기척이 났다. 그녀는 획 돌아서서 괴한의 팔을 붙잡고 벽으로 세게 밀쳤다. 그리고 손에 들고 있던 열쇠를 괴한의 눈앞에 들이댔다. 필요하다면 당장에라도 눈을 쑤셔버릴 태세였다.

그는 제이크였다. 숨을 헐떡이는 제이크를 보고 헬렌은 팔을 내렸다.

"미쳤어요?"

제이크는 아까 단단한 벽에 부딪히는 바람에 숨통이 막혀 말이 나오지 않았지만 간신히 입을 열었다.

"당신을 기다렸어요."

"평범하게 전화를 하면 어디가 덧나요? 아래에서 기다려도 되잖아요?"

"전화를 했어요, 헬렌. 당신도 알잖아요. 문자를…. 다섯 통인가, 여섯 통 남긴 거? 답장을 안 한 사람은 당신이에요."

제이크가 목소리를 높이자 건물 계단에 그의 말이 메아리쳤다. 이웃집 제임스가 오늘도 어린 간호사를 달고 소란스럽게 아파트 현관으로 들어오고 있었다. 헬렌은 얼른 문을 열고 제이크를 집 안으로 밀었다.

"걱정했어요. 안 좋은 일이 생긴 줄 알았단 말이에요. 나중에는 내가 뭘 잘못했다는 생각도 들었고요. 왜 그러는 거예요?"

제이크는 헬렌의 집 거실에 서서 헬렌의 책과 서류들에 둘러싸여 있었다. 제이크가 그녀의 공간에 들어온 이 상황은 이상해도 너무 이상했다. 전혀 어울리지 않았다.

"에밀리아 개라니타가 우리에 대해 알아요. 내가 왜 당신을 찾아가는지 언론에 폭로하겠다고 협박하고 있어요."

제이크는 놀란 표정이었다. 그래도 헬렌은 이 질문을 해야 했다. "에밀리아에게 말했어요?"

"아니, 말도 안 돼요. 백 번을 물어봐도 아닙니다."

"다른 사람은요? 에밀리아를 아는 사람이나 입 가벼운 사람에게 말 안 했어요?"

"아뇨, 내가 뭐하러 그런 짓을 하겠어요? 이건 다른 사람은 모르는 우리 둘 문제예요. 당신도 알잖아요."

헬렌은 바닥을 물끄러미 내려다보았다. 오늘 하루 가슴 속에 쌓였던 감정들이 폭발하면서 헬렌은 결국 울음을 터뜨렸다. 이러는 자신이 싫어서 고개를 푹 숙이고만 있었다. 제이크에게 약한 모습을 보이고 싶지 않았지만 이내 어깨가 들썩이기 시작했다. 일이 너무도 심각하게 잘못되었다. 다 나약하고 어리석은 그녀의 책임이었다. 한 번이라도 행복하게 살 수는 없는 걸까?

거실 저편에서 제이크가 다가와 그녀를 따스하게 감싸 안았다. 기분 좋았다. 어떤 사람은 헬렌을 경멸하고, 어떤 사람은 의심했다. 그러지 않으면 헬렌을 이상한 사람 취급했다. 하지만 제이크는 달랐다. 비록 만남은 평범하지 않았지만 그녀를 판단하려 들지 않고 늘 아껴주었다. 평생 조건 없는 사랑 따위 받아본 적이 없는 헬렌이지만 알 수 있었다. 제이크는 지금 그녀에게 조건 없는 사랑을 보내고 있었다.

제이크가 다가가고 싶다는 신호를 보냈을 때도 헬렌은 그와 늘 거리를 유지했다. 그래서일까, 헬렌의 다음 말에 헬렌만큼이나 제이크도 놀라고 말았다.

"가지 마."

84

얇은 커튼 사이로 햇살이 쏟아졌다. 찰리는 새로운 하루를 알리는 따스한 온기를 느끼며 천천히 눈을 떴다. 몽롱한 머릿속에서 온갖 기억, 생각, 감정이 소용돌이쳤다. 그러다 찰리는 이게 꿈인지 현실인지 확인하고 싶어서 돌아누웠다. 그러나 스티브는 침대에 없었다. 어젯밤 그는 집에 들어오지 않았다. 꿈이 아니었던 거다.

찰리는 계속해서 스티브에게 전화를 걸었지만 곧장 음성 메시지로 넘어갔다. 괜찮은 걸까? 무슨 일이 생긴 것은 아닐까? 스티브가 그녀를 떠났을 리는 없었다. 물건이 다 남아 있었고, 무엇보다도 스티브는 그렇게 형편없는 남자가 아니었다. 말을 하지 않고 찰리를 떠나는 일은 결코 없었다.

그렇다면 어디 있는 것일까? 왜 집에 들어오지 않은 걸까? 스티브가 일과 가정 중 하나를 선택하라고 통보한 뒤, 찰리는 생각할 시간을 달라고 했다. 헤어지고 싶지 않았다. 행복한 가정을 꾸리고 싶었다. 하지만 일을 그만두고 지금까지 노력해서 얻은 모든 것을 포기하라니, 희생이 너무도 컸다. 하지만 스티브가 곁에 없다면 다 무슨 의미인가? 찰리는 어느 쪽도 쉽게 선택할 수 없었다.

어쩌면 스티브는 아기를 잃고 찰리가 생각한 것보다 더 괴로워했나 보다. 스티브는 아들 이름을 미리 생각해두었다고 했다. 처음 임신 사실을 알렸을 때, 어떤 이름을 지었는지 비밀이라며 찰리를 애태웠다. 몇 번을 졸라도 알려주는 법이 없어서 나중에는 찰리도 아예 묻지를 않았다. 너무도 꿋꿋하게 입을 열지 않았던 걸 생각하면 찰리가 정말 그의 아픔을 과소평가했는지도 모르겠다.

스티브는 끈질겼다. 찰리가 다른 일을 하게 만들어야 한다는 의지가 너무도 강했다. 아이를 가질 수 있게 안전한 일을 하라고 했다. 지금까지 분노와 걱정, 두려움을 참을 만큼 참았고 이제 한계라 했다. 앞으로 어떻게 살고 싶은지 찰리가 결정할 차례였다.

하지만 찰리는 어떻게 살고 싶은지 몰랐다. 결정할 수 없었다. 확실한 것은 하나뿐이었다. 이 커다란 집에 혼자 있고 싶지는 않았다.

85

그는 포위당했다. 초인종 선을 끊고 전화선을 뽑아도 쏟아지는 질문은 멈추지 않았다. 기자들은 우편물 투입구로 소리를 치고 문과 창문을 두드렸다. 한 마디 해달라고, 사진 한 장만 찍게 해 달라고 부탁했다. 날이 갈수록 지독하고 무자비해졌다.

로버트는 부모님인 모니카, 애덤과 위층 안방으로 몸을 피했다. 세 가족은 다 같이 침대에 앉아 바깥의 난동 소리가 들리지 않을 때까지 라디오 볼륨을 키웠다. 처음에는 무슨 말을 할지 몰라 아무도 입을 열지 않았다. 충격이 너무 커서 오늘 하루 동안 일어난 일을 머리로는 받아들일 수가 없었다. 마침내 말을 꺼낸 사람은 로버트였다.

"알고 계셨어요?"

로버트는 괴롭고 화가 난 목소리로 대뜸 물었다. 모니카가 그렇다고 고개를 끄덕였지만 서럽게 울고 있어 말을 할 수 없었다. 그 대신 애덤이 더듬거리며 로버트의 질문에 대답했다. 부모님은 로버트를 입양할 때 생모가 누구인지 알았지만 정확히 어떤 범죄를 저질렀는지 듣지 않기로 했다. 괜한 두려움으로 소중한 아이에게 편견을 지우고 싶지 않았다. 아이에게 무슨 죄가 있겠는가. 아이와 부부는 과거의 흔적을 말끔히 씻어내고 신의 은총 아래 행복을 찾았다. 부부는 언제나 로버트를 '작은 축복'이라고 부르곤 했다.

지금 로버트는 그가 축복이라는 말을 믿을 수 없었다. 몇 시간 후, 괴롭기만 한 이야기가 끝나자 로버트는 혼자 있을 시간이 필요하다며 자기 방으로 돌아갔다. 그는 침대에 누워 아이팟 볼륨을 최대로 키웠다. 그의 우스꽝스러운 인생을 생각하고 싶지 않았다. 하지만 그럴 수 없었고, 잠이 들 수도 없었다. 결국 밤이 새도록 느릿느릿 움직이는 시계만 멀뚱하니 바라보며 누워 있었다.

헬렌이 벌인 짓일까? 로버트는 에밀리아 개라니타에게 듣기 전부터 헬렌이 누구인지 알고 있었다. 에밀리아가 편의점에서 그를 멈춰 세웠을 때 처음에는 무시했다. 하지만 다음 말을 듣고 나자 그럴 수가 없었다. 헬렌은 그의 이모이고 엄마는 연쇄살인범이란다. 로버트가 만난 헬렌은 그를 보호하려 했다…. 하지만 그의 정체성을 아는 사람도 헬렌뿐이었다. 그에게 개인적으로 관심을 보인 사람도 헬렌밖에 없었다. 헬렌이 그의 인생을 망친 장본인일까?

아이팟이 바닥에 떨어지는 바람에 부모님이 말다툼하는 소리가 들렸다. 부모님은 이런 일을 당할 분들이 아니었다. 이제 그의 가족은 어떻게 될 것인가? 로버트를 입양해서 아낌없이 사랑해준 부모님은 이런 결과를 원하지 않았을 것이다. 나쁜 짓이라고는 모르고 착하고 평범하게 살아온 분들이었다.

창밖을 슬쩍 내다본 로버트는 가슴이 쿵 내려앉았다. 전보다 기자가 더 많아졌다. 지금 그는 포위당했다. 그리고 탈출할 방법은 없었다.

86

헬렌은 제 시간에 집을 나섰지만 도로가 이미 꽉 막힌 탓에 평소보다 부검소까지 가는 시간이 두 배는 더 걸렸다. 왜 더 일찍 나오지 않았는지 후회스러웠지만, 아침에 옆자리의 제이크를 보고 당황해서 그럴 정신이 없었다. 너무 오랜만에 경험한 일이라 (늘 제이크 집에서나 만났지 그녀의 집은 처음이었다) 어디까지가 예의인지 감이 안 왔다. 헬렌은 제이크에게 샤워와 아침식사까지 허락한 후 그만 가달라고 했다. 의외로 어색하지 않았다. 오히려 다정하고 애정 어린 분위기에서 작별 인사를 나눴다. 간밤 헬렌은 새벽이 되도록 제이크와 이야기를 나누다 잠이 들었다. 몇 시간 후 일어났을 때는 불편한 정장까지 다 입고 있었어도 기분이 상쾌했다. 앞으로 어떻게 될지 몰라도 후회는 없었다.

헬렌은 부검소로 가는 길에 다시 로버트를 생각했다. 연락을 해볼까? 그녀는 오토바이를 세우고 휴대폰을 꺼내 재빨리 문자를 썼다. 자판 위에서 손가락이 맴돌았다. 그녀의 연락을 반가워할까? 무슨 말을 할 수 있을까? 만약 문자가 엉뚱한 사람 손에 들어가거나 해킹을 당한다면 어떡하지? 에밀리아는 원하는 걸 손에 넣을 수 있다면 그렇게 비열한 방법도 불사할 사람이었다.

그렇다고 가만히 있을 수는 없었다. 로버트가 홀로 싸우게 둘 수는 없었다. 그래서 헬렌은 미안하다고, 그 지역 경찰에게 기자들을 쫓아 보내라고 할 테니 그때까지만 기다려달라고, 어떻게 지내는지 알려달라는 문자를 간단히 남겼다. 이런 상황에 어울리지 않았지만 달리 무슨 말을 하겠는가? 헬렌은 아무도 없는 영안실 주차장에서 차가운 바람을 맞으며 망설이다가 전송 버튼을 눌렀다. 부족하지만 로버트에게 도움이 되기를 진심으로 바랐다.

짐 그리브스는 오늘따라 말이 없었다. 짐이 헬렌의 복잡한 사정을 알고 있다고 나름대로 배려한 것이었다. 이런 적은 처음이었다. 거기서 끝나지 않았다. 짐은 부검대로 걸어가면서 헬렌의 팔을 위로의 뜻으로 토닥여주었다. 그는 절대 남에게 신체 접촉을 하는 사람이 아니었다. 그런 짐이 응원한다고 표현하기 위해 손을 내밀었다는 사실은 감동스러웠다. 헬렌은 고맙다고 미소를 지어 보였다. 이제는 눈앞의 일에 집중할 시간이었다. 두 사람은 마스크를 쓰고 안톤 가디너의 부패한 사체에 다가갔다.

"죽은 지 6개월쯤 됐어요." 짐 그리브스가 설명을 시작했다. "정확하게 말하기는 힘듭니다. 그동안 그 동네 벌레들이 아주 잘 먹고 잘 살았어요. 피부와 내장은 대부분 뜯겼지만 입과 콧속에 말라붙은 피로 미루어 보아…, 6개월이라고 보면 됩니다."

"살해당했나요?"

"확실해요. 이 남자는 죽기 전에 고문을 당했어요. 양쪽 발목이 나갔고, 무릎이랑 팔꿈치도 부러졌죠. 호흡기의 상처는 아주 깊어요. 칼끝이 척추뼈를 잘랐을 정도니까요. 범인이 누군지는 몰라도 머리를 자른 거나 다름없어요."

"그곳에서 죽은 건가요?"

"그렇게 보이진 않습니다. 현장에 피가 별로 없었고 주변에 옷가지도 보이지 않았어요. 사체를 작은 구덩이에 억지로 밀어 넣었다면, 다른 데서 죽이고 그곳에 감췄을 거예요. 사후경직이 시작되기 전에 몸을 둥글게 말아서 묻어버린 거죠. 이미 뼈가 부러져서 어렵지 않았을 겁니다."

"심장은요?"

짐이 말을 멈췄다. 그는 이 질문이 얼마나 중요한지 알고 있었다.

"제자리에 있어요. 일부가 제자리에 있다고 해야 하나. 남은 심장은 조직에 잘 붙어 있어요. 쥐가 파먹었을 뿐이죠. 자세히 보면 이빨자국이 보일 거예요."

헬렌은 죽은 남자의 내장을 자세히 들여다보았다.

"앞에서 말했듯이 손톱 밑과 코, 입에서 피를 발견했어요. 아직까지 혈액형은 두 개만 나왔으니 운이 좋다면 범인의 피가 있을지도 모릅니다. 몇 시간 안에 DNA 감식 결과가 나올 거예요."

헬렌은 고개를 끄덕였지만 그녀의 시선은 한때 벌떡벌떡 뛰었을 안톤의 심장만 향하고 있었다. 대체로 범인의 수법과 비슷했지만 심장은 도려내지 않았다. 안톤은 라이라에게 준비 운동이었던 것일까? 고문에서 손을 씻고 다음부터는 피해자를 난도질하는 노선으로 갈아탄 것일까? 정말로 안톤 가디너가 그녀의 광기에 불을 지핀 것일까?

이제 살해당한 포주가 어떻게 살아왔는지 찾아봐야 했다. 헬렌은 짐에게 고맙다고 말한 후, 평소답지 않게 말수가 적은 법의학자와 쥐에게 갉아 먹힌 남자를 뒤로 하고 부검실을 나왔다.

"이 남자는 어떤 인물이지?"

수사본부로 돌아온 헬렌은 그녀를 둘러싸고 있는 팀원들에게 물었다.

"안톤 가디너, 삼류 포주이자 마약중개상입니다." 그라운즈 수사관이 브리핑을 시작했다. "1978년 미혼모인 쉐일린 가디너의 아들로 태어났습니다. 모친은 절도 전과가 셀 수도 없어요. 출생신고서에 부친은 없고 그쪽으로는 알아봐야 시간 낭비로 보입니다. 쉐일린도 정보는 별로 없지만 몸을 쉽게 허락하는 여자라는 말이 있어요."

주제는 심각했지만 몇몇 여성 수사관들이 웃음을 꾹 참았다. 보수적인 그라운즈 수사관이 적나라한 말을 못하고 에둘러 표현하는 모습이 귀여워 보였다.

"안톤은 비버스에 있는 세인트 마이크스에서 학교를 다녔지만 졸업장은 따지 못했어요. 사건 기록부는 열다섯 살 무렵부터 시작해요. 마약 불법 소지, 절도, 구타로 시작해서 전과가 계속 늘어납니다. 하지만 중범죄를 저지른 적은 없었고 감옥에는 짧게 들어갔다 나왔을 뿐입니다."

"그의 밑에서 일하는 여자들은 어때?" 헬렌이 주제를 바꿨다. "어디까지 알아냈지?"

"안톤은 2000년대 중반부터 포주 노릇을 시작했습니다." 찰리가 대답했다. "조직에 소속된 매춘부는 꽤 많아요. 대개 보호시설 출신을 마약에 중독시킨 뒤 성매매를 강요했습니다. 그와 '거래'를 한 몇몇 여자와 이야기를 나눠봤는데, 다들 질 나쁜 놈이라고 하더라고요. 지배욕이 강하고 폭력적이랍니다. 성적 취향은 가학적이고요. 그리고 피해망상이 심하대요. 누가 자기를 항상 감시하고, 여자들이 다 같이 작당해 떠나려 한다고 믿었습니다. 아무 이유 없이 여자들을 두들겨 패기도 했고요. 불안하다고 돈을 은행에 안 넣고, 신분증도 항상 집에 두고 다녔답니다. 잘 때도 칼을 곁에 두었대요. 자나 깨나 뒤에 누가 있을까 봐 덜덜 떨며 살았던 거죠."

헬렌은 그 말을 곰곰이 생각하다가 덧붙였다.

"일은 잘 됐나?"

"돈은 꽤 벌었습니다." 샌더슨 수사관이 대답했다.

"알려진 원한관계는?"

"우리 용의자요. 사망 시기에 별다른 사건은 없었습니다."

"결혼은 안 했겠지?"

샌더슨이 웃으며 고개를 저었다.

"그럼 왜 안톤을 노린 걸까?" 헬렌이 얼굴에서 미소를 싹 지우며 말했다. "그리고 왜 사체를 숨긴 거지? 유부남도 아니고 밑바닥 생활을 하던 포주야. 폭로할 게 하나도 없잖아. 집에서 사랑하는 가족이 기다리는 '위선자'가 아니란 말이야. 안톤은 자기 본모습을 숨길 생각도 안 했어."

"심장도 남아 있었어요." 맥앤드루 수사관이 덧붙였다.

"바로 그거야. 심장을 뜯어내지 않았어. 그게 무슨 의미일까? 왜 그를 죽였지?"

"먼저 공격해서가 아닐까요?" 그라운즈 수사관이 의견을 냈다. "그 극장에서 여자들을 가두고 고문했다면서요."

"하지만 거기서 죽이지 않았어." 헬렌이 끼어들어 말했다. "다른 곳에서 살해당한 후 극장에 묻힌 거야. 앞뒤가 맞지 않아."

"때를 기다렸는지도 모르죠. 그에게 당한 후에요." 포춘 수사관은 의견을 굽히지 않았다. "적당한 시기를 노렸다가 방해받지 않을 곳에서 보복을 한 거예요. 그러고 나서 다른 포주들에게 경고하듯 극장에 사체를 유기한 겁니다. 다른 여자들에게도 보이고 싶었을 테고요."

"그런데 왜 묻었지?" 헬렌이 반박했다. "보이고 싶은데 왜 사체를 감춘 거야?"

수사본부에 침묵이 내려앉았다. 헬렌은 잠시 생각하더니 말했다.

"그가 어디서 죽었는지 찾아야 해. 주소 알아봤나?"

"여러 개 확보했습니다." 그라운즈 수사관이 이맛살을 찌푸렸다. "틈만 나면 거처를 옮겼어요. 달팽이도 아니고 자기 물건을 등에 지고 사우샘프턴 곳곳을 돌아다녔습니다. 실제든 상상이든 자기 원수들을 따돌리려고 노력했습니다."

"하나도 남김없이 살펴보도록. 범죄 현장을 찾으면 안톤과 라이라의 확실한 연관관계가 나올 거야. 그가 죽었을 때의 상황을 알아내야 해. 이 건은 그라운즈 수사관이 이끈다."

헬렌은 미팅을 끝내고 찰리를 따로 불러서 다른 사이트 회원을 추적하는 일이 어떻게 되고 있는지 물으려 했지만 그럴 수 없었다. 접수대에 새로운 소식이 도착해 소란이 일자 모든 사람이 하던 일을 멈추었다. 엔젤이 또 살인을 한 것이다.

87

"몸싸움이 꽤 거칠었던 것 같네요."

헬렌과 찰리는 싸늘한 화물 관리소 마당에 나란히 서서 눈앞의 살육 현장을 바라보았다. 피해자는 온몸에 문신을 한 20대 중반의 남성이었다. 아스팔트에 쓰러진 그의 머리 주위로 피가 흥건하게 고여 있었다. 얼굴 한가운데가 칼로 푹 찔린 상처를 카메라에 담고 있는 과학수사대와 달리, 헬렌은 얼굴보다 몸통에 관심을 보였다. 몸통은 칼로 난자를 당해 갈기갈기 찢겼지만 내장은 손대지 않은 그대로였다.

헬렌은 찰리의 말을 듣고 소름끼치는 광경에서 눈을 뗐다. 찰리 말이 맞았다. 사방에 유혈이 낭자했다. 누군가 세게 부딪힌 자국이 있는 컨테이너에도 피가 튀었고 몸싸움이 일어난 땅바닥도 피 범벅이었다. 둘 중 살아남은 쪽이 도망친 방향으로도 피가 드문드문 떨어져 있었다. 피 묻은 발자국은 크기가 작았고 하이힐 부츠 모양이었다. 엔젤이다.

"이번엔 상대를 잘못 골랐나 봐요." 찰리가 감상을 이어갔다.

헬렌은 고개를 끄덕일 뿐 아무 말 하지 않았다. 여기서 무슨 일이 벌어진 걸까? 왜 다른 남자들처럼 약으로 기절시키지 않았지? 이것은 목숨을 건 난투극이었다. 찰리 말이 맞는지도 모르겠다. 드디어 엔젤의 행운이 바닥난 것인지도 몰랐다.

"선원. 아마 외국인일 거야. 아마도 미혼일 거고. 엔젤답지 않은 선택인데." 헬렌이 사체의 기묘한 문신을 살펴보면서 말했다.

"갈수록 피해자 찾기가 어려워지는 것 아닐까요."

"그럼에도 멈출 수 없다는 거군." 헬렌이 대답했다. 그렇게 생각하니 정신이 번쩍 들었다.

찰리는 말없이 고개만 끄덕였다. 헬렌은 옷을 일부만 걸치고 있는 사체를 더 자세히 살펴보았다. 엔젤은 몸싸움 후 불안해져서 평소처럼 피해자를 여유롭게 해치울 수 없었던 것 같다. 그의 흉부는 갈가리 난도질을 당한 모습이었다. 엔젤 특유의 신중함은 찾아볼 수 없었다. 그저 광기 어린 폭력이었다.

"보니까 어때요?" 헬렌이 과학수사대 팀장에게 물었다.

"얼굴이 깊게 찢어진 상처예요. 사실상 눈에다 칼을 꽂았습니다. 즉시 사망했을 거예요."

"그 밖에는요?"

"오늘 밤 성행위를 했던 것 같아요. 성기에 정액이 묻었고 골반에 멍이 심하게 들었습니다. 그건 섹스가 격렬했다는 뜻이고, 강간이었을 가능성도 있어요."

헬렌은 갑자기 엔젤이 가여웠다. 경찰 생활을 한두 해 한 게 아닌데도 성범죄 사건을 접하면 괴로웠고 피해자에게 연민을 느꼈다. 아무리 형편없는 인간이어도 안쓰러웠다. 강간을 당한 후 피해자는 서서히 죽어간다. 속에서 생명을 갉아먹는 암세포가 그 사람을 떠나지도 않고, 살려두지도 않는다. 엔젤은 정신이 불안정한 여자였고, 미친 여자라고 할 수도 있었다. 하지만 이런 공격을 받았다면 더 깊은 나락으로 떨어질 것이다.

지금 심하게 멍이 들었을 것이다. 더 크게 다쳤을지도 모른다. 이제 세상의 눈을 피해 영원히 숨어버릴까? 아니면 마지막으로 한 번 더 찬란한 영광을 노릴 것인가?

88

장대비가 세차게 쏟아졌다. 비는 더러움을 씻어내기보다는 이 도시를 공격하고 있었다. 빗방울이 폭탄처럼 도로 위로 떨어졌다가 튀어 올랐다. 깊은 웅덩이가 앞을 가로막았지만 그녀는 주저 없이 웅덩이를 밟고 가던 길을 갔다. 빗물이 운동화에 스며들어 퉁퉁 부은 발을 적셔도 걸음을 멈추지 않았다. 망설인다면 용기를 잃고 돌아설 것이다.

추위가 뼛속까지 파고들었다. 머리는 지끈거렸고 충격이 가라앉기 시작하면서 온몸이 아프다고 절규했다. 이러다가는 사람들 눈에 띄고 말 것이다. 그녀는 발걸음을 빨리 했다. 빨리 걸어야 그나마 다리를 절뚝거리지 않을 수 있기 때문이다. 후드 위에 야구모자까지 썼지만 눈썰미 좋은 사람은 지나가다 눈과 코 주위의 푸르스름한 멍을 알아볼 것이다. 변명을 준비해두었지만 쉽게 말이 나올 것 같지 않았다. 그래서 그녀는 계속 앞으로 나아갔다.

마침내 건물이 보였다. 그녀는 망설이다가(두려워서일까? 부끄러워서? 사랑하기 때문에?) 그곳으로 달려갔다. 어떻게 될지 모르겠지만 이게 옳은 선택이었다.

이곳은 초라했지만 따뜻한 분위기를 풍겼다. 그녀는 주먹으로 문을 두드리고는 대답을 기다리며 주위를 두리번거렸다. 하지만 아무도 없었다. 이 길에 서 있는 사람은 그녀뿐이었다.

응답이 없다. 그녀는 다시 문을 쿵쿵 두드렸다. 안 돼, 시간이 갈수록 더 힘들어진다.

드디어 발소리가 들렸다. 그녀는 어떤 반응이 나올지 긴장하며 문에서 한 발짝 물러섰다.

문이 천천히 열리더니 통통한 중년 여성이 나왔다. 그녀는 후드를 뒤집어쓴 여자를 보고는 동작을 멈췄다.

"무슨 일로 오셨죠?" 친절하지만 경계심이 가득한 말투였다.

"저는 웬디 제닝스예요. 찾는 분이 계신가요?"

여자는 대답 대신 모자와 후드를 벗었다. 웬디 제닝스는 놀라서 숨을 헉 하고 들이마셨다.

"세상에나, 들어와요. 가엾기도 해라. 치료부터 받읍시다."

"괜찮아요."

"어서 들어와요. 걱정하지 말고요."

"다 필요 없어요."

"그럼 뭐가 필요하죠?"

"이거."

여자가 코트 지퍼를 열더니 그 안에서 포근해 보이는 꾸러미를 하나 꺼냈다. 웬디는 따뜻한 포대기에 싸여 잠을 자는 아기를 내려다보고서야 여자가 왜 이러는지 깨달았다.

"좋은 말 할 때 받아요." 여자가 낮게 다그쳤다.

그러나 웬디 제닝스는 뒤로 물러났다.

"이봐요, 아가씨. 지금 힘들다는 거 알겠지만 그냥 이렇게 아기를 받을 수는 없어요."

"왜? 여기 보육원이잖아요?"

"그렇지만…."

"제발, 사람 애원하게 만들지 말아요."

웬디 제닝스는 그녀의 말을 듣고 움찔했다. 진심으로 괴로워하는 목소리였지만 분노도 섞여 있었던 것이다.

"지금 내 상황이 얘를 더 이상 돌볼 수 없어요." 여자가 계속 사정했다.

"알았어요. 그 마음 이해해요, 정말이에요. 하지만 이런 일에는 방법이 따로 있어요. 절차를 따라야 해요. 우선 사회복지국에 연락할게요."

"사회복지국은 안 돼요."

"그럼 구급차를 부를게요. 가서 치료를 받은 다음에 아기를 어떻게 할지 의논하면 돼요."

그건 함정이었다. 분명했다. 이곳에 오면 좋은 사람, 믿을 수 있는 사람을 만날 줄 알았다. 하지만 그녀가 찾는 건 여기 없었다. 여자는 찬바람을 일으키며 돌아섰다.

"어디 가는 거예요?" 웬디가 외쳤다. "가지 말아요, 제발. 얘기 좀 해요."

그러나 여자는 대답하지 않았다.

"아가씨에게 피해 주려는 게 아니에요."

"잘도 그러시겠지."

멈춰선 여자가 뒤를 돌더니 웬디 제닝스에게 성큼 다가가 얼굴에 침을 퉤 뱉었다.

"부끄러운 줄 알아."

그녀는 돌아보지도 않고 아기를 품에 꼭 안은 채 거리를 걸었다. 얼굴 위로 눈물이 쏟아졌다. 더 이상 희망이 없다는 분노와 무력감으로 그녀는 굵은 눈물을 흘렸다.

마지막 기회가 날아갔다. 구원을 받으려 했던 마지막 기회였다.
이제는 죽음만이 남았다.

89

끔찍했다. 경찰이 기자의 본분을 상기시키며 집에서 물러나라 경고했지만 취재진은 경찰이 떠나자 다시 벌떼처럼 모였다. 현관문을 두드리고 우편물 투입구로 질문을 쏟아 부었다. 몇몇은 뒷마당 울타리를 넘어 들어와 뒷문 손잡이를 잡고 흔들었다. 땅귀신처럼 온실 창문을 엿보는 사람도 있었다.

로버트와 부모님은 24시간 내내 불을 켜지 않고 2층에서만 지냈다. 처음에는 2층에 있으면 보이지 않을 줄 알았다. 그러나 길 건너 2층 창문에서 몸을 내밀고 있는 사진기자를 본 다음부터는 빈틈없이 커튼을 여몄다. 이제 로버트 가족은 야행성 동물처럼 어둠 속에 모여 앉아 통조림과 인스턴트식품으로 끼니를 때웠다. 그들에게는 생활보다 생존이 더 어울리는 말이었다.

처음에는 인터넷을 하고 싶지 않았다. 그러나 인터넷이 바깥세상과 통하는 유일한 길일 때는 도저히 참을 수 없었다. 그리고 일단 접속하자 멈추기 힘들었다. 전국에 발행하는 신문에서도 로버트의 이야기를 대대적으로 보도했다. 악마 같은 여자 마리앤의 모든 것을 폭로하며 그녀를 무덤에서 다시 깨웠다. 로버트는 부모님이 보시면 상처를 받을까 봐 자기 방문을 잠그고 기사를 읽고 또 읽었다. 엄마에게 빠져 들어갔다. 의외로 로버트는 그녀에게 안쓰러움을 느꼈다. 분명 끔찍한 학대를 당하고 방치된 사람이었다. 하지만 어떤 죄를 저질렀는지 읽고 있으면 속이 메스꺼웠다. 엄마는 머리가 좋았지만(로버트보다 더 좋을까?) 벼랑 끝에서 한 걸음 뒤로 물러날 지혜는 없었다. 우울하고 끔찍하게 인생을 마감했다. '내셔널 인콰이어러' 웹사이트에는 총알이 심장을 관통했고 동생의 품에서 과다 출혈로 사망했다고 나와 있었다. 이어서 헬렌의 인생을 자세히 파헤쳤고 다음은 로버트 차례였다. 기자들은 낙제한 시험부터 사소한 잘못, 범법 행위까지 하나도 놓치지 않았다. 로버트를 한 직장에 오래 다니지 못하는 낙오자, 엄마처럼 폭력적인 깡패로 묘사했다. '나쁜 씨'라고 했다. 그와 부모님의 명예는 땅으로 추락했다. 로버트는 화를 참지 못하고 헬렌 그레이스에게 힘내라는 문자를 받았을 때도 무례하게 답장을 보냈다. 기자들이 문자를 가로챌 수도 있다. 아니면 말고. 아무래도 상관없었다.

결단을 내려야 했다. 그것만큼은 확실했다. 부모님의 고통이 너무 컸다. 부모님은 친구들과 이야기를 하거나 만날 수도 없었고, 괜히 그와 엮여서 모욕만 당했다. 로버트는 다른 미끼를 던져서라도 기자들을 쫓아 보내야 했다. 태어났을 때부터 그를 길러준 부모님에게 은혜를 갚아야 했다.

로버트는 다친 팔에 새로 감은 붕대를 잡고 손에 둘둘 감았다. 머릿속에서 어떤 계획이 떠올랐다. 모든 것을 다 버리는 극단적인 방법이었다. 하지만 달리 무슨 수가 있겠는가? 궁지에 몰린 그에게 도망칠 곳은 아무 데도 없었다.

90

토니 수사관은 그녀가 변한 모습을 보고 입이 떡 벌어졌다. 멜리사가 새 옷으로 갈아입고 화장을 다시 하게 해달라고 부탁했다는 건 알았지만 이렇게 달라질 줄은 꿈에도 몰랐다. 지금까지 멜리사는 부츠와 미니스커트, 가슴이 깊게 파인 상의처럼 전형적인 성매매 여성의 옷차림이었다. 하지만 청바지와 스웨터를 입고 머리를 자연스럽게 하나로 묶자 행복하고 편안해 보이는 여자로 변신했다.

멜리사는 쭈뼛거리며 토니를 맞아주었다. 잠시 떨어져 있어서 그런지 어떻게 대할지 모르겠다는 눈치였다. 솔직히 토니도 여기 올 때까지는 어떻게 할지 몰랐다. 하지만 멜리사를 실제로 마주하자 더없이 당연한 행동처럼 그녀를 품에 안았다. 두 사람은 들킬까 봐 서둘러 위층으로 올라갔지만 오늘은 욕망에 빠질 기분이 아니었다. 그저 손을 잡고 침대에 나란히 누워 천장을 바라보았다.

"나 때문에 곤란해졌다면 미안해요." 멜리사가 작은 소리로 말했다.

토니의 결혼반지는 그의 집 서랍에 있었지만 멜리사는 토니가 유부남이라는 사실을 이미 알아차렸다.

"일부러 그럴 생각은 없었어요."

"네 잘못이 아니야. 그러니까 죄책감 가지지 마…. 그건 내가 해야지."

그가 어색한 미소를 짓자 그녀도 따라서 웃었다.

"나 때문에 당신이 불행해지는 건 원하지 않아요, 토니. 나한테 그렇게 잘해줬는데."

"너 때문이 아니야."

"그럼 다행이고요. 왜냐하면 당신이 한 말을 생각하고 있었어요. 그 말이 맞아요. 나 정말로 달라지고 싶어요."

토니는 멜리사의 이야기가 어디로 흘러가는지 몰라서 가만히 있었다.

"약을 끊는 프로그램에 들어갈 수 있다면 그렇게 할게요. 거리로 돌아가고 싶지는 않아요. 절대 안 갈래요."

"물론이지. 우리가 최선을 다해 도와줄 거야."

"당신은 좋은 사람이에요, 토니."

토니가 웃음을 터뜨렸다. "나는 그런 사람이 아니야."

"살다보면 남에게 상처를 입히는 때도 있어요, 토니. 인생이 다 그렇잖아요. 그런다고 나쁜 사람이 되지는 않아요. 그러니까 자학하지 말아요. 당신과 나는…, 우리는 지금 이 순간을 즐기고, 그러고 나서 부인에게 돌아가요. 그럼 돼요. 매달리지 않을게요. 약속해요."

토니는 고개를 끄덕였지만 만족할 수 없었다. 마음이 편해지지도 않았다. 그걸 원하는 것일까? 평범한 삶으로 돌아가고 싶은 걸까?

"물론 나를 원한다면 말이 달라지겠죠." 멜리사가 미소를 지으며 말했다. "하지만 결정권은 당신에게 있어요. 내 손에는 아무것도 없지만 토니는 양손에 다 갖고 있는 거예요. 내가 토니라면 현명하게 아내를 선택하겠어요."

두 사람은 대화를 잇지 않고 천장의 특이한 균열만 올려다보았다. 토니 앞에 새로운 미래가 펼쳐졌다. 완전히 미친 생각이었지만 희한하게 설득력이 있었다. 하지만 그 미래를 잡을 용기가 있을까?

91

그라운즈 수사관은 가만히 서서 멍하니 보고만 있었다. 이런 광경은 태어나서 처음이었다. 그야말로 아수라장이었다.

안톤 가디너는 살았을 때처럼 죽은 후에도 찾기 힘든 사람이었다. 그는 경찰이나 경쟁자가 찾지 못하도록 끊임없이 본거지를 옮겨 다녔다. 갑자기 몸을 숨길 일이 생겨도 손해를 보지 않게 집을 사지 않고 단기임대를 선호했다. 결국 이런 성격 덕분에 그라운즈 수사관 팀은 실마리를 발견할 수 있었다. 안톤 가디너는 기록을 남기는 수표와 신용카드 대신 현금만을 사용했다. 그래서 몇 시간에 걸쳐 집주인들에게 전화를 걸어 지난 12개월 사이 현찰로 단기임대 계약한 사람, 그리고 안톤의 인상착의와 일치하는 사람이 있으면 자세히 알려달라고 끈질기게 부탁하자 마침내 꼬리가 밟혔다.

캐슬 로드에 있는 연립주택 주인은 수사에 적극적으로 협조하며 지하 방의 문을 열어주었다. 그러나 눈앞에 펼쳐진 모습에 집주인도 그라운즈만큼이나 경악했다. 의자는 부서지고 탁자는 넘어지고 침대는 바닥에 거꾸로 뒤집힌 상태였다. 그 위에는 갈기갈기 찢긴 매트리스가 보였다. 마치 누군가가 이 집에 전쟁을 선포하고 인정사정없이 공격을 퍼부은 것 같았다.

다 뜯어진 침대 아래에는 짙은 갈색 얼룩이 최소 지름 1미터로 퍼져 있었다. 그라운즈 수사관은 부하에게 과학수사대를 불러오라 지시했지만 굳이 확인을 받을 필요는 없었다. 이 얼룩은 누가 봐도 말라붙은 피였다. 이 허름한 집에서 누군가 죽을 만큼 피를 흘렸다.

제자리를 벗어나지 않은 세간은 얼룩진 카펫 말고 몇 개 없었다. 작은 방에서도 옷장이 박살나고 카펫의 사방이 뒤집혔다. 그라운즈 수사관은 나머지 방도 살펴보면서 새로 발견한 사실들을 머릿속으로 정리했다. 두 가지는 아주 분명했다. 첫째, 안톤 가디너로 추정되는 자가 여기서 습격을 받고 죽었다. 둘째, 누군가 어떤 물건을 찾고 있었다.

그게 무엇일까? 그 물건을 얻으려고 살인까지 한 이유는 또 무엇일까?

92

"확실해요?"

헬렌은 목소리가 너무 크다는 생각에(몇 명이 수사본부에서 고개를 쭉 빼고 보았다) 소리를 낮추고 계속 통화하며 사무실 문을 닫았다.

"백퍼센트 확실해요." 수화기 너머의 목소리가 말했다. 사우샘프턴 중앙경찰서의 과학수사대 팀장인 메러디스 워커였다. "가레스 힐의 얼굴에 묻은 침 DNA와 안톤 가디너의 사체에 남은 두가지 피의 DNA를 대조했어요. 일치하지 않습니다. 가디너의 손톱 아래 있던 피가 살인자의 피라면 그는 다른 사람이 죽인 거예요."

"엔젤이 아니라요?"

"네, 그렇습니다. 엔젤일 가능성이 낮아요. 데이터베이스에 일치하는 DNA가 있는지 계속 찾고 있습니다. 결과가 나오면 알려드릴게요."

헬렌은 전화를 끊었다. 또 옆길로 새고 말았다. 엔젤에 가까이 다가갔다 싶으면 다시 멀어지고 있었다. 헬렌은 사무실에서 급히 나와 찰리를 불렀다. 찰리가 전하는 소식도 우울하기는 마찬가지였다. 창녀천국 사이트 회원을 찾는 작업은 여전히 미궁에 빠져 있었다. 이제 조사할 방향은 하나밖에 없었다.

"샌더슨에게 맡기고 나랑 어디 좀 가지." 헬렌이 찰리에게 말했다. "거짓말쟁이를 만나러 가야겠어."

93

"안녕, 해머."

창녀천국을 전혀 모르는 사이트라고 잡아 떼던 제이슨 로빈스가 뒤를 돌아보니 헬렌과 찰리가 그의 사무실에 들어오고 있었다. 책상에서 벌떡 일어난 제이슨은 그들을 지나쳐 조용히 문을 걸어 잠갔다.

"어떻게 들어왔죠?" 그가 항의했다. "영장 같은 거 없어도 됩니까?"

"그냥 이야기만 하러 왔어요. 안내 데스크에 경찰 수사 관련해서 할 말이 있다니까 신분증을 보자마자 문을 열어주던걸요."

제이슨은 유리창 너머에서 수군대는 다른 직원들을 노려보았다.

"당신들 협박죄로 고발할 거요. 이미 이쪽은 했어." 그가 찰리를 가리키며 말했다. "낮이고 밤이고 메일을 보내고 전화를 걸고…. 이건 말도 안 돼."

"미안하지만 '이쪽'이 질문을 더 해야겠어요." 찰리가 맞받아쳤다. "엔젤에 대한 질문이에요."

"또 시작이군."

"이 사진 한번 봐주시죠."

"'엔젤'이 누군지 모른다고 말했잖…."

"여기요." 찰리가 제이슨의 말을 무시하고 라이라의 몽타주를 내밀었다. 제이슨은 마지못해 건네받았다.

"알아보겠어요? 이 여자가 엔젤인가요?"

제이슨이 고개를 들어 헬렌을 보았다. 그의 이마에 땀이 맺히기 시작했다.

"마지막으로 말하지만 나는 엔젤을 모릅니다. 만난 적도 없어요. 신용카드 도용 사건의 피해자라고요. 누가 내 신용카드를 복제해서 그런 데…."

"그런데 왜 신고하지 않았죠?" 헬렌이 큰소리로 쏘아붙였다. 수사관으로서 침착하게 대응해야 하지만 짜증이 나서 참을 수가 없었다.

"은행에 알아봤어요. 카드 도용 신고를 하지 않았더군요. 신고가 다 뭐예요, 지난 번 우리가 만난 이후로도 계속 사용하고 있죠. 슈퍼마켓에서도 쓰고 약국에서도 썼어요. 계속할까요?"

이번만큼은 제이슨도 할 말을 잃었다.

"마지막 기회예요, 제이슨. 헛소리 집어치우고 지금 당장 엔젤에 대해 이야기해요. 그렇게 하지 않으면 공무집행방해죄로 체포할 겁니다." 헬렌은 점점 목소리를 높였다. "동료들 앞에서 연행할 거예요. 하지만 여기 찰리 브룩스 수사관은 남겨둘 생각이에요. 몇 가지 질문만 잘 골라서 하면 직원들도 다 알게 되겠죠. 자기 상사가 매춘부와 자고 나서, 인터넷으로 한심한 남자들에게 떠벌리고 다녔다는 걸요. 본의 아니게 당신이 쓴 글을 보여줄 수도 있어요. 당연히 부하들은 해머가 어떤 사람인지 더 알고 싶겠죠. 그의 거대한…."

"알았어요, 알았습니다. 그러니까 목소리 좀 낮춰요." 제이슨이 다시 유리창 너머로 직원들 눈치를 보며 애원했다. 거의 모든 사람이 대놓고 구경 중이었다.

"다른 곳으로 옮기면 안 됩니까?" 제이슨이 간청했다.

"아뇨. 말하기나 해요."

제이슨은 뭐라고 반박할 것 같더니 도로 의자에 풀썩 주저앉았다.

"그 여자를 산 적은 없어요."

"뭐라고요?"

"엔젤과 안 잤어요. 사실 딱 한 번밖에 안 만났습니다."

"하지만 여러 번 잤다고 글을 썼잖아요." 찰리가 끼어들었다. "'모든 방법'으로 정복했다고요."

긴 침묵이 흘렀다. 땀에 젖은 제이슨의 얼굴이 수치심으로 붉게 달아올랐다.

"거짓말이에요. 안 잤습니다. 한 번도 창녀와 그런 적 없어요."

"전부 지어냈다는 거예요?" 헬렌은 믿을 수 없었다.

제이슨이 고개를 숙인 채로 끄덕였다.

"다른 남자들이 듣고 싶은 말을 했을 뿐이에요."

"게시판의 다른 남자들 말이에요? '보지왕', '죽여줘'…."

"그래요. 거기 끼고 싶었어요. 관심을 받고 싶었다고요."

헬렌은 제이슨을 쳐다보았다. 그는 비참할 만큼 외로운 사람이었다. 헬렌은 처음으로 이혼하고 혼자 된 이 남자에게 약간의 동정심을 느꼈다.

"엔젤은 언제 만났어요?"

"나흘 전이에요. 어떤 남자가 장소를 알려줘서 찾으러 나갔어요. 거기에 있었고요."

"그래서 어떻게 했어요?"

"차에 태웠어요. 차를 타고 커먼으로 갔습니다."

"그리고요?"

"그 여자는 이야기를 하고 싶어했어요. 질문을 하더라고요. 시답잖은 대화였죠. 그러다…, 그러다 나한테 결혼했냐고 물어봤어요. 왜인지 모르겠지만 그 질문을 듣는 순간 벽돌로 머리를 맞은 기분이었어요."

"무슨 뜻이죠?"

"더 이상 참을 수 없었어요. 단순한 질문이었지만…."

제이슨은 말을 멈췄다. 그때의 감정이 다시 살아나고 있었다.

"그 여자에게 다 말했어요. 아내가 얼마나 그리운지, 에밀리가 얼마나 보고 싶은지를요."

"엔젤은 어떻게 반응했죠?"

"별로요. 그런 얘기를 좋아하지 않았어요. 그냥 '이겨낼 거예요' 같은 말만 몇 마디 했죠. 그러더니 차를 멈춰 달랬어요."

"그러고는요?"

"차에서 내렸어요. 내려서 가버렸어요. 그때 마지막으로 본 겁니다. 하늘에 맹세해요."

헬렌이 고개를 끄덕였다.

"그 말 믿어요, 제이슨. 이야기하기 힘들었을 거예요. 하지만 솔직히 말해서 당신은 천운으로 탈출한 거예요. 장담하는데 상황이 더 끔찍해졌을지도 모릅니다."

"정말 그 여자가 신문에 나온 남자들을…. 그랬나요?"

"맞아요. 그래서 우리는 엔젤을 찾아야 해요. 그러니 제발 이 사진을 자세히 보고 말해줘요. 이게 엔젤인가요?"

제이슨은 다시 몽타주를 집어 들었다. 그리고 유심히 보더니 이렇게 말했다.

"아니에요."

찰리는 놀라서 휘둥그레진 눈으로 헬렌을 돌아보았지만 헬렌은 모른 척했다. 원활하게 감기던 사건의 실타래가 또 다시 코앞에서 흐트러지고 있었다.

"다시 봐요. 라이라 캠벨이 가장 유력한 용의자예요. 이 얼굴이 거의 정확하다고요. 엔젤이 아니란 게 확실해요?"

"확실해요. 전혀 안 닮았습니다."

그 순간 헬렌은 깨달았다. 그들은 다시 원점에 서 있었다.

94

헬렌은 거칠게 욕설을 내뱉었다. 의심의 여지가 없었다. 그녀와 수사팀은 한 사람의 손바닥 안에서 **놀아났다.** 헬렌은 필요한 증거를 수집하라며 찰리를 수사본부로 보낸 후 곧장 안전가옥으로 향했다. 한 쌍의 순경이 앞을 지키고 있었다. 이때까지 멜리사는 왕족에 버금가는 대접을 받았다. 수갑을 차고 경찰차 뒷좌석에 처넣어질 때 그녀가 어떻게 반응할지 헬렌은 자못 궁금했다.

처음에는 집에 아무도 없는 것 같았다. 헬렌은 미친 사람처럼 문을 쿵쿵 두드렸다. 멜리사가 어떻게 알아차려서 도망을 친 것일까? 밖을 지키던 순경들은 멜리사가 건물을 떠나지 않았다고 주장했지만 확신은 금물이었다. 하지만 결국에는 누군가 문구멍을 내다보더니 멜리사의 까칠한 목소리가 들렸다. 무슨 일로 왔느냐고 추궁하던 그녀는 문을 두드린 사람이 헬렌인 것을 알고 깜짝 놀랐다. 30분 후, 사우샘프턴 중앙경찰서 취조실에서 질문 세례가 쏟아지자, 멜리사는 아까보다 더 놀랐다. 그리고 억울해했다.

"왜 그런 짓을 했어, 멜리사?"

"뭘 해요? 내가 뭘 했다는 거죠?"

멜리사는 마치 그녀가 큰 잘못을 저질렀다는 투의 질문을 받고 쏘아붙였다. 불쾌하다는 기색이 역력했다.

"왜 안톤 가디너를 죽였어?"

"무슨 소릴 하는 건지."

"너를 다치게 했니? 돈이 필요했어?"

"그 사람 건드린 적 없어요."

헬렌은 멜리사를 빤히 바라보았다. 그리고 오른쪽에 있는 파일로 손을 뻗어 종이 한 장을 꺼냈다.

"방금 안톤 가디너의 사체에 남은 혈액을 자세히 분석한 결과가 나왔어. 예상대로 자기 피를 많이 뒤집어썼더군. 워낙 잔인하게 당했으니 그럴 만도 하지. 하지만 다른 사람의 피도 있었어. 안톤의 손톱 밑과 그의 치아 두 개에서도 흔적이 남았던 거야. 자기 방어를 하면서 범인을 할퀴고 깨물었던 것 같아."

헬렌은 멜리사의 반응을 보다가 말을 꺼냈다.

"네 피야, 멜리사."

"개소리 집어치워요."

"내가 조언하자면 이 시점에서 변호사를 선임하는 게 좋을…"

"변호사 필요 없어요. 누가 나를 모함하는 거죠?"

"결과가 일치했어, 멜리사. 국가경찰컴퓨터시스템으로 혈액 DNA 분석을 했더니 네 이름이 나왔다고."

멜리사는 인정하지 않고 헬렌을 노려보기만 했다. 헬렌은 파일에서 서류를 더 꺼내며 말을 이었다.

"3년 전 너는 다른 매춘부인 아비가일 스티븐스와 언쟁이 붙었어. 고객을 놓고 말다툼이 벌어졌지. 두 사람 다 서로를 신체 상해죄로 신고했어. 당연히 DNA 샘플을 요구받았고 면봉으로 입에서 DNA를 채취했어. 그런 건 10년 동안 전국 데이터베이스에 보관하는 게 관행이야."

헬렌은 멜리사가 그 말의 뜻을 이해할 때까지 뜸을 들이다 설명을 계속했다.

"어쩌면 너는 우리가 그걸 폐기했다고 생각했을 거야. DNA를 제출했다는 기억조차 잊었을 수도 있지. 하지만 그게 네 피라는 사실은 변하지 않아."

멜리사가 무어라 말하려 했지만 헬렌은 단호하게 밀어붙였다.

"너는 안톤 가디너를 죽이고 폐업 극장에 파묻었어. 그러다 건물이 매매로 나온다는 소식을 들었지. 너는 조금 곤란해졌어. 그래서 다른 사람에게 떠넘길 기회가 왔을 때 덥석 물었던 거야. 안톤은 절대 엔젤이 죽이지 않았어. 네가 죽였지."

"증거 없으면 후회할 줄 알아요."

"오늘 아침에 우리 수사관이 비턴 파크 지역을 수색했어. 안톤이 마지막으로 목격된 곳이 캐슬 로드에 있는 지하 셋방 근처였거든. 다 뒤집히고 부서진 집 안 침실에서 굳어버린 피가 남아 있었어. 그것도 많이. 네 피와 안톤의 피일까? 조만간 분석 결과가 나올 거야."

멜리사는 헬렌을 매섭게 쏘아보았다. 하지만 헬렌은 캐슬 로드 이야기가 나왔을 때 멜리사의 얼굴에 떠오른 표정을 놓치지 않았다. 이제 승리의 고지가 보였다.

"안톤은 한곳에 정착하기를 싫어했어, 그렇지? 베일에 싸여서 계속 이사를 다니는 남자였어. 그가 움직이면 그의 돈도 따라서 움직인다는 소문이 있었지. 안톤은 은행에 돈을 맡기지 않았잖아? 그리고 늘 베개 밑에 칼을 두고 잠들었어. 아마 너는 이것저것 종합해서 추측했을 거야. 소문을 들었을지도 모르지. 어느 쪽이든 너는 돈이 필요했어. 맞지?"

"헛소리야."

"너는 단칸방 월세를 내지 않아서 쫓겨났고 약 때문에 거액의 빚을 졌어. 돈이 필요했을 거야. 안톤이 숨겨둔 돈만 있으면 완벽하게 다 해결된다고 생각했지. 얼마나 나왔어?"

멜리사는 대답하려다가 아차 하고 입을 다물었다. 안톤의 돈이 정말 있었더라도 생각보다 적은 액수였던 게 분명했다. 그녀는 아무 소득도 없이 자신의 포주를 고문하고 살해한 것일까?

한참이나 침묵을 지키던 멜리사가 마침내 대답했다.

"노코멘트 하겠어요."

"일단 잠깐 쉬자. 그동안 변호사를 부르는 게 좋을 거야. 다시 왔을 때 나는 네게 고지를 하고 살인, 중상해, 불법 감금, 강도, 공무집행방해죄로 정식 체포할 거다. 경찰의 시간을 허비한 죄는 말할 것도 없고. 어때?"

헬렌이 더 이상 분노를 숨기지 않자 멜리사는 당장 발끈하고 나섰다. 그녀는 벌떡 일어나 맞은편에 앉은 헬렌에게 손가락질을 했다.

"브리지스 불러와요."

"미안하지만 안 돼."

"토니 브리지스를 불러와요. 그가 해결할 거예요."

"그게 무슨…."

"그를 데려와요. 당장!"

수사본부로 돌아가는 길에 헬렌의 머릿속으로 열 개도 넘는 시나리오가 빙글빙글 맴돌았다. 그럴수록 더 끔찍한 생각만 떠올랐다. 멜리사의 말이 무슨 뜻일까? 토니가 무엇을 했기에? 그리고

무슨 이유로 토니가 이 문제를 해결해줄 수 있다고 확신하는 거
지?

95

그녀는 냉동실 문을 열고 차가운 틀에 이마를 기댔다. 머리가 깨질 듯 아팠고 검푸르게 멍이 든 얼굴은 욱신거렸다. 당장이라도 구역질이 나올 것 같았다. 잘 사용하지 않아 성에로 뒤덮인 냉동실에 얼굴을 넣자 누군가 서늘한 손으로 뺨을 감싸 쥐는 기분이 들었다. 잠깐이나마 진정 효과가 있었다. 마음이 평온해진다고나 할까. 그러나 아기 울음소리가 귀를 찌르며 고달픈 현실이 다시 밀려들었다.

이번에는 냉장실을 열고 콜라를 꺼냈다. 캔 하나를 한꺼번에 다 비운 그녀는 활짝 열린 냉장고 문을 닫지도 않고 돌아섰다. 흐릿한 불빛 속에서 더러운 비닐 장판은 보기 흉한 누런색으로 보였다.

침대에서는 아멜리아가 배고프다고 악을 쓰는 중이었다. 잠시 물끄러미 내려다보고 있으니 혼자서 아무것도 못하고 그녀에게 의존만 하는 아이가 원망스러웠다. 왜 하필 나인가? 더 좋은 엄마를 만날 수는 없었을까? 남부럽지 않게 사는 그런 엄마를? 이 아이는 창녀의 딸이고 살인자의 딸이었다. 꽃을 피워보기도 전에 뿌리부터 썩은 인생이었다.

아기의 울음소리가 커지면서 두통은 더 심해졌다. 그녀는 능숙한 손길로 아멜리아를 얼른 안아 올린 다음 윗옷을 올리고 오물거리는 아기의 입에 젖을 물렸다. 아기가 젖을 빨기 시작하자 현기증으로 정신이 몽롱해졌다. 어젯밤 분노와 절망에 빠져서 한숨도 자지 못해서인지 힘이 없어 몸을 가누기 힘들었다. 그녀는 잠시 몸을 기대고 싶어서 아멜리아를 팔로 잘 받쳐 들고 힘겹게 엉덩이를 끌며 침대 머리판 쪽으로 몸을 움직였다. 그러는 동안에도 아멜리아는 젖꼭지를 꽉 물고 놓지 않았다. 아이는 엄마가 괴로워하는지도 까맣게 모르고 행복에 빠져 있었다.

밤사이 그녀는 이 문제를 해결할 방법이 없을까 수도 없이 궁리했다. 처음에는 아멜리아를 사우스 핸츠 병원 앞 계단에 두고 가거나, 거리를 지나는 사람 아무에게나 줘버릴까도 생각했다. 하지만 이제는 낯선 사람에게 아이를 보내고 싶지 않았다. 인간의 따뜻한 마음씨 따위는 개나 주라지. 아이가 무슨 짓을 당할지, 어떤 고통을 겪어야 할지 누가 알아? 그렇다고 가족에게 돌아갈 수는 없었다. 결국은 그녀가 직접 해결해야 했다.

어떻게 할지 결정만 하면 된다. 때릴 수는 없었다. 베개로 질식시키는 방법은 생각하기도 싫었다. 아무리 더한 짓을 해봤어도 마음이 약해져 실패할 게 뻔했다. 그보다는 우유를 먹일 때가 좋을 것이다. 아멜리아는 젖병으로도 우유를 잘 먹으니 약을 찧어서 가루로 만들어서⋯ 곧 약국 문이 열리면 준비물을 손에 넣을 수 있다. 그러면 다 끝난다.

간단하지 않은가. 하지만 그녀의 인생에서 가장 힘든 일이 될 것이다. 분명 아이를 편안하게 만들어줄 방법일 텐데 왜 생각만 해도 속이 뒤틀리는 것일까? 그동안 눈 하나 깜짝하지 않고 살인을 했다. 자기가 아버지라고, 남편이라고 하는 추잡한 위선자들의 숨통을 신나게 끊어놓았다. 뒈져, 뒈져, 뒈져버려, 하며. 그러나 지금 그녀는 망설이고 있었다. 제 배로 낳은 아기여서만은 아니었다.

마음이 움직였기 때문이었다. 지난 몇 달 동안 그렇게 되지 않으려고 애를 썼다. 이 어린 것을 증오해보려고 했었다. 하지만 더는 부정할 수 없는 사실이었다. 그녀는 딸을 가여워하고 있었다.

참 긴긴 세월 잊고 살던 감정이었다.

96

"고민하실 필요 없어요. 이거 받으세요."

토니 브리지스 수사관이 술집 테이블 너머로 봉투를 밀었다. 헬렌은 언제나 신임했던 부하 수사관의 눈을 보면서 그의 속내를 헤아려보려 했다.

"사직서예요." 토니가 말했다.

헬렌은 주저하다가 시선을 떨궜다. 그녀는 봉투를 열고 사직서를 훑어보았다.

"토니, 이건 너무 일러. 네가 일을 크게 망치기는 했지만 해결할 방법이 있을 거야. 현장에서 내리고 사무직으로…."

"아니요. 그만둬야 합니다. 저를 위해서 그게 최선이에요. 반장님을 위해서도요. 저는…, 저는 니콜라와 같이 있어야 해요. 무슨일이 있었는지 말할 겁니다. 용서를 구할 수 있을지 봐야죠. 지금은 아내를 먼저 생각할 때예요."

그의 결심은 확고했다. 헬렌은 유능한 수사관이자 좋은 친구를 잃게 되어 속이 상했지만 이미 결심을 한 사람과 싸워 봤자 소용이 없었다.

"반장님이 저를 설득할까 봐 여기 오는 길에 하우드 사무실에도 한 부 놓고 왔어요."

헬렌은 웃음을 참을 수 없었다. 너무도 토니다운 행동이었다. 끝까지 성실했다.

"무슨 일이 있었던 거야, 토니?"

토니는 헬렌의 눈을 똑바로 바라보았다. 자신의 책임을 회피하고 싶지 않았다.

"저는 약했어요. 그 여자를 원했고…. 변명은 아니지만 그동안 제 인생은…, 메말라 있었어요. 공허했죠. 그 여자는 제가 갖지 못할 걸 갖게 해줬어요. 솔직히 멜리사가…, 그러지 않았더라면 지금도 같이 있었을 겁니다. 저는 떠나야 해요. 무엇이 중요하고 누구를 사랑하는지 생각했어요. 그리고 깨달았습니다. 저는 니콜라를 원해요. 아내가 행복하고, 저희 부부가 행복하기를 원해요. 모아둔 돈이 얼마쯤 있으니…. 그래서 당분간은 아내와 같이 있으려고요."

헬렌은 그의 의지에 감동을 받았다. 비록 토니는 많은 것을 잃고, 많은 것을 망쳤지만 앞으로 어떻게 해야 하는지 분명히 알고 있었다. 그의 결단력에 감탄이 절로 나왔지만 아까운 인재를 놓친다는 사실은 변하지 않았다.

"어떻게 둘러대면 빠져나갈 수도 있겠죠. 하지만 저는 아내를 배신하고 경찰을 배신했어요. 처음 멜리사에게 엔젤 이야기했을 때 말이에요. 우리가 아는 정보, 모르는 정보를 다 말했어요. 멜리사는 제 이야기의 허점을 이용해서 라이라를 만든 거예요. 제가 듣고 싶은 말을 했죠. 극비 사항을 함부로 이야기하지 않았더라면 그 여자가 수사팀 전체를 우롱하지 못했을 겁니다. 저는 정말 뻔한 수법에 넘어갔어요. 반장님과 저희 팀을 보호하기 위해서라도 떠나야 합니다."

헬렌이 끼어들려고 했지만 토니는 아직 끝나지 않았다.

"괜찮으시다면 경찰서로 다시 돌아가지 않겠습니다. 모두에게 좋은 기억으로 남고 싶어요. 예전처럼요."

"물론이야. 내가 인사과에 잘 말해놓을 테니, 토니 쪽으로 연락이 갈 거야. 최선의 결과가 나오도록 노력할게, 토니."

"반장님껜 더 바라지 않아요. 제가 보답을 다 못해서 죄송할 따름입니다."

감정이 벅차올라서 토니는 그 말을 남기고 자리에서 일어났다. 그만 가고 싶어하는 표정이라 헬렌도 막지 않았다.

"몸 조심해, 토니."

그는 떠나면서 손을 흔들었지만 뒤돌아보지 않았다. 가장 장래가 촉망받던 수사관 후배이자 조언자였던 그가 가버렸다. 엔젤은 아직 잡히지 않았고 헬렌은 그 어느 때보다 외로웠다.

97

"지금 내가 하려는 말은 절대 밖으로 새어나가면 안 된다. 쓸데 없이 집중을 흐트러뜨릴 여유가 없기 때문에 무조건 유출 금지 야. 서로 의논하지 말고, 친구나 배우자에게 이야기하지도 마. 철 저하게 입단속 하도록."

전 수사팀이 갑작스러운 통보를 받고 수사본부에 모였지만 포 춘 수사관은 행방이 묘연했다. 헬렌은 가급적 모두가 있는 자리에 서 말하고 싶었지만 어쩔 수 없었다. 이 문제는 초기에 진화해야 했다.

"다들 소문 들었겠지. 유감이지만 소문이 사실이다. 토니 브리 지스가 멜리사 오웬과 성관계를 맺었고 수사에 지장을 초래했어."

팀원들은 소문을 이미 들었지만 사실로 확인되자 충격을 받은 듯했다.

"라이라 캠벨 수사 건은 더 이상 진행할 의미가 없다. 멜리사가 안톤 가디너를 죽이고 다른 사람에게 떠넘기려 했던 거야. 토니를 이용하면 자유의 몸이 될 줄 알았던 거지. 지금 상황이 골치 아 프게 됐지만 그나마 멜리사가 감옥에서 죗값을 치른다니 다행이 지. 토니는…, 토니는 돌아오지 않을 거야. 오늘 오후 사직했다. 토 니의 업무는 앞으로 찰리가 맡을 거야."

헬렌은 찰리를 돌아보았지만 웬일인지 찰리는 눈을 맞추지 않 았다. 헬렌은 왠지 불안해져서 머뭇거리다가 말을 이었다.

"그러니 처음부터 다시 시작하자."

몇 명이 고개를 푹 숙이는 모습을 보고 헬렌이 힘차게 말했다.

"도움이 될 만한 정보가 새로 나왔어. 과학수사대가 화물 관리소 마당에서 나온 혈액 분석을 마쳤다. 컨테이너와 땅바닥에 상당량 떨어져 있던 혈액의 주인은 여성, O형이고 알코올과 진정제, 코카인에 중독됐어. 흥미로운 점은 혈액에 프로락틴(포유동물의 젖분비를 조절하는 호르몬_옮긴이) 수치가 높았다는 거야. 범인이 수유중일 가능성이 높다는 말이지."

수사본부가 술렁였다. 놀라운 사실이었다. 이 정보를 이용하면 위기를 돌파할 수도 있다.

"따라서 엔젤은 아기를 키우고 있거나 최근 입양 보낸 여자일 거야. 어느 쪽이든 어디선가는 목격자가 나올 거다. 지역 보건소, 산부인과, 상담 센터, 사회복지시설, 응급실은 물론이고 약국에도 나타날 수 있어. 제이슨 로빈스의 도움으로 얼굴 생김새가 자세한 몽타주를 다시 만들었고 맥앤드루 수사관이 배포할 거다. 그러니 한 명도 빠지지 말고 모두 밖에 나가서 탐문 수사를 진행하도록. 질문과 장소를 잘 선택하는 거 잊지 말고."

막 해산하려던 팀원들이 걸음을 멈췄다. 포춘 수사관이 헐레벌떡 들어오고 있었기 때문이다.

"전원을 소집했을 텐데, 포춘 수사관." 헬렌이 질책했다.

"죄송합니다, 반장님." 젊은 수사관이 얼굴을 붉히며 대답했다. "하지만 인터넷 쪽을 조사하다가…, 제가 뭘 찾은 것 같아요."

팀원들은 기대에 차서 다시 자리에 앉았다.

"창녀천국에 운영비를 기부한 사람들 IP 주소를 뚫을 방법이 있는지 알아보고 있었습니다. 엔젤과 접촉한 남성을 찾아보려고요. 별다른 성과는 없었지만 게시판 글을 훑어보다가 눈에 걸리는 게 있었어요. 몇 가지 표현과 철자법이 계속 나왔습니다."

헬렌은 귀가 솔깃했다. 어떤 말이 나오려는지 짐작이 갔다. 짐작이 맞는다면 상황은 역전될 것이다.

"게시판에 살다시피 하는 남자들이 몇 명 있었어요. '보지왕', '죽여줘', '블레이드', '검은화살'은 익명으로 기부를 했고 자기 성매매 경험담을 쓰면서 사이먼 부커, 앨런 매튜스, 크리스토퍼 리드 같은 회원들에게 엔젤을 만나보라고 추천했습니다. 어디 가면 찾을 수 있고, 어떤 서비스를 해주는지 말했어요. 기술팀이 작업을 하는 동안 글을 다시 읽었는데, '보지왕'이 '그 년을 찢어발기다'라는 표현을 여러 번 쓰는 겁니다. '블레이드'도 같은 표현을 썼던 기억이 났습니다. 두 사람 다 '오르가즘'이 아니라 '오르가슴'으로 썼고, '죽여줘'도 마찬가지였습니다. 그리고 셋 다 계속 '역할'을 '역활'로 잘못 쓰고 있었어요. 그래서 세 사람 글을 다 모아봤더니…, 철자, 맞춤법, 오타가 전부 일치했습니다."

"그러니까 지금껏 우리가 찾아다녔던 세 남자가 사실은…."

"다 동일인물이에요." 포춘 수사관이 말을 받았다.

"전부 다 엔젤이야."

그렇게 말하면서도 헬렌은 머리가 아찔했다.

"피해자들을 자기에게 부르고 있었던 거야."

팀원들은 충격을 받은 표정이었다. 왜 엔젤의 고객을 추적할 수 없었는지 이제 명백해졌다. 아예 존재하지 않았던 것이다. 어쩌다 이 지경까지 일을 망칠 수 있을까?

"좋아. 당장 방향을 바꾸면 돼." 헬렌이 당황해서 어쩔 줄 모르는 부하들을 격려했다. "엔젤은 택배 상자에 맞춤법을 일부러 틀리게 써서 범인이 가방끈 짧고 글을 모르는 사람처럼 만들었어. 하지만 사실 그녀는 어휘력이 풍부하고 컴퓨터를 자유자재로 사용하고 조작할 수 있다. 살인을 계획하고 실행하면서 자기 정체를 숨길 만큼 머리가 좋은 인물이야. 절대 멍청하지 않아. 오히려 교활하고 영리하고 대담해."

팀원들은 헬렌의 말을 하나도 놓치지 않고 새겨 들었다. 그들 앞에 처음으로 범인의 상세한 모습이 드러나고 있었다.

"술과 마약에 빠져 있고 근래 출산을 했어. 성매매 경험이 있지만 DNA가 전국 데이터베이스에 안 나오는 걸로 보아 체포된 적은 없었다. 따라서 이 업계에 들어온 지 오래되지 않았나 싶다. 최근 피해자와 몸싸움을 해서 심하게 멍이 들었을 거야. 부상을 당했을지도 모르지. 앞으로 할 일이 많다. 몽타주가 있지만 현명하게 행동해야 돼. 우선 콜걸이나 여대생처럼 성매매 여성 중에서도 상위층을 노리고, 그간의 범행 장소를 잘 생각해서 움직이도록. 엔젤은 도시 중심부나 북부에 숨어 있을 거야. 이제 찾으러 가보자."

팀원들은 수사를 어서 종결하겠다는 의지를 불태우며 몽타주를 집어 들고 바쁘게 움직였다. 하지만 찰리만은 곧장 달려 나가지 않았다. 헬렌은 그 이유를 알고 싶었다.

98

찰리는 잰걸음으로 경찰서에서 나왔다. 하지만 아주 빠르지는 않았다. 그래서 길을 건너기 전에 헬렌은 그녀를 따라잡을 수 있었다. 헬렌은 대뜸 본론을 말했다.

"무슨 일이야, 찰리?"

"네?"

"평소라면 득달같이 달려들었을 텐데 이상하잖아."

찰리는 헬렌을 바라보았다. 그녀에게는 거짓말해봐야 소용없었다. 두 사람은 이제 서로를 속일 수 없는 사이였다.

"스티브 때문이에요. 경찰을 그만두래요."

"그렇군." 헬렌이 대답했다. 놀랍지 않은 일이었다. "나 때문에 문제가 커졌다면 미안해. 내가 스티브를 더 배려했어야 했는데."

"반장님 잘못이 아니에요. 언젠가 이렇게 될 거였어요. 그때 이후로⋯."

굳이 말로 설명할 필요는 없었다.

"그래. 찰리도 잘 알겠지만 우리는 찰리가 필요해. 하지만 네 행복이 우선이지. 간섭하지 않고 어떤 결정을 내리든 지지할게. 알았지?"

헬렌은 위로의 뜻으로 찰리의 팔에 손을 얹었다.

"감사합니다."

"그리고 대화가 필요하면⋯."

"그럼요."

헬렌은 갈 길을 가려고 돌아섰다.

"반장님은 어떠세요?"

헬렌은 찰리의 질문을 듣고 놀라서 제자리에 우뚝 섰다. 그녀는 길 건너 신문 가판대로 시선을 돌렸다. '이브닝 뉴스'는 로버트와 마리앤에 대해 더 많은 사실을 폭로하겠다고 약속하고 있었다. 찰리가 그렇게 물은 이유를 추측하기는 어렵지 않았다.

"어떻게 하는지 모르겠어."

"누구요?"

"걔라니타. 내가 어딜 가는지, 뭘 하는지 다 알아. 내가 누구를 만나는지도 알고. 전부를 다 알고 있어. 마치 내 속에 기어들어온 것 같아…. 대체 어떻게 알아내는지 모르겠어."

"팀 안에 스파이가 있을까요?"

"아니…, 이건 수사 문제가 아니야. 나를 노리는 거지. 개인적인 일들 말이야. 귀신처럼 달라붙어서 내 인생을 다 꿰뚫고 다녀."

헬렌은 찰리 앞에서 불안한 모습을 보이고 싶지 않았다. 하지만 찰리와는 이미 산전수전을 다 겪은 사이였다. 그녀에게는 마음의 상처를 감추려야 감출 수 없었다.

"더한 일도 이겨내셨잖아요. 그 여자에게 지면 안 돼요."

헬렌은 고개를 끄덕였다. 찰리 말이 맞다. 하지만 지금처럼 불리하기 그지없는 상황에서는 낙관적인 마음을 먹기가 쉽지 않았다.

"그 여자는 벌레만도 못해요." 찰리가 위로를 계속했다. "반장님과 같은 땅을 밟고 있을 자격도 없는 사람이라고요. 그 여자가 뭘 어떻게 하든 반장님은 헬렌 그레이스세요. 영웅이에요. 그걸

무너뜨리는 사람은 없을 거예요. 저는 반장님을 믿으니까 반장님
도 그러셔야 해요."

헬렌은 찰리의 응원에 감격해서 고개를 들었다.

"에밀리아 개라니타는 말이죠," 찰리가 말을 이었다. "조만간 대
가를 치를 거예요. 그런 인간들 다 그렇게 되잖아요."

찰리가 씩 웃었고 헬렌도 미소로 화답했다. 두 여자는 곧 인사
를 나누고 헤어졌다.

헬렌은 경찰서로 걸어가는 동안, 잠시 기운이 솟았다. 그녀가
그토록 매정하게 밀어내려 했던 찰리에게 응원을 받아서 기뻤다.
로비에 들어서던 헬렌은 로버트 기사가 터진 후로 휴대폰 전원을
꺼두었다는 사실을 깨달았다. 다시 전원을 켜자 여러 통의 음성
메시지가 한꺼번에 쏟아졌다. 그리고 로버트의 문자도 도착했다.

내용은 간단했다. '꺼져.'

99

찰리는 밤늦게 집으로 돌아왔다. 시계를 보니 밤 11시 15분이었고 집 안은 고요했다. 그는 어디에도….

"왔어?"

찰리는 갑자기 울려 퍼지는 스티브의 목소리를 듣고 가슴이 철렁했다. 뒤를 돌아보자 어두컴컴한 거실에 앉아 있는 스티브가 보였다. 찰리는 거실로 들어가 불을 켰다. 강한 할로겐 불빛에 눈이 부셔서 스티브가 얼굴을 찌푸렸다.

"몇 시간 전부터 기다리고 있었어. 일이 늦게 끝났나 봐."

찰리의 예상과 달리 스티브는 불평하지 않고 덤덤하게 말했다. 하지만 아무 감정이 실리지 않은 말투는 왠지 불안했다. 남을 대하듯 사무적인 목소리였다.

"그동안 어디 있었어?" 찰리가 물었다. 곧 중요한 말(나쁜 말일까?)을 듣게 될 것 같았지만 일단 스티브가 집으로 돌아와서 마음이 놓였다.

"리처드네 집."

스티브와 가장 친한 친구다. 스티브를 찾아다니면서 리처드에게도 전화를 했었는데 거짓말을 했던 거다. 놀랍지 않았다.

"생각을 많이 했어. 그리고 결론을 내렸어." 스티브가 이어서 말했다.

찰리는 말없이 바짝 긴장했다.

"아이를 갖고 싶어, 찰리." 스티브가 가슴 아픈 목소리로 말했다. "당신과 아이를 낳을 수만 있다면 더 바랄 게 없어. 하지만 지금처럼 언제 어떻게 될지 모르는 일을 계속하고 다닌다면 불가능하잖아. 다시는 그때로 돌아가고 싶지 않아. 응?"

찰리는 고개만 끄덕였다.

"부탁이야, 일을 그만둬. 우리가 항상 꿈꿨던 대로 사는 거야. 하지만 그럴 수 없다면, 그렇게 하지 않겠다면…, 나는 여기 있을 수 없어."

결국은 이렇게 됐다. 18개월을 미뤘던 최후통첩이 드디어 나온 것이다.

마리앤이 남기고 간 선물이었다.

100

자정을 넘긴 시각, 수사본부에는 아무도 없었다. 따로 추적할 단서가 없는 수사관들은 내일 또 고된 하루를 기약하며 자고 있었다. 헬렌은 사건 파일을 넣을 만한 가방을 찾아 두리번거렸다. 규정상 파일을 경찰서 밖으로 가져가면 안 되지만 집에서 다른 시각으로 자세히 검토하고 싶었다. 그녀는 잘못된 방향으로 실없이 끌려 다녔다는 생각에 다시 한 번 자책했다.

또각. 또각.

누군가 텅 빈 복도를 걸어오고 있었다.

세리 하우드 총경이었다. 헬렌은 불안해졌다. 며칠간 얼굴을 본 적도, 이야기를 들은 적도 없던 사람이 갑자기 나타나자 긴장을 안 할 수가 없었다.

"늦게까지 일하나?" 하우드가 물었다.

"마무리하고 있습니다. 총경님은요?"

"나도 그래. 하지만 그거 물어보려고 이렇게 늦은 시간에 찾아온 건 아니고. 자네와 단둘이 이야기하려면 한밤중이 가장 적당한 시간 같더란 말이지."

아무렇지 않게 던진 말이었지만 약간의 비난이 실려 있었다. 헬렌은 하우드가 그녀를 기다렸다가 기습했다는 생각이 들어 불쾌해졌다.

"팀원들이 있을 때 오고 싶지는 않았어. 이런 문제에서는…, 가급적 품위를 지켜줘야 하니까."

"무슨 뜻이죠?" 헬렌이 대꾸했다.

"이 사건에서 손 떼."

드디어 그 말이 입 밖으로 나왔다.

"근거는요?"

"자네가 수사를 망친 게 근거야, 헬렌. 지금 우리에게는 용의자가 없고, 유치장도 비어 있어. 그리고 부검대에는 사체 다섯 구가 있지. 거기다 수사반장이라는 사람은 모전자전인 자기 조카를 보호하는 데 정신 팔려서, 자기 부하가 핵심 증인에게 휘둘리는 것도 알아채지 못했어."

"부당합니다. 분명 실수는 했지만 지금은 엔젤을 찾을 가능성이 아주 높아요. 이제 다 끝나가고 죄송한 말씀이지만 저는…."

"나한테 죄송한 척하지 마, 헬렌. 무슨 생각하는지 다 알아. 자네가 나를…, 경멸한다는 걸 조금이라도 감추려고 노력했다면 이렇게까지 되지는 않았을 거야. 솔직히 말할까? 자네는 불행을 몰고 다니는 인간이야, 헬렌. 가는 곳마다 전염병을 퍼뜨리지. 수사팀을 이끌 자격이 없어. 그래서 내가 경찰청장님을 찾아가야 했던 거야."

"누가 대신 하죠?"

"나."

헬렌은 쓸쓸한 미소를 지었다.

"드디어 범인이 잡힐 것 같으니까 숟가락을 얹겠다는 거군요? 이게 당신이 일하는 방식입니까? 여태 그렇게 아무 **행동**도 안 하고 승진한 거예요?"

"입 조심해, 헬렌."

"당신은 아첨으로 남의 공을 차지하지. 한 마디로 낙하산이야."

"부르고 싶은 대로 불러. 하지만 이제는 내가 책임자고 자네는 끝이야."

하우드는 잠시 말을 멈추고 승리의 기쁨을 만끽했다.

"기자들은 내가 맡…"

"그러시겠죠."

"팀원들에게는 내일 아침에 가장 먼저 말하지. 여기를 정리하고 1주일쯤 휴가를 다녀오는 게 어때? 돌아오면 자네가 할 만한 일을 찾아줄게. 알렉시아 루스코 살인 사건을 마무리하는 게 어떨까?"

"여기서 다시 보는 일은 없을 겁니다."

"그건 자네 결정에 달렸어, 헬렌."

하우드는 할 말이 끝나자 어깨 너머로 성의 없이 "잘 가."라고 인사하며 수사본부를 나갔다. 헬렌은 그녀의 뒷모습을 바라보았다. 수많은 감정이 몰아치는 가운데 하우드에게 여지없이 졌다는 사실을 깨달았다. 참패였다. 이번 수사와 헬렌의 경력은 물거품이 되었지만 어떻게 손을 쓸 방법은 없었다.

101

그를 보지 않는다. 여기를 봐달라고 아무리 애원해도 보려 하지 않는다. 그녀는 멍한 눈으로 창문만 꿋꿋이 바라보고 있었다. 니콜라는 토니 브리지스가 침대 반대편으로 다가오자 시선을 다른 쪽으로 돌렸다. 그녀의 뺨을 타고 눈물이 흘렀다.

토니도 울고 있었다. 고백을 마치기 전부터 흐느껴 울기 시작했다. 견딜 수 없이 부끄러워서 떨리는 목소리로 더듬더듬 죄를 털어놓았다. 처음에 니콜라는 남편을 불안하게 쳐다보았다. 가족 중 한 사람이 죽었거나 토니가 실직했을지 모른다고 걱정한 듯했다. 하지만 그가 어떤 잘못을 저질렀는지 확실해지자 눈을 가늘게 뜨고 차가운 눈빛을 보냈다. 좁은 방에서도 두 사람의 거리는 가까워지지 않았다. 부부가 된 후로 이렇게 멀리 떨어져 있기는 처음이었다.

무슨 말을 하겠는가? 어떻게 상황을 바로잡을 수 있겠는가? 토니는 아내가 결코 줄 수 없는 것을 다른 여자의 품에서 찾았다.

"내가 미울 거야. 떠나라고 한다면 군말 없이 따를게. 하지만 여기 있고 싶어. 경찰을 그만뒀으니까 내 잘못을 바로잡을 수 있을 거야. 다 바꾸고 당신에게 어울리는 남편이 될게."

니콜라는 열린 문에서 한시도 눈을 떼지 않았다.

"예전으로 돌아가고 싶어. 우리 옛날에는 하룻밤도 떨어지지 않고 매일 붙어 다녔잖아. 내가…, 내가 엄청난 잘못을 저질렀고 그건 어떻게도 만회할 수 없겠지만… 이번 일을 계기로 새로 시작하고 싶어. 우리도 처음으로 돌아가는 거야."

토니는 고개를 떨궜다. 니콜라가 결혼생활에 종지부를 찍고 그를 길바닥으로 내쫓을지 모른다는 생각이 엄습했다. 왜 그렇게 멍청한 짓을 했을까? 왜 그렇게 이기적이었을까?

여전히 니콜라는 반응하지 않았다. 보통은 대화할 때 눈을 한 번 깜박이면 그렇다는 뜻이고 눈을 두 번 깜박이면 아니라는 뜻이었다. 하지만 니콜라는 한 번도 눈을 깜박이지 않았다. 토니는 그녀의 젖은 뺨을 티슈로 톡톡 두드려 닦아주었다. 니콜라는 뺨을 쓰다듬는 토니를 보지 않으려고 눈을 꽉 감아버렸다.

"평생 내가 보기 싫겠지만 나 노력하고 싶어. 정말로 노력할게. 당신에게 강요하지는 않을 거야. 장모님을 모셔 와서 다 말씀드리라면 그렇게 할게. 하지만 나를 원한다면 내가 이 상황을 해결할 수 있게 허락해줘. 이젠 밤에 헤어지거나 잠깐씩만 대화하는 일 없을 거야. 간병인이나 모르는 사람도 부르지 않을게. 그냥 당신과 나…, 그리고 찰스 디킨스하고만 살자."

토니가 침대 머리맡으로 걸어갔고 니콜라는 처음으로 눈을 돌리지 않았다.

"당신이 선택해, 여보. 나는 무조건 당신 뜻에 따를 거니까. 내가 노력할 수 있게 허락해주겠어?"

방 안은 정적에 휩싸였다. 토니는 심장이 쿵쿵거리는 소리밖에 들을 수 없었다. 심장이 터질 것 같다고 느끼는 순간, 니콜라가 눈꺼풀을 움직였다.

스르르 닫힌 그녀의 눈꺼풀은 다시 열리지 않았다.

102

학생상담센터는 포츠우드 하이필드 로드의 허름한 골목에 있었다. 사우샘프턴대학교 캠퍼스에 가까웠지만 가끔은 도시 남부의 솔렌트대학교와 국립해양센터 학생들도 멀리 북쪽까지 찾아왔다. 샌더슨 수사관은 센터 앞에서 피곤한 다리로 서성이며 재키 그린을 기다렸다. 학생들이 대개 올빼미족이라 상담사도 늦게까지 일하는 경우가 많았다. 그렇다 해도 그린의 지각이 곱게 보이지는 않았다. 그녀는 성인이었다. 이곳 센터장이고 가장 경험이 많은 상담사이기도 했다. 경찰과 약속을 했으면 제시간에 나타나야 하지 않을까?

그린 상담사가 거구를 이끌고 나타나자 왜 늦었는지 알 수 있었다. 그녀는 경찰을 좋아하지 않았다. 정치 성향이 좌파이기 때문일까(컴퓨터 본체에 전국학생연맹과 그린피스 스티커가 덕지덕지 붙어 있었다)? 아니면 학생들과의 연대감 때문일까? 그녀는 최근 대학 보조금 삭감 문제로 시위를 벌이던 학생들이 경찰에게 과잉 진압을 당했다고 믿었다. 어찌 됐든 그린은 협조할 생각이 별로 없었다. 그래도 샌더슨은 괜찮았다. 어차피 기분도 안 좋은 참이라 싸움을 걸어온다면 응할 생각이었다.

"성매매를 하고 있거나 과거에 했던 여학생을 중심으로 찾고 있어요. 아마 술과 마약을 하고 폭력 성향이 있는 여성입니다. 최근에 출산을 했을 가능성이 있어요."

"거의 뜬구름 잡기나 마찬가지네요." 도움이 되지 않는 대답이었다. "주변 산부인과는 가보셨나요?"

"그럼요. 하지만 이곳은 전체 학생을 대상으로 하니까 선생님이 저희를 돕기에 가장 적합한 분이죠." 얼버무리려는 그린에게 샌더슨이 쐐기를 박았다.

"왜 범인이 학생이라고 생각하죠?"

"학생인지는 아직 모릅니다. 하지만 나이가 어리고 영리한 편이에요. 컴퓨터도 아주 잘 다루고요. 학교를 다 마치지 못한 멍청이들이랑은 달라요. 머리가 좋았고, 아직도 머리가 좋아요. 다만 잘못된 길로 빠진 거죠. 만약 아이가 있다면 가능한 한 빨리 찾아야 해요. 혹시 기억나는 사람이 있는지 여기 몽타주를 봐주세요."

재키 그린은 몽타주를 받아들었다.

샌더슨이 설명을 이었다. "최근에 싸움을 해서 멍이 심하게 들었거나 부상을 입었을 겁니다. 이런 사람이 전화를 했거나 방문했다면…"

"모르는 사람이에요."

"다시 보세요."

"왜죠? 이미 모르는 사람이라고 말했잖아요. 그러니까 내 말을 의심하는 게 아니라면…"

"이게 얼마나 심각한지 모르시나 본데요. 이미 다섯 명이 죽었고 범인을 빨리 검거하지 않으면 더 많은 사람이 죽을 거예요. 그러니까 생각해보세요. 좀 전에 제가 말씀드린 내용과 일치하면서 성매매를 한 학생을 만난 적 있나요?"

"이런, 정말 아무것도 모르는군요?" 그린이 고개를 절레절레 저었다.

"뭐라고요?"

"그런 설명과 일치하면서 매주 우리에게 전화를 거는 여자는…, 열 명도 넘어요. 요즘 등록금이 얼마나 비싼지 알아요? 모르겠지."

샌더슨은 그녀의 비난을 무시했다.

"계속해보세요."

"이름은 말 못해요. 말해두지만 의뢰인과 상담 내용은 절대 발설할 수 없어요."

"저도 말해두지만 특별한 상황이라면 법원명령을 받아서 파일 공개를 강제할 수 있어요. 지금이 그 특별한 상황이고요. 한 번이라도 이곳에 연락한 학생 정보를 모두 조사하게 될 겁니다."

"협박을 하든 말든 마음대로 해요. 하지만 이름을 말할 수는 없어요."

"다시 묻죠. 제가 설명한 내용과 일치하는 사람이 연락한 적 있습니까?"

"귀가 먹었어요, 경찰 아가씨? 그런 설명과 일치하는 여자는 **많아요**. 돈이 다 떨어지면 성매매를 하죠. 더 이상 못하겠다 싶은 때는 이미 늦어서 빠져나오지 못해요. 그래서 버티려고 술을 마시거나 약을 하는 거고요. 날마다 폭력, 강간, 임신을 두려워하면서 살아요. 학위를 따려면 6, 7년씩 학교를 다녀야 하는데 엄마, 아빠가 돈을 안 대주고 정부 놈들도 도와줄리 없죠. 그러니 무슨 일을 하겠어요?"

샌더슨은 그녀의 말을 생각하자 간담이 서늘해졌다.

"잠깐만요. 그 말은 교육 과정이 길수록 성매매에 빠질 가능성이 높다는 건가요?"

"물론이죠. 말 되지 않나요? 전 과정을 수료하려면 몇 만 파운드가 들고, 바에서 일하느니 매춘을 하면 돈을 더 받으니까…."

"보통 어떤 과가 그렇게 오래 다니죠?"

"수의학과나 일부 공대도 있지만 대부분은 의사들이죠. 의대요."

"제가 설명한 것과 일치하는 의대생이 최근 연락한 적 있나요?"

"한두 명이 아니에요. 하지만 말했듯이 이름은 말 못합니다."

재키 그린은 팔짱을 떡하니 끼고 의자 등받이에 기대고 앉았다. 샌더슨에게 영장을 받아올 테면 받아오라는 태도였다. 원하는 정보를 얻기 위해 영장을 청구할 수도 있었지만 샌더슨은 다른 생각이 있었다. 그녀는 상담센터를 나와 대학 본관으로 향했다. 머릿속으로 어떤 아이디어가 떠올랐기 때문에 최대한 빨리 조사에 착수하고 싶었다. 맞아, 야매 개흉술을 의대생 출신보다 잘 할 사람이 어디 있겠어?

103

벌써 몇 시간 전에 경찰서를 떠났어야 하지만 헬렌은 그럴 수 없었다. 거의 아침 9시가 되었으니 수사본부에 다들 집합할 시간이다. 하우드는 전원이 다 모일 때까지 기다렸다 나타나서 통제권을 장악할 것이다. 하우드는 자기에게 유리한 타이밍을 잡는 데 천재적이었다. 놀란 팀원 중 하나에게 상황 설명을 시킨 후 곧바로 임무 지시를 내리겠지. 그렇다면 한 시간, 길어야 두 시간 후면 헬렌은 이곳과 영영 이별이다.

헬렌은 사람들의 발길이 닿지 않는 습한 취조실에 틀어박혀 수사본부에서 가져온 사건 파일을 보고 있었다. 무수한 정보 사이에 중요한 연결고리가 있는지 밤새도록 방대한 자료를 살펴보았다. 가장 잔인했던 마지막 살인 사건부터 거꾸로 거슬러 올라가며 유사점과 연관성을 찾아 헤맸다. 엔젤이 왜 살인을 저질렀고, 앞으로 어떻게 나올 것인지 알려주는 단서를 찾고 싶었다. 이 남자들이 대학생을 만났던 적 있을까? 더 '품격 있는' 여자들이 일하는 콜걸 서비스를 이용했나? 엔젤은 무엇 때문에 폭발한 것일까? 누구에게 분노했을까? 질문이 꼬리에 꼬리를 물고 이어졌다.

아침 해가 떠오르고 별다른 진전 없이 시간만 흘렀다. 헬렌은 가장 본질적인 문제로 돌아갔다. 엔젤은 누구이고 이 연쇄살인의 기폭제는 무엇인가? 무엇이 엔젤의 분노에 불을 붙였단 말인가?

헬렌은 앨런 매튜스 사건 파일을 열고 몇 번째인지도 모르는 내용을 다시 읽었다. 너무 피곤해서 글자가 눈앞에서 둥둥 떠다닐 지경이었다. 차게 식은 커피를 한 모금 더 들이켜고 살인 현장

사진으로 넘어갔다. 몇 번을 봐도 속이 메스꺼웠다. 비대한 몸통이 반으로 찢겨서 누구나 볼 수 있었다.

누구나 볼 수 있다. 앨런 매튜스의 사체 사진을 보고 있자니 머릿속에 이 말이 맴돌았다. 헬렌은 범인이 앨런을 죽이기 전 조심스럽게 씌운 복면에 집중했다. 지금까지는 복면을 엔젤의 안전장치쯤으로 무시했었다. 혹시 잘못되면 피해자가 도망칠까 봐 초짜 살인범이 준비한 물건인 줄로만 알았다. 하지만 전혀 다른 의미였다면? 다른 피해자를 죽일 때는 시간을 끌었다. 그들을 모욕했고 거침없이 몸통을 가르며 즐거운 시간을 보냈다. 짐 그리브스 말대로 앨런 매튜스에게 한 야매 개흉술은 더 거칠고 서툴렀다. 아직 익숙하지 않아서였을까? 아니면 다른 이유가 있나? 긴장했던 걸까?

헬렌은 시계를 흘낏 보았다. 9시 반이 넘었으니 떠날 시간이 다 됐다. 하지만 무언가 발견하고 있다는 느낌이 들었다. 퍼즐조각이 그녀 앞에서 저절로 맞춰지는 것만 같았다. 불가능하겠지만 남들 눈에 띄지 않기를 바라며 여기 숨어서 조사를 계속해야 했다. 헬렌은 시끄럽게 울리는 휴대폰을 무시했다. 지금은 다른 데 정신을 팔 때가 아니었다.

복면. 복면에 집중하자. 첫 번째와 나머지 살인 사건의 유일한 차이점이었다. 엔젤은 피해자가 도망칠 경우 자기 정체를 숨기고 싶었는지도 모른다. **아니면** 다른 이유로…, 피해자를 칼로 찌를 때 눈을 마주치기 싫었는지도 모르겠다. 그가 두려웠을까? 그를 보면 긴장해서 실패할까 봐? **그를 알아서?**

복면은 피해자를 질식시키는 용도가 아니었고 이후에는 아예 사용하지도 않았다. 그렇다면 첫 번째 피해자는 뭐가 달랐던 걸까? 그의 앞에서는 결심이 흔들렸나? 앨런 매튜스가 뭐 그리 특별했을까? 그는 기독교 복음주의에 관심 있는 위선적인 변태 성욕자였고 자기 가족을 때리는 취미가…

어떤 기억이 헬렌을 부르고 있었다. 헬렌은 사건 파일을 옆으로 치우고 포춘 수사관 팀이 매튜스 가족을 감시하며 정리한 파일을 꺼냈다. 수사에 도움이 될 일상 사진과 시간 기록이 있었지만 헬렌은 다 넘기고 장례식 사진을 찾았다. 기가 막혀, 헬렌도 그 자리에 있었다. 내내 정답이 코앞에 존재했던 걸까?

장례 행렬이 집을 떠나는 사진, 추모객이 도착하는 사진, 유가족이 교회에서 나오는 사진. 어떤 사진을 봐도 같은 질문이 떠올랐다. 에일린은 큰딸 캐리의 부축을 받고 있었다. 쌍둥이는 검은색 상복을 단정하게 입고 있었다. 하지만 엘라는 어디에 있지? 생전에 앨런 매튜스는 아이가 넷이나 되는 다복한 집의 가장이라며 과시하고 다녔다. 하나같이 우애 깊고 예의 바르고 독실하다고 자랑했다. 그런데 둘째 딸은 어디 있는가? 왜 장례식에 참석하지 않은 거지? 그리고 가족들은 왜 엘라를 입에 올리지 않았을까? 경찰 조사 중에도, 장례식 추도사 중에도 그녀 이야기는 없었다. 무슨 이유로 엘라를 없는 사람 취급하는 걸까?

이어서 또 다른 생각이 불쑥 튀어나왔다. 심장. 다른 심장은 직장으로 배달했지만 앨런 매튜스는 아니었다. 앨런의 심장은 집으로 왔다. 분명 무슨 의미가 있지 않을까?

헬렌의 휴대폰이 다시 울리기 시작했다. 화가 난 하우드라 생각하고 수신 거부를 누르려던 헬렌은 화면에 찍힌 번호를 보고 전화를 받았다.

"그레이스입니다."

"반장님, 저예요." 샌더슨 수사관이었다. "지금 대학 입학처인데요, 뭔가 찾은 것 같습니다. 올해 자퇴한 학생 명단을 훑어보고 있었거든요. 주로 여학생들이요. 여기 이름 하나가 있어요."

"엘라 매튜스?"

"엘라 매튜스 맞아요." 샌더슨은 상관의 예지력에 놀라며 확인해주었다. "입학 첫 해만 해도 우등생이었는데 아주 망가졌더랍니다. 과제를 늦게 제출하고 술이나 약에 취해 수업을 듣고 다른 학생에게 공격적인 행동을 했다나 봐요. 학교 사회복지사 말로는 가족에게 등록금 지원을 못 받아서 성매매로 빠졌을 거래요. 정신적으로 문제가 있었고요. 6개월 전 종적을 감췄습니다."

"잘 했어. 계속 알아봐줘. 엘라가 어디를 자주 갔는지, 어느 장소를 편하게 생각하는지, 어디서 약을 얻었는지 정보를 더 줄 수 있는 사람이라면 친구든 선생이든 누구든 좋아. 엘라는 가장 유력한 용의자야. 어떤 방법을 써서라도 찾아내."

샌더슨이 전화를 끊었다. 헬렌은 자신에게 명령을 내릴 권한이 없음을 알았지만 마침내 사건의 실마리가 드러난 이상 하우드가 수사를 망치게 둘 수는 없었다. 아직 헬렌 자신의 사건 같았기에 포기하고 싶지 않았다. 헬렌은 파일을 가방에 챙겨 넣고 서둘러 취조실을 빠져나왔다.

시간이 얼마 안 남았지만 진실을 밝혀줄 사람이 하나 있었다. 그리고 헬렌은 지금 그녀를 만나러 가는 길이었다.

104

10시가 넘었다. 평소라면 이미 몇 시간 전에 출근을 했을 시간이었다. 하지만 나란히 누운 그들은 정사 후 가슴 따뜻하고 행복한 기운에 빠져 손가락 하나 움직이지 않았다. 지난 몇 시간 동안 온갖 감정을 쏟아내며 고통스러워했던지라, 말없이 가만히 있는 것만으로도 기분이 좋았다.

스티브가 최후통첩을 하고 나서 처음에 찰리는 반발했다. 그녀는 궁지에 몰려서 강제로 '엄마가 될래, 경찰이 될래.'를 선택하고 싶지 않았다. 그래서 스티브에게 마음대로 조건을 바꾸고 약속을 어긴다고 비난했지만 사실 싸울 의지는 없었다. 정말로 일과 스티브 중에 하나만 골라야 한다면 몇 번을 선택해도 스티브를 골랐을 것이다. 찰리는 경찰이어서 행복했다. 늘 꿈꿨던 일이었고 그 꿈을 이루려고 엄청난 희생을 했다. 그러나 스티브 없는 삶은 상상조차 할 수 없었다. 그리고 스티브의 말이 맞았다. 지금 그들의 인생에는 구멍이 존재했다. 찰리가 감금되었을 때 잃어버린 아기 모양의 구멍은 쉽게 사라지려 하지 않았다.

몇 시간이나 서로의 이견을 좁히지 못했지만 결국 찰리가 일을 그만두겠다고 약속했다. 그러자 스티브는 울었고, 찰리도 따라서 울었다. 곧이어 두 사람은 침대로 쓰러져 열렬히 서로를 탐하며 사랑을 나누었다. 피임은 하지 않았다. 모든 것이 달라졌고 이제 되돌릴 수 없다는 사실을 인정하는 행위였다.

스티브와 누워 있으니 행복했다. 욕망에 이끌려 제멋대로 사는 여자가 된 기분이었다. 찰리는 휴대폰 전원을 켜지 않고 헬렌과 동료들의 생각을 저만치 밀어두었다. 다들 그녀가 어디 있는지 궁금해하겠지. 나중에 따로 헬렌에게 전화로 설명하면 될 것이다.

잠시, 아니 그보다 오래 죄책감이 들었지만 찰리는 무시했다. 결정은 이미 내렸다.

105

　헬렌은 에일린 매튜스가 면전에서 문을 닫아버릴 것이라 굳게 믿었지만 행운은 그녀의 편이었다. 문을 연 쌍둥이 하나가 헬렌의 신분증을 보자마자 집으로 들여보내준 것이다. 소년이 엄마를 부르러 위층으로 돌라간 사이, 헬렌은 거실을 둘러보았다. 어디를 봐도 그녀의 의심은 확실했다.

　에일린 매튜스가 거실로 들어왔다. 일장연설을 준비한 듯했지만 헬렌은 잔소리를 들을 기분이 아니었다.

　"엘라 어디 있어요?" 헬렌이 거실 벽에 있는 액자를 턱으로 가리키며 말했다.

　"뭐라구요?" 에일린이 대꾸했다.

　"여기 당신과 앨런 사진이 있어요. 쌍둥이들 사진은 더 많고요. 캐리 사진도 있죠. 입교식 사진, 결혼식 사진도 있어요. 하지만 엘라 사진은 하나도 없네요. 당신 부부는 가족을 아주 중요하게 여긴 사람들이에요. 그러니 다시 물을게요. 엘라는 어디 있죠?"

　에일린은 헬렌에게 방금 주먹으로 한 방 맞은 얼굴이었다. 잠시 아무 말도 못하고 숨만 몰아쉬고 있었다. 기절할 것 같던 에일린이 드디어 대답했다.

　"죽었어요."

　"언제요?" 헬렌이 믿지 못하고 다그쳤다.

　또 한참 말이 없다. 그러다 이렇게 말했다.

　"우리에게는 죽은 거나 마찬가지예요."

헬렌은 고개를 절레절레 저었다. 이 우둔하고 꽉 막힌 여자에게 참을 수 없이 화가 났다.

"왜죠?"

"이런 질문에 대답할 이유 없…"

"이유는 있어요. 지금 당장 말하지 않으면 나는 당신에게 수갑을 채워 집 밖으로 끌고 나갈 겁니다. 아들들 앞에서, 이웃들 앞에서…"

"우리 가족에게 왜 이러는 거예요? 왜 이런 소란을…"

"엘라가 당신 남편을 죽였다고 생각하기 때문이에요."

에일린은 헬렌을 보며 눈을 두어 번 깜박이더니 소파에 스르르 주저앉았다. 그 모습을 보자 헬렌은 알 수 있었다. 에일린이 무엇을 감추려 하든 간에, 딸과 앨런의 죽음은 단 한 번도 연결해서 생각한 적 없었던 것이 분명했다.

"그럴 리가…. 걔가 사우샘프턴에 있단 말이에요?" 마침내 에일린이 입을 열었다.

"포츠우드에 산다고 추정 중이에요."

에일린은 고개를 끄덕였다. 하지만 그녀가 이 상황을 얼마나 이해했는지는 파악하기 힘들었다. 한참이나 무거운 침묵이 흐르던 중, 헬렌의 휴대폰이 요란하게 울렸다. 헬렌은 수신 거부를 누르고 휴대폰 전원을 끈 다음 에일린의 옆에 가서 앉았다.

"무슨 일인지 말해 봐요."

에일린은 여전히 충격에 빠져 말이 없었다.

"앨런을 다시 살리지는 못해도 다른 사람이 죽는 건 막을 수 있어요. 지금 이야기하면 에일린 당신이 막을 수 있을 거예요."

"원래부터 나쁜 씨였어요."

헬렌은 그 표현에 움찔했지만 잠자코 있었다.

"어렸을 때는 착하더니 사춘기 무렵부터 변했죠. 도무지 말을 들어먹지를 않았어요. 내 말을 안 듣고, 아버지 말도 안 들었죠. 반항하고 다 깨부수고 폭력을 휘둘렀어요."

"누구에게 폭력을 휘둘렀다는 말이죠?"

"자기 언니나 남동생, 자기보다 몸집이 작은 아이들이요."

"그래서 어떻게 하셨어요?"

대답이 없다.

"이런 일을 저지른 후에 엘라는 어떻게 됐죠?" 헬렌이 다시 물었다.

"벌을 받았어요."

"누구에게요?"

"당연히 앨런이죠." 무슨 이런 질문을 하냐는 듯 에일린이 대답했다.

"왜 엄마가 아니라?"

"왜냐하면 앨런은 제 남편이니까요. 우리 집의 가장이에요. 저는 내조자로서 능력껏 도와주지만 필요할 때 우리에게 벌을 주는 건 남편 임무예요."

"'우리'라고요? 당신에게도 벌을 준다는 말이에요?"

"물론이죠."

"물론이라고요?"

"그래요, 물론." 에일린이 도전했다. "요즘 사람들은 체벌이라면 질색한다지만 우리 가족과 우리 교회의 믿음에 따르면 가르침을 배우려면 매를 꼭 맞아야…"

"엘라가 그런 벌을 받은 건가요? 매질을요?"

"처음에는요. 하지만 그 애는 배우지 **않았어요**. 십대 때부터 싸움을 하고 남자를 만나고 술을 마시…"

"그럴 때는 어떻게 했죠?"

"앨런이 더 엄하게 벌을 주었어요."

"무슨 뜻이죠?"

"그 애를 주먹으로 때렸어요. 저도 찬성했고요. 그러고도 뉘우치지 않으면 지하실로 데리고 갔어요."

"그런 다음에는요?"

"가르침을 확실히 배우도록 했죠."

헬렌은 충격을 받아서 고개만 저었다.

"마음대로 생각해요." 에일린이 톡 쏘아붙였다. "하지만 제게는 건강하고 부모 말을 잘 듣는 아이가 셋이나 있어요. 가정교육 덕분에 무엇이 옳고, 무엇이 그른지 잘 알죠. 아버지를 우러러 보게 키웠고 아버지를 통해…"

"앨런은 아이들에게 벌 주는 걸 즐겼나요?"

"자신의 의무를 피하지 않았어요."

"질문에 대답이나 똑바로 해요."

에일린은 헬렌이 버럭 화를 내자 놀라서 입을 다물었다.

"남편이 자녀들에게 벌 주는 걸 즐겼냐고요?"

"그래야 하는 상황이라면 절대 불평하지 않았어요."

"당신을 때리면서도 즐거워했나요?"

"모르겠어요. '즐거움' 문제가 아니라…"

"선을 넘은 적 있었어요? 당신에게?"

"나는…, 그게 아니…"

"멈추라고 부탁했는데 그렇게 하지 않은 때도 있었어요?"

에일린은 고개를 떨어뜨리고 말을 잇지 못했다.

"지하실로 앞장서요."

에일린은 처음에 망설였지만 이길 수 있는 싸움이 아니었다. 몇 분 후, 그녀와 헬렌은 살을 에는 듯이 싸늘한 지하실에 서 있었다. 사방이 거친 벽돌이고 분위기는 어둡고 삭막했다. 중앙에 덩그러니 놓인 의자와 구석에 잠겨 있는 플라스틱 상자 말고는 방 안에 아무것도 없었다. 헬렌은 몸을 떨었지만 추위 때문은 아니었다.

"이 의자는 왜 있는 거죠?"

에일린이 주저하다가 말했다.

"앨런은 엘라를 그 의자에 묶었어요."

"어떻게요?"

"수갑을 발목과 손목에 채웠어요. 그러고 나면 상자에서 채찍이나 쇠사슬을 꺼냈죠."

"때려서 정신 차리게 만든다고요?"

"가끔은요."

"가끔?"

"걔가 어떤 애였는지 모르면 이해 못해요. 남편에게 복종하지 않았어요. 말을 듣지 않았다고요. 그래서 **가끔**은 다른 방법도 필요했어요."

"예를 들어서요?"

에일린은 잠시 생각을 했다.

"어떤 잘못을 했느냐에 따라서 달랐어요. 하나님을 모독하는 말을 하면 인분을 먹였어요. 물건을 훔쳤으면 입 안에 동전을 붓고 삼키게 했고요. 만약 남자들과 있었다면, 남편은…, 다시는 그러지 못하게 다리 사이를 때리곤…."

"고문을 했다는 거군?" 헬렌이 분노했다.

"행동을 교정한 거예요." 에일린이 맞받아쳤다. "당신은 이해 못해요. 그 애는 제멋대로였단 말이에요. 통제가 안 되는 애였어요."

"그애는 **트라우마**를 입은 거야. 당신 깡패 남편한테 트라우마를 받았다고. 엄마라는 사람이 왜 내버려둔 거지?"

에일린은 더 이상 헬렌과 눈을 마주할 수 없었다. 남편이 없으니 평생의 신념도 흔들리는 듯했다. 헬렌은 말투를 누그러뜨렸다.

"왜 다른 아이들이 아니라 엘라만 당한 거죠?"

"다른 아이들은 말을 잘 들었으니까요."

"엘라는…, 몇 살에 결혼했죠?"

"열여섯이요. 학교를 졸업하자마자 훌륭한 짝을 만났어요."

"교회 사람이겠죠?"

에일린이 긍정의 표시로 고개를 끄덕였다.

"엘라의 남편은 몇 살이었어요? 엘라가 결혼할 당시에?" 헬렌이 질문을 계속했다.

"마흔둘이었어요."

에일린은 헬렌의 비난하는 표정을 이미 예상했다는 듯이 고개를 들었다.

"젊은 여자들은 훈육이 필요…."

"그건 당신 생각이죠." 헬렌이 단호하게 말을 잘랐다.

무거운 침묵이 뒤따랐다. 이 방은 온통 절망뿐인 공간이었다. 모욕과 증오와 학대로 가득했다. 독재자 아버지와 여기 단둘이 남아 매를 맞고 욕을 듣는 동안 그 어린 여자아이는 얼마나 무력감을 느꼈을까. 오래토록 잊고 있었던 어린 시절의 기억이 떠오르자 헬렌은 이를 악물고 기억을 외면했다.

위에서 쌍둥이가 불안해하며 엄마를 부르고 있었다. 헬렌은 아들들에게 가려는 에일린을 붙잡았다.

"엘라는 왜 떠난 거죠?"

"가망이 없었으니까요."

"대학 진학을 포기하지 않고 자기 아빠뻘인 남자랑 결혼하지 않겠다고 거부했기 때문에요?"

에일린은 헬렌 옆에 있는 것도, 그녀의 비난을 듣는 것도 싫어서 어깨만 으쓱했다.

"엘라는 공부를 하고 싶었죠? 의사가 되고 싶었어요. 그런 일을 겪고도 다른 사람을 도와주고 싶었던 거 아니에요?"

"그건 학교 잘못이에요. 여자애들 머릿속에 사상을 심어주잖아요. 그래서 인생을 망칠 줄 알았어요. 결국 그렇게 됐고요."

"무슨 뜻이죠?" 헬렌이 반응했다.

"제 발로 집을 나갔어요. 아버지를 거역하고 자기가 알아서 '공부'를 할 돈을 벌겠다면서요. 그게 무슨 뜻인지 모르는 사람은 없겠죠."

에일린은 몹시 고소한 듯한 목소리였다.

"무슨 일이 일어난 거예요?"

"창녀가 됐어요. 낯선 사람들에게 돈을 받고…."

"그걸 어떻게 알죠?"

"자기가 말했어요. 애비 없는 애를 배고 집에 왔을 때요."

헬렌은 참았던 숨을 내쉬었다. 엘라의 인생이 얼마나 비참했는지 전말이 서서히 드러나고 있었다.

"누구 아이였죠?"

"걔가…, 안 좋은 일을 당했어요. 남자 여럿이…, 속여서 집으로 불렀대요."

"그리고 강간을 당했고요?"

에일린이 갑자기 고개를 숙이고 왈칵 울음을 터뜨렸다. 그녀의 어깨가 작게 들썩였다. 신념을 지키려 했지만 어딘가 모성이 남아 있었던 모양이다.

"에일린?"

"맞아요. 그들이…, 그 남자들이 이틀 동안 감금을 했어요."

헬렌은 눈을 감았다. 엘라가 당한 끔찍한 시련을 외면하고 싶었지만 자꾸만 그 모습이 머릿속에 떠올랐다.

"신고하면 목을 그어버리겠다고 했대요." 에일린이 더듬더듬 말을 이었다.

"엘라는 임신 사실을 알고 집으로 왔군요?"

에일린이 고개를 끄덕였다.

"그래서 어떻게 됐죠?" 헬렌이 물었다.

"앨런이 돌려보냈어요. 달리 뭘 어떻게 했겠어요?"

에일린은 간절한 얼굴로 고개를 들었다. 헬렌에게 이해해달라고 애원하는 것만 같았다. 헬렌은 그녀에게 고함을 지르며 악을 쓰고 싶었지만 분노를 가라앉혔다.

"그게 언제였죠?"

"1년 전 쯤이에요."

"그 후로 가족으로 인정하지 않았고요?"

에일린은 그렇다고 고갯짓을 했다.

"그 전까지 앨런은 걔가 해외에서 일한다고 사람들에게 말했어요…. 의료 봉사를 갔다고요. 하지만 그날 이후로는 죽은 사람이 된 거예요."

"엘라 사진은요?" 헬렌은 범인의 최근 사진을 구할 수 있다는 헛된 희망을 버리지 않고 물었다.

에일린은 망설이더니 또 다시 눈물 맺힌 눈으로 헬렌을 올려다 보았다.

"남편이 다 태웠어요."

106

헬렌은 오토바이로 달려가며 휴대폰 전원을 다시 켰다. 음성 메시지가 7통 도착해 있다. 다 하우드가 남겼을 테지만 지금은 그런데 신경 쓸 겨를이 없었다. 그 대신 샌더슨에게 전화를 걸었다.

신호음이 하염없이 울리다가 드디어 연결이 되었다.

"여보세요?"

"샌더슨, 나야. 통화할 수 있나?"

잠깐 말이 없다.

"아, 엄마. 잠깐만요."

영리한 판단이다. 그보다 더 오래 말이 없더니 화재 비상구 출입문이 열렸다가 닫히는 소리가 났다.

"사실 반장님과 이야기하면 안 되는 상황이에요." 샌더슨이 숨죽여서 말했다. "하우드가 반장님을 찾으려고 난리예요."

"나도 알아. 또 이런 부탁해서 미안한데…, 캐리 매튜스를 찾아줘. 캐리가 동생의 행방을 아는지 알아보고 가능하면 사진을 얻어 봐. 사진이 없다 그러면 대학에 연락하고. 엘라가 윤간을 당해서 애를 갖고 집에 온 후에 앨런 매튜스는 사진을 전부 없앴어. 우리가 찾는 범인은 엘라 매튜스야. 백퍼센트 확실해. 이제 수사팀이 가장 먼저 할 일은 엘라가 살인을 다시 시작하기 전에 검거하는 거야."

"맡겨주세요. 소식이 있으면 전화 드릴게요."

헬렌은 두려우면서도 후련한 마음으로 제이크의 집으로 가는 계단을 올랐다. 그를 본다고 생각하면 마음이 놓였지만, 한편으로는 자꾸 어두운 기억이 밀려들어 두려웠다. 헬렌처럼 강한 사람도 그런 감정의 노예가 되는 때가 있다. 이 세상이 얼마나 잔인한지 깨달을 때면 그녀가 언니와 함께 세상의 죄악을 어깨에 짊어지고 동네북 취급을 받던 시절로 돌아가는 기분이었다. 헬렌은 가슴속에서 치솟고 있는 두려움을 억누를 수가 없어 안절부절못했다. 당장이라도 그때 그 방으로 돌아갈 것만 같았다.

헬렌은 그녀를 품에 안으려는 제이크를 밀어냈다. 다짜고짜 스스로 결박하고 제이크에게 시작하라고 말했다. 무례하고 배려심 없는 행동이었지만 그만큼 절실했다.

"어서."

제이크가 망설였다.

"제발."

제이크는 마음이 약해졌다. 그는 무기고에서 중간 크기의 채찍을 집어 들고, 옷을 걸치지 않은 그녀의 등에 힘차게 내리쳤다.

"다시."

그가 다시 채찍을 치켜들었다. 이번에는 주저하지 않았다. 불안감이 사라지며 온몸이 흥분으로 찌릿찌릿해지기 시작했다. 제이크는 채찍을 계속해서 휘둘렀다. 살갗을 때리는 리듬이 빨라지면서 그도 흥분하기 시작했다. 헬렌은 더 세게 해달라며 신음하고 있었다. 제이크는 그녀의 부탁을 들어주었다⋯. 빠르게, 더 빠르게.

헬렌의 긴장이 풀리면서 채찍질도 잦아들었고, 사방이 다시 고요해졌다.

헬렌은 정적의 순간을 만끽했다. 헬렌에게는 그녀의 험난한 인생을 통제할 힘이 없었다. 하지만 이제는 무슨 일이 생기면 이곳으로 오면 된다. 제이크는 끔찍한 기억이 엄습할 때 필요한 약과 같았다. 그를 사랑하지 않았지만 그가 필요했다. 어쩌면 그게 사랑의 시작인지도 모르겠다.

헬렌은 운 좋게 기댈 수 있는 사람을 찾았다. 하지만 엘라는 아니었다. 엘라는 여자를 제멋대로 다루고 학대하는 남자들의 노리개였다. 처음에는 잔인하고 폭력적인 사디스트 아버지를 만났다. 그 다음에는 힘없는 어린 여자를 감금하고 고문하면서 쾌락을 얻는 남자들을 만났다. 학대를 당한 그녀에게 돌아온 것은 임신이었다. 강간으로 생긴 아이를 홀로 길러야 했다.

헬렌은 문득 로버트를 생각했다. 그리고 로버트를 생각할 때면 곁에 언제나 마리앤이 있었다.

107

끝이 다가오면 놀라울 정도로 마음이 편해진다. 엘라는 결정을 내리자 하늘을 나는 기분이었다. 깔깔 웃으며 아멜리아에게 노래를 불러주고 철없는 어린아이처럼 행동했다. 여전히 내면의 분노는 밖으로 폭발할 기회를 호시탐탐 노리고 있었다. 하지만 오늘 아침에는 그럴 필요가 없었다.

며칠 전 마트에서 예쁜 아기 옷을 몇 벌 훔쳤다. 잘한 일이었다. 아멜리아가 곱게 차려입은 모습으로 발견되기를 바랐다. 엘라는 이 지저분한 집에서 도움도 못 받고 혼자 아멜리아를 낳은 후로, 이 아이에게 어떤 감정을 느껴야 할지 알 수 없었다. 아이는 그녀가 저지른 죄악의 대가였고, 그녀를 강간한 남자들에게 받은 선물이었다. 이 세상이 얼마나 잔인한지 알려주는 존재였다. 처음에는 빽빽거리며 우는 아기를 질식시켜 죽이고 싶었다. 실제로도 그렇게 하려고 했지만…. 딸은 그녀를 쏙 빼닮은 얼굴이었다. 그녀를 강간한 놈들은 피부색이 짙고 수염이 덥수룩한 검은 머리들이었다. 아멜리아는 동글동글한 코가 앙증맞은 금발이었다.

아기를 방치하려고도 했다. 태어난 벌로 일부러 굶기고 싶었다. 그러나 가슴에서 젖이 샘솟자 자연의 섭리를 거스를 수 없음을 느낄 수 있었다. 그래서 아이에게 젖을 먹였다. 가끔은 아기의 입술에 젖꼭지를 스쳤다가 떼며 배고픈 아이를 약 올리기도 했다. 하지만 바보 같고 잔인한 짓이라는 생각에 그 다음부터는 기꺼이 모유를 주었다. 젖을 물리고 있으면 이 작은 아이에게 영양분

을 줄 수 있어 행복했다. 이렇게 딸과 한 몸으로 연결되어 있을 때
는 잠시라도 폭력, 위선, 분노 따위를 잊을 수 있었다. 어느 날 엘
라는 깨달았다. 아기에게 고통을 주고 싶지 **않았고** 딸을 보호하고
싶었다. 그래서 밤에 나가면서 분유에 소량의 수면제를 넣었다.
그러면 아기는 엄마가 돌아올 때까지 푹 잠들 수 있었다.

엘라는 가슴에 사무치는 슬픔을 떨쳐버렸다. 그렇게 하기로 결
심을 한 이상 후회를 한들 소용없었다. 약은 주방에서 기다리고
있다. 이제 분유만 구하면 준비가 끝날 것이다.

더 이상 물러날 길은 없었다.

108

두 여자는 어느 한쪽도 물러나지 않고 눈싸움을 했다. 지금 당장 경찰을 그만두겠다는 찰리의 폭탄발언에 하우드는 무책임하다고 화를 내고 있었다.

성질이 불 같은 하우드는 잠깐 말을 멈췄다가도 다시 자연스럽게 속사포처럼 비난을 퍼부었다. 찰리의 사임을 인정할 수 없다고 했다. 지금 엄청난 실수를 저지르고 있으니 다시 생각해서 번복하고 경찰의 사명을 다하라고 했다. 찰리는 하우드가 경찰청장에게 헬렌의 후임자로 찰리를 내세웠다는 의심이 들었다. 그렇게 해서 중요한 수사를 망치지 않겠다고 약속한 게 아닐까?

"찰리, 우리는 자네가 필요해. 이 팀에는 찰리가 있어야 한다고." 하우드가 계속 주장했다. "그러니 지금은 제발 참아줘."

"안 됩니다. 이미 약속을 했어요."

"내가 스티브와 이야기해볼까? 스티브가 헬렌을 싫어한 거 알아. 하지만 이제는 헬렌 때문에 문제될 게 없잖아."

"저는 문제예요. 그래서 더더욱…."

"자네의 충성심은 높이 사네, 정말이야. 하지만 큰 그림을 봐야지. 이제 곧 있으면 범인을 잡을 거고, 나는 모든 병력을 투입해야 돼. 이 사건을 종결할 필요가 있어. 모두를 위해서."

당신 경력을 위해서겠지. 하지만 찰리는 생각을 입 밖으로 내지 않았다.

"하다못해 예고 기간이라도 줘. 자기 맘대로 계약을 어기면 인

사과에서 연금 가지고 얼마나 웃기게 구는지 알잖아. 그렇게라도 해서 이 건을 마무리하게 도와줘."

결국 찰리는 두 손을 들었다. **사실** 이처럼 중요한 시기에 샌더슨, 맥앤드루 같은 후배들만 두고 떠난다 생각하면 고개를 들 수 없었다. 하지만 막상 수사본부에 들어가자 기분이 너무 이상했다. 헬렌이 없는 수사본부는 예전 같지 않았다.

샌더슨이 하우드에게 현재 진행 상황을 보고 했다. 하우드가 팀원들에게 브리핑을 하고 있었지만, 어차피 하우드의 방식은 뻔해서 찰리는 한 귀로 듣고 흘렸다. 하우드는 아직 엘라를 추적하지 못했지만 그녀에 대한 정보가 너무 많이 드러났으니 시간문제에 불과하다고 했다. 하우드가 수사의 핵심에 다가가자 찰리는 정신을 퍼뜩 차렸다. 마침내 하우드가 본색을 드러내고 있었다.

"무엇보다도 소란을 일으키지 않고 엘라 매튜스를 빠르게 체포해야 한다." 하우드가 말했다. "잡히지 않으면 몇 번이고 다시 살인을 할 연쇄살인범이야. 따라서 체포 과정에서 사살을 해도 좋다는 법원명령을 얻어놓았어. 필요할 경우 전술지원팀이 전면에 나선다."

찰리는 팀원들을 힐끗 쳐다보았다. 다들 놀라고 불편한 기색이었지만 하우드는 아랑곳하지 않고 말을 이었다.

"지금 우리에게 주어진 임무는 단 하나야. 엘라 매튜스를 잡아들여. 죽었든 살았든 상관없다."

109

헬렌은 한참을 고심한 끝에 그 집을 찾아갔지만 놀랍게도, 그리고 당황스럽게도 괜한 걱정이었다. 이유를 모르겠지만 취재진이 로버트의 집 앞에서 감쪽같이 사라졌다. 조용한 골목집의 소란은 잠잠해졌지만 왠지 침울한 분위기였다. 고상한 단독주택은 쏟아지는 빗속에서 그저 외롭고 황량해 보였다.

헬렌은 가만히 비를 맞으며 다음 행동을 고민했다. 로버트가 어떻게 지내고 있는지 직접 보고 싶었다. 조용히 보고만 가려고 콜 애비뉴에 왔는데 무슨 일이 일어난 모양이었다. 무언가가 진드기 같은 기자들을 쫓아냈다.

헬렌이 여전히 제자리에서 서서 어떻게 할지 생각하고 있을 때 현관문이 열렸다. 중년 여성은 어디서 누가 튀어나올 것처럼 주위를 둘러보더니 진입로에 세워둔 작은 해치백 자가용으로 후다닥 달려갔다. 뒷좌석에 가방을 놓은 그녀가 집 쪽으로 돌아섰다. 그러다 걸음을 멈추고 홱 몸을 틀었다. 그리고 오토바이 가죽 수트 차림으로 가만히 서 있는 미모의 여성을 발견했다. 불안한 표정으로 헬렌을 쳐다보던 모니카가 문득 상대를 알아보고는 곧바로 다가왔다.

"어디 있어요?" 헬렌이 불쑥 말했다.

"무슨 짓을 한 거죠?" 모니카도 지지 않고 쏘아붙였다. 분노로 목소리가 떨리고 말이 제대로 나오지 않았다.

"어디 있어요? 무슨 일이 있었던 거예요?"

"떠났어요."

"어디로 갔는데요?"

모니카는 어깨만 으쓱하고 시선을 돌렸다. 헬렌에게 우는 모습을 보이고 싶지 않은 듯했다.

"어디로요?" 모니카 앞에서 면목이 없었지만 헬렌은 화를 참지 못하고 말했다.

모니카가 고개를 들었다.

"어젯밤에 나갔나 봐요. 오늘 아침에 쪽지를 발견했어요. 그 애가…, 로버트가 우리를 다시 보는 일은 없을 거래요. 그게 최선이라고…"

모니카가 감정을 주체 못하고 무너졌다. 그녀는 위로하려는 헬렌의 손길을 거칠게 밀어냈다.

"당신이 내 아들 인생을 망쳤어."

모니카는 집으로 들어가 문을 쾅 닫아버렸다. 헬렌은 비를 맞으며 움직이지 않았다. 모니카의 말이 맞았다. 헬렌은 마리앤을 구하고 싶었다. 로버트를 구하고 싶었다. 하지만 결국은 두 사람의 인생을 다 망치고 말았다.

110

캐리 매튜스는 덜덜 떨리는 손으로 샌더슨 수사관에게 사진을 내밀었다. 엘라의 사진이었다. 엘라는 집을 나가서도 사랑하는 언니에게 자신을 기억해달라며 이메일로 셀카를 한 장 보냈다. 샌더슨이 셜리에 있는 캐리의 집을 찾아갔을 때, 캐리의 남편 폴은 어린 아내를 뒤로 밀치고 자기가 알아서 처리하려고 했다. 교회 집사이자 기독교가정회의 창시자이기도 한 폴은 독선적인 남자였다. 샌더슨은 물러나지 않고 폴에게 거실에서 나가라 명령했고 그러지 않으면 사람들 보는 앞에서 체포하겠다고 으름장을 놓았다. 그는 충격을 받은 표정이었지만(더 정확하게 표현하면 질겁한 표정이었다) 결국 명령을 따랐다.

"제발 찾아줘요. 제발 제 동생을 도와주세요." 캐리가 서랍장에 숨겨뒀던 사진을 샌더슨에게 건네며 애원했다. "다들 생각하는 그런 애가 아니에요."

"압니다." 샌더슨이 대답했다. "저희가 최선을 다하고 있어요."

그렇게 말하면서도 샌더슨은 이 사건이 평화롭게 마무리될 가능성은 거의 없다고 생각했다. 하우드는 수단 방법을 가리지 않고 엘라를 막겠다고 단단히 결심했고, 엘라도 죽음을 두려워하기에는 너무 멀리 왔다. 그럼에도 샌더슨은 캐리를 안심시키고 집을 나섰다. 필요하다면 그녀를 도울 수 있는 단체나 보호시설이 많다는 조언도 잊지 않았다.

샌더슨이 집 밖으로 나오자마자 무전기가 지지직거리며 연락이 들어왔다.

엘라의 인상착의와 일치하는 여자가 막 비버스에 있는 마트에서 물건을 훔치다 목격되었다는 것이다. 보안 요원을 피해 페어뷰 단지 안으로 몸을 숨겼다고 한다.

샌더슨은 얼른 차에 올라 출발했다. 그녀는 한낮의 도로를 달리는 차량들을 헤치고 사이렌을 번쩍이며 나아갔다. 이제 다 왔다. 마지막 라운드가 시작한 것이다. 샌더슨은 끝나는 순간까지 그 현장에 있을 작정이었다.

111

그녀는 도둑처럼 살금살금 사무실에 들어갔다. 오랫동안 헬렌이 직접 이끌었던 수사본부인데도 마치 와서는 안 될 곳에 온 것처럼 부끄러웠다. 이제 헬렌은 쓸모없고 환영해줄 사람 하나 없는 외부인이었다.

헬렌은 로버트의 어머니와 대면한 후, 한 가정을 파괴했다는 죄책감이 마음을 짓누르고 머리가 어지러워 정처 없이 떠돌아다녔다. 제이크에게 전화를 했지만 다른 손님과 함께 있는 듯했다. 전화를 끊고는 어떻게 해야 할지 몰라서 잠시 멍하니 서 있었다. 연락할 사람이 **정말** 아무도 없었다.

서서히 충격이 가라앉으며 제정신이 들었다. 그녀가 도움을 줄 수 있는 일이 하나 남았다. 사건에서 손을 뗐지만 아직 사건 파일은 거의 다 갖고 있었다. 그리고 엘라에 대해 발견한 사실들을 샌더슨, 하우드 등을 위해 기록해야 했다. 만약 이 사건이 법정으로 가게 되면 세부사항 하나하나까지 중요한 역할을 할 것이다. 자칫 실수를 했다가는 유가족의 한을 풀지 못하게 될지도 모른다. 그래서 헬렌은 마지막으로 남은 일을 하기로 결심하며 사우샘프턴 중앙경찰서로 향했다.

휴가 중이라고 생각했던 헬렌을 보고 내근 경사가 깜짝 놀랐다. "마녀는 쉬는 날도 없나 봐요?" 그가 유쾌하게 말을 건넸다.

"서류 업무 좀 보려고." 헬렌은 일부러 피곤한 듯 대답했다.

내근 경사가 버튼을 눌러 출입문을 열어주었다. 헬렌은 엘리베

이터를 타고 7층으로 올라갔다. 수도 없이 걸었던 길이지만 쫓겨
난 사람으로서는 처음이었다.

사무실로 들어간 헬렌은 보고서를 써서 사건 파일에 넣고 하우
드의 책상에 두었다. 막 떠나려는데 난데없이 소리가 들렸다. 하
우드와 수사팀 전원이 밖에 나가서 단서를 쫓고 있다는 걸 알기
에 헬렌은 고개를 갸웃거렸다. 그러다 깜짝 놀랐다. 그녀와 마찬
가지로 수사를 망치고 경력이 무너진 토니 브리지스 수사관이 서
있었던 것이다. 잠시 서로를 바라만 보다가 헬렌이 말했다.

"소식 들었어?"

"네. 죄송합니다, 반장님. 혹시 저 때문이라면 제가…."

"토니와는 상관없어. 개인적인 일이야. 내가 나가기를 원한다는
데 어쩌겠어."

"미친 여자라니까요."

헬렌이 웃었다.

"사실이지만 그녀가 책임자니까…."

"그럼요. 저는 그냥 반장님께…, 아니, 그 여자에게…. 이걸 드리
러 왔어요. 제 보고서입니다."

"기특하네." 헬렌이 또 웃음을 보이며 말했다. "하우드 책상에
둬."

토니는 쓸쓸한 표정으로 미간을 찌푸리고는 하우드의 사무실
로 향했다. 토니의 뒷모습을 보고 있으니 그저 아깝다는 생각밖
에 할 수 없었다. 한순간 마음이 약해져 잘못을 저질렀을지언정
토니는 유능하고 직업의식이 투철한 형사였다. 비록 어리석은 짓
을 했지만 이런 대접을 받을 사람은 아니지 않나? 멜리사는 경험

만 적었지 아주 교활한 여우였다. 굴러들어온 기회를 놓치지 않고 토니의 감정을 악랄하게 이용해 자기 목적을 이루려 했다. 이제 '라이라'가 가공의 인물이었다는 사실을 모르는 사람은 없었다. 헬렌은 깜빡 속아 넘어간 자신이 원망스러웠다. 멜리사는 너무도 쉽게 경찰의 눈을 현혹시켰다. 증거도 없이 한 사람의 말만 듣고 완전히 다른 길로 빠져 수사를 망쳤다….

그 생각에 이르자 헬렌은 머릿속으로 쏟아내던 자책을 멈췄다. 라이라를 '안다'고 한 사람이 멜리사 말고도 있었기 때문이다. 가상의 인물을 만났다고 주장하는 사람이 한 명 더 있었다. 젊은 여자였다! 스파이어 스트리트의 다세대 주택에서 만났던 아기를 안은 젊은 여자!

헬렌은 그녀를 만났던 기억을 떠올렸다. 맞은편에 앉은 어린 매춘부는 꿈틀거리는 아기를 어색하게 보듬으면서 라이라를 '안다'라고 말했다. 짤막하게 단어로만 말했고 교육을 제대로 받지 못한 것 같았지만 지금 생각하니 뭔가 다른 점이 보였다. 머리를 빡빡 밀고 피어싱을 주렁주렁 달아서 본모습을 숨겼지만 얼굴형이 눈에 익었다. 헬렌은 샌더슨이 게시판에 붙여 놓은 엘라의 최근 사진을 올려다보았다. 동그란 광대뼈와 크고 도톰한 입술. 헬렌은 보자마자 알 수 있었다. 그녀는 엘라였다.

정신을 차리니 토니가 그녀를 보고 있었다. 그는 걱정스러운 표정이었다.

"괜찮으세요, 반장님?"

헬렌은 멍한 표정으로 잠시 토니를 보고만 있다가 말했다.

"찾았어, 토니. 범인을 찾았어."

112

헬렌은 도심을 가로질러 도시 북부로 빠르게 달려갔다. 대놓고 제한 속도를 위반했지만 상관없었다. 헬렌의 오토바이 운전 실력으로 경찰차쯤은 거뜬히 따돌릴 수 있었다. 그리고 지금은 범인을 만나러 간다는 생각밖에 없었다.

경찰서를 나오기 전, 헬렌은 그녀를 막으려는 토니의 말을 잘랐다.

"나 못 본 거야, 토니."

헬렌은 위험한 행동을 하고 있었다. 경찰로서 지켜야 할 원칙을 전부 어기는 행동이었다. 만약 토니가 개입했다고 한다면 토니는 연금이며 수당이며 무엇 하나 받지 못하게 된다. 토니에게 그래서야 되겠는가. 그리고 사람이 많아질수록 누군가 헬렌보다 엘라를 먼저 잡을 가능성이 있었다. 헬렌은 절대 그렇게 놔둘 수 없었다.

가서 어떻게 할지 계획은 없었다. 서두르지 않으면 큰일이 난다는 생각뿐이었다. 끔찍한 결말이 다가오고 있다는 예감이 들었고, 더 많은 사람이 피를 보기 전에 온힘을 다해 막아야 했다. 아기의 목숨이 위태로웠다. 엘라도 마찬가지였다. 엘라는 용서할 수 없을 만큼 극악무도한 범죄자였지만 헬렌은 인간적으로 그녀가 안쓰러웠고 체포를 하더라도 안전하게 잡고 싶었다.

이내 스파이어 스트리트에 도착했다. 초라한 다세대 주택 앞에 오토바이를 세운 헬렌은 시동을 끄고 오토바이에서 가볍게 뛰어내렸다. 그녀는 주위를 둘러보았다. 버려진 거리에 사람은 아무도 없었다. 헬렌은 벨트에 경찰봉을 끼우고 건물 안으로 들어갔다. 썰렁하고 으슥한 계단에는 간밤 누군가가 코카인을 흡입하고 버린 쓰레기가 여기저기 뒹굴었다. 내년 재개발에 들어가기 전까지 이 낡은 건물에는 불법거주자와 마약중독자가 뒤엉켜 사는 중이었다. 사람들이 아무 때나 드나들 수 있도록 건물 입구를 막아두지 않았기 때문에 4층으로 올라가기는 어렵지 않았다. 헬렌은 나흘 전에 이곳의 더러운 소파에서 다른 매춘부와 마약중독자 틈에 앉아 있는 엘라를 보았다. 삶이 팍팍한 사람들끼리 서로 의지하고 있었다.

그러나 엘라는 지금 여기 없었다. 헬렌이 신분증을 들이밀자 냄새가 고약하고 땀을 뻘뻘 흘리는 이 아파트 '소유자'는 위층을 가리켰다. 그는 엘라가 건물 옥탑방에 따로 산다고 했다. 그녀와 아기 단둘이서만 사회복지사조차 눈길을 주지 않는 곳에서 살았다. 누가 그런 집까지 굳이 관심을 보이고 다니겠는가. 세상의 눈을 피해 사는 범인에게 완벽한 은신처였다.

헬렌은 9호라는 팻말이 달린 옥탑방 앞에서 걸음을 멈추고 조심스럽게 손잡이를 돌렸다. 잠겨 있었다. 안에서 사람 움직이는 소리가 들릴까 문에 귀를 댔다. 아무 소리도 들리지 않았다. 그때 가냘픈 울음소리가 났다. 헬렌은 귀를 더 쫑긋 세웠다. 하지만 다시 조용해졌다. 그녀는 주머니에서 신용카드를 꺼내 문틈에 밀어넣었다. 걸쇠가 낡고 약해서 20초도 되지 않아 문이 열렸다. 헬렌은 안으로 들어갔다.

그녀는 조심스럽게 문을 닫고 가만히 서 있었다. 아무도 없다. 헬렌은 천천히 앞으로 나아갔다. 낡아서 삐걱거리는 마룻바닥을 밟지 않도록 애쓰며 벽에 몸을 바짝 붙이고 움직였다.

헬렌은 주방 앞에서 멈춰 섰다. 목을 쭉 빼고 안을 재빨리 둘러보았지만 여기도 사람은 없었다. 더러운 싱크대와 가벼운 소음을 내는 냉장고만 보일 뿐이었다.

헬렌은 거실(정확히는 거실로 사용하는 방)로 살금살금 다가갔다. 어쩐지 이곳에 엘라가 있을 것 같았지만 여기도 비어 있었다. 그때 소리가 들렸다. 또 그 울음소리다.

이제는 조심해야 한다는 생각보다 두려움이 앞서서, 헬렌은 경찰봉을 내민 채 거실을 지나 침실 문을 발로 차서 열었다. 당장 누가 덤벼들 것이라 예상한 방에는 흐트러진 낡은 침대만 덩그러니 놓여 있었다. 그 옆의 아기 침대 안에 꼬물거리는 여자 아기가 보였다. 헬렌은 기습을 대비해 뒤를 휙 돌아보았지만 인기척이라고는 없었다. 그녀는 서둘러 침실로 들어갔다.

이게 그 아이다. 엘라가 결코 바란 적 없던 아이. 그럼에도 아끼고 사랑하는 아이였다. 헬렌은 여기에 오기 잘했다고 생각했다. 그녀는 경찰봉을 침대에 올려놓고 허리를 굽혀 아기를 안아 올렸다. 막 잠에서 깬 아기가 자그마한 주먹으로 졸음 가득한 눈을 비볐다. 헬렌은 웃음이 나왔다. 그녀를 보고 아기도 따라 웃었다. 이 아기가 무엇을 보았고, 무엇을 경험했는지 모르지만 아직 웃을 수는 있었다. 순수함이 남아 있었다.

"뭐하는 년이냐?"

거실 쪽으로 뒤를 돌자 3미터도 떨어지지 않은 거리에 엘라가 서 있었다. 엘라는 화가 났다기보다는 짜증이 난 상태였지만 헬렌을 보고 표정이 싹 바뀌었다. 헬렌의 얼굴을 알아본 그녀가 쇼

펑백을 내던지고 도망쳤다. 헬렌은 현관문이 세게 닫히는 소리가 날 줄 알았지만 그 대신 우당탕탕 서랍을 열었다가 닫는 소리가 났다. 잠시 후 엘라는 커다란 푸주칼을 손에 들고 돌아왔다.

"내려놓고 여기서 꺼져."

"그럴 수 없어, 엘라."

자기 이름을 부르는 소리에 엘라가 움찔했다.

"내려놓지 못해!" 그녀가 외쳤다.

아기가 시끄럽게 싸우는 소리에 겁을 먹고 칭얼거리기 시작했다.

"다 끝났어, 엘라. 네가 어떤 일을 겪었는지 알아. 네가 얼마나 고통스러웠는지도 알아. 하지만 다 끝났어. 이제는 너를 위해서, 아기를 위해서 자수할 때야."

"지금 당장 이리 안 주면 눈깔을 파버릴 줄 알아."

엘라가 한 걸음 다가오자 헬렌은 아기를 품에 더 꽉 끌어안았다.

"아이 이름이 뭐야?" 헬렌은 뒤로 물러나면서도 계속 엘라와 눈을 맞췄다.

"지랄하지 말고 꺼져."

"이름을 알려줘, 부탁이야."

"내놔."

엘라는 떨리는 목소리로 위협했지만 더 이상 다가오지는 않았다. 그녀는 아기와 헬렌을 번갈아보며 어떤 선택을 할지 가늠하고 있었다.

"그럴 생각 없어, 엘라. 차라리 그 전에 나를 먼저 죽여. 나는 너와 아기만 행복하면 돼. 넌 몸도 성치 않잖아. 너희 둘 다 여기보다 좋은 곳으로 가야지. 내가 도와줄게."

"어떻게 될지 내가 모를 줄 알아? 여기 나가자마자 나한테 수갑을 채우고 애를 평생 못 보게 할 거잖아."

"그러지 않…."

"내가 넘어갈까봐? 집어치워. 그 애는 여기 남을 거고, 너도 못 나가."

헬렌은 다가오는 엘라에게서 아기를 보호하려 몸을 틀었다. 분노로 숨을 몰아쉬는 엘라의 눈은 동공이 커져 새까맣게 물들었다. 그때 헬렌은 깨달았다. 이건 치명적인 실수였다.

113

찰리는 상관과 발을 맞추려고 허둥대며 페어뷰 단지에서 빠져나왔다. 하우드는 그들이 추적한 '단서'가 시간 낭비로 밝혀지자 노발대발하고 있었다. 전술지원팀과 경찰서에 남은 수사관을 거의 다 이끌고 달려왔더니만, 마트에서 고작 화장품 몇 개 훔치려다 실패하고 친구 집에 숨어 있던 열여섯 살짜리가 경찰들을 보고 눈을 휘둥그레 떴다. 얼핏 보면 엔젤과 닮았지만 나이가 훨씬 어리고 검은색 긴 머리는 진짜였다. 아이와 친구는 일단 충격에서 벗어나자 자기 같은 여자애들을 잡으려고 총 든 아저씨들이 오냐고 수다스럽게 재잘댔다. 이런 상황에서 하우드의 기분은 점점 나빠질 수밖에 없었다. 다른 때였다면 재미있는 해프닝이었을 것이다. 하지만 그러기에는 손해가 너무 컸다. 찰리는 풀이 죽어 하우드의 뒤를 따랐다.

"저 인간은 여기서 대체 뭘 하는 거야?"

찰리가 정신을 퍼뜩 차리고 하우드가 가리키는 쪽을 보자, 토니가 친한 정복 경찰과 이야기를 하고 있었다. 하우드는 찰리를 의심스러운 눈으로 보았지만 이번만큼은 찰리도 전혀 모르는 얘기였다.

"글쎄요."

그들은 토니에게 달려갔다.

"자네는 여기서 나가." 하우드가 인사도 하지 않고 말했다. "무슨 생각인지 몰라도 여기 온다고 얻을 수 있는…."

"좀 닥치시죠?" 토니의 호통에 하우드가 얼른 입을 다물었다. 토니는 입씨름할 생각 따위 없다는 눈빛이었다.

"헬렌 선배가 엘라의 소재를 알아요. 지금 찾으러 갔습니다."

"뭐?"

"어디로 간다고는 말을 안 해줬어요. 어떻게 알았는지도요. 하지만 선배가 위험합니다. 가서 도와야 해요."

토니는 불안한 마음에 두서없이 말을 주절주절 쏟아냈다.

"대체 어떻게 안 거야?"

"끝까지 말을 안 해줬어요. 보고서를 제출하러 7층에 갔다가…. 아무 말 하지 말라고 했지만…, 그럴 수는 없잖아요."

"순찰대에 맡겨. 누구라도 헬렌이나 빌어먹을 그 오토바이를 봤다는 사람을 찾아내. 교통 카메라로 움직인 경로를 추적할 수 있는지 확인하고." 하우드가 찰리에게 고개를 돌렸다. "맥앤드루를 경찰서로 돌려보내서 헬렌의 보고서를 살펴보라고 해. 거기에 뭐라도 적혀 있는지 말이야."

"전화는요? 위치 추적을 할 수 있다면…."

"당장 해."

찰리가 재빨리 움직였고 하우드도 바짝 뒤를 따랐다.

"저는요? 저는 어떻게 도울까요?" 토니가 물었다.

하우드가 발걸음을 멈추더니 돌아섰다.

"넌 꺼져버려."

114

갇혔다. 헬렌은 다가오는 엘라를 피해 좁은 침실로 물러나다가 구석에 몰려버렸다. 며칠 동안 이 순간이 오기만을 빌었다. 마침 내 범인과 대면하기를 간절히 바랐다. 그러나 막상 소원이 이루어 지고 나니 그녀 앞에는 죽음밖에 없었다. 엘라가 한 걸음 더 다가 오자 헬렌은 아기를 더 꼭 끌어안았다.

착각에 빠졌던 것일까? 엘라를 구할 수 있다고? 그녀에게 아직 인간성이 조금이나마 남아 있을 거라고? 주의를 흐트러뜨려야 한 다. 광기를 뚫고 본성으로 파고들 길을 찾아야 한다.

"그래서 나를 죽인다 치자. 다음에는 어쩔 건데? 경찰들이 다 너를 찾아다니고 있어. 네 이름을 알고, 네 얼굴을 알아. 네게 아 이가 있다는 것도 알아. 아래층 남자도 내가 여기 온 걸 알고, **네** 가 누구인지 알아. 그러니까 너는 여기 있으면 안 돼. 어떻게 할 거야? 아기와 도망칠 거니?"

"애는 같이 안 가."

"무슨 말이야?"

"내 인생은 어떻게 될지 모르지만 애는 여기서 끝이야. 지금까 지 고생은 할 만큼 했어."

"그건 네 진심이 아닐 거야."

"내가 이 분유를 괜히 산 줄 알아?" 엘라가 큰소리로 대꾸했다. "약이 있어. 오늘 그걸 먹일 거야. 그렇게만 하면 다…, 괜찮아져."

"애는 그냥 작은 아기야. 정신 차려, 엘라. 너 이렇게까지 형편없는 사람 아니잖아."

"내 이름 그만 불러. 엘라는 **죽었어.** 이 애도 곧 만나게 될 거고. 당신을 죽여야 애를 내놓을 작정이라면 정말 그렇게 해버릴 거야."

엘라가 한 발짝 더 가까이 왔다. 이제 헬렌과 겨우 30센티미터 거리였다. 헬렌은 당장이라도 엘라가 칼을 휘두를 것 같아 긴장했지만 말을 계속했다.

"그럼 죽여. 이렇게 하면 더 쉽겠네."

헬렌이 아멜리아를 침대에 내려놓았다.

"정말 죽이고 싶다면 내가 결정하기 쉽게 만들어줄게. 자. 어서 찔러."

엘라는 놀라서 헬렌과 아기를 번갈아보았다. 헬렌의 따뜻한 품에서 자유로워진 아기가 침대에서 발버둥 치며 울기 시작했다.

"빨리 하라고!" 헬렌이 버럭 소리를 질렀다.

그런데도 엘라는 망설였다. 헬렌은 엘라가 아기 쪽으로 조금이라도 움직이면 재빨리 막아서려고 촉각을 곤두세웠지만 엘라는 움직이지 않았다. 헬렌에게는 아직 엘라를 구원할 기회가 있었다.

"엘라, 내 말 들어 봐. 나는 네 마음 이해해, 응? 네 인생이 지옥 같다는 것도 알고, 세상이 네게 등 돌리고 있다는 기분도 잘 알아. 폭력적인 쓰레기 같은 남자들이 세상을 활개치고 다니며 너를 해치려 들지. 네 생각이 맞아. 정말이야."

엘라는 함정에 빠뜨리려는 수작인지 의심하는 눈길로 헬렌을 보았다. 헬렌은 심호흡을 하고 말을 이었다.

"나는 어렸을 때 강간을 당했어. 한두 번이 아니었어. 열여섯 살이었고, 보육원을 탈출하려다 잘못된 길로 빠진 대가를 톡톡히 치렀지. 아직도 과거에서 완전히 벗어나지는 못했어. 그래서 나는 네가 지금 어떤 심정인지 알아. 물러설 길이 없다고 생각하는 것도 알아. 하지만 방법은 **있어**."

엘라는 잠시 헬렌을 뚫어져라 응시했다.

"개소리 지어내지 마."

"나 좀 볼래?" 헬렌이 버럭 화를 내며 대답했다. "내 손도 떨리고 있잖아…. 이 얘기는 오늘 처음 하는 거야. 아무한테도 말한 적 없어. 그러니까 거짓말이라고 나를 비난할 생각은 **집어치워**."

엘라는 헬렌에게서 눈을 떼지 않은 채 칼을 더 단단히 쥐었다.

"내가 감히 너를 다 이해한다고 말할 수는 없어." 헬렌이 계속 설득했다. "네 아빠가 네게 무슨 짓을 했는지, 그 남자들이 무슨 짓을 했는지 나는 몰라. 하지만 이것만큼은 **알아**. 여기서 끝내지 않아도 돼. 극복할 수 있어. 네가 무슨 짓을 했든 이유가 있었을 거야. 그리고 아멜리아가 크면 너를 찾을 거 아냐. 너를 필요로 할 거야. 제발 버리지 마, 엘라. 내가 이렇게 애원할게."

처음으로 엘라가 아기를 내려다보았다.

"네 안에 아직 선한 마음이 남아 있다는 거 알아. 네 어린 딸을 위해서 옳은 선택을 할 수 있어. 그러니까 제발, 내가 돕게 해줘. 이 아이를 위해서라도."

헬렌이 손을 내밀었다. 바로 이 순간만을 기다려 왔다. 속죄할 마지막 기회다. 엘라를 구할 마지막 기회였다.

115

그들은 어둠 속에서 허우적대고 있었다. 발밑의 땅이 계속 무너져 내리면서 사람들은 절박하게 발 디딜 곳을 찾아 우왕좌왕했다. 경찰서로 급히 돌아온 찰리가 수사의 지휘권을 잡았다. 하우드보다 직급은 낮지만 현장 경험이 더 많았고, 이 상황에서 다른 사람은 믿을 수 없었다. 한 발짝만 잘못 디뎌도 추락할 위기였다. 그런데도 아무런 진전은 없었다.

맥앤드루는 헬렌이 남긴 파일을 두 번이나 읽었지만 엘라의 소재에 관한 실마리는 아무것도 발견하지 못했다. 헬렌의 휴대폰에 전화를 걸어 위치 추적을 해보려 해도 휴대폰 전원이 꺼져 있어 소용없었다. 마지막으로 전화를 사용한 때는 경찰서에 있었던 여섯 시간 전이었다. 그렇다면 지금 와서 추적할 의미가 없었다. 헬렌의 오토바이가 북쪽으로 달리는 장면까지는 교통 카메라에 찍혔지만 도심을 벗어나면서 사라졌다. 대체 어디 있을까? 아무도 보지 못하고 헬렌만 본 것은 무엇일까?

복도로 나간 찰리가 계단을 내려가 경찰서를 나왔다. 팀원들은 지시받은 대로 각자의 임무를 수행할 것이다. 하지만 찰리는 밖에 나가서 다른 방법을 찾아야 했다. 그녀는 차로 다가가다가 발걸음을 늦추었다. 며칠 전의 대화를 곱씹으니 불현듯 드는 생각이 있었다. 서서히 머릿속에 어떤 아이디어가 떠올랐다. 찰리는 전기에 감전된 사람처럼 차에 뛰어올라 굉음을 울리며 출발했다. 정확히 어디로 가야 하는지 깨달은 것이다.

양쪽으로 쭉 늘어선 책상 사이를 헤치고 안쪽 사무실로 직행하는 찰리를 향해 사람들의 고개가 돌아갔다. 그녀를 막지 못한 보안 요원과 접수원이 황급히 뒤따랐지만 찰리는 그들보다 한참 앞서 있었다. 미처 따라잡기도 전에 찰리는 에밀리아의 사무실에 들어갔다. 문을 세게 닫고 문손잡이 아래에 의자까지 놓자 에밀리아가 깜짝 놀라서 고개를 들었다.

"어디 있죠?" 찰리가 다그쳤다.

"누구요?"

"헬렌 그레이스."

"나는 몰라요. 그리고 당신이 뭔데…."

"대체 어떻게 하는 겁니까?"

"뭘 한다는 거예요? 제발 알아듣게 말해요, 찰…."

"어디 있는지 알잖아, 누구랑 있는지…."

"미치겠네, 내가 왜…."

에밀리아가 말을 끝내기도 전에 찰리는 성큼 다가왔다. 그녀는 에밀리아의 멱살을 쥐고 뒤에 있는 벽으로 거칠게 밀쳤다.

"내 말 똑똑히 들어요, 에밀리아. 지금 헬렌의 목숨이 위태로운 상황이에요. **지금 당장** 내 질문에 대답하지 않으면 벽에다 머리를 처박아버릴 줄 알아요."

찰리가 더 세게 목을 조르자 에밀리아는 숨이 막혀 컥컥거렸다.

"나는 헬렌에게 갚아야 할 게 많은 사람이에요. 그러니까 어떻게 하는지 말해요. 전화를 도청해요? 문자를 감시하는 건가요?"

에밀리아가 고개를 저었다. 찰리는 그녀의 머리를 벽에 세차게 박았다.

"말하라니까!"

에밀리아가 무슨 말을 하려는지 꺽꺽대는 소리를 내서 찰리는 손의 힘을 풀었다. 에밀리아가 작게 중얼거렸다.

"뭐요?"

"오토바이." 에밀리아가 쉰 목소리로 말했다.

"그게 뭐요?" 찰리가 윽박질렀다.

"오토바이에 추적 장치가 있어요."

이거였다.

"어떻게 추적하는 거죠?"

"내 휴대폰과 연결되어 있어요. 반경 8킬로미터 내에 들어오면 찾을 수 있어요."

"좋아요." 찰리가 에밀리아를 놓아주며 말했다. "나를 헬렌에게 데려다줘요."

116

아기는 침대에서 미친 듯이 악을 쓰며 몸을 일으키려고 발버둥 쳤다. 헬렌도, 엘라도 아기를 달래려 움직이지 않았다. 구원이냐, 파멸이냐 하는 선택을 앞두고 그들의 시간은 멈춰 있었다. 헬렌은 엘라에게서 눈을 떼지 않았다. 엘라는 헬렌이 내민 손을 잡지도 않고, 칼을 떨어뜨리지도 않았다. 마치 수수께끼를 풀려는 사람 처럼, 비명을 지르는 아기를 빤히 바라볼 뿐이었다. 엘라가 아기에 게 정신이 팔려 있으니 잽싸게 움직이면 칼을 빼앗을 수 있다. 하 지만 헬렌은 그런 위험을 감수하지는 않았다. 지금은 때가 아니었 다. 조금만 설득하면 엘라가 넘어올 것 같았다.

"이럴 생각은 아니었어."

엘라가 말했을 때 헬렌은 깜짝 놀랐다.

"이렇게 되기를 원한 게 아니야."

"나도 알아."

"그 인간 잘못이야."

"네 아빠가 나쁜 사람이었다는 거 알지만…"

"나는 다른 애들을 위해서 그런 거야."

"쌍둥이 말이야?"

"캐리도. 다 내 덕분에 자유롭게 살았어."

"네 말이 맞아, 엘라. 네 아빠는 남을 괴롭히는 사디스트였어."

"그리고 개 같은 위선자였지. 나더러 뭐라고 말했는지 알아? 내 가 악마래. 더럽대. 내 심장이 썩었대."

"그렇지 않아."

"그 남자들…, 그 새끼들에게 당하고 나서 손에 잡히는 대로 술, 마약, 진정제를 털어 넣었어… 죽어가고 있었지만 나는…, 나는 그 인간들에게 도와달라고 하지 않기로 맹세했어. 그 남자를 증오했으니까. 그 여자도."

엘라가 아멜리아를 힐끗 쳐다보았다.

"하지만 일곱 달째였어. 나는…, 나는 도와달라고 부탁했어. 아기를 맡길 집을 찾아달라고 **애원**했어. **나**와 멀리 떨어진 곳으로 데려가 달라고 했어. 그런데 그 인간은 내가 보는 앞에서 문을 닫았어. 나를 보고 강간당해도 싸다고 했어."

엘라는 이를 악물고 신랄하게 내뱉었다.

"내 얼굴을 똑바로 보고…. 세상에서 제일 잔인한 말을 해놓고…, 그러고 나서…."

"아빠를 다시 본 거지? 나중에? 매춘부를 차에 태우는 걸 봤어?"

헬렌을 돌아보는 엘라의 눈은 분노로 활활 타고 있었다.

"겨우 몇 주 후였어…. 게다가 서로 **아는 사이**였어. 그 새끼는 **단골**이었던 거야. 그때 깨달았지. 그동안 쭉 화요일 밤마다…, 그런 말을 하고도, 그런 짓을 하고도…."

"네게 거짓말을 하고 네 엄마를 배신한 거야."

"내가 그 인간을 해치웠을 때 말이야, 나인 줄도 모르더라. 검은 머리 가발을 쓰고 코에 피어싱 몇 개를 달았다고…. 물론 빌어먹을 내 교복을 입고 집에서처럼 웃고 있었어도 몰랐을 거야. 머릿속으로 온통 어떻게 놀지, '엔젤'이 어디까지 허락할지 이런 생각뿐이었을 테니까. 죽어도 **싼** 개자식이었어."

헬렌은 차마 말을 잇지 못했다. 하지만 너무 울어서 얼굴이 새빨개진 아멜리아가 온몸을 들썩이며 심한 기침을 하자 가만있을 수만은 없었다. "어서 안아야 돼, 엘라. 안아서 달래야 된다고."

엘라가 아이에게서 갑자기 눈을 떼고 의심스러운 눈초리로 헬렌을 보았다.

"이렇게 울게 내버려두면 안 돼. 이러다 질식할 거야."

아멜리아의 울음소리가 한층 더 커지더니 발작 같은 기침이 또 터졌다. 엘라는 망설였다.

"제발, 엘라. 칼을 침대에 내려놔. 나랑 같이 아기를 데리고 여기를 나가자."

엘라는 아멜리아와 제 손에 든 칼을 번갈아보았다. 이제 결정할 순간이다. 죽기 아니면 살기다.

"그만 끝내자."

117

위로, 위로, 위로. 전술지원팀은 옥상에서 사격 지점을 잡으려고 다 허물어져 가는 건물의 계단을 평소보다 두 배는 빠르게 올랐다. 계단이 다 부서지고 흔들려서 하우드는 조심스럽게 발을 디디며 뒤따랐다. 판자 사이로 발이 빠진 맥앤드루가 뒤에서 큰소리로 욕을 했다.

"제발 목소리 낮춰." 하우드가 그녀에게 작은 소리로 경고했다.

얼마 지나지 않아 그들은 옥상에 도착했다. 아래를 내려다보니 불법거주자들이 사는 맞은편 건물 앞에 헬렌의 오토바이가 보였다. 찰리는 이미 그 건물로 들어갔다. 그곳에 사는 노숙자들에게 엘라 매튜스가 옥탑방에 산다는 사실을 이미 확인했다. 이곳 옥상에서는 전술지원팀이 자리를 잡고 표적을 찾고 있었다.

"뭐가 보이지?" 예민해진 하우드가 다그치듯 물었다.

"여자 둘입니다."

"그레이스?"

"한 명 더 보여요."

"어떤 상황이지?"

오래 침묵이 흘렀다.

"잘 안 보입니다. 둘이 엉켜 있는 것 같아요. 여기서는 좋은 각도를 찾기가 힘듭니다."

"그렇다고 다른 데 갈 수 없으니 어떻게든 해봐. 무기를 들고 있나?"

"모르겠습니다."

"명중시킬 수는 있어?"

"모르겠습니다."

"그럼 할 수 있는 게 뭐야?"

"경찰민원처리위원회 앞으로 끌려가고 싶으면 마음대로 하시죠." 짜증이 난 저격수가 대답했다. "저는 명중시킬 수 없고, 시야 확보가 되기 전까지는 아무것도 안 할 겁니다. 저보다 더 잘 아신 다면 비켜드릴 테니 직접 하세요."

저격수는 고개를 잠시도 들지 않고 말을 내뱉었다. 그의 시선은 건너편에서 여자 둘이 펼치고 있는 쇼에 고정되어 있었다. 하우드 는 몰래 그를 쏘아보았다. 맞는 말이어도 기분이 나쁜 건 사실이 었다. 이 수사에 많은 것이 걸린 이상 문제없이 마무리되어야 한 다.

이것들이 저 안에서 뭘 하고 있는 거지?

118

헬렌은 절대 시선을 떨구지 않았다. 그녀와 엘라는 코끝이 부딪힐 정도로 가까이 서 있었다. 입 냄새가 코를 찔렀고 차가운 칼이 다리에 와 닿았다. 엘라는 여전히 칼을 내려놓지 않았다.

"왜 날 구하려는 거지, 헬렌?" 엘라가 불쑥 물었다.

"네가 억울하다고 생각하기 때문이야. 네가 보상을 받아야 한다고 생각해서 그래."

"내가 좋은 사람이라고 생각해?" 엘라가 약간 빈정거리는 투로 말했다.

"네가 좋은 사람인 거 알아."

엘라는 씁쓸하게 웃었다.

"그렇다면 내 말 들어. 내가 뭐 하나 알려주지."

엘라는 무슨 말인가 하려다가, 거실에서 갑자기 삐걱거리는 소리가 나자 입을 닫았다. 바닥 널빤지가 부딪히는 소리다. 이 집에 누군가 들어온 것이다. 찰리? 토니? 전술지원팀? 헬렌은 그들에게 저리 꺼지라고 외치고 싶었지만 절대 움직이지 않았다. 엘라와 계속 눈을 맞춘 채로 숨조차 쉬지 않았다. 엘라는 잠시 망설이더니 헬렌에게 더 가까이 다가와서 말했다.

"나는 후회하지 않아. 내가 나중에 무슨 말을 하든 당신만은 알아줘. 나는 아무것도 후회하지 않아."

헬렌은 대답하지 않았다. 엘라는 동공이 확장되어 까맣게 변한 눈으로 숨을 헐떡였다.

"그자들…, 그 위선자들은…, 폭로당해도 싼 놈들이야." 엘라가 말을 이었다. "행복하게 결혼반지를 뽐내고 다니면서 다정한 남편인 척, 아버지인 척 연기하지. 나 같은 여자랑 같이 있다가 남에게 들키면 그렇게 행복해하지 않았어. 뭐, 내가 전부 바꿨지. 그 인간들의 가면을 벗겨서 실체를 까발렸어. 가끔은 세상 사람들에게도 이런 경고를 해줘야 하지 않겠어?"

엘라는 잠시 헬렌을 뚫어져라 쳐다보았다. 눈에서 타오르던 불꽃이 사그라졌다.

"하지만 아멜리아를 위해서 옳은 선택을 하고 싶어. 그래서 당신을 믿을 거야. 믿어도 돼, 헬렌?"

"약속해. 기대를 저버리는 일 없을 거야."

"그렇다면 고마워."

서서히 엘라가 칼을 거꾸로 들었다. 그녀는 칼날을 쥐고 헬렌에게 받으라고 손잡이를 내밀었다.

바로 그 순간 날카로운 총 소리가 탕 울려 퍼졌고 엘라는 옆에 있는 옷장으로 부딪히며 쓰러졌다.

헬렌은 충격을 받아 얼어붙었다. 그러다 정신을 번쩍 차리고 엘라에게 달려갔다. 엘라를 구하려고 무릎을 꿇고 앉으면서도 알 수 있었다. 가망이 없었다. 관자놀이를 관통한 총알로 엘라의 숨은 끊어졌다.

찰리가 문을 박차고 들어왔지만 이미 때는 늦었다. 헬렌은 살인자의 시신을 안고 있었고, 침대에서는 피를 뒤집어쓴 아기의 울음소리가 멈추지 않았다.

119

헬렌은 아멜리아를 품에 꼭 끌어안고 건물을 나왔다. 다른 경찰들이 돕는다고 달려왔고 주위에 사진기자들이 떠들썩하게 몰려들었지만 헬렌은 아무것도 보이지 않았다. 사람들을 거칠게 밀치고 계속 앞으로 나아갈 뿐이었다. 학살의 현장에서 가능한 한 멀리 벗어나고 싶었다.

그녀를 부르는 사람들의 목소리는 그저 소음이었다. 조금 전 있었던 일로 충격이 가시지 않아 몸이 부들부들 떨렸다. 머릿속에서는 고장 난 테이프처럼 저격수의 날카로운 총 소리가 끊이지 않았다. 헬렌은 정말 엘라를 구하고 싶었다. 비참한 인생에서 구제해주고 싶었다. 하지만 또 실패했고, 어김없이 손에 피를 묻히고 말았다.

헬렌은 경찰차 옆을 지나면서 앞 유리에 비친 자신의 모습을 보았다. 괴물 같았다. 피로 얼룩진 옷은 흐트러지고 머리는 잔뜩 엉켜서 미친 여자처럼 보였다. 정신을 차리고 보니 찰리가 그녀를 구급차로 데려가고 있었다. 찰리는 그녀와 아기를 위해서 의료진의 도움을 받으라고 다정한 말로 부탁했다.

헬렌은 찰리의 부축을 받아 구급차에 들어갔지만 거기까지였다. 더 이상은 협조를 거부했다. 구급대원들이 아무리 애를 써도 헬렌은 아멜리아를 꽉 끌어안고 놓지 않았다. 이제 진정이 된 아멜리아는 작고 연약한 손으로 헬렌을 붙잡고 있었다. 헬렌은 엄지손가락에 침을 묻혀 아이의 얼굴에서 피를 닦아주었다. 아기는 간지러운 손길이 좋다는 듯 까르르 웃었다. 주위 사람들의 말소리가 들렸다. 헬렌이 충격을 받아서 이성적으로 생각하지 못한다고 했지만 그들 말은 틀렸다. 헬렌은 지금 무엇을 하는지 정확히 알고 있었다. 헬렌의 품에 안긴 동안에는 누구도 아멜리아를 털 끝 하나 건드리지 못한다. 헬렌은 찰나의 순간일지라도 어둡고 험난한 이 세상으로부터 아이를 안전하게 지켜주기로 결심했다.

에필로그

헬렌은 길드홀 앞에 서서 콤팩트 파우더를 꺼내 거울로 얼굴을 비춰보았다. 엘라가 죽고 2주가 흘렀다. 여전히 피곤하고 핼쑥해 보였지만 사건 직후 며칠간 그녀의 얼굴을 떠나지 않던 멍하고 겁먹은 표정은 사라졌다. 헬렌은 그날 이후로 거의 집 밖에 나가지를 않았다. 그래서인지 갑자기 속이 울렁거렸다. 보통 밴드나 코미디 공연을 하는 길드홀이지만 오늘은 햄프셔 경찰청 소속 경찰들이 가득 모였다. 우수 경찰에게 표창을 수여하는 자리였고 헬렌도 수상자 중 하나였다. 이보다 힘들지 않게 평범한 삶으로 돌아가는 방법도 있지 않을까? 헬렌은 돌아서서 달아나고만 싶었다.

마지못해 건물에 들어서자마자 헬렌을 향해 뜨거운 환호성이 쏟아졌다. 박수갈채 속에서 다들 웃으며 그녀의 어깨를 두드렸다. 7층 수사팀 사람들도 헬렌 주위로 몰려들어 수사반장의 복귀를 축하하고 두 팔 벌려 다시 한 가족으로 맞아주었다. 다들 헬렌을 걱정했고 다시 돌아오지 않을까 봐 불안했던 것이 분명했다. 헬렌은 그녀를 아끼고 생각해주는 부하들에게 감동을 받았다. 축하를 받으면서 헬렌은 깨달았다. 늘 자신이 부족하다고 자책하는 헬렌도 찰리와 샌더슨, 그 밖의 팀원들에게는 영웅 같은 존재였다.

시상식이 진행될수록 불안이 더욱 깊어지고 있을 때, 마침내 헬렌 차례가 왔다. 경찰청 부청장이 직접 표창장을 수여했다. 그의 옆에서 헬렌과 악수하려고 참을성 있게 기다리는 사람은 하우드 총경이었다.

"잘·했어, 헬렌."

헬렌은 고맙다는 뜻으로 고개인사만 하고 무대에서 내려왔다. 첫째 줄에 있는 자리로 돌아오자 왠지 흐뭇했다. 지난 2주 동안 온 언론이 이 사건으로 떠들썩했다. 헬렌이 아멜리아를 안고 건물에서 나오는 사진은 전국 모든 신문의 1면을 장식했다. 부하들은 신문을 오려서 자랑스럽게 벽에 붙였지만 가장 눈에 띄는 중앙 부분은 남겨두었다. 여기는 '사우샘프턴 이브닝 뉴스'의 인물 탐구 기사를 붙일 자리였다. '이브닝 뉴스'는 헬렌이 어떤 사람이고, 어떤 공을 세웠는지 열렬히 찬양했다. 하우드의 이름은 헬렌의 그늘에 묻혀 보고서를 제외하면 어디에서도 없었다. 정의가 살아 있기는 한 모양이다.

팀원들이 헬렌을 들쳐 메고 길드홀에서 나왔다. 중요한 수사를 종결한 기념으로 점심시간을 자기들 마음대로 늘려서 헬렌을 '크라운 앤드 투 체어맨'으로 납치해 가고 있었다. 경찰은 이상한 족속들이다. 헬렌이 술을 즐기지 않는 걸 알면서도 단골 술집 말고 다른 데는 생각하지도 않다니. 하지만 헬렌은 개의치 않았다. 익숙한 곳이라 마음이 편했고 근심 걱정 없이 행복하게 즐기는 팀원들을 보는 것만으로도 기뻤다.

헬렌은 술잔을 비우고 슬그머니 화장실로 갔다. 과분한 칭찬과 찬양을 뒤로하고 잠시 혼자 있고 싶었다. 하지만 그녀의 시련은 여기서 끝이 아니었다.

"이제 친구 하죠?"

에밀리아 개라니타. 표창식에도 왔던 여자가 여기 또 있다. 그녀는 헬렌을 그림자처럼 졸졸 쫓아다녔다.

"화장실에서 사는 거예요, 에밀리아?" 헬렌이 대답했다.

"헬렌이 워낙 어려운 여자라 따로 만나기 힘들잖아요."

헬렌은 잠자코 있었다. 사건이 끝난 후, 헬렌은 그녀의 원수와 휴전을 했다. 헬렌은 근무 중인 경찰을 협박한 죄로 에밀리아를 고발하지 않기로 합의했고, 보답으로 에밀리아는 새 인생을 살 아기 아멜리아를 뒤쫓거나 세상에 폭로하지 않기로 약속했다. 매튜스 가족을 낱낱이 해부하는 기사는 끝나지 않겠지만(앨런이 얼마나 잔인하고 변태적인 인물인지 밝히는 기사는 신문에서 상당한 지면을 차지했다) 죄 없는 아이는 보호해야 했다. 에밀리아는 약속대로 오직 앨런 매튜스에게 스포트라이트를 비추고 그레이스 반장과 수사팀을 아낌없이 칭찬하는 양면 기사를 썼다. 하지만 헬렌은 고마워하지 않았다. 에밀리아와 거래를 한 것은 현실적인 이유 때문이었다. 에밀리아의 나머지 죄(특히 로버트의 인생을 무참하게 망친 죄)는 절대 용서하지 못한다. 잊으려야 잊을 수도 없었다.

"헬렌과 타협을 해서 기뻐요." 에밀리아가 침묵을 깨고 말했다. "앞으로도 쭉 같이 일하고 싶거든요."

"런던으로 떠나는 거 아니었어요?"

"노력 중이에요."

에밀리아의 특종 기사로 이직을 꿈꾸기에는 아직 부족했던 모양이다. 헬렌은 아픈 상처에 소금을 뿌리고 싶었지만 꾹 참았다.

"뭐, 행운을 빌어요."

화장실을 나가려고 돌아서는 헬렌을 에밀리아가 붙잡았다.

"이제 서로 해묵은 감정은 털어버렸으면 좋겠고…. 저, 미안하다
는 말을 하고 싶었어요."

"뭐가 미안하죠? 나를 미행해서? 협박해서? 아니면 한 젊은이
의 인생을 망쳐서?" 헬렌이 반박했다.

"프로답지 못했어요."

에밀리아다운 말이었다. 사과할 때도 도전적이다.

"미안해요. 다시는 그러는 일 없을 거예요."

거창하지 않았지만 헬렌이 아는 에밀리아라면 그런 말도 큰마
음 먹고 했을 것이다. 헬렌은 사과를 받아들이고 자리를 떴다. 에
밀리아는 화해한 기념으로 술을 한 잔 사주겠다고 했지만 헬렌은
거절했다. 술집에 오래 있으려니 불편했고 뭘 기념하고 싶은 기분
도 아니었다.

게다가 가야 할 곳이 따로 있었다.

헬렌은 작은 꽃다발을 쥐고 허둥지둥 길을 걸었다. 사방에 붉은색과 금색으로 울긋불긋 물든 낙엽 밭이 묘하게 아름다웠다. 오늘 아침에는 태양도 구름 사이로 머리를 내밀어 이곳의 풍경에 따스하고 아련한 빛을 더해주었다.

묘지는 텅 비어 있었다. 도시 끝자락에 위치한 무연고자 공동묘지였다. 이곳을 아는 사람은 몇 명 없었다. 가족에게 거부당하고 누구 하나 장례를 치르겠다고 나서지 않는 이들이 마지막으로 잠드는 곳이었다. 엘라 매튜스는 두 가지 조건에 모두 맞아떨어졌다.

엘라의 가족은 살았을 때처럼 죽어서도 그녀를 버렸다. 집을 내놓고 언론을 피해 다니며 자신들은 이번 사건과 아무런 관련이 없다는 듯 행동했다. 헬렌은 그렇지 않다는 사실을 알았기에 비겁한 그들을 경멸했다.

그러나 엘라를 잊지 않은 사람이 하나 있었다. 그녀는 사랑하는 동생을 다른 가족처럼 쉽게 버리지 않았다. 캐리 매튜스는 주위를 둘러보다 헬렌이 다가오자 겸연쩍게 미소를 지었다. 두 사람은 잠시 아무 말 없이 이름도 새겨 있지 않은 나무 십자가를 내려다보았다. 두 사람은 각자 언니를 사랑해서, 그리고 동생을 사랑해서 무엇을 얻고 무엇을 잃었는지 생각했다. 적어도 이들은 엘라를 절대 잊지 않을 것이다.

몇 미터 떨어진 곳에서는 회색 묘비 틈에 새빨간 유모차가 보였다. 유모차에서 아멜리아는 여기가 어디인 줄도 모르고 평화롭게 잠들어 있었다. 엘라가 죽은 후, 아기는 입양될 곳을 찾기 전까지 위탁 보호자들이 임시로 보살폈다. 규정대로 친족에게 연락했지만 가엾은 아기를 맡겠다는 사람은 아무도 없었다. 그러다 마지막 순간에 캐리 매튜스가 키우겠다고 나선 것이다. 아이를 갖지 못하는 캐리는 조카를 보호시설에 보내지 않겠다고 결심했다. 소식을 들었을 때 헬렌은 감동의 눈물을 흘렸다. 오래 전 마리앤과 헬렌에게 닥친 운명을 아멜리아는 피할 수 있었다. 그런 생각에 얼마나 안심했는지 모른다. 물론 아직 절차가 많이 남았지만 지금 아멜리아는 가족의 품에서 안전하게 잘 지내고 있었다.

캐리는 헬렌과 몇 마디 주고받은 후 꽃다발을 무덤가에 놓고 십자가에 입을 맞췄다. 오늘 그녀는 남편의 말을 거역하고 이곳으로 왔다. 동생을 제대로 떠나보내기 위해, 그녀의 믿음을 저버리고 남편의 폭력을 거부했다. 앞으로 어떤 대가를 치를지 다 알면서도 오고야 말았다. 헬렌은 그녀를 보자 알 수 있었다. 캐리 매튜스는 벌써 다른 사람이 되었다. 아멜리아를 위해 올바른 선택을 하려고 결심하자 그녀에게는 전에 없던 힘과 용기가 생겼다. 이것이 엘라의 유산인지도 모르겠다. 엘라가 잠들어 있는 차가운 무덤가에 한 줄기 빛이 보이기 시작했다. 결국 희망은 아직 남아 있었다. 헬렌은 그렇게 생각했다.

옮긴이 유혜인

역자 유혜인은 경희대학교 사회과학부를 졸업했다. 글밥 아카데미 수료 후 바른번역에서 전문 번역가로 활동 중이며, 언제나 마음이 담긴 번역을 하고자 노력하고 있다. 옮긴 책으로는 《교황 연대기》(공역), 《유령 호텔》, 《빅토리아 시대의 불행한 결혼 이야기》, 《나는 상처받지 않기로 했다》 등이 있다.

초판 2016년 1월 31일 초판 3쇄
저자 M. J. 알리지
옮긴이 유혜인

출판사 도서출판 북플라자
주소 경기도 파주시 문발동 파주출판단지 535-7
전화 070-7433-7637
팩스 02-6280-7635
홈페이지 www.book-plaza.co.kr

ISBN 978-89-98274-58-0   03840

북플라자는 쉽고 효과적인 실용서적 및 세상을 밝게 할 소설과 자기계발서를 준비 중입니다. 독자 여러분의 책에 관한 아이디어와 원고 투고를 열린 마음으로 기다리고 있습니다. 책으로 엮고 싶은 아이디어가 있으신 분은 book.plaza@hanmail.net로 간단한 개요와 취지를 보내주세요. 인생은 항상 주저하지 않고 문을 두드리는 자에게 길이 열립니다.